R&B

Armistead Maupin
Stadtgeschichten
Band 1

ARMISTEAD MAUPIN

STADT-GESCHICHTEN

Aus dem Englischen
von Heinz Vrchota

Rogner & Bernhard
bei Zweitausendeins

1. Auflage, Februar 1993.
2. Auflage, November 1993.

Titel der Originalausgabe: TALES OF THE CITY.
© 1978 The Chronicle Publishing Company,
San Francisco.

© 1993 by Rogner & Bernhard GmbH & Co. Verlags KG,
Hamburg.
ISBN 3-8077-0265-2

Alle Rechte vorbehalten, insbesondere das Recht der
mechanischen, elektronischen oder fotografischen
Vervielfältigung, der Einspeicherung und Verarbeitung
in elektronischen Systemen, des Nachdrucks in Zeitschriften
oder Zeitungen, des öffentlichen Vortrags, der Verfilmung
oder Dramatisierung, der Übertragung durch Rundfunk,
Fernsehen oder Video, auch einzelner Text- und Bildteile.
Der gewerbliche Weiterverkauf und der gewerbliche Verleih
von Büchern, Platten, Videos oder anderen Sachen aus der
Zweitausendeins-Produktion bedarf in jedem Fall
der schriftlichen Genehmigung durch die Geschäftsleitung
vom Zweitausendeins Versand in Frankfurt.

Lektorat: Carl Weissner, Mannheim.
Umschlagillustration und -gestaltung: Honi Werner, Brooklyn.
San Francisco-Karte: Dagmar Fedderke, Paris.
Herstellung: Eberhard Delius, Berlin.
Satz und Druck: Wagner GmbH, Nördlingen.
Einband: G. Lachenmaier, Reutlingen.
Gedruckt auf chlor- und säurefreies Werkdruckpapier,
geliefert von E. A. Geese GmbH, Hamburg.
Printed in Germany.

Dieses Buch gibt es nur bei Zweitausendeins
im Versand (Postfach, D-60831 Frankfurt am Main)
oder in den Zweitausendeins-Läden in Berlin, Essen,
Frankfurt, Freiburg, Hamburg, Köln, München, Nürnberg,
Saarbrücken, Stuttgart.

In der Schweiz über buch 2000,
Postfach 89, CH-8910 Affoltern a. A.

*It's an odd thing,
but anyone who disappears
is said to be seen in
San Francisco.*

*Es ist merkwürdig,
aber von jedem, der
verschwindet, heißt es,
er sei hinterher in
San Francisco gesehen
worden.*

Oscar Wilde

*Für meine Mutter
und meinen Vater und
meine Familie im
Duck House*

DER SPRUNG INS KALTE WASSER

Mary Ann Singleton war fünfundzwanzig, als sie zum erstenmal nach San Francisco kam.

Sie kam allein und wollte eine Woche Urlaub machen. Am fünften Abend stellte sie nach drei Irish coffee im Buena Vista fest, daß ihr Stimmungsring blau schimmerte, und beschloß, ihre Mutter in Cleveland anzurufen.

»Hallo, Mom. Ich bin's.«

»Ach, Liebling. Dein Daddy und ich haben gerade von dir gesprochen. Bei *McMillan and Wife* haben sie heute über diesen Irren berichtet, der reihenweise Sekretärinnen erwürgt hat, und da mußte ich natürlich ...«

»Mom ...«

»Ich weiß schon. Deine verrückte alte Mom macht sich mal wieder ganz umsonst krank vor Sorgen. Aber es passiert doch wirklich so viel. Denk bloß an die arme Patty Hearst, die in einer Abstellkammer eingesperrt war, mit all diesen schrecklichen ...«

»Mom ... Ferngespräch.«

»Ach so ... ja. Gott, wie mußt du es gerade schön haben.«

»O ja ... du machst dir keine Vorstellung! Die Leute sind hier so freundlich, daß ich mir vorkomme wie ...«

»Bist du ins Top of the Mark gegangen, wie ich's dir gesagt hab?«

»Noch nicht.«

»Daß du mir das bloß nicht ausläßt! Du weißt, dahin hat mich dein Daddy ausgeführt, als er aus dem Südpazifik zurückkam. Ich weiß noch, wie er dem Bandleader fünf Dollar zugesteckt hat, damit wir zu *Moonlight Serenade* tanzen konnten. Und wie ich einen Tom Collins verschüttet habe über seine wunderschöne weiße Marine...«

»Mom, ich möchte, daß du mir einen Gefallen tust.«

»Aber sicher, Liebling. Nur hör mir jetzt mal zu. Oh ... bevor ich es vergesse: Gestern ist mir in der Ridgemont Mall Mr. Lassiter über den Weg gelaufen, und er hat mir gesagt, daß im Büro alles zusammenbricht ohne dich. Sie haben nicht viele gute Sekretärinnen bei Lassiter Fertilizers.«

»Mom, wo wir schon dabei sind ...«

»Ja, mein Schatz?«

»Ich möchte, daß du Mr. Lassiter anrufst und ihm sagst, daß ich am Montag nicht komme.«

»Aber ... Mary Ann, ich weiß nicht, ob du um eine Urlaubsverlängerung bitten solltest.«

»Es geht nicht um eine Verlängerung, Mom.«

»Ja, aber warum ...?«

»Ich komm nicht wieder zurück, Mom.«

Stille. Dann war von weiter weg eine gedämpfte Fernsehstimme zu hören, die Mary Anns Vater zeitweilige Erleichterung bei Hämorrhoiden versprach. Schließlich war wieder ihre Mutter dran: »Red keinen Unsinn, mein Schatz.«

»Mom ... Ich rede keinen Unsinn. Es *gefällt* mir hier. Ich fühle mich schon wie zu Hause.«

»Mary Ann, falls da ein Junge seine Finger im ...«

»Es gibt keinen Jungen ... Ich hab mir das gut überlegt.«

»Sei doch nicht albern! Du bist grade mal fünf Tage da!«

»Mom, ich weiß, was das für dich heißt, aber ... Weißt du, das hat mit dir und Daddy überhaupt nichts zu tun. Ich möchte bloß mein eigenes Leben führen ... mit einer eigenen Wohnung und so.«

»Ach, *darum* geht's. Aber mein Schatz ... das ist doch kein *Problem*. Ehrlich gesagt haben dein Daddy und ich schon mal darüber geredet, daß diese neuen Apartments draußen in Ridgemont wahrscheinlich genau das richtige für dich wären. Die vermieten dort viel an junge Leute, und es gibt einen Swimmingpool und eine Sauna, und ich könnte dir solche zauberhaften Vorhänge nähen, wie ich sie Sonny und Vicki zur Hochzeit geschenkt habe. Und dort wärst du so ungestört, wie du ...«

»Du hörst mir nicht zu, Mom. Ich versuche, dir beizubringen, daß ich eine erwachsene Frau bin.«

»Na, dann benimm dich auch wie eine! Du kannst nicht einfach ... von deiner Familie fortlaufen und von deinen Freunden, um unter lauter Hippies und Massenmördern zu leben!«

»Du sitzt zu viel vor dem Fernseher.«

»Jaja ... Und was ist mit dem ›Horoskop‹?«

»Wie?«

»Mit diesem Horoskop-Typen. Diesem Verrückten. Diesem Mörder.«

»Mom ... Das ist der Sternzeichen-Mörder.«

»Ist doch alles eins. Und was ist mit ... mit den Erdbeben? Ich hab diesen Film gesehen, Mary Ann, und ich bin fast gestorben, als Ava Gardner ...«

»Würdest du bitte einfach Mr. Lassiter für mich anrufen?«

Ihre Mutter begann zu weinen. »Du kommst bestimmt nie wieder. Ich weiß es genau.«

»Mom ... bitte ... ich komm wieder. Das versprech ich dir.«

»Aber du bist dann nicht mehr ... dieselbe!«

»Nein. Hoffentlich nicht.«

Nach dem Telefonat verließ Mary Ann die Bar und spazierte durch den Aquatic Park an die Bay. Dort stand sie einige Zeit im kalten Wind und schaute zum Leuchtfeuer auf Alcatraz hinüber. Sie schwor sich, in nächster Zeit nicht an ihre Mutter zu denken.

Als sie wieder im Fisherman's Wharf Holiday Inn war, suchte sie Connie Bradshaws Nummer aus dem Telefonbuch heraus.

Connie war Stewardeß bei United. Mary Ann hatte sie seit der High-School nicht mehr gesehen: seit 1968.

»Phantastisch!« kreischte Connie. »Wie lang bleibst du?«

»So lang, wie's mir gefällt.«

»Super! Hast du schon ne Wohnung?«

»Nein ... ich ... na ja, ich dachte ... ob ich mich vielleicht bei dir einquartieren könnte, bis ich ...«

»Aber klar. Kein Problem.«

»Connie ... bist du denn solo?«

Die Stewardeß lachte. »Ist ein Schimmel weiß?«

CONNIES WOHNUNG

Mary Ann zerrte ihren Rucksack in Connies Wohnung und sank seufzend in einen mit falschem Zebrafell bezogenen Pilotensessel.

»Na ... dann seid gegrüßt, Sodom und Gomorrha.«
Connie lachte. »Deine Mom ist ausgeflippt, was?«
»Frag nicht!«
»Armes Kind! Ich kenn das Gefühl. Als ich *meiner* Mom gesagt hab, daß ich nach San Francisco gehe, hat die sich gar nicht mehr eingekriegt mit ihrem Gekeife! Es war unsäglich viel schlimmer als den Sommer, wo ich bei Up With People mitmachen wollte! Schon damals hat meine Mom nur Zustände gekriegt, obwohl ich wild entschlossen war, die ganze Welt zu missionieren!«
»O Gott ... das hatt ich schon fast vergessen.«
Connies Blick verklärte sich in der Erinnerung. »Tja ... He, hast du nicht n ordentlichen Durst, Schatz?«
»Doch.«
»Rühr dich nicht vom Fleck. Ich bin gleich zurück.«
Im Handumdrehen kam Connie mit zwei United-Gläsern und einer Flasche Banana Cow aus der Küche zurück. Sie schenkte Mary Ann ein.

Mary Ann nippte vorsichtig. »Hm ... wenn man sich hier so umsieht, dann bist du ja praktisch schon eine Einheimische, wie? Das ... ist doch schon was.«

»Doch schon was« war das Netteste, wozu Mary Ann sich durchringen konnte. Connies Wohnung war eine wilde Mischung aus Plastik-Tiffany-Lampen und knöcheltiefen Zottelteppichen, gestickten Snoopy-Bildern und Kätzchenplakaten mit Kopf-hoch-Parolen, Salatschüsseln aus den Tropen und Pflanzenampeln aus Makramee und – Bitte nicht! dachte Mary Ann – einem Pet Rock. Mary Ann waren diese neckischen bunten Tierfigürchen aus Stein ein Graus.

»Ich hatte Glück«, sagte Connie strahlend. »Wenn du fliegst und so ... da kannst du auf deinen Trips ne Menge Kunstobjekte aufgabeln.«

»Mhmm.« Mary Ann überlegte, ob Connie ihr Stierkämpferbild auf schwarzem Samt als Kunstobjekt ansah.

Die Stewardeß lächelte unbeirrt. »Schmeckt der Bananenmix?«

»Wie? Ach so ... ja. Toll.«

»Ich trink das Zeug für mein Leben gern.« Zur Bekräftigung nahm sie gleich noch ein paar Schlucke. Danach schaute sie Mary Ann an, als wäre ihr gerade erst bewußt geworden, daß die in ihrer Wohnung saß. »Mensch, du! Wir haben uns ja lange nicht gesehen!«

»Ja. Zu lange. Acht Jahre.«

»Acht Jahre ... Acht Jahre! Du siehst aber gut aus. Du siehst so richtig ... He, soll ich dir mal was ganz Schauerliches zeigen?«

Ohne eine Antwort abzuwarten, sprang sie auf und ging zu einem Bücherregal, das aus sechs orangen Foremost-Milchkästen bestand. Mary Ann konnte *Die Möwe Jonathan*, *Du bist dein bester Freund*, *Die sinnliche Frau*, *Der Weg der Wärme* und *More Joy of Sex* erkennen.

Connie griff nach einem großformatigen, in burgunderrotes Plastik gebundenen Buch und streckte es Mary Ann entgegen.

»Tätarä-*tä*!«

»Ach du meine Güte! *Der Freibeuter?*«

Connie nickte triumphierend und zog sich einen Stuhl heran. Sie klappte das Schuljahrbuch auf. »Du fällst garantiert *tot um*, wenn du deine Frisur siehst!«

Mary Ann fand ihr Bild aus der Abschlußklasse. Ihr Haar war sehr blond und mit Akribie gebügelt. Sie trug den obligatorischen Pullover mit Perlenkette. Und obwohl er wegretuschiert war, wußte sie noch genau, wo der Pickel saß, der ihr am Fototag gesprossen war.

Unter dem Foto stand:

MARY ANN SINGLETON
»Stille Wasser sind tief«
Pep Club 2,3,4
Future Homemakers of America 3,4
National Forensic League 4
Plume and Palette 3,4

Mary Ann schüttelte den Kopf. »Ruhe in Frieden«, sagte sie und verzog das Gesicht.

Connie verzichtete gnädig darauf, ihre eigene Kurzbiographie zu präsentieren. Mary Ann kannte sie nur zu gut: Vortänzerin bei den Cheerleaders, drei Jahre lang Klassenkassiererin und Vorsitzende der YWCA-Teens. Connies Wasser waren rasch und seicht geflossen. Sie war beliebt gewesen.

Mary Ann kämpfte sich in die Gegenwart zurück. »Und was machst du so ... zum Vergnügen, meine ich?«

Connie rollte mit den Augen. »Rate mal.«

»Lieber nicht.«

»Na gut ... Zum Beispiel.« Connie beugte sich über den Kaffeetisch – eine umgearbeitete Flugzeugtür – und kramte eine Ausgabe von *Oui* heraus. »Liest du so was?« erkundigte sich Mary Ann.

»Nein. Die hat irgendein Kerl dagelassen.«

»Oh.«

»Schlag mal Seite siebzig auf.«

Mary Ann blätterte sich zu einem Artikel durch, der die Überschrift trug: »Gemischte Sauna – Willkommen zur saubersten Orgie der Welt«. Illustriert war er mit einem fotografierten Wirrwarr aus Beinen, Brüsten und Hinterteilen.

»Reizend.«

»Das ist unten an der Valencia Street. Da zahlt man seinen Eintritt und nimmt, was kommt.«

»Du warst schon dort?«

»Nein. Aber ich hätte nichts dagegen.«

»Ich fürchte, auf mich mußt du verzichten, wenn du vorhast, da ...«

Connie lachte herzhaft. »Keine Angst, mein Schatz. Das sollte nicht heißen, daß wir beide ... Du bist neu hier. Laß dir Zeit. Diese Stadt ist genau das richtige zum Lockerwerden.«

»So locker werd ich nie sein ... oder so verzweifelt.«

Connie zuckte mit den Schultern und wirkte ein wenig gekränkt. Sie trank noch einen Schluck Banana Cow.

»Connie, ich wollte nicht ...«

»Schon gut, mein Schatz. Ich weiß, wie's gemeint war. Mensch du, ich hab einen Riesenhunger. Wie wär's mit einem kleinen Hamburger Helper?«

Nach dem Abendessen legte sich Mary Ann für eine Stunde hin.

Im Traum sah sie sich in einem großen gekachelten

Raum voll Dampf. Sie war nackt. Ihre Mutter und ihr Vater waren da und schauten sich durch die Dampfschwaden hindurch im Fernsehen *Geh aufs Ganze* an. Connie kam mit Mr. Lassiter herein, der Mary Ann wütend beschimpfte. Mary Anns Eltern schrien auf Monty Halls ersten Kandidaten ein.

»Nimm die Kiste«, kreischten sie. »Nimm doch die Kiste ...«

Mary Ann wurde wach. Sie stolperte ins Bad und spritzte sich Wasser ins Gesicht.

Als sie das Schränkchen über dem Waschbecken öffnete, stieß sie auf eine ganze Rasierwasserkollektion: Brut, Old Spice, Jade East.

Connie war offensichtlich immer noch beliebt.

IN DER DISCO IN SAN FRANCISCO

Die Diskothek hieß Dance Your Ass Off. Mary Ann fand das unanständig, sagte aber nichts. Connie war zu sehr damit beschäftigt, sich auf ihre Marisa-Berenson-Masche einzustimmen.

»Der Trick ist, daß du *total* gelangweilt aussehen mußt.«

»Das sollte einem hier nicht schwerfallen.«

»Wenn du einen fürs Bett willst, Mary Ann, dann sieh zu, daß du ...«

»Ich hab nie gesagt, daß ich das will.«

»*Sagen* tut's natürlich nie jemand! Aber merk dir eins, mein Schatz: Wenn du nicht weißt, was du sexuell willst, dann erlebst du in dieser Stadt nichts als böse Überraschungen.«

»Sehr schön gesagt. Du solltest bei Gelegenheit einen Country & Western-Song daraus machen.«

Connie stöhnte genervt auf. »Komm jetzt. Und *versuch* wenigstens, ein anderes Gesicht zu machen als Tricia Nixon bei der Truppeninspektion.« Sie ging voran und besetzte ein abgetakeltes Sofa an der Wand.

Der Raum sollte locker-lässig wirken: ziegelrote Wände, rotierende Brauereischilder und Flohmarktkitsch. Hennagefärbte Frauen und Männer in Rugby-Shirts standen in dekorativen Grüppchen an der Bar, als posierten sie für eine Seagram-Reklame.

Während Connie was zu trinken besorgte, setzte sich Mary Ann verlegen auf das Sofa und zwang sich, Vergleiche mit Cleveland sein zu lassen.

Aus einigen Metern Entfernung taxierte ein Mädchen in Cowboystiefeln, Trainingshose und einer mit rotem Eichhörnchenfell besetzten Bomberjacke Mary Anns Hosenanzug aus Polyester mit abschätzigem Blick. Mary Ann schaute weg, doch die Folge war bloß ein anderes Gegenüber – rückenfreies Flechtkleid mit Stegkragen, schwarze Fingernägel, Bürstenhaarschnitt und blasierter Blick.

»Da steht ein Kerl an der Bar, der ist Robert Redford wie aus dem Gesicht geschnitten.« Connie brachte die Drinks. Einen Tequila Sunrise für sich, Weißwein für Mary Ann.

»Was ist mit den Warzen?« fragte Mary Ann und griff nach dem Wein.

»Wie?«

»Der Typ. Hat er Warzen? Robert Redford hat Warzen.«

»Das ist ja abgedreht ... Du, ich hab Lust auf ein bißchen wildes Bäng-Bäng. Stürmen wir die Tanzfläche?«

»Ich glaube, ich lasse ... das ganze erst mal auf mich wirken. Geh du ruhig schon vor.«

»Bist du sicher?«

»Ja. Danke. Mach dir um mich keine Sorgen.«

»Wie du willst, Schätzchen.«

Kaum war Connie in der Disko verschwunden, setzte sich ein langhaariger Typ in einem griechischen Bauernhemd neben Mary Ann auf das Sofa. »Stör ich, oder kann ich mich setzen?«

»Sicher ... Ich meine, nein.«

»Tanzen ist wohl nicht dein Ding, was?«

»Na ja, nicht gerade im Moment.«

»Stehst du dann mehr auf Geistiges?«

»Ich weiß nicht, was ...«

»Was bist du für ein Zeichen?«

Am liebsten hätte Mary Ann gesagt: »Ein Stoppschild.« Sie sagte: »Rate mal.«

»Mhhmm ... Du stehst auf Spielchen. Okay ... Ich würde sagen, du bist Stier.«

Das saß. »Stimmt ... Wie hast du das gemacht?«

»Ganz einfach. Stiere sind grauenhaft stur. Es gibt *keinen*, der dir freiwillig verrät, was er für ein Sternzeichen ist.« Er beugte sich so weit vor, daß Mary Ann sein Patschuli riechen konnte, und sah ihr direkt in die Augen. »Doch unter der rauhen Schale des Stiers schlägt das Herz eines hoffnungslosen Romantikers.«

Mary Ann rückte sachte ein Stück zur Seite.

»Und?« sagte der Mann.

»Was, und?«

»Du bist doch eine Romantikerin, oder? Du magst

Erdfarben und neblige Abende und Lina-Wertmüller-Filme, und bei der Liebe läßt du Kerzen mit Zitronenduft brennen.« Er griff nach ihrer Hand. Sie zuckte zurück. »Keine Angst«, sagte er sanft. »Ich mach dir noch keinen Antrag. Ich will mir bloß deine Herzlinie ansehen.«

Er ließ seinen Zeigefinger über Mary Anns Handfläche gleiten. »Sieh dir mal deinen Ansatz an«, forderte er sie auf. »Er liegt genau zwischen Jupiter und Saturn.«

»Was bedeutet das?« Mary Ann blickte auf seinen Finger. Er lag zwischen ihrem Mittel- und ihrem Zeigefinger. »Das bedeutet, daß du ein sehr sinnliches Wesen bist«, erklärte der Typ. Er ließ seinen Finger vor und zurück gleiten. »Das stimmt doch, oder? Du bist doch ein sehr sinnliches Wesen?«

»Na ja, ich ...«

»Weißt du, daß du genau wie Jennifer O'Neill aussiehst?«

Mary Ann stand ruckartig auf. »Nein, aber wenn du noch ein bißchen mehr schleimst ...«

»Aber, aber, Mädchen. Schon gut, schon gut. Ich dräng mich nicht auf ...«

»Gut. Dann geh ich nach nebenan. Weidmannsheil.«

Sie ging in die Disko, um ihre Freundin zu suchen. Connie befand sich im Auge des Hurrikans und tanzte mit einem Schwarzen, der knielange Lurexhosen und Glitzerschuhe mit Keilabsätzen trug.

»Was ist los?« fragte die Stewardeß, als sie an den Rand der Tanzfläche gewackelt kam.

»Ich bin geschafft. Kann ich die Wohnungsschlüssel haben?«

»Stimmt was nicht, Schatz?«

»Nein, nein. Ich bin bloß müde.«

»Ein heißer Typ?«

»Nein, bloß ... Könnte ich bitte die Schlüssel haben, Connie?«

»Hier hast du die Zweitschlüssel. Und träum was Schönes.«

Als Mary Ann in den 41er Bus stieg, wurde ihr schlagartig klar, warum Connie immer ein zweites Paar Schlüssel dabeihatte.

Mary Ann sah sich *Mary Hartman, Mary Hartman* an, drehte dann den Fernseher ab und schlief ein.

Es war nach zwei, als Connie nach Hause kam.

Sie war nicht allein.

Mary Ann drückte sich gegen die Rückenlehne des Sofas, steckte den Kopf unter die Decken und stellte sich schlafend. Connie und ihr Gast stolperten auf Zehenspitzen ins Schlafzimmer.

Die Stimme des Mannes klang etwas whiskeyverwaschen, doch Mary Ann wußte sofort, wer er war.

Er fragte nach Kerzen mit Zitronenduft.

EIN NEUES ZUHAUSE

Mary Ann schlich sich kurz vor Morgengrauen aus der Wohnung. Ihr grauste vor der Aussicht auf ein Trix-Frühstück zu dritt.

Sie wanderte durch die Straßen des Marina-Viertels, hielt Ausschau nach »Zu vermieten«-Schildern und aß später im International House of Pancakes ein enormes Frühstück.

Um Punkt neun war sie die erste Kundin eines Maklerbüros an der Lombard Street.

Sie wollte eine schöne Aussicht, ein Sonnendeck und einen Kamin für unter hundertfünfundsiebzig Dollar.

»Ogottogott«, sagte die Maklerin. »Für ein Mädchen ohne Job sind Sie ja ganz schön wählerisch.« Sie bot Mary Ann ein »hübsches Studio in Lower Pacific Heights mit voll elektrifizierter Küche, Spannteppich und Teilausblick auf das Fillmore Auditorium« an. Mary Ann sagte nein.

Am Schluß blieben ihr drei Möglichkeiten.

Zur ersten gehörte eine sittenstrenge Vermieterin, die wissen wollte, ob Mary Ann »Marihuana nahm«.

Die zweite war eine rosa Stuckfestung an der Upper Market mit Goldflitter im Deckenputz.

Die letzte lag auf dem Russian Hill. Mary Ann kam um halb fünf dort an.

Das Haus stand an der Barbary Lane, einem aus Holzplanken gezimmerten schmalen Verbindungssteg, der zwischen der Union und der Filbert von der Leavenworth abging. Es war ein ziemlich verwittertes, mit braunen Schindeln verkleidetes zweistöckiges Gebäude. Mary Ann fühlte sich an einen alten Bären erinnert, in dessen Fell sich trockenes Laub verfangen hatte. Das Haus gefiel ihr auf Anhieb.

Die Vermieterin war eine Frau von Mitte fünfzig und trug einen pflaumenfarbenen Kimono.

»Ich bin Mrs. Madrigal«, sagte sie fröhlich. »Ganz Mittelalter.«

Mary Ann lächelte. »So alt wie ich heute können Sie

sich gar nicht fühlen. Den ganzen Tag bin ich schon wegen einer Wohnung unterwegs.«

»Dann lassen Sie sich Zeit. Sie haben hier so was Ähnliches wie eine Aussicht, wenn man den kleinen Flekken Bucht gelten läßt, der zwischen den Bäumen durchschimmert. Nebenkosten sind natürlich inklusive. Ein kleines Haus. Nette Leute. Sind Sie diese Woche angekommen?«

»Sieht man das so deutlich?«

Die Hausbesitzerin nickte. »Der Blick sagt alles. Sie können es nicht erwarten, in den Lotos zu beißen.«

»Wie? Ich versteh nicht ...«

»Tennyson. Sie wissen doch: ›Dann äß ich Lotos Tag für Tag, / Schaute der Welle, die am Strand sich kräuselt, / Des weißen Schaumes zarter Krümmung nach, / Und weihte völlig Geist und Herz / Der‹ ... Was war das bloß, was war das bloß? ... Na, Sie verstehen schon.«

»Ist die Wohnung denn ... möbliert?«

»Wechseln Sie nicht das Thema, wenn ich Tennyson zitiere.«

Mary Ann war irritiert, doch dann merkte sie, daß die Vermieterin lächelte. »Sie werden sich an mein Geplapper schon gewöhnen«, sagte Mrs. Madrigal. »Bei den anderen war das auch so.« Sie ging ans Fenster, wo der Wind ihren Kimono flattern ließ wie ein glänzendes Gefieder. »Die Wohnung ist möbliert, ja. Was sagen Sie, meine Liebe?«

Mary Ann sagte ja.

»Gut. Dann gehören Sie jetzt zu uns. Willkommen in der Barbary Lane 28.«

»Ich danke Ihnen.«

»Ja, das sollten Sie auch.« Mrs. Madrigal lächelte. Ihr

Gesicht hatte etwas leicht Verhärmtes, doch Mary Ann kam zu dem Schluß, daß sie wirklich sehr nett war.

»Haben Sie irgendwelche Vorbehalte gegen Haustiere?« fragte die neue Mieterin.

»Meine Liebe ... Ich habe gegen gar nichts Vorbehalte.«

In Hochstimmung marschierte Mary Ann bis zur Ecke Hyde und Union und rief vom Searchlight Market aus Connie an. »Hallo. Was glaubst du, was passiert ist?«

»Bist du entführt worden?«

»Oh ... Connie, es tut mir leid. Ich habe mich nach einer Wohnung ...«

»Ich hab Todesängste ausgestanden.«

»Das tut mir schrecklich leid. Ich ... Connie, ich hab eine entzückende Wohnung auf dem Russian Hill gefunden, zweiter Stock in einem echt tollen Haus ... Und ich kann morgen einziehen.«

»Oh ... das ging ja schnell.«

»Es ist so *niedlich!* Am liebsten würd ich es dir jetzt sofort zeigen.«

»Klingt ganz nett. Hör zu, Mary Ann ... Also, wenn du irgendwie Geldprobleme hast oder so, kannst du bei mir wohnen bleiben, bis ...«

»Ich hab doch was gespart. Trotzdem schönen Dank. Du warst ganz toll.«

»Für dich doch immer. Aber ... was machst du denn heute abend, Schatz?«

»Mal überlegen. Ach, ja. Robert Redford holt mich um sieben ab. Wir gehen bei Ernie's essen.«

»Versetz ihn. Er hat Warzen.«

»Und was krieg ich an seiner Stelle?«

»Das Schärfste, was die Stadt zu bieten hat. Social Safeway.«

»Social *was?*«

»Safeway, Dummerchen. Wie Supermarkt.«

»Ja, so hab ich das auch verstanden. Aber du weißt ja besser als ich, wo kleine Mädchen ihren Spaß haben können.«

»Zu deiner Information, Kleines, Social Safeway ist nun mal ... na ja, es ist halt das ... Tollste überhaupt. Nicht mehr und nicht weniger.«

»Für die, die auf Lebensmittel abfahren.«

»Für die, die auf *Männer* abfahren, Dummchen. Das ist hier Tradition. Jeden Mittwochabend. Und du brauchst nicht mal so auszusehen, als wärst du auf Anmache aus.«

»Das glaub ich nicht.«

»Es gibt nur eine Möglichkeit, es dir zu beweisen.«

Mary Ann kicherte. »Und was soll ich machen? Hinter den Artischocken in Deckung gehen, bis ein nichtsahnender Börsenmakler des Wegs kommt?«

»Sei um acht bei mir in der Wohnung, Mädchen. Du wirst schon sehen.«

LIEBE HEUTE IM ANGEBOT

Ein Dutzend Reklametafeln baumelten von der Decke des Marina Safeway und umschmeichelten die Kundschaft mit einer doppeldeutigen Botschaft: »Nachbarn sind wir schon. Freunde wollen wir noch werden.«

Und Freunde fand man hier tatsächlich.

Als Mary Ann sich umsah, schlenderte gerade ein blonder Mann in einem Stanford-Sweatshirt auf eine Brünette in einem rückenfreien Jeanskleid zu. »Ähm ... Entschuldige, aber kannst du mir vielleicht sagen, ob man besser Saffola-Öl oder Wesson-Öl nimmt?«

Das Mädchen sagte kichernd: »Wofür?«

»Das ist ja nicht zu fassen«, sagte Mary Ann und griff nach einem Einkaufswagen. »Jeden Mittwochabend?«

Connie nickte. »Das Wochenende ist auch nicht grade von Pappe.« Sie packte einen Wagen und stürzte sich in einen besonders belebten Gang. »Bis später. Es läuft besser, wenn man allein ist.«

Mary Ann schlenderte zur Obst- und Gemüseabteilung. Connies heidnisches Paarungsritual würde sie nicht daran hindern, hier *einzukaufen*.

Dann zupfte sie jemand am Ärmel.

Es war ein mondgesichtiger Kerl um die Fünfunddreißig. Er trug einen legeren Anzug mit einem weißen Kunstledergürtel und passenden Schuhen. »Sind das die Dinger, die man zum chinesisch Kochen braucht?« fragte er und deutete auf die Zuckerschoten.

»Ja«, sagte sie so wenig einladend wie möglich.

»Toll. Ich such schon die ganze Woche danach. In letzter Zeit fahr ich nämlich total auf chinesisches Essen ab. Ich hab mir schon einen Wok und so zugelegt.«

»Aha. Jedenfalls sind das die richtigen. Also dann ... gutes Gelingen.« Sie kratzte im wahrsten Sinn des Wortes die Kurve und steuerte auf die Kasse zu. Ihr Angreifer ließ nicht locker.

»He ... hallo, könntest du mir nicht ein bißchen was über chinesisches Essen erzählen?«

»Wie käme ich dazu.«

»Zier dich nicht so. Die meisten Mädels hier in der Stadt stehen total auf chinesisches Essen.«

»Dann bin ich die Ausnahme.«

»Okay. Schon verstanden. Jeder nach seiner Fasson, was? Worauf stehst du denn?«

»Aufs Alleinsein.«

»Okay. Schon gut, schon gut.« Er zögerte einen Augenblick und spuckte dann seinen Abgangssatz hin: »Du hast wohl grade deine Tage, du Zicke!«

Er ließ sie zwischen den Gefriertruhen stehen. Ihre Fingerknöchel traten weiß hervor, so fest hielt sie den Rand einer der Truhen umklammert, und ihr Atem klang wie ein gepreßtes Notsignal. »Mein Gott«, flüsterte sie mit trockener Stimme, als eine einzelne Träne auf eine Packung Sara-Lee-Brownies fiel.

»Reizend«, sagte ein Mann neben ihr.

Mary Ann wurde stocksteif. »Was?«

»Ihr Freund dort ... der mit der spritzigen Antwort. Ein wirklich vornehmer Mensch.«

»Sie haben alles mit angehört?«

»Nur die zärtlichen Abschiedsworte. War der Rest besser?«

»Nein. Es sei denn, man findet es toll, sich mit Charlie Manson über Zuckerschoten zu unterhalten.«

Der Mann zeigte beim Lachen schöne weiße Zähne. Mary Ann schätzte ihn auf ungefähr dreißig. Er hatte lockige braune Haare und blaue Augen und trug ein weiches Flanellhemd. »Manchmal trau ich hier meinen Augen nicht«, sagte er.

»Das kann ich mir vorstellen.« Hatte er sie weinen sehen?

»Das fürchterliche ist, daß die ganze Stadt übers Sichauseinandersetzen und Miteinanderkommunizieren und all den Scheiß aus dem Wassermannzeitalter redet, und dabei brechen sich die meisten *noch immer* einen ab, damit sie so wirken, wie sie nicht sind ... Entschuldigung, ich hör mich wohl wie ein Briefkastenonkel an, was?«

»Nein. Ganz und gar nicht. Ich ... bin ganz Ihrer Meinung.«

Er streckte ihr die Hand entgegen. »Ich heiße Robert.« Nicht Bob oder Robbie, sondern Robert. Kraftvoll und direkt. Sie ergriff seine Hand. »Ich bin Mary Ann Singleton.« Sie wünschte sich, daß er ihren Namen behalten würde.

»Tja ... auch auf die Gefahr hin, mich wie Charlie Manson anzuhören ... wie wär's mit einem kleinen kulinarischen Ratschlag für einen glücklosen Mann?«

»Gern. Aber doch wohl nicht zu Zuckerschoten?«

Er lachte. »Nicht zu Zuckerschoten. Zu Spargel.«

Mary Ann hatte dieses Thema noch nie so aufregend gefunden. Sie las gerade Roberts Reaktion auf ihr Saucehollandaise-Rezept aus seinen Augen, als ein schnauzbärtiger junger Mann mit seinem Einkaufswagen heranrollte. »Dich kann man auch keine Minute allein lassen.« Er sprach mit Robert.

Robert gluckste. »Michael ... das ist Mary Ann ... äh ...«

»Singleton«, ergänzte Mary Ann.

»Das ist Michael. Wir wohnen zusammen. Mary Ann hat mir ihr Hollandaise-Rezept verraten, Michael.«

»Sehr schön«, sagte Michael lächelnd zu Mary Ann. »Er macht eine *scheußliche* Hollandaise.«

Robert zuckte mit den Schultern. »Michael ist bei uns zu Hause der Küchenchef. Und daraus leitet er das Recht ab, mir das Leben zur Qual zu machen.« Er grinste seinen Mitbewohner an.

Mary Anns Hände waren feucht.

»Ich bin auch keine besonders gute Köchin«, sagte Mary Ann. Wie kam sie bloß dazu, Robert beizuspringen? Robert brauchte ihre Unterstützung nicht. Robert wußte nicht einmal, daß sie neben ihm stand.

»Sie war mir eine große Hilfe«, behauptete Robert. »Das ist mehr, als ich von anderen Leuten sagen kann.«

»Jetzt krieg dich aber wieder ein«, meinte Michael grinsend.

»Na ja«, sagte Mary Ann matt. »Ich glaube, ich muß jetzt ... weiter.«

»Schönen Dank für Ihre Hilfe«, sagte Robert. »Ehrlich.«

»War nett, Sie kennenzulernen«, sagte Michael.

»Gleichfalls«, erwiderte Mary Ann und schob ihren Wagen in den Gang mit den Hygieneartikeln. Als Connie gleich darauf um die Ecke kam, stand ihre Freundin niedergeschlagen da und quetschte eine Rolle Charmin.

»Total scharf!« sagte die Stewardeß. »Hier geht heute echt die Post ab!«

Mary Ann warf das Toilettenpapier in ihren Wagen. »Ich hab Kopfschmerzen, Connie. Ich glaub, ich geh nach Hause. Okay?«

»Na ja ... Wart noch kurz. Ich komm mit.«

»Connie, ich ... ich wär gern allein. Okay?«

»Klar. Okay.«

Sie sah beleidigt aus. Wie immer.

CONNIES PLEITENACHT

Connie kam eine Stunde nach Mary Ann aus dem Marina Safeway zurück.

Geräuschvoll ließ sie ihre Einkäufe auf den Küchentresen plumpsen. »Also«, sagte sie auf dem Weg ins Wohnzimmer, »ich hab jetzt Bock auf die Union Street. Du hast wohl eher Bock aufs Schlafengehen, was?«

Mary Ann nickte. »Ich muß mich morgen um einen Job kümmern und den Umzug machen. Da muß ich fit sein.«

»Vom Abstinentsein kriegt man Pickel.«

»Ich werd mir's merken«, sagte Mary Ann, während Connie schon zur Tür hinausstakste.

Mary Ann setzte sich zum Abendessen vor den Fernseher. Sie aß Steak mit Salat und Happy Potatoes – Connie schwor auf diese Kombination, wenn es darum ging, Männer bei Laune zu halten. Sie stöberte in Connies Plattensammlung (The Carpenters, Percy Faith, 101 Strings) und schaute sich dann die Bilder aus *More Joy of Sex* an. Kurz vor Mitternacht schlief sie auf dem Sofa ein.

Als sie aufwachte, war das Zimmer lichtdurchflutet. Die Müllabfuhr rumpelte die Greenwich Street entlang. Eine Schlüsselkette schlug klimpernd gegen die Wohnungstür.

Connie schleppte sich herein. »Es ist kaum zu glauben, wie viele *Arschlöcher* es in dieser Stadt gibt!«

Mary Ann setzte sich auf und rieb sich die Augen. »Schlimme Nacht, hm?«

»Schlimme Nacht, schlimmer Morgen, schlimme

Woche, schlimmes Jahr. Diese Spinner! Die Scheiße ist, daß ich dauernd bei denen lande. Wenn irgendwo im Umkreis von hundert Kilometern ein Spinner rumrennt, ist die gute alte Connie Bradshaw gleich zur Stelle und geht mit ihm aus. Scheiße!«

»Wie wär's mit einem Kaffee?«

»Was ist los mit mir, Mary Ann? Kannst du mir das mal sagen? Ich hab zwei Titten und einen netten Arsch. Ich wasche mich. Ich bin eine gute Zuhörerin ...«

»Nun komm schon. Wir brauchen beide einen Kaffee.«

Die Küche taugte in ihrer perversen Niedlichkeit überhaupt nicht als Ort für eine frühmorgendliche Seelenmassage. Mary Ann schaute aus zusammengekniffenen Augen auf die Doris-Day-gelben Wände und die kleinen Behälter, hinter deren Sichtfenstern getrocknete Bohnen lagerten.

Connie verschlang eine Schale Trix. »Ich glaub, ich werd Nonne«, sagte sie.

»In dem Outfit wirst du dann im Dance Your Ass Off sicher zum Star.«

»Ach wie lustig.«

»Okay. Was war los?«

»Du willst es doch gar nicht wissen.«

»Will ich schon. Du bist also in die Union Street gegangen?«

»Zu Perry's. Dann ins Slater Hawkins. Aber die *richtige* Pleite kam erst im Thomas Lord's.«

Mary Ann goß ihr eine Tasse Kaffe ein. »Was ist denn passiert?«

»Wenn ich das mal selber wüßte! Ich sitz ganz unschuldig an der Bar und trink so vor mich hin, als ich drüben am Kamin diesen Kerl entdecke. Ich hab ihn sofort erkannt, weil ich mit ihm letzten Monat auf seinem Hausboot in Sausalito eine kleine Nummer geschoben habe.«

»Eine kleine Nummer geschoben?«

»Gevögelt.«

»Schönen Dank.«

»Na ... ich also rüber zu dem Kerl. Jerry Sonstwas. Ein deutscher Name. Wildlederhose, ein Halskettchen aus türkisen Kürbisblüten und eine Brille à la John Denver. *Einfach umwerfend.* Auf ... na ja ... so auf die Art wie drüben im Marin eben. Ich sag also zu ihm: ›Hallo Jerry, wer hält denn das Hausboot warm?‹, und da gafft mich das Arschloch bloß an, als wär ich irgend ne Nutte von der Market Street oder was. Weißt du, als würd er mich nicht mal *erkennen*. Ich bin mir vorgekommen wie der letzte *Dreck*.«

»Kann ich mir vorstellen.«

»Deshalb hab ich dann gesagt: ›Connie Bradshaw von den Friendly Skies of United.‹ Bloß hab ich es ... in einem richtig zickigen Ton gesagt, damit er's auch schnallt.«

»Hat er aber nicht?«

»Nein, verdammt noch mal! Er sitzt bloß da in seiner Hochnäsigkeit und glotzt stoned durch die Gegend. Schließlich bietet er mir einen Platz an, und dann macht er mich mit diesem Danny bekannt, einem Freund von ihm. Danach steht das Arschloch einfach auf und geht raus, und mich läßt er mit diesem Danny allein. Der hatte grade so ein Therapiewochenende hinter sich, und da hat er mich dann vollgelabert mit lauter Scheiß von Abstand zum Selbst gewinnen und so.«

»O Gott. Und was hast du gemacht?«

»Was *konnte* ich schon machen? Ich bin mit Danny nach Hause gegangen. Sollte ich etwa zulassen, daß er mich auch sitzenläßt und ich dann allein meine Salzstangen mampfe? Nein! Es gibt schließlich so was wie Stolz!«

»Richtig.«

»Jedenfalls hat Danny eine wirklich süße Wohnung in Mill Valley, mit Redwoodtäfelung und ganz viel farbigem Glas und so, aber er ist total *besessen* von der Ökologie. Kaum hatten wir einen Joint geraucht, brabbelte er mir auch schon einen vor über die Rettung der Wale in Mendocino und über die Zerstörung der Ozonschicht durch Intimspray für Frauen.«

»*Was?*«

»Du weißt schon. Spraydosen. Und diese dämliche Ozonschicht. Auf jeden Fall war ich da schon ziemlich stoned, und dann hab ich gesagt, daß meiner Meinung nach jede Frau das unveräußerbare ... das unveräußerliche Recht ... Wie heißt es denn nun?«

»Unveräußerlich.«

»Das unveräußerliche Recht hat, Intimspray zu benutzen, wenn sie das möchte, Ozonschicht hin oder her!«

»Und ...?«

»Und er hat gesagt, nur weil ich die etwas *bizarre* Vorstellung habe, daß meine ... na, du weißt schon ... schlecht riecht, ist das noch lange kein Grund, den Rest der Welt der ultravioletten Strahlung und dem Hautkrebs auszusetzen. Oder so was in der Art.«

»Na ... das war ja ein erquicklicher Abend.«

»Dieser Kerl ist doch einfach *unglaublich*. Nicht nur, daß er mich mit diesem ganzen Ökoscheiß überzieht, nein ... es passiert noch nicht mal was.«

»Es ist nichts passiert?«
»Nichts. Null. Er kutschiert mich den ganzen Weg über die Brücke, und bloß zum Quatschen. Er sagt, er will zu mir als Person einen *Bezug herstellen*. Pah!«
»Und ... Was hast du gesagt?«
»Ich hab ihm gesagt, er soll mich nach Hause fahren. Und weißt du, was er da gesagt hat?«
Mary Ann schüttelte den Kopf.
»Er hat gesagt: ›Tut mir leid, daß du umsonst gesprayt hast.‹«

Ein paar Stunden später zog Mary Ann von Connies Wohnung in die Barbary Lane 28 um. Ihr Umzugsgut bestand aus einem Rucksack. Connie war erkennbar deprimiert.
»Du kommst mich doch mal besuchen, oder?«
»Klar. Und du mußt zu mir auf Besuch kommen.«
»Hand aufs Herz?«
»Hand aufs Herz.«
Beide glaubten nicht daran.

BEWERBUNGSTAKTIK

An ihrem ersten Vormittag in der Barbary Lane suchte Mary Ann im Branchenbuch nach dem Schlüssel zu ihrer Zukunft. Laut einer großformatigen, mit Gänseblümchen verzierten Anzeige war die Metropolitan Employment Agency eine »individuelle Arbeitsvermittlung, der Ihre Zukunft am Herzen liegt«.

Das hörte sich gut an. Zuverlässig und doch mitfühlend.

Mary Ann schlang ein Instant Breakfast runter, zog ihr dezentes marineblaues Kostüm an und stieg in den 41er Union Richtung Montgomery Street. Ihr Horoskop versprach an diesem Tag »unvergleichliche Möglichkeiten für Sie, wenn Sie den Stier bei den Hörnern packen«.

Die Agentur befand sich im vierten Stock eines gelb verklinkerten Gebäudes, in dem es nach Zigarren und Salmiakgeist roch. Jemand mit einem Auge für zeitgenössische Kaliforniensia hatte die Wände des Wartezimmers mit Jugendstilplakaten und einem aus Treibholz und Kupfer gefertigten Relief einer fliegenden Möwe geschmückt.

Mary Ann setzte sich. Da niemand zu sehen war, griff sie nach einem Heft der Zeitschrift *Office Management*. Sie las gerade einen Artikel über Avocadozucht im Büro, als aus einem Nebenraum eine Frau auftauchte.

»Haben Sie schon ein Formular ausgefüllt?«

»Nein. Ich wußte nicht ...«

»Auf dem Pult dort. Ich kann Sie nicht vorlassen, solange Sie kein Formular ausgefüllt haben.«

Mary Ann füllte ein Formular aus. Mit den Fragen quälte sie sich ab. Verfügen Sie über ein Auto? Würden Sie eine Stelle außerhalb von San Francisco annehmen? Beherrschen Sie eine oder mehrere Fremdsprachen?

Sie trug das Formular zu der Frau ins Nebenzimmer. »Ich bin fertig«, sagte sie so freundlich und verbindlich wie möglich.

Die Frau grunzte. Sie nahm Mary Ann das Formular ab und rückte die an einer Kette baumelnde Brille auf ihrer kleinen Schweinchennase zurecht.

Sie hatte eine Entenschwanzfrisur mit eingefärbten Strähnchen. Während sie das Formular prüfte, fingerte sie an einem Schreibtischspielzeug herum: vier Stahlkugeln, die an Schnüren von einem Gestell aus Walnußholz baumelten.

»Kein Abschluß«, sagte die Frau schließlich.

»Meinen Sie ... vom College?«

Die Frau brauste auf. »Ja. Vom College, meine ich.«

»Ich war zwei Jahre auf einem Junior College in Ohio, wenn das ...«

»Zwischenprüfung?«

»Ja.«

»Ja und?«

»Was?«

»*Worin* hatten Sie Ihre Zwischenprüfung?«

»Oh. In Kunstgeschichte.«

Die Frau lächelte affektiert. »Von *der Sorte* haben wir aber garantiert mehr als genug.«

»Macht ein Abschluß denn wirklich so viel aus? Ich meine ... für einen Sekretärinnenjob?«

»Na hören Sie mal! Ich hatte schon Doktorandinnen als Tippsen.« Sie redete in der ersten Person, als wären die jobbenden Studentinnen ihre Leibeigenen. Sie schrieb etwas auf eine Karteikarte und überreichte sie Mary Ann. »Das ist eine kleine Büroartikelfirma an der Market Street. Der Verkaufsleiter braucht ein Girl Friday. Fragen Sie nach Mr. Creech.«

Der entpuppte sich als rotgesichtiger Mann um die Fünfzig. Er trug ein burgunderrotes Polyestersakko mit übergroßem Fischgrätmuster. Seine Hose und die Krawatte hatten die gleiche Farbe.

»Haben Sie schon mal im Verkauf gearbeitet?« Er lächelte und lehnte sich in seinem quietschenden Drehstuhl zurück.

»Nein ... na ja, nicht so richtig. Die letzten vier Jahre habe ich bei Lassiter Fertilizers in Cleveland als Sekretärin gearbeitet. Ich war nicht direkt *im* Verkauf, aber ... wissen Sie ... ich hatte eigentlich mit allem zu tun.«

»Klingt gut. Firmentreue. Das ist immer ein gutes Zeichen.«

»Die letzten anderthalb Jahre war ich auch noch Assistentin in der Geschäftsleitung, und in meiner Zuständigkeit lagen mehrere ...«

»Schön, schön ... Ich nehme an, Sie wissen, was ein Girl Friday ist?«

»So eine Art Mädchen für alles ... oder?« Sie lachte nervös auf.

»Die Bezahlung ist gut. Sechshundertfünfzig im Monat. Und es geht sehr locker zu bei uns ... Schließlich sind wir in San Francisco.« Er fixierte Mary Ann und fing an, am Knöchel seines Zeigefingers herumzukauen.

»Mir gefällt es ... wenn es im Büro etwas ungezwungener zugeht«, sagte Mary Ann.

»Mögen Sie Vegas?«

»Sir?«

»Earl.«

»Wie?«

»Ich heiße Earl. Ungezwungen ... so sagten wir doch, nicht?« Grinsend wischte er sich über die Stirn. Er schwitzte ziemlich stark. »Ich habe gefragt, ob Ihnen Vegas gefällt. Wir sind ziemlich oft in Vegas. Vegas, Sacramento, L.A., Hawaii. Das bringt ne Menge Spesen zusätzlich.«

»Klingt ja ... richtig gut.«

Er zwinkerte ihr zu. »Wenn Sie nicht ... Sie verstehen ... zugeknöpft sind.«

»Ach.«

»Ach was?«

»Ich bin zugeknöpft, Mr. Creech.«

Er schnappte sich eine Büroklammer vom Schreibtisch und bog sie, ohne hochzuschauen, langsam auseinander. »Die nächste«, sagte er ruhig.

»Sir?«

»Raus mit Ihnen.«

Sie ging nach Hause in ihre neue Wohnung und heulte. Als die Nachmittagssonne sich durch das Fenster ergoß, schlief sie ein. Um fünf wachte sie auf und scheuerte aus therapeutischen Gründen die Küchenspüle blitzblank. Sie aß etwas Blaubeerjoghurt und machte eine Liste von Dingen, die sie für ihre Wohnung brauchte.

Sie schrieb einen Brief an ihre Eltern. Optimistisch, aber vage.

Draußen vor der Tür war ein Geräusch. Nach kurzem Lauschen öffnete sie. Sie sah gerade noch flatternde pflaumenfarbene Seide, die nach unten entschwand.

Mary Ann fand einen Zettel an ihrer Tür:

> Eine Kleinigkeit aus meinem Garten,
> um dich in deinem neuen Heim
> willkommen zu heißen.
>
> Anna Madrigal
>
> P.S.: Ich bring dich um, wenn du
> deiner Mutter etwas davon sagst.

Auf dem Zettel klebte ein feinsäuberlich gerollter Joint.

AUFTRITT MONA

Die Frau unten an den Mülltonnen hatte krause rote Haare und trug ein aufgepepptes Farmerinnenkleid aus Baumwolle.

Naserümpfend ließ sie ihre Hefty-Tüte in eine der Tonnen fallen und lächelte Mary Ann an. »Müll ist *sehr* aussagekräftig, kann ich dir nur sagen. Tarotkarten sind ein Dreck dagegen!«

»Was würdest du sagen zu ... Moment mal ... vier Joghurtbechern, einer Cost-Plus-Tüte, ein paar Avocadoschalen und diversen Plastikfolien?«

Die Frau drückte ihre Finger gegen die Stirn wie ein Medium. »Ah, ja ... die Person sorgt gut für sich ... wenigstens, was die Ernährung angeht. Wahrscheinlich ist sie auf Diät, und sie ... richtet eine neue Wohnung ein!«

»Unheimlich!« sagte Mary Ann lächelnd.

»Außerdem ... züchtet sie gern Pflanzen. Sie hat den Avocadokern nicht weggeworfen, und das heißt, daß sie ihn wahrscheinlich in der Küche eingepflanzt hat.«

»Bravo!« Mary Ann streckte ihr die Hand entgegen. »Ich bin Mary Ann Singleton.«

»Ich weiß.«

»Aus meinem Müll?«

»Von unserer Vermieterin. Unserer Urmutter.« Sie schüttelte Mary Anns Hand mit festem Griff. »Ich bin Mona Ramsey ... von direkt unter dir.«

»Hallo. Du hättest sehen sollen, was unsere Mutter mir gestern abend an die Zimmertür geklebt hat.«

»Einen Joint?«

»Sie hat es dir erzählt?«

»Nein. Das gehört hier zum Standardprogramm. Wir kriegen alle einen.«

»Hat sie das Zeug im Garten?«

»Gleich da drüben hinter den Azaleen. Sie hat den Pflanzen sogar Namen gegeben ... Dante zum Beispiel, oder Beatrice, oder ... Da fällt mir ein, willst du vielleicht etwas Ginseng?«

»Was?«

»Ginseng. Ich hab grade welchen gekocht. Komm doch mit hoch.«

Monas Wohnung im ersten Stock war mit indischen Wandbehängen, einer Sammlung von Straßenschildern und Kugellampen aus dem Art déco verschönert. Ihr Eßtisch war eine riesige Kabeltrommel. Ihr Sessel eine umgearbeitete viktorianische Toilette.

»Früher hatte ich mal Vorhänge«, sagte sie lächelnd und reichte Mary Ann einen Becher Tee, »aber nach einiger Zeit sah's mir hier mit den Paisleystoffen viel zu altmodisch und ... höheretöchtermäßig aus.« Sie zuckte mit den Schultern. »Außerdem ... was soll's ... vor wem verberge ich denn schon meinen Körper?«

Mary Ann schaute aus dem Fenster. »Was ist mit dem Haus da drüben ...«

»Nein ... ich meine ... mehr so ... Vor dem Kosmos kann *niemand* etwas wirklich verbergen. Unter den Strahlen des Großen Heilenden Lichts sind wir alle ... na ja ... *wahrhaft* nackt. Wen schert es da, wenn man seine *Haut* zeigt?«

»Der Tee schmeckt wirklich ...«

»Warum willst du als Sekretärin arbeiten?«

»Woher weißt du, was ...?«

»Die Übermutter. Mrs. Madrigal.«

Mary Ann konnte ihren Ärger nicht verbergen. »Sie bringt die Neuigkeiten ganz schön schnell unter die Leute, was?«

»Sie mag dich.«

»Hat sie dir das gesagt?«

Mona nickte. »Magst du sie nicht?«

»Na ... ja ... ich meine, ich kenn sie noch nicht lang genug, um ...«

»Sie glaubt, daß du sie abgedreht findest.«

»Na großartig. Die Psychokiste wird gleich mitgeliefert.«

»*Findest* du sie denn abgedreht?«

»Mona, ich ... Ja, ich glaube schon«, sagte sie lächelnd. »Vielleicht liegt es ja an mir. Bei uns in Cleveland gibt es keine solchen Leute.«

»Wie schade für Cleveland.«

»Ja, vielleicht.«

»Sie will dich in die Familie aufnehmen, Mary Ann. Versuch's doch mal. Okay?«

Monas gönnerhafte Art ärgerte Mary Ann. »Ich hab damit keine Probleme.«

»Nein. Noch nicht.«

Mary Ann nippte schweigend weiter an dem höchst merkwürdig schmeckenden Tee.

Die beste Nachricht kam ein paar Minuten später. Mona arbeitete als Werbetexterin für Halcyon Communications, eine angesehene Werbeagentur am Jackson Square.

Edgar Halcyon, der Chef, brauchte Ersatz für seine Privatsekretärin, die »ihm schwanger geworden« war.

Mona arrangierte ein Vorstellungsgespräch für Mary Ann.

»Sie haben doch nicht vor, wieder nach Cleveland abzuhauen, oder?«

»Sir?«

»Bleiben Sie auf Dauer hier?«

»Ja, Sir. Ich liebe San Francisco.«

»Das sagen alle.«

»In meinem Fall ist es zufällig die Wahrheit.«

Halcyons buschige weiße Augenbrauen zuckten nach oben. »Sind Sie zu Ihren Eltern auch so frech, junge Frau?«

Mary Ann blieb ungerührt. »Was glauben Sie, warum ich nicht nach Cleveland zurückkann?«

Es war gewagt, aber es funktionierte. Halcyon warf den Kopf zurück und lachte schallend. »Okay«, sagte er, um Fassung ringend. »Das war's.«

»Sir?«

»Das ist das letzte Mal, daß Sie mich so lachen sehen. Ruhen Sie sich ein bißchen aus. Ab morgen arbeiten Sie für den schrecklichsten Kerl, den diese Stadt zu bieten hat.«

Mrs. Madrigal jätete im Garten Unkraut, als Mary Ann in die Barbary Lane zurückkam.

»Du hast den Job, nicht?«

Mary Ann nickte. »Hat Mona angerufen?«

»Nein. Ich wußte einfach, daß es klappt. Du kriegst immer, was du willst.« Mary Ann zuckte lächelnd mit den Schultern. »Ja, ich glaube schon.«

»Wir beide haben viel gemeinsam, Liebes ... Ob dir das bewußt ist oder nicht.«

Mary Ann ging auf die Haustür zu, blieb dann stehen und drehte sich um. »Mrs. Madrigal?«

»Ja?«

»Ich ... Vielen Dank für den Joint.«

»Gern geschehen, Liebes. Ich denke, du wirst Beatrice mögen.«

»Es war nett von Ihnen, daß Sie ...«

Die Hausherrin schickte sie mit einem Wink fort. »Geh und sag deine Gebete auf oder so. Du stehst jetzt im Berufsleben.«

WERBESPIELCHEN

Halcyon Communications war in einer früheren Inkarnation eine Lebensmittelgroßhandlung gewesen. Jetzt strahlten einem von den dezenten Ziegelwänden Supergraphics und Mietkunst entgegen. Würdige Damen, die am Jackson Square nach Louis-quinze-Schnäppchen suchten, verwechselten die Sekretärinnen des Hauses häufig mit exquisiten Mannequins.

Mary Ann gefiel das.

Was ihr nicht besonders gefiel, war ihr Job.

»Ist die Fahne draußen, Mary Ann?«

Das war am Morgen Halcyons erste Frage. An jedem Morgen.

»Ja, Sir.« Mit jeder Sekunde fühlte sie sich weniger wie Lauren Hutton. Wer würde von Lauren Hutton verlangen, schon vor neun Uhr morgens die amerikanische Flagge aufzuziehen?

»Haben wir keinen Kaffee mehr?«
»Ich habe ihn im Konferenzraum bereitgestellt.«
»Was ist das denn wieder für eine komische ... O Gott! ... Adorable ist da?«
Mary Ann nickte. »Konferenz um neun.«
»Verdammt! Sagen sie Beauchamp, er soll seinen Hintern hierher bewegen. Aber dalli.«
»Ich hab's schon bei ihm versucht, Sir. Er ist noch nicht im Haus.«
»O Gott!«
»Ich könnte es bei Mildred versuchen, wenn Sie möchten. Manchmal trinkt er unten in der Produktion Kaffee.«
»Ja, los.«
Mary Ann rief an und kam sich dabei vor wie eine Fünftkläßlerin, die einen Mitschüler verpetzt hatte. Sie *mochte* Beauchamp Day; trotz seiner Verantwortungslosigkeit. Vielleicht mochte sie ihn sogar *wegen* seiner Verantwortungslosigkeit.

Beauchamp war Edgar Halcyons Schwiegersohn, der Ehemann von DeDe Halcyon, deren Debütantinnenball auch schon eine ziemliche Weile zurücklag. Nach seinem Studium in Groton und Stanford war der hübsche junge Bostoner 1971 als Trainee zur Bank of America nach San Francisco gekommen und natürlich wie geschaffen gewesen für den eleganten Junggesellenclub The Bachelors.

Den Klatschspalten zufolge hatte er seine spätere Frau 1973 beim Spinsters Ball kennengelernt. Binnen Monatsfrist genoß er die Freuden von Poolparties in Atherton, Brunches auf Belvedere Island und Skiausflügen nach Tahoe.

Die Balz zwischen DeDe und Beauchamp verlief rasant. Die beiden heirateten im Juni 1973 auf den sonnenbeschienenen Hängen von Halcyon Hill, dem Sitz der Brautfamilie in Hillsborough. Die Braut hatte darauf bestanden, barfuß zu heiraten. Sie trug ein Folklorekleid von Adolfo, geordert bei Saks Fifth Avenue. Ihre Mitbewohnerin in Bennington und Brautjungfer, Muffy van Wyck, trug ausgewählte Verse von Kahlil Gibran vor, zu denen ein Streichquartett das Thema aus *Elvira Madigan* spielte.

Nach der Hochzeit erklärte die Brautmutter, Frannie Halcyon, gegenüber Reportern: »Wir sind so stolz auf DeDe. Sie war immer eine *ganz besondere* Individualistin.«

Beauchamp und DeDe zogen in ein elegantes Art-déco-Penthouse auf dem Telegraph Hill. Sie waren generöse Gastgeber, und man traf sie häufig bei wohltätigen Ausschweifungen ... anscheinend gingen alle Leute zu so was, bloß nicht Mary Ann Singleton.

Mary Ann hatte während eines Softballmatchs mit einer befreundeten Agentur (Halcyon gegen Hoefer, Dieterich & Brown) einmal kurz mit DeDe geplaudert. Mrs. Day wirkte auf die Sekretärin ganz und gar nicht versnobt, doch Mona fand, daß eine Dina-Merrill-Frisur bei einer Sechsundzwanzigjährigen *lächerlich* aussah.

Beauchamp jedoch hatte an jenem Nachmittag wunderbar ausgesehen und die Wurfzone des Pitchers in einen Miniolymp verwandelt.

Blaue Augen, schwarze Haare und glänzende braune Arme, die sich von einem leicht verwaschenen grünen Lacoste-Hemd abhoben ...

Mary Ann hatte richtig getippt. Beauchamp trank in der Produktion Kaffee.

»Seine Majestät verlangen nach Eurer Anwesenheit in den königlichen Gemächern.« Sie hatte keine Bedenken, Beauchamp gegenüber solche Respektlosigkeiten zu gebrauchen. Sie war überzeugt, daß sie es mit einem Gleichgesinnten zu tun hatte.

»Bestellen Sie ihm, der prinzliche Kretin sei auf dem Weg.«

Sekunden später stand Beauchamp neben ihrem Schreibtisch und zeigte sein selbstbewußtes Jünglingslächeln. »Lassen Sie mich raten. Ich habe Mist gebaut bei der Abrechnung für Adorable, stimmt's?«

»Noch nicht. Um neun ist eine Konferenz angesetzt. Er war nervös, das ist alles.«

»Er ist immer nervös. Außerdem habe ich den Termin nicht vergessen.«

»Das war mir klar.«

»Sie halten mich doch für einen fähigen Kerl, nicht?«

»Als Etatdirektor?«

»Als Ganzes?«

»Das ist unfair. Wollen Sie ein Dynamint?«

Beauchamp schüttelte den Kopf und lümmelte sich in einen der Barcelona-Sessel. »Ist er nicht ein richtiger Arsch?«

»Beauchamp...«

»Wie steht's morgen mit dem Mittagessen?«

»Ich glaube, da ist er schon belegt.«

»Nicht er. Sie. Wird er Sie für eine Stunde aus Ihrem Käfig lassen?«

»Oh... Ja, sicher. Machen wir's auf die deutsche Art?«

»Nein, ich lade sie ein.«

Mary Ann kicherte, zuckte dann allerdings zusammen, als Halcyon sich über die Gegensprechanlage meldete. »Ich will ihn jetzt sehen«, sagte ihr Chef.

Beauchamp stand auf und zwinkerte Mary Ann zu. »Na ja, von Wollen kann bei mir keine Rede sein.«

EDGAR GEHT IN DIE LUFT

Edgar musterte seinen Schwiegersohn. Er fragte sich, wie ein so adretter, beredter und im großen und ganzen *vorzeigbarer* Mensch eine so furchtbare Nervensäge sein konnte.

»Ich denke, du weißt, worum es geht.«

Beauchamp beugte sich vor und schnippte ein Stäubchen von seinen Gucci-Schuhen. »Ja, um den Spruch für die Strumpfhosen. Ich finde, daß die Zweihundertjahrfeier da drin nichts zu suchen hat.«

»Ich spreche von DeDe, und das weißt du auch!«

»Wenn du meinst.«

Edgars Augen wurden zu schmalen Schlitzen. Seine Faust schloß sich um den Hals einer Lockente aus Mahagoni, die Frannie ihm bei Abercrombie's gekauft hatte. »Wo warst du letzte Nacht, Beauchamp?«

Schweigen.

»Mir macht das wahrlich keinen Spaß, mein Lieber. Und es gefällt mir ganz und gar nicht, daß meine eigene Tochter mich letzte Nacht angerufen und sich fast die Augen ausgeweint hat vor ...«

»Ehrlich gesagt verstehe ich nicht, was dich das ...«

»Verdammt noch mal! Frannie hat geschlagene zwei Stunden mit DeDe telefoniert und versucht, sie zu beruhigen. Wann bist du gestern nacht überhaupt nach Hause gekommen?«

»Warum fragst du nicht DeDe? Ich bin sicher, sie hat's ins Logbuch eingetragen!«

Edgar drehte sich in seinem Sessel nach hinten zur Wand. Er studierte eine Jagdszene und versuchte, sich zu beruhigen. Er sprach leise und bedächtig, weil er wußte, daß in einem solchen Ton die größte Drohung lag.

»Noch einmal, Beauchamp. Wo warst du?«

Die Antwort galt seinem Hinterkopf. »Ich hatte eine Ausschußsitzung im Club.«

»In welchem Club?«

»Im University Club. Nicht so was *ganz* Exquisites wie der PU-Club, aber Nob Hill ist es alle...«

»Warst du dort bis Mitternacht?«

»Wir haben anschließend noch was getrunken.«

»Wir? Du und irgendein Flittchen aus dem Ruffles?«

»Du meinst das Ripples. Und ich habe auch kein ... wie heißt dieses drollige Wort? ... aufgegabelt. Ich war im Club. Frag Peter Cipriani. Er war auch dort.«

»Ich bin doch kein Detektiv.«

»Das wäre mir nicht aufgefallen. Ist das jetzt alles?«

Edgar massierte sich mit den Fingerspitzen die Stirn. Er drehte sich nicht um. »Wir haben eine Konferenz.«

»Ganz recht«, sagte Beauchamp im Hinausgehen.

Punkt zwölf machte sich Mary Ann mit Mona auf den Weg ins Royal Exchange.

»Scheiße«, stöhnte die Werbetexterin über einem Pimm's Cup. »Ich *bin* vielleicht überdreht heute.«

Das ist keine Überraschung, dachte Mary Ann. Mona wurde fürs Überdrehtsein *bezahlt*. Sie war der hauseigene Paradiesvogel von Halcyon Communications. Kunden, die ihre Kreativität nicht vom Fleck weg beeindurckend fanden, änderten ihre Einschätzung, sobald sie ihr Büro sahen: eine Kollektion von Wasserpfeifen, eine Kühlbox aus Eiche, die als Bar diente, ein antiker Rollstuhl, eine Collage mit Muskelprotzen aus dem *Playgirl* und ein neonfarbenes Martiniglas aus einer Bar im Tenderloin.

»Was ist los?« fragte Mary Ann.

»Ich hab gestern Abend Meskalin genommen.«

»Ach ja?«

»Wir waren unten an der Mission Street und sind dort durch diese schrecklich geschmacklosen Möbelgeschäfte gezogen, wo sie Lampenschirme mit Troddeln verkaufen und runde Betten und ... puh! ... diese Dinger mit den falschen Wasserfällen um Glasröhren herum. Es war alles so *künstlich*, aber ... weißt du ... das war so eine *kosmische* Künstlichkeit ... und auf eine abgedrehte Art war es irgendwie, tja, spirituell. Du weißt schon.«

Mary Ann wußte *nicht*. Sie ging dem Thema aus dem Weg, indem sie ein Truthahnsandwich und einen Bohnensalat bestellte. Mona bestellte noch einen Pimm's Cup.

»Weißt du was?« sagte Mary Ann.

»Hm?«

»Ich bin heute abend bei Mrs. Madrigal zum Essen.«

»Gratuliere. Sie mag dich.«

»Das hast du mir schon mal gesagt.«

»Na ja ... dann vertraut sie dir eben.«

»Warum? Ich weiß doch gar nichts von ihr.«
»Ach, nur so ... ich meinte damit nichts ...«
»Wie soll ich mich verhalten, Mona?«
»Wie, verhalten?«
»Ihr gegenüber. Ich weiß nicht recht ... Ich habe das Gefühl, sie *erwartet* etwas von mir.«
»Bürgerliche Paranoia.«
»Ich weiß ... Aber du kennst sie ziemlich gut, und da dachte ich, du könntest mich vielleicht aufklären über ... na ja ... über ihre Eigenarten.«
»Sie ist anständig. Das ist ihre Eigenart. Außerdem macht sie einen phantastischen Lammbraten.«

Mona hörte um vier auf zu arbeiten und machte bewußt einen Bogen um Mary Anns Büro, das in der Nähe des Aufzugs lag. Als sie nach Hause kam, stand Mrs. Madrigal im Garten.

Die Hausbesitzerin trug eine buntkarierte Stretchhose, einen farbverschmierten Arbeitskittel und einen Strohhut. Ihr Gesicht war vor Anstrengung gerötet. »Na ... hast du dich schon früher aus dem Staub gemacht, meine Liebe?«

»Ja.«

»Ist dir zu deinen Strumpfhosen nichts mehr eingefallen?«

Mona lächelte. »Ich wollte Ihnen was sagen. Obwohl es eigentlich nichts richtig Ernstes ist.«

»Schön.«

»Mary Ann wollte etwas über Sie wissen.«

»Hast du ihr was gesagt?«

»Ich finde, das ist *Ihre* Angelegenheit.«

»Du hältst sie noch für zu grün, nicht?«

Mona nickte. »Im Moment schon, ja.«

»Wir essen später zusammen.«

»Das hat sie mir erzählt. Deshalb hab ich auch ... Na ja, ich wollte nicht, daß Sie in Verlegenheit kommen, das ist alles.«

»Danke, Liebes.«

»Ich sollte mich besser um meinen eigenen Kram kümmern, was?«

»Nein. Ich weiß das zu schätzen. Möchtest du heute abend auch zum Essen kommen?«

»Nein, ich ... Nein danke.«

»Ich hab dich ganz besonders gern, Liebes.«

»Danke, Mrs. Madrigal.«

DIE SEELENQUALEN DER BOHEME

Nach dem Büro schüttete Edgar im Bohemian Club einen doppelten Scotch in sich hinein.

Die Regularien eines wohlgeordneten Lebens nützten nichts, wenn andere sie nicht akzeptierten. Beauchamp war nur einer von vielen.

Im Cartoon Room herrschte Hochbetrieb. Edgar saß allein im Domino Room, denn er wollte es ruhig haben. Die große Angst hatte sich wieder eingestellt.

Er stand auf und ging zum Telefon. Der Hörer wurde in seiner Hand fast glitschig.

Das Hausmädchen meldete sich.

»Halcyon Hill.«

»Emma ... ist Mrs. Halcyon zu sprechen?«

»Einen Augenblick, Mr. Halcyon.«

Frannie hatte den Mund voll. »Mmmpf ... mein Schatz ... die Käseschwäne, die ich von Cyrils Party mitgenommen habe, sind ein *Gedicht*! Und Emma hat ein göttliches *Blanquette de veau* gezaubert! Wann kommst du nach Hause?«

»Ich muß heute abend passen, Frannie.«

»Edgar! Doch nicht schon wieder diese elenden Strumpfhosen?«

»Nein. Ich bin im Club. Wir haben ... eine Ausschußsitzung.«

Schweigen.

»Frannie?«

»Was?« Sie war frostig.

»Ich muß das tun. Und das weißt du.«

»Man tut, was man tun *will*, Edgar.«

Ihm schoß das Blut ins Gesicht. »Also gut, dann eben so! Ich *will* bei dieser Sitzung dabeisein! Bist du jetzt glücklich?«

Frannie legte auf.

Er stand mit dem Hörer in der Hand da, legte dann auf und wischte sich mit einem Taschentuch über das Gesicht. Nachdem er mehrmals tief durchgeatmet hatte, griff er nach dem Telefonbuch und suchte Ruby Millers Nummer heraus.

Er wählte.

»Abend. Hier ist Ruby.« Sie klang noch großmütterlicher als sonst.

»Edgar Halcyon, Mrs. Miller.«

»Oh ... Wie schön, Ihre Stimme zu hören. Meine Güte, es ist ja schon wieder so lange her.«

»Ja ... wissen Sie ... die Geschäfte.«

»Ja, ja. Immer beschäftigt, immer beschäftigt.«

In seinen Augenbrauen stand erneut der Schweiß.

»Kann ich heute abend zu Ihnen kommen, Mrs. Miller? Ich weiß, es ist etwas kurzfristig.«

»Ach... Warten Sie mal eben, Mr. Halcyon. Ich seh in meinem Kalender nach.« Sie legte den Hörer beiseite. Edgar konnte hören, wie sie herumkramte. »Geht in Ordnung«, sagte sie schließlich. »Paßt es Ihnen um acht?«

»Vielen herzlichen Dank.«

»Aber ich bitte Sie, Mr. Halcyon.«

Er fühlte sich jetzt entschieden besser. Ruby Miller bedeutete für ihn Hoffnung, wie vage auch immer. Er beschloß, an der Bar im Cartoon Room etwas zu trinken.

»Edgar, du alter Schwerenöter, warum bist du nicht zu Hause am Rosenstutzen?«

Es war Roger Manigault, einer der Bosse von Pacific Excelsior. Die Tennisplätze der Manigaults grenzten an den Obstgarten der Halcyons in Hillsborough.

Edgar lächelte. »*Du* solltest auch schon längst im Bett sein, Booter.« Der Spitzname war ein Überbleibsel aus Stanford-Zeiten, als Manigault die höheren Weihen des Footballspiels empfangen hatte. Seitdem hatte er an nichts mehr Gefallen gefunden.

Im Augenblick erregte er sich darüber, daß die Indianerfigur auf dem Campus von Stanford an die Indianer zurückgegeben werden sollte.

»Heutzutage sind alle so schrecklich *sensibel*! Indianer sind keine Indianer mehr... o nein! Sie sind amerikanische Ureinwohner. Ich habe zehn Jahre gebraucht, bis ich ›Neger‹ richtig sagen konnte, und jetzt haben sie sich in Schwarze verwandelt. Herrgott noch mal, ich weiß nicht mal mehr, wie ich unser *Mädchen* nennen soll!«

Edgar trank einen Schluck und nickte. Er hatte das alles schon mal gehört.

»Nimm doch bloß mal das Wort ›gay‹, Edgar. Das war immer ein ganz normales Wort, das man für etwas Natürliches und *Vergnügliches* benutzt hat, Herrgott noch mal! Und jetzt! Was ist es jetzt?!« Er putzte seinen Scotch weg und knallte das Glas auf den Tresen. »Ein anständiges junges Paar muß sich ja schon fast schämen, wenn es erzählt, daß es bei den ›Gaieties‹ mitgemacht hat! Früher war das mal ein schönes Sommervergnügen, aber heutzutage denkt doch jeder gleich, daß sie bei dieser Schwuchteln- und Lesbierinnenparade mitmarschiert sind!«

»Genau getroffen«, sagte Edgar.

»Aber wirklich! Übrigens, wo wir gerade davon reden ... Roger und Suzie haben erzählt, daß ihnen Beauchamp und DeDe über den Weg gelaufen sind, als sie letztens ausgegangen sind. Beauchamp ist ein verdammt guter Tänzer, sagt Suzie ... Ich glaube, Hustle heißt das, wo man so aneinanderbumst.«

Bumsen trifft den Nagel wahrscheinlich auf den Kopf, dachte Edgar. Er hatte sich schon öfter über Beauchamp und Suzie Gedanken gemacht. »Entschuldige mich jetzt, Booter. Ich habe Frannie versprochen, heute abend früh nach Hause zu kommen.«

Gemessen an den Lügen, die sie ihm abverlangte, hätte Ruby Miller genausogut Edgars Geliebte sein können.

Ein Stück weiter den Hügel hinauf suchte Beauchamp im University Club Trost bei Peter Cipriani, dem Erben eines sagenhaften, auf Blumen gründenden Vermögens.

»Ich glaube, ich entwickle langsam eine Paranoia.«

»Wieder der Alte?«

»Ja. Er hat mir wegen DeDe die Daumenschrauben angelegt.«

»Hat er dich in Verdacht?«

»Aber wie.«

»Und wie denkt DeDe darüber?«

»Meinst du, sie weiß, was denken heißt?«

»Sie ist ein bißchen begriffsstutzig, *aber* sie finanziert deine Leidenschaft für Wilkes-Bashford-Klamotten ... Und sie hat eine tolle Kiste.«

Beauchamp runzelte die Stirn.

»Ich meinte ihr *Auto*, Beauchamp.«

»Sehr lustig.«

»Das dachte ich auch.«

»Ich bin nicht hier, um über meine Frau zu reden, Peter.«

»Hmm ... das ist komisch. Alle anderen sind bloß deswegen da.«

Schweigen.

»Tut mir leid. Das war billig. Willst du was hören über den Bachelors Ball?«

»Sehe ich so aus?«

»Jedenfalls haben wir dich vermißt. Das heißt, wir haben deine weiße Navy-Uniform vermißt. Die hat immer genau den richtigen Akzent geliefert. Wie in der Operette.«

»Danke.«

»Unser Pflaumenprinz hatte dieses Jahr den Frack seines Großonkels an.«

»John Stonecypher?«

»Exakt. Und jetzt halt dich fest. Ihm ist doch tatsächlich eine Flasche Poppers in der Brusttasche aufgegangen.«

»O nein!«

»*Während* er mit Madge getanzt hat!«

»Wie hat sie reagiert?«

»Oh ... sie ist weiter über das Tanzparkett gewirbelt wie eine Debütantin beim Kotillon und hat so getan, als würden alle ihre Tanzpartner nach schmutzigen alten Socken riechen ... Du gehst doch heute zu ihrem großen Fest, oder?«

»Scheiße!«

»Vergessen, was?«

»DeDe macht sich vor Aufregung bestimmt schon in die Hosen!« Er kippte seinen Drink hinunter. »Ich bin schon weg.«

»Ja, vom Fenster«, sagte Peter.

DEDES TAG DES ZORNS

DeDe saß an ihrem Louis-quinze-*escritoire* und kritzelte in ihrem Louis-Vuitton-Scheckbuch.

»Du hast Madges Party vergessen, nicht?«

»Ich bin gefahren wie eine gesengte Sau.«

»In einer halben Stunde geht's los.«

»Dann kommen wir eben zu spät. Zieh deine Krallen

wieder ein. Dein Alter hat mich heute schon den ganzen Tag angemacht.«

»Hast du die Präsentation für Adorable übernommen?«

»Nein. Dein Vater.«

»Warum?«

»Warum erklärst *du* das nicht *mir*?«

»Ich weiß gar nicht, wovon du redest.«

»Er war sauer, DeDe. Stinksauer.«

Schweigen.

»Du weißt natürlich, warum.«

DeDe blickte in ihr Scheckbuch.

Beauchamp ließ nicht locker. »Er war sauer, weil seine über alles geliebte Tochter ihn gestern nacht angerufen und ihm gesagt hat, daß ich ein Scheißkerl bin.«

»Ich habe überhaupt nichts ...«

»Blödsinn!«

»Ich hab mir Sorgen gemacht, Beauchamp. Es war schon nach Mitternacht. Ich hab im Club angerufen, im Sam's und im Jack's. Ich ... bin fast verrückt geworden vor Angst. Und da habe ich gedacht, daß Daddy vielleicht weiß, wo du bist.«

»Natürlich. Der kleine Beauchamp macht auch nicht *einen* Schritt, ohne daß er sich mit dem Vater aller Väter bespricht!«

»Rede nicht so über Daddy.«

»Ach ... scheiß auf deinen Dad! Ich brauche von ihm keine Erlaubnis zum Luftholen. Ich brauche ihn überhaupt nicht!«

»Ach ja? Das würde Daddy sicher auch gerne hören.«

Schweigen.

»Warum rufen wir ihn nicht an und sagen es ihm?«

»DeDe ...«

»Du oder ich?«

»DeDe ... es tut mir leid. Ich bin müde. Heute war wirklich den ganzen Tag der Wurm drin.«

»Kommt drauf an, in wem.« Sie stellte sich vor den Spiegel in der Diele und kontrollierte ein letztes Mal ihr Make-up. »Wie geht's dem kleinen Fräulein Wieheißtsienoch?«

»Wem?«

»Daddys Sekretärin. Deinem kleinen ... Feierabendamüsement.«

»Das meinst du doch nicht ernst!«

»Und ob ich das ernst meine.«

»Mary Ann Singleton?«

»Was, *so* heißt sie? Wie drollig.«

»Herrgott noch mal! Ich kenne sie kaum.«

»Offensichtlich hat dich das nicht abgehalten.«

»Sie ist die Sekretärin deines Vaters!«

»Und sie ist nicht gerade eine Beleidigung fürs Auge.«

»Dafür kann ich doch nichts, oder?«

DeDe schürzte die Lippen, um den überschüssigen Lippenstift abzutupfen. Sie sah ihren Ehemann an. »Jetzt hör mir mal zu ... Mir reicht's! Gestern warst du absolut unauffindbar.«

»Ich hab es dir doch erklärt. Ich war im Club.«

»Ach, *quelle coincidence*! Du warst im Club, als du mich letzten Mittwoch zu dem Empfang im de Young versetzt hast, *und* du warst letzten Freitag im Club, als wir die Party der Telfairs bei *Beach Blanket Babylon* versäumt haben.«

»Wir haben es schon fünfmal gesehen.«

»Darum geht es doch nicht.«

Beauchamp lachte zynisch. »Du schlägst wirklich alle Rekorde. Du bist einfach ... Wo, in Gottes Namen, hast du *das* denn wieder her?«

»Ich habe Augen im Kopf, Beauchamp.«

»Wo? Wann?«

»Letzte Woche. Als ich mit Binky in der Remise du Soleil einkaufen war.«

»Du machst vielleicht schicke Sachen.«

»Du bist mit ihr über die Straße gegangen.«

»Mit Mary Ann?«

»Ja.«

»Das *ist* in der Tat belastend.«

»Es war um die Mittagszeit, und ihr habt *sehr* vertraut getan.«

»Das Beste hast du allerdings versäumt. Du hättest sehen sollen, wie ich vorher in dem kleinen Redwoodhain hinter der Transamerica Pyramid über sie hergefallen bin.«

»Diesmal kannst du dich nicht mit lockeren Sprüchen rausreden, Beauchamp.«

»Ich werd's gar nicht erst versuchen.« Er schnappte sich die Schlüssel für den Porsche vom Dielentisch. »Das hab ich bei dir schon längst aufgegeben.«

»Was du nicht sagst«, antwortete DeDe, während sie ihm zur Tür hinaus folgte.

DAS ABENDESSEN
BEI DER VERMIETERIN

Mary Ann schaute auf dem Weg zum Abendessen mit Mrs. Madrigal bei Mona rein.

»Willst du ein bißchen relaxen?« fragte Mona.

»Kommt drauf an.«

»Coca?«

»Ich bin auf Diät. Hast du auch Mineralwasser?«

»Ich *faß* es nicht.« Mona legte einen Handspiegel auf den Kabeltrommeltisch. »Selbst *du* müßtest doch schon mal *Porgy und Bess* gesehen haben.«

»Ja, und?« Mary Ann versagte die Stimme. Mona schaufelte mit einem kleinen Silberlöffel weißes Pulver aus einem Glasfläschchen. In den Löffelgriff war ein Ökologiesymbol eingraviert.

»Sporting Life«, sagte Mona. »Happy Dust. Das Zeug gehört in Amerika einfach dazu.« Sie schob das Pulver zu einer Linie quer über den Spiegel zusammen. »Alle Stummfilmstars haben geschnupft. Was meinst du, warum sie so dahergekommen sind?« Sie wackelte mit Kopf und Armen und äffte Charlie Chaplin nach.

»Und jetzt«, fuhr sie fort, »fehlt uns bloß noch ein hundsordinärer, universal einsetzbarer Essensgutschein.« Wie aus dem Nichts hatte sie plötzlich einen Zehn-Dollar-Essensgutschein in der Hand, den sie Mary Ann wie ein Zauberer zur Prüfung von beiden Seiten präsentierte.

»Bekommst du Essensgutscheine?« fragte Mary Ann. Sie verdient bestimmt viermal soviel wie ich, dachte die Sekretärin.

Mona war zu beschäftigt, um darauf eine Antwort zu geben. Sie rollte den Essensgutschein zu einem kleinen Röhrchen und steckte dieses in ihr linkes Nasenloch.

»Erstaunlich, was? Und uuuunheimlich sexy!«

Sie fuhr dem Pulver hinterher wie ein wildgewordener Ameisenbär. Mary Ann war entsetzt. »Mona, ist das...?«

»Jetzt du.«

»Nein danke.«

»Ach ... komm schon. Wenn man unter Leute will, wirkt es wahre Wunder.«

»Ich bin schon nervös genug.«

»Es macht einen doch nicht *nervös*, Herzchen. Es ...«

Mary Ann stand auf. »Ich muß gehen, Mona. Ich bin spät dran.«

»O Gott!«

»Was?«

»Bei dir komm ich mir ja vor, als wär ich ... ein Junkie.«

Mrs. Madrigal wirkte in dem schwarzen Hausanzug aus Satin und der darauf abgestimmten Kopfbedeckung beinahe elegant.

»Ah, Mary Ann. Ich hab gerade das Gazpacho im Mixer. Bedien dich doch schon mal bei den hors d'œuvres. Ich leiste dir dann gleich Gesellschaft.«

Die »hors d'œuvres« waren auf zwei Tellern symmetrisch arrangiert. Auf dem einen lagen mehrere Dutzend gefüllter Pilze. Auf dem anderen ein halbes Dutzend Joints.

Mary Ann entschied sich für einen Pilz und sah sich in der Wohnung um.

Zwei ziemlich plump gemachte Marmorstatuen flankierten den Kamin: ein Junge mit einem Dorn im Fuß und eine Frau mit einem Krug. Überall baumelten Seidenfransen – von Lampenschirmen, Überwürfen, Vorhängen und Volants, und sogar von dem Türbogen, durch den es auf den Flur hinausging. Das einzige Foto zeigte die Panama-Pacific-Ausstellung von 1915.

»Na, wie findest du mein kleines Bordell?« Mrs. Madrigal stand in dramatischer Pose unter dem Türbogen.

»Es ist ... recht hübsch.«

»Mach dich nicht lächerlich! Es ist die reinste Entartung!«

Mary Ann lachte. »Sie *wollten* es so haben?«

»Natürlich. Nimm dir doch einen Joint, Liebes, und komm *ja nicht* auf die Idee, ihn rumzureichen. Ich *ekle* mich vor diesen durchgeweichten Gemeinschaftsjoints! Ich meine ... wenn man sich schon der Entartung hingibt, dann kann man das auch mit Stil machen, findest du nicht?«

Es gab noch zwei weitere Gäste. Der eine war ein etwa fünfzigjähriger rotbärtiger Dichter aus North Beach, der Joaquin Schwartz hieß. (»Ein netter Kerl«, vertraute Mrs. Madrigal Mary Ann an, »aber ich wäre *dankbar*, wenn er sich an die Groß- und Kleinschreibung halten würde.«) Der andere Gast war eine Frau namens Laurel, die in der Haight-Ashbury Free Clinic arbeitete. Ihre Achselhöhlen waren nicht rasiert.

Joaquin und Laurel unterhielten sich während des ganzen Essens über ihre Lieblingsjahre. Joaquin schwor auf 1957. Laurel fand, daß 1967 das einzig Wahre war ... oder *gewesen* war.

»Wir hätten so weitermachen können«, sagte sie. »Ich

meine, es lief doch ganz prima, oder? Wir hatten damals alle *alles* gemeinsam ... das Acid, die Musik, den Sex, die Konzerte im Avalon, den Hund, das menschliche Sein an sich. Wir waren vierzehn Freaks in dieser Wohnung an der Oak Street; vierzehn Freaks und sechs Schlafsäcke. Es war verdammt schön, weil es ... weil es Geschichte war. *Wir* waren Geschichte. Mensch, wir haben es bis aufs Titelbild vom *Time Magazine* geschafft!«

Mrs. Madrigal zeigte sich höflich. »Und was ist deiner Meinung nach passiert, Liebes?«

»Sie haben es abgemurkst. Nicht die Bullen. Die Medien.«

»Was haben sie abgemurkst?«

»Neunzehnhundertsiebenundsechzig.«

»Ich verstehe.«

»Nixon, Watergate, die verfluchte Patty Hearst, die Zweihundertjahrfeier. Den Medien wurde 1967 über, und deswegen haben sie's einfach fertiggemacht. Dabei hätte es noch einige Zeit weitergehen können. Ein bißchen was davon hat sich nach Mendocino gerettet ... aber das haben die Medien rausgefunden, und dann haben sie's endgültig abgemurkst. Mein Gott ... Ich meine, was ist denn heute noch übrig? Das Feeling von 1967 findest du nirgends mehr!«

Mrs. Madrigal zwinkerte Mary Ann zu. »Du bist ja so still.«

»Ich weiß nicht recht, ob ich ...«

»Was ist *dein* Lieblingsjahr?«

»Ich glaube, ich habe gar keines.«

»Meines ist 1987«, sagte Mrs. Madrigal. »Dann bin ich fünfundsechzig oder so um den Dreh ... Dann kann ich mir meine Rente abholen und genug Geld zur Seite legen, um mir eine kleine griechische Insel zu kaufen.« Sie ringelte sich eine Locke ihres Haars um den Zeigefinger und lächelte sanft. »Das heißt, ich würde mich auch mit einem kleinen Griechen zufriedengeben.«

Als Mary Ann nach dem Essen zur Toilette ging, sah sie sich unterwegs im Schlafzimmer ihrer Vermieterin um. Auf der Frisierkommode entdeckte sie eine Fotografie in einem Silberrahmen.

Ein junger Mann, ein Soldat, stand neben einem Auto aus den vierziger Jahren. Er war ziemlich hübsch, doch er schien sich in seiner Uniform nicht so recht wohl zu fühlen.

»Daran siehst du, daß die alte Dame eine Vergangenheit hat.« Mrs. Madrigal stand in der Tür.

»Oh ... ich bin zu neugierig, nicht?«

Mrs. Madrigal lächelte. »Ich hoffe, das bedeutet, daß wir Freundinnen sind.«

»Ich ...« Mary Ann wandte sich aus Verlegenheit wieder der Fotografie zu. »Ein gutaussehender Mann. Ist das Mr. Madrigal?«

Die Vermieterin schüttelte den Kopf. »Es gab nie einen Mr. Madrigal.«

»Ich verstehe.«

»Das stimmt nicht. Wie solltest du auch? Madrigal ist ein ... Deckname heißt es in Gangsterfilmen doch immer. Vor mehr als zehn Jahren habe ich reinen Tisch gemacht, und der alte Name mußte als erstes dran glauben.«

»Wie hießen Sie früher?«

»Sei nicht ungezogen. Wenn ich gewollt hätte, daß du das erfährst, hätte ich den Namen ja nicht abgelegt.«

»Aber ...?«

»Was es mit dem Mrs. auf sich hat?«

»Ja.«

»Witwen und Geschiedene werden nicht ... wie sagt Mona immer? ... angemacht. Wir werden nicht so oft angemacht wie alleinstehende Mädchen. Das muß dir doch inzwischen auch schon klargeworden sein.«

»Wer wird hier angemacht? Ich habe noch nicht mal einen obszönen Anruf gekriegt, seit ich nach San Francisco gezogen bin. Ehrlich gesagt, täte mir ein bißchen Anmache sogar ganz gut.«

»Die Stadt ist doch voller reizender junger Männer.«

»Ja, aber die sind bloß zueinander reizend.«

Mrs. Madrigal kicherte. »Stimmt, da läuft hier so einiges.«

»Bei Ihnen hört sich das an, als ginge es um die Grippe. Ich finde es schrecklich deprimierend.«

»Unsinn. Nimm es als Herausforderung. Wenn eine Frau in dieser Stadt triumphiert, dann ist ihr Triumph *total*. Du wirst es schon schaffen, meine Liebe. Das dauert eben seine Zeit.«

»Ja, meinen Sie?«

»Ich *weiß* es.« Die Vermieterin zwinkerte und legte Mary Ann den Arm um die Schulter. »Komm, gehen wir jetzt wieder zu diesen *Langweilern* rüber.«

DAS RENDEZVOUS MIT RUBY

Ruby Millers Haus lag an der Ortega Street im Sunset District. Es war ein Bungalow mit grün gestrichener Putzfassade auf manikürtem Rasen und einer Schale mit Plastikrosen im Panoramafenster. Ein in der Einfahrt abgestellter Rambler trug einen Aufkleber mit der Aufforderung: WENN DU JESUS LIEBST, DANN HUPE.

Edgar parkte den Mercedes auf der anderen Straßenseite. Als er die Tür abschloß, sah er, daß Mrs. Miller ihm vom Fenster aus zuwinkte.

Er winkte ebenfalls. O Gott! Er fühlte sich wie ein Schuhvertreter, der zu Frauchen nach Hause kam.

Mrs. Miller schaltete das Licht auf der Veranda ein, nahm ihre Schürze ab und strich sich eine Strähne ihrer grauen Haare aus der Stirn. »Sie sind wirklich eine Augenweide! Was man von mir allerdings nicht behaupten kann ... Ich hatte ja nicht vor ...«

»Entschuldigen Sie. Ich hoffe, ich mache Ihnen nicht zu viele Umstände.«

»Reden Sie keinen Unsinn. Ich fühle mich geschmeichelt.« Sie tätschelte seine Hand und führte ihn ins Haus. »Ernie ... sieh mal, wer da ist!«

Ihr Ehemann saß in einem skandinavischen Sessel und sah fern. Seine Arme waren von der gleichen Konsistenz und Farbe wie Provolone-Käse.

»Hallo, Mr. Halcyon.« Er stand nicht auf. Die Glotze beanspruchte ihn völlig.

»Wie steht's denn so, Ernie?«

»Bob Parker hat gerade einen Marine mit seiner Liebsten zusammengebracht.«

»Tut mir leid, ich ...«

»*Truth or Consequences*. Sie haben diesen Marine aus Okinawa geholt und ihn mit seiner Verlobten zusammengebracht. Sie hatte ein Froschkostüm an, und er hat sie küssen müssen ... mit verbundenen Augen.«

Mrs. Miller hängte sich bei Edgar ein. »Ist das nicht reizend? Aber Sie sehen wohl nicht viel fern, was?«

»Nein. Ich fürchte nicht.«

»So, genug geplaudert jetzt. Machen wir uns an die Arbeit. Möchten Sie vorher noch irgendwas? Ein Glas Hi-C vielleicht? Oder ein paar Mais-Chips?«

»Danke, ich brauche nichts.« Aus lauter Nervosität hatte er im Club in letzter Minute noch Hühnerleber in sich hineingeschlungen. »Von mir aus können wir jederzeit anfangen.«

»Na, dann wollen wir zwei beide mal rüber in die Garage. Und daß du mir den Fernseher nicht zu laut aufdrehst, Ernie, hast du gehört?« Ihr Mann antwortete mit einem Brummen.

Mrs. Miller führte Edgar durch die Küche. »Dieser Ernie und sein Fernsehen! Wahrscheinlich entspannt ihn das ... Außerdem ist es sehr viel gottgefälliger als die Filme, die heutzutage im Kino laufen und wo man so ... na, Sie wissen schon ... lauter so unappetitliche Sachen sieht.«

»Mmm«, antwortete Edgar unbestimmt. Er wollte höflich, aber desinteressiert klingen. Mrs. Miller entfesselte ihre Monologe mit der gleichen Zuverlässigkeit wie New Yorker Taxifahrer oder italienische Friseure. Edgar wollte seine Zeit bei Mrs. Miller nicht mit einem Vortrag über Schweinigeleien im Kino verschwenden.

Im Halbdunkel der Garage machte sich Ruby Miller ans Werk. Sie räumte erdverkrustete Gartengeräte von der Tischtennisplatte und nahm ein paar Kerzenstummel aus einer alten MJB-Kaffeedose. Leise vor sich hin summend, streifte sie das vertraute purpurrote Gewand aus Kordsamt über.

»Haben Sie irgendwelche Veränderungen bemerkt?«

»In der Garage?«

Mrs. Miller kicherte. »In *Ihnen*. Das ist heute Ihr fünfter Besuch. Sie sollten eigentlich ... Veränderungen spüren.«

»Ich bin nicht sicher. Vielleicht habe ich ...«

»Forcieren Sie nichts. Es kommt ganz von selbst.«

»Wenn ich Ihre Zuversicht bloß teilen könnte.«

»Meinen *Glauben*, Mr. Halcyon.«

»Ja.«

»Glaube ist etwas anderes als Zuversicht.«

Sie ärgerte ihn allmählich. »Mrs. Miller ... meine Frau erwartet mich in Kürze zu Hause. Könnten wir ...?«

»Natürlich.« Sie wurde ganz geschäftsmäßig. Sie streifte einige nicht vorhandene Flusen vom Vorderteil ihres Gewands und knetete kurz ihre Finger durch. »Nehmen Sie bitte die Stellung ein.«

Edgar lockerte seine Krawatte und kletterte auf die Tischtennisplatte. Er legte sich auf den Rücken. Mrs. Miller zündete eine Kerze an und stellte sie neben Edgars Kopf auf die Platte.

»Mr. Halcyon?«

»Ja?«

»Verzeihen Sie bitte, aber ... na ja, ich habe mich gefragt, ob ... Sie erwähnten vorhin Mrs. Halcyon. Und ich habe mich gefragt, ob Sie es ihr gesagt haben.«

»Nein.«

»Ich weiß, wie ungern Sie darüber sprechen, aber ... manchmal hilft es, wenn jemand mitmacht, der einem sehr nahe steht und ...«

»Meine Familie ist katholisch, Mrs. Miller.«

Sie war sichtlich erschüttert. »Oh ... Das tut mir leid.«

»Ist schon in Ordnung.« Er wischte es mit einer Handbewegung beiseite.

»Ich wollte nicht sagen, daß es mir leid tut, daß Sie katholisch sind. Ich wollte sagen, daß ...«

»Ich weiß, Mrs. Miller.«

»Der Herr liebt auch Katholiken.«

»Ja.«

Sie drückte ihre Fingerspitzen gegen Edgars Schläfen und machte kleine kreisende Bewegungen. »Jesus wird bei Ihrer Heilung helfen, Mr. Halcyon, aber Sie müssen an ihn glauben. Sie müssen wieder zu einem kleinen Kind werden und Zuflucht suchen in seinen Armen.«

Ein Motorrad brauste die Ortega Street entlang und knatterte blasphemisch, als Ruby Miller die Beschwörungsformel anstimmte, die Edgar inzwischen auswendig kannte:

»Heile ihn, Jesus! Heile deinen Diener Edgar. Heile seine aussetzenden Nieren und lasse ihn wieder ganz werden. Heile ihn, Jesus! Heile deinen Diener ...«

DER JUNGE VON NEBENAN

Mary Ann verabschiedete sich bei Mrs. Madrigal kurz nach zehn. In ihrer Wohnung legte sie die Beine hoch, nippte an einem Mineralwasser und ging ihre Post durch.

Die bestand aus einer kurzen, düsteren Mitteilung ihrer Mutter, einer bunten Hallmark-Karte von Connie, auf der sie ihr Desertion unterstellte, und einem Schächtelchen, in dem ihre mit aufgedruckten Stadtansichten von San Francisco verschönerten Schecks von der Hibernia Bank lagen.

Als kleine Aufmerksamkeit für die Empfänger waren die Schecks mit dem Aufdruck: »Genieß den Tag!« versehen.

Trotz ihres erbärmlichen Einkommens hatte Mary Ann die Wahl einer Bank irgendwie als Voraussetzung empfunden, um sich in dieser Stadt zu etablieren.

Anfangs hatte sie zwischen der Chartered Bank of London und der Wells Fargo Bank geschwankt. Erstere bot einen wunderbaren Namen voller Klasse und einen Kamin in der Eingangshalle, doch in der gesamten Stadt bloß eine einzige Niederlassung. Letztere hörte sich so hübsch nach Wildem Westen an und hatte unzählige Zweigstellen.

Doch sie mochte die Werbung nicht. Diesen Bilderbuchcowboy Dale Robertson hatte sie *noch nie* besonders attraktiv gefunden.

Schließlich hatte sie sich für die Hibernia entschieden.

Deren Werbung versprach, daß man alle Kunden mit Namen kannte.

Jemand klopfte an Mary Anns Tür.

Es war Brian Hawkins. Er hatte die Wohnung gegenüber. Er arbeitete als Kellner bei Perry's, und sie hatten bisher nur ein- oder zweimal kurz miteinander geplaudert. Brian hatte extrem unregelmäßige Arbeitszeiten.

»Hallo«, sagte er. »Mrs. Madrigal hat mich gerade angerufen.«

»Ja, und?«

»Worum geht's denn? Um die Möbel?«

»Tut mir leid, Brian, aber ich komme nicht so ganz...«

»Sie hat gesagt, daß du bei irgendwas Hilfe brauchst.«

»Ich kann mir nicht vorstellen, was...« Es dämmerte. Mary Ann lachte. Sie schüttelte den Kopf und musterte wieder einmal Brians kastanienbraune Locken und seine grünen Augen. Mrs. Madrigal war zwar aufdringlich, aber ihr Geschmack war nicht übel.

Brian sah leicht verärgert aus. »Vielleicht hilfst du mir auch auf die Sprünge.«

»Ich glaube, Mrs. Madrigal betätigt sich als Kupplerin.«

»Du *brauchst* gar niemand, der dir beim Möbelrücken hilft?«

»Es ist etwas peinlich. Ich ... na ja, ich habe ihr gerade vorhin gesagt, daß es in San Francisco nicht genügend Heteromänner gibt.«

Brian strahlte plötzlich übers ganze Gesicht. »Ja. Ist das nicht großartig?«

»Oh, Brian ... Entschuldige. Ich dachte, du wärst ...«

»Keine Bange. Ich bin hetero durch und durch. Ich steh nur *überhaupt nicht* auf Konkurrenz.«

Er lud sie zu einem Schlummertrunk bei sich ein. Seine winzige Küche war mit leeren Chiantiflaschen und Sierra-Club-Plakaten dekoriert. Die aus einem Topf auf dem Fensterbrett hängenden Überreste einer vernachlässigten Grünlilie boten einen grausigen Anblick.

»Dein Herd ist vielleicht toll«, sagte Mary Ann.

»Ja, der ist wirklich eine Wucht, was? Überall sonst würde man ihn für Schrott erklären. Aber für unsereins verbreitet er was vom Charme der Alten Welt.«

»Gehört der zur Wohnung?«

»Willst du mich auf den Arm nehmen? Die Stereoanlage und die Trimmbank gehören mir. Der Rest stammt von der Drachenlady.«

»Von Mrs. Madrigal?«

Er nickte und musterte sie von Kopf bis Fuß. »Sie will uns also verbandeln, was?« Sein Lächeln kam einem anzüglichen Grinsen immer näher.

Mary Ann beschloß, sich nicht darum zu kümmern. »Sie ist ein bißchen merkwürdig, aber ich glaube, sie meint es gut.«

»Sicher.«

»Hatte sie dieses Haus schon immer?«

Brian schüttelte den Kopf. »Ich glaube, sie hatte früher einen Buchladen in North Beach.«

»Ist sie denn von hier?«

»*Niemand* ist von hier.« Er goß noch etwas Almadén Pinot Noir in ihr Glas. »Du bist aus Cleveland, nicht?«

»Ja. Woher weißt du das?«

»Mona hat es mir erzählt.« Die grünen Augen bohrten sich in sie.

Mary Ann schaute in ihr Glas. »Hier gibt es wohl *überhaupt* keine Geheimnisse.«

»Darauf würde ich mich nicht verlassen.«

»Warum nicht?«

»In dieser Stadt haben *alle* Geheimnisse. Man muß nur ein bißchen tiefer graben, um sie zu finden.«

Er tut geheimnisvoll, dachte sie, weil er meint, daß das sexy ist. Sie kam zu dem Schluß, daß es Zeit war zu gehen.

»Tja«, sagte sie und stand auf. »Ich muß morgen arbeiten. Danke für den Wein ... und für die Besichtigung.«

»Ich stehe jederzeit gern zu Diensten.«

Davon war sie überzeugt.

DIE MATRIARCHIN

Als Edgar um Viertel nach elf nach Hause kam, war unübersehbar, daß Frannie getrunken hatte.

»Na, wie war's im Club, Liebling? Hast du mal wieder auf braves Mitglied gemacht?«

Sie thronte auf dem Sofa im Wintergarten. Die Beine hatte sie unter ihr thailändisches Seidengewand gezogen. Ihre Perücke war verrutscht. Sie roch nach Rum und Trader Vic's Mai Tai Mix.

»Hallo, Frannie.«

»Das war ja ne arg lange Ausschußsitzung.«

»Wir haben die Pläne für das Grove Play besprochen.« Er versuchte, ungezwungen zu klingen, doch Frannie war schon zu sehr hinüber, um seine Bemühung noch würdigen zu können.

»Ne Menge Arbeit, was?«

»Wir haben nachher noch was getrunken. Du weißt ja, wie das so geht.«

Frannie nickte und unterdrückte einen Hickser. Sie wußte zweifelsohne, wie das so ging.

Edgar wechselte das Thema. »Und du? Hattest du einen schönen Tag?« Er redete mit ihr wie ein bemühter Vater mit einem kleinen Kind. Was war bloß aus dem zauberhaften jungen Mädchen geworden, das mal wie Veronica Lake ausgesehen hatte?

»Ich war mit Helen und Gladys zu Mittag in diesem *entzückenden* Restaurant an der Polk Street ... im Pavillon. Danach habe ich eine Keramikente gekauft. *Ganz was Feines.* Vielleicht ist es auch eine Gans. Eigentlich ist sie wohl als Suppenterrine gedacht, aber ich habe mir überlegt, daß sie in deinem Arbeitszimmer mit ein bißchen Efeu drin ganz hinreißend aussehen würde.«

»Sehr schön.«

»Auuußerdem ... war ich am Nachmittag beim Treffen meiner Opera Guild, und dort habe ich eine ganz wunderbare Neuigkeit erfahren. Was glaubst du, was es ist?«

»Ich habe keine Ahnung.« O Gott, wie er dieses Spiel haßte!

»Mach doch. Nur ein klitzekurzes Ratespielchen.«

»Frannie, ich bin seit heute früh auf den Beinen ...«

»Llliebst du mich denn kein bißchen?«

»Himmelherrgott noch mal!«

»Ach so, schon *kapiert*! Wenn du bloß den Miesepeter spielen willst ... Rate mal, wer in der Stadt ist!«

»Wer?«

Frannie hielt die Spannung so lange wie möglich aufrecht, drapierte erst mal ihren Körper auf dem Sofa um und rückte ihre Perücke zurecht. Sie braucht Zuwendung, dachte Edgar. Von dir hat sie schon lange keine mehr bekommen.

»Die Huxtables«, sagte Frannie schließlich.

»Die wer?«

»Also wirklich, Edgar. Nigel Huxtable. Der Dirigent. Seine Frau ist Nora Cunningham.«

»Ich erinnere mich dunkel.«

»Du hast die ganze *Aïda* mit den beiden verschlafen.«

»Ja. Ein wunderbarer Abend.«

»Sie sind wegen einer Benefizveranstaltung für Kurt Adler hier. Es weiß praktisch *niemand*, daß die beiden im Mark wohnen ... Und wir werden ihnen zu Ehren eine Party geben!«

»Ach ja?«

»Freust du dich denn gar nicht?«

»Wir hatten gerade letzten Monat eine Party, Frannie.«

»Aber das ist ein richtiger *Coup*, Edgar! Die Farnsworths werden *platzen* vor Neid. Viola hat sich jetzt zwei Monate lang diebisch gefreut, weil sie meint, daß sie mit diesem lächerlichen kleinen Barbecue, das sie für Baryschnikow gegeben hat, allen anderen eins ausgewischt hat.«

»An die Party kann ich mich gar nicht mehr erinnern.«

»Und ob du dich erinnern kannst. Sie hat diese schäbigen russischen Kellner aus einem Lokal an der Clement Street angeheuert, die dann Russisches Dressing und Russischen Tee serviert haben, und bei Baryschnikows Ankunft hat der Organist das Lara-Thema aus *Doktor Schiwago* gespielt. Es war so schauerlich, daß ich gar keine Worte dafür finde!«

»Das waren doch gerade eine ganze Menge.«

»Edgar ... neben den Huxtables verkommt Baryschnikow zu einer Witzfigur wie ... Barney Google. Und ich *weiß*, daß ich sie kriegen kann, Liebling.«

»Frannie, ich glaube aber nicht, daß ich ...«

»Bitte ... Ich habe mich auch nicht beklagt, als du mir verboten hast, Truman Capote oder Giancarlo Giannini einzuladen.«

Edgar drehte sich zur Seite. Er konnte es nicht mitansehen, wenn Frannie das gleiche bemitleidenswerte Clownsgesicht zog wie Emmett Kelly. »In Ordnung, dann versuch's halt. Und laß es nicht zu teuer werden, ja?«

Emma machte ihm ein Stück übriggebliebene Quiche warm. Er aß in seinem Arbeitszimmer und blätterte dabei das neue Buch durch, das er bestellt hatte: *Death as a Fact of Life*.

»Was liest du denn da, Liebling?« Frannie lehnte am Türrahmen.

Er schlug das Buch zu. »Konsumentenforschung. Langweiliges Zeug.«

»Kommst du ins Bett?«

»Ja gleich, Frannie.«

Als er ins Schlafzimmer kam, lag sie wie tot im Bett und schnarchte.

BEGEGNUNG IM PARK

Edgar meldete sich über die Gegensprechanlage bei Mary Ann. »Ich brauche so schnell wie möglich das Drehbuch für Adorable. Ich glaube, ein Exemplar ist bei Beauchamp.«

»Der ist gerade außer Haus, Mr. Halcyon.«

»Dann fragen Sie mal bei Mona nach.«

»Ich glaube nicht, daß sie ...«

»Fragen Sie bei ihr nach, verdammt noch mal! Irgendwer muß doch eines haben!«

Sobald Mary Ann sich auf den Weg gemacht hatte, wählte Edgar die Nummer von Jack Kincaid.

»Praxis Dr. Kincaid.«

»Ist er da?«

»Darf ich ihm sagen, wer am Apparat ist?«

»Nein, dürfen Sie nicht!«

»Einen Moment bitte, Mr. Halcyon.«

Kincaids Ton war entschieden zu fröhlich. »Hallo, Edgar. Wie läuft's mit den Strumpfhosen?«

»Wann kann ich kommen?«

»Weswegen?«

»Wegen der Tests. Ich will neue machen lassen.«

»Edgar, das würde an der Diagnose aber nicht das geringste ...«

»Ich bezahle doch dafür, verdammt noch mal!«

»Edgar ...«

»Bei Addison Branch hast du dich auch getäuscht. Das hast du mir selbst erzählt.«

»Das war doch ganz was anderes. Bei ihm waren die Symptome nicht so ausgeprägt.«

»Symptome können sich ändern. Es ist schon drei Monate her.«

»Edgar ... hör mir jetzt mal zu ... ich sage dir das als Freund: Hör auf, dagegen anzukämpfen! Du rennst bloß mit dem Kopf gegen die Wand. Damit bist du weder fair zu dir noch zu den Menschen, die dich lieben.«

»Kannst du mir mal sagen, was Fairneß damit zu tun haben soll?«

»Stell dich den Tatsachen, Edgar. Du kommst sowieso nicht darum herum. Sprich mit deiner Familie darüber. Kauf dir eine Jacht und mach mit Frannie eine Weltumseglung. Mein Gott ... miet dir ein Schloß in Spanien oder brenn mit einer Nutte durch oder mach am Jackson Square weiter allen die Hölle heiß ... aber stell dich den Tatsachen! Mach um Gottes willen ... nein, um *deinet*willen ... aus dem nächsten halben Jahr das Beste, was du kannst.«

Als Mary Ann zurückkam, stand er wartend neben ihrem Schreibtisch. »Ich gehe weg. Wenn jemand nach mir verlangt ... ich bin mit einem Kunden beim Essen.«

»Bei Doro's?«

»Es spielt keine Rolle, wo ich bin. Sagen Sie bloß, ich sei nicht im Hause.«

Mit langen Schritten eilte er auf die Straße. Es empörte ihn, daß ein Vertrag erfüllt wurde, den er nie unterzeichnet hatte.

Es Frannie sagen? O Gott! Welchen Gewinn würde sie daraus ziehen können, wenn *so etwas* erst mal in den Klatschspalten stand?

»Frances Halcyon, die vorbildhafte Dame der Gesellschaft aus Hillsborough, errang am Freitagabend mit einem intimen kleinen Abendessen für die Opernkünstler Nora Cunningham und Nigel Huxtable einen neuerlichen Triumph. Frannie, die in New York gerade *A Chorus Line* gesehen hatte (»Ganz wunderbar!«), erfreute die verwöhnten Gaumen ihrer erlesenen Gäste mit Rindsrouladen und Herzoginkartoffeln. Gatte Edgar (er ist der Werberiese) überraschte die anwesenden Gäste mit der Ankündigung seines kurz bevorstehenden Todes ...«

Edgar verließ den Jackson Square und schlenderte über die Columbus hinauf in das heftig pochende Herz von North Beach. Carol Dodas blinkende Brustwarzen zwinkerten ihm unbarmherzig zu. Sie waren die aufdringlichen Zeugen einer Revolution, zu deren Aufständischen er nie gehört hatte.

Vor dem Garden of Eden brüllte ein schielender Penner: »Das Ende ist da. Schließt Frieden mit dem Herrn. Söhnt euch aus mit Jesus!«

Edgar brauchte einen Ort, an dem er wieder einen klaren Kopf bekommen konnte.

Und die Zeit dafür. Kostbare Zeit.

Er setzte sich auf eine Bank am Washington Square. Gleich neben ihm saß eine Frau ungefähr in seinem Alter. Sie trug eine legere Wollhose und einen Kittel mit Paisleymuster und las im Bhagavad Gita.

Sie lächelte.

»Ist das die Antwort?« fragte Edgar und deutete auf das Buch.

»Was ist die Frage?« antwortete die Frau.

Edgar grinste. »Gertrude Stein.«

»Ich glaube nicht, daß sie das gesagt hat. Sie etwa?

Kein Mensch ist so schlagfertig, wenn er im Sterben liegt.«

Da war es schon wieder.

Eine gewisse Verwegenheit überkam ihn. »Was würden *Sie* sagen?«

»Wann?«

»Am Ende. Was wären Ihre letzten Worte? Wenn Sie sich welche aussuchen könnten.«

Die Frau musterte ihn. Dann sagte sie: »Wie wär's mit ... ›Ach du Scheiße!‹?«

Sein Lachen hatte etwas Animalisches. Und es war so befreiend, daß ihm die Tränen herunterliefen. Die Frau betrachtete ihn gütig, mit einer gewissen Distanz zwar, aber doch irgendwie liebenswürdig.

Fast kam es Edgar so vor, als wüßte sie alles.

»Möchten Sie ein Sandwich?« fragte sie, als er zu lachen aufhörte. »Eines mit *focaccia*-Brot.«

Edgar saugte ihre Güte in sich auf und sagte ja. Es war schön, daß es jemand gab, der sich einmal um *ihn* kümmerte. »Ich heiße Edgar Halcyon«, sagte er.

»Wie nett«, sagte sie. »Ich heiße Anna Madrigal.«

KLEINE HÄPPCHEN, GROSSE WIRKUNG

Mary Ann saß an ihrem Schreibtisch und zog sich gerade die Lippen nach, als Beauchamp auf leisen Sohlen heranschlich.

»Ist das Krawattenmonster schon Mittag essen?«

»Oh ... Beauchamp ...« Sie ließ den Lippenstift in der

geflochtenen Handtasche verschwinden, die sie mit Fröschen und Pilzen aus einem Ausschneidebogen verziert hatte. »Er wollte ... Er ist schon mehr als eine Stunde weg. Ich glaube, er hat sich über irgendwas aufgeregt.«

»Über die Nachrichten.«

»Nein, es muß was anderes gewesen sein.«

»Vielleicht hat man ihn gebeten, beim Grove Play eine Waldnymphe zu spielen.«

»Was?«

»Ach, nichts. Wir sind zum Essen verabredet, erinnern Sie sich?«

»Oh ... Ja, das stimmt.«

Sie hatte den ganzen Vormittag an nichts anderes gedacht.

Im MacArthur Park bestellten sie beide Salat. Mary Ann knabberte an dem ihren halbherzig herum. Sie war leicht irritiert durch die vielen Käfige voller Vögel und die großstädtisch-alternative Blasiertheit, die im Restaurant herrschte. Beauchamp spürte ihr Unbehagen.

»Sie fürchten sich ein bißchen, was?«

»Ich ... Wie meinen Sie das?«

»Na ja. Wegen dem hier. Wegen uns.«

»Warum sagen Sie das?«

»Mmm-mm. Sie müssen zuerst antworten.«

Um Zeit zu schinden, stocherte sie nach einem Avocadostückchen. »Wahrscheinlich, weil es ... etwas Neues ist.«

»Mit einem verheirateten Mann essen zu gehen?«

Sie nickte und wich dem Blick seiner intensiven blauen Augen aus.

»Könnte ich etwas Eiswasser haben, Beauchamp?«

Ohne seinen Blick von ihr zu nehmen, winkte er einen Kellner heran. »Sie haben wirklich keinen Grund, nervös zu sein. Sie sind es doch, die frei ist. Das hat allerhand für sich.«

»Was heißt frei?«

»Alleinstehend.«

»Ach so ... ja.«

»Alleinstehende brauchen auf nichts Rücksicht zu nehmen.«

Der Kellner kam. »Die Dame möchte etwas Eiswasser haben«, sagte Beauchamp. Er lächelte Mary Ann an. »Es macht Ihnen doch nichts aus, wenn ich Sie als Dame bezeichne, oder?«

Sie schüttelte den Kopf. Der Kellner grinste affektiert und verschwand.

»Wissen Sie was?« sagte Mary Ann.

»Was?« Sein Blick durchbohrte sie fast.

»Ich habe Ihren Namen immer wie ›Bo-shom‹ ausgesprochen statt wie ›Bietschem‹.«

»Das machen alle.«

»Und ich bin mir so dämlich vorgekommen, als Mildred mich korrigiert hat. Man spricht es englisch aus, nicht?«

Er nickte. »Meine Eltern waren schamlos affektiert.«

»Mir gefällt der Name so. Sie hätten es mir sagen sollen, als ich ihn falsch ausgesprochen habe.«

Er zuckte mit den Schultern. »Das ist doch egal.«

»Am Anfang habe ich sogar Greenwich Street falsch ausgesprochen.«

»Ich habe zur Kearny auch ›Kierny‹ gesagt.«

»Echt?«

»Und zu Ghirardelli ›Dschierardelli‹, und ... der Gipfelpunkt aller Blasphemie! ... die Cable Cars habe ich Straßenbahn genannt!«

Mary Ann kicherte. »*Das* tu ich noch immer.«

»Was ist schon dabei! Die sollen sich doch alle ins Knie ficken, wenn Sie keinen Spaß verstehen!«

In der Hoffnung, damit ihre Verlegenheit kaschieren zu können, lachte sie.

»Wir sind alle wie kleine Kinder, die man im Wald ausgesetzt hat«, sagte Beauchamp. »Zumindest immer wieder mal. Machen Sie einfach das Beste daraus. Unschuld ist etwas sehr Erotisches.« Er pickte einen Croûton aus seinem Salat und warf ihn sich in den Mund. »Für mich jedenfalls.«

Der Kellner kam mit Mary Anns Wasser. Sie dankte ihm, nippte daran und überlegte, welche neue Wendung sie der Unterhaltung geben könnte. Beauchamp kam ihr zuvor.

»Haben Sie eigentlich meine Frau schon kennengelernt?«

»Äh ... Doch, ja. Bei dem Softballmatch.«

»Ach ja. Und was hatten sie für einen Eindruck von ihr?«

»Sie ist sehr nett.«

Er lächelte matt. »Ja ... sehr nett.«

»Ich seh ziemlich oft was in der Zeitung über sie.«

»Ja. Dem entgeht man leider kaum.«

Ihr wurde unbehaglich. »Beauchamp ... Ich glaube, Mr. Halcyon wird gleich zurück ...«

»Wollen Sie eine Sensationsmeldung hören, die Sie in den Klatschspalten garantiert nicht finden werden?«

»Ich möchte nicht über Ihre Frau sprechen.«

»Das kann ich Ihnen nicht verdenken.«

Sie tupfte sich mit einer Serviette den Mund ab. »Das Mittagessen mit Ihnen war wirklich ...«

»Wir haben seit dem Fol de Rol nicht mehr miteinander geschlafen.«

Sie entschied sich, nicht zu fragen, was der oder das Fol de Rol war. »Ich denke, wir sollten gehen, Beauchamp.«

»DeDe und ich sind nicht einmal *Freunde*, Mary Ann. Mit ihr unterhalte ich mich nie so wie mit Ihnen. Wir gehen nicht aufeinander *ein* ...«

»Beauchamp ...«

»Verdammt noch mal, ich versuche, Ihnen etwas zu sagen! Können Sie nicht mal für zehn Sekunden aufhören mit Ihrem ... moralischen Getue?« Er senkte den Kopf und rieb sich mit den Fingerspitzen die Stirn. »Entschuldigen Sie ... O Gott! ... Bitte helfen Sie mir, ja?«

Sie griff über den Tisch und drückte seine Hand. Er weinte.

»Was kann ich denn tun, Beauchamp?«

»Ich weiß nicht. Lassen Sie mich nicht allein ... bitte. Reden Sie mit mir.«

»Beauchamp, hier ist nicht der richtige Ort für ...«

»Ich weiß. Wir brauchen mehr Zeit.«

»Wir könnten uns nach der Arbeit auf einen Drink treffen.«

»Wie wäre es mit dem Wochenende?«

»Ich glaube nicht, daß das ...«

»Ich kenne was Nettes in Mendocino.«

EIN STÜCK VON ANNAS
VERGANGENHEIT

Die Sonne im Park schien auf einmal wärmer, und die Vögel sangen viel freudiger.

Jedenfalls kam es Edgar so vor.

»Madrigal. Das ist ein hübscher Name. Gibt es nicht in Philadelphia irgendwelche Madrigals?«

Anna zuckte mit den Schultern. »Also, ich stamme aus Winnemucca.«

»Oh ... In Nevada kenne ich mich nicht besonders aus.«

»Aber Sie waren doch sicher schon einmal in Winnemucca. Wahrscheinlich mit achtzehn.«

Edgar lachte. »Mit zwanzig. Wir sind eine Familie von Spätentwicklern.«

»In welchem waren Sie denn?«

»Mein Gott! Sie sprechen von der Steinzeit. Ich könnte mich beim besten Willen nicht mehr daran erinnern!«

»Es war Ihr erstes Mal, nicht?«

»Ja.«

»Na, dann können Sie sich auch daran erinnern. Jeder erinnert sich an das erste Mal.« Sie zwinkerte aufmunternd wie eine Lehrerin, die einem schüchternen Schüler das Große Einmaleins aus der Nase zu ziehen versuchte. »Wann war das? So um 1935 rum?«

»Ich glaube ... es war 1937. In meinem ersten Jahr in Stanford.«

»Wie sind Sie hingekommen?«

»Mein Gott ... mit einem klapperigen Oldsmobile.

Wir sind die ganze Nacht gefahren, bis wir mitten in der Wüste auf dieses enttäuschende Haus aus Schlackensteinen gestoßen sind!« Er kicherte in sich hinein. »Wahrscheinlich hatten wir uns einen Märchenpalast aus Tausendundeiner Nacht vorgestellt. Oder wenigstens etwas mit Gaslaternen und viel rotem Samt.«

»Die Leute aus San Francisco sind elend verwöhnt!«

Er lachte. »Na ja, ich fand, daß wir mehr verdient hatten. Es war fast grotesk, wie brav das alles eingerichtet war. Sie hatten im Gesellschaftszimmer sogar ein Foto von Franklin und Eleanor hängen.«

»Man muß doch den Schein wahren, oder? Erinnern Sie sich denn jetzt an den Namen?«

Edgars Augenbrauen zuckten nach oben. »Mein Gott, ja ... die Blue Moon Lodge! Ich habe schon jahrelang nicht mehr daran gedacht!«

»Und der Name des Mädchens?«

»Für ein Mädchen ging sie kaum noch durch. Mehr für fünfundvierzig.«

»Damit ist sie immer noch ein Mädchen. Glauben Sie mir.«

»War nicht so gemeint.«

»Und wie hieß sie?«

»O Gott ... Nein, daran kann ich mich unmöglich erinnern.«

»Margaret?«

»Ja! Wie konnten Sie ...?«

»Sie hat mir alle Bücher mit *Puh dem Bären* vorgelesen.«

»Was?«

»Sind Sie sicher, daß Sie die Geschichte hören möchten?«

»Wissen Sie, wenn ich Ihnen ...«

»Meine Mutter war die Besitzerin der Blue Moon Lodge. Das war mein Zuhause. Ich bin dort aufgewachsen.«

»Sie haben sich das doch nicht etwa ausgedacht, oder?«

»Nein.«

»Mein Gott!«

»Wagen Sie es *ja* nicht, sich zu entschuldigen. Wenn Sie es doch tun, nehme ich Ihnen das Sandwich wieder weg und laufe schnurstracks nach Hause. Ehrenwort!«

»Warum haben Sie mich einfach so dahinreden lassen?«

»Weil Sie sich daran erinnern sollten, was für ein Mensch Sie damals waren. Denn mit dem, der Sie jetzt sind, scheinen Sie nicht allzu glücklich zu sein.«

Edgar sah sie direkt an. »Nein, nicht?«

»Nein.«

Er biß in sein Sandwich. Seine Gegenwart bereitete ihm viel größeres Unbehagen als die fragwürdige Vergangenheit dieser Frau. Er wechselte das Thema. »Haben Sie denn jemals ... ich meine ...?«

Sie lächelte. »Was schätzen Sie?«

»Das ist nicht fair.«

»Okay. Ich bin mit sechzehn von zu Hause weggelaufen. Das war ein paar Jahre, bevor Sie im Blue Moon Kunde wurden. Und für meine Mutter gearbeitet habe ich nie.«

»Ich verstehe.«

»Ich führe inzwischen mein eigenes Haus.«

»Hier?«

»In der Barbary Lane 28, San Francisco, 94109.«

»Auf dem Russian Hill?«

Sie gab das kleine Spiel auf. »Ich bin eine ganz normale Wohnungsvermieterin, Mr. Halcyon.«

»Aha.«

»Sind Sie enttäuscht?«

»Kein bißchen.«

»Gut. Also bis morgen ... da sind *Sie* dann mit dem Essenkaufen dran.«

MONAS NEUER MITBEWOHNER

Das ganz und gar nicht kosmische Schrillen des Telefons setzte Monas Mantra ein abruptes Ende.

»Ja?«

»Hallo, ich bin's. Michael.«

»Mouse! Mein Gott! Ich hab schon gedacht, die CIA hätte dich gekidnappt!«

»Ja, es ist lange her, was?«

»Drei Monate.«

»Ja. Das ist ungefähr mein Durchschnitt.«

»Oh ... Hat er dich an die Luft gesetzt?«

»Na ja, wir haben uns auf halbwegs gesittete Art getrennt. Er war die Höflichkeit in Person, und ich habe den ganzen Vormittag im Lafayette Park gesessen und geheult. Ja ... er hat mich an die Luft gesetzt.«

»Das tut mir aber leid, Mouse. Ich hab gedacht, daß es diesmal richtig gut läuft. Irgendwie hab ich ihn ganz nett gefunden, diesen ... Hat er nicht Robert geheißen?«

»Ja. Ich hab ihn auch irgendwie ganz nett gefunden.« Er lachte. »Hab ich dir je erzählt, was er macht? Er wirbt

Leute an für die Marines. Einmal hat er mir einen kleinen Schlüsselring geschenkt. Mit einem Medaillon dran. Und auf dem steht: ›Nur die tüchtigsten Männer passen zu den Marines.‹«

»Niedlich.«

»Wir sind jeden Morgen durch den Golden Gate Park gejoggt ... bis hinunter zum Meer. Robert hat meistens so ein rotes Kapuzen-T-Shirt von den Marines angehabt. Deswegen haben uns die alten Knacker immer angehalten und uns erklärt, wie schön sie es doch finden, daß es auf dieser Welt noch ein paar anständige und aufrechte junge Männer gibt. Mensch, was haben wir darüber gelacht ... meistens hinterher im Bett.«

»Und warum läuft's nicht mehr?«

»Keine Ahnung. Wahrscheinlich hat er die Panik gekriegt. Wir haben schon *gemeinsam* Möbel gekauft und so. Das heißt ... eigentlich nicht *richtig* gemeinsam. Er hat ein Sofa gekauft und ich zwei passende Sessel. Man sollte ja bei allem auch gleich an die Scheidung denken ... Aber trotzdem war es so was wie ein Meilenstein. Bis zur Möbelkaufphase hab ich es vorher noch mit keinem geschafft.

»Na, das ist doch *auch* schon was.«

»Eben ... Und ich hatte noch nie einen, der mir im Bett deutsche Gedichte vorgelesen hat. Auf deutsch.«

»Das ist ja scharf!«

»Und er hat eine Mundharmonika, Mona. Manchmal hat er gespielt, wenn wir in der Stadt rumgelaufen sind. Ach, was war ich stolz, daß ich ihn hatte!«

»Und das Reden?« »Was?«

»Konnte er reden? Oder war er zu sehr mit seiner Mundharmonika beschäftigt?«

»Er war ein netter Kerl, Mona.«

»Deswegen hat er dich ja auch rausgeschmissen.«

»Er hat mich nicht rausgeschmissen.«

»Das hast du doch eben gesagt.«

»Es hat halt einfach nicht ... sollen sein, das ist alles.«

»Red keinen Scheiß. Du bist ein hoffnungsloser Romantiker.«

»Danke für deine tröstlichen Worte.«

»Ich weiß nur, daß ich dich drei Monate nicht zu Gesicht bekommen habe. Außer deinem Traumprinzen gibt's auch noch andere Leute auf der Welt ... Und wir lieben dich auch.«

»Ich weiß. Es tut mir leid, Mona.«

»Mouse ...?«

»Wirklich. Ich wollte dich nicht ...«

»Michael Mouse, wenn du mir jetzt einen vorheulst, gehe ich nie wieder mit dir tanzen!«

»Ich heule nicht. Ich bin bloß nachdenklich.«

»Du hast zehn Sekunden, um mit dem Blödsinn aufzuhören. Mein Gott, Mouse, die Wälder sind voll von joggenden Marine-Anwerbern. Ogottogott! Das kommt davon, weil du auf diesen Typ normale Unschuld vom Lande so abfährst! Ich wette, dieses Arschloch hat zu Hause einen ganzen Schrank voll Holzfällerhemden. Oder etwa nicht?«

»Es reicht.«

»Jetzt stapft er in seiner blauen Bomberjacke sicher grade unten im Toad Hall rum. Den einen Daumen hat er in seine Levi's gehakt, und in der anderen Hand hat er eine Flasche Acme-Bier.«

»Du bist vielleicht ein Biest.«

»Das ist doch genau dein Typ. Aber, sag mal ... wenn

ich ein paar deutsche Gedichte lerne, würdest du dann bei mir wohnen, bis du was gefunden hast? Platz gibt's genug in dem Schuppen hier. Und Mrs. Madrigal hätte sicher nichts dagegen.«

»Ich weiß nicht recht.«

»Aber du stehst doch auf der Straße, oder? Hast du überhaupt noch Geld?«

»Ein paar Tausender auf dem Sparkonto.«

»Also, die poetische Tour à la Edna St. Vincent Millay hab ich jetzt satt. Es paßt doch alles. Du kannst hier unterschlüpfen, bis du eine neue Wohnung gefunden hast ... oder einen neuen Mundharmonikaspieler. Je nachdem, was zuerst kommt.«

»Das funktioniert *nie*.«

»Warum denn nicht?«

»Du schwörst auf Transzendentale Meditation, und ich auf Außersinnliche Transzendenz. Das funktioniert *nie*.«

Noch am selben Abend brachte er all sein irdisches Hab und Gut in Monas Wohnung:

Die literarischen Werke von Mary Renault und der kürzlich verstorbenen Adelle Davis. Ein Sortiment von Arbeitsstiefeln, Overalls und Hosen aus Kaplan's Army Surplus an der Market Street.

Eine Jugendstillampe in Form einer Nymphe, die auf einem Bein balancierte. Ein Sammelsurium an Meeresmuscheln. Ein T-Shirt mit dem Aufdruck: TANZEN 1, AUSSEHEN 4. Eine Gefäßklemme zum Halten der Joints. Ein Heimfahrrad. Ein Foto von Patti LaBelle mit Widmung.

»Die Möbel sind noch bei Robert«, erklärte er.

»Vergiß den Pisser«, sagte Mona. »Du hast jetzt eine neue Mitbewohnerin.«

Michael drückte sie an sich. »Du hast mir wieder mal das Leben gerettet.«

»Nicht der Rede wert, Babycakes. Unterhalten wir uns lieber über die Grundregeln, okay?«

»Also, ich drücke die Zahnpastatube von unten aus.«

»Du weißt, worum's mir geht, Mouse.«

»Ja. Na ... wir haben doch jeder ein eigenes Zimmer.«

»Genau. Und das Wohnzimmer ist Sperrgebiet für alle Schnullis.«

»Natürlich.«

»Und wenn ich mal einen Doppelstecker mit nach Hause bringe, dann läßt du gefälligst deine Finger von ihm, verstanden?«

»Seh ich etwa so aus, als ob ich so was Garstiges tun könnte?«

»Und was ist mit dem baskischen Gärtner vom letzten Sommer?«

»Ach ja.« Michael lächelte. »Der war doch ganz in Ordnung, oder?«

Mona streckte ihm die Zunge raus.

IHR ERSTES RENDEZVOUS

Anna schlug vor, zum Mittagessen in den Washington Square Bar & Grill zu gehen. »Es ist zum Schreien dort«, sagte sie lachend am Telefon. »Jeder spielt auf Teufel komm raus den Literaten. Für den Preis eines Hamburgers kann man so tun, als hätte man gerade einen kleinen Gedichtband abgeschlossen.«

Edgar war argwöhnisch. »Ich glaube, mir wäre etwas weniger Lärmiges lieber.«

»Etwas weniger Öffentliches, meinen Sie?«

»Na ja ... Ja.«

»Um Himmels willen! Ich bin doch nicht Ihre Geliebte! Wenn einer Ihrer Kumpel uns sieht, können Sie sagen, daß ich eine Kundin bin oder so was.«

»Meine Kundinnen sehen nicht so gut aus wie Sie.«

»Sie Schwerenöter!«

Sie saßen schließlich zwei Tische von Richard Brautigan entfernt. Oder von einem Typen, der sich Mühe gab, wie Richard Brautigan *auszusehen*.

»Drüben an der Bar sitzt Mimi Fariña.«

Edgar mußte passen.

»Die Schwester von Joan Baez, Sie Banause. Wo haben Sie denn Ihr ganzes Leben lang gesteckt? Hier auf der Halbinsel?«

Er grinste etwas müde. »Für den Gebieter über ein Elendsquartier sind Sie ganz schön frech.«

»Die Gebieterin.«

»Entschuldigung. Mit Berühmtheiten kenne ich mich nicht besonders aus.«

Anna lächelte ihn an und sagte ohne jeden Vorwurf: »Hat Ihre Frau nicht permanent welche zu Gast?«

»Sie lesen Zeitung?«

»Manchmal.«

»Meine Frau *sammelt* Dinge, Anna. Sie sammelt Porzellanenten, alte Korbmöbel, Vogelkäfige des neunzehnten Jahrhunderts aus der französischen Provinz, die aussehen wie das Schloß in Blois ... Und sie sammelt Menschen. Letztes Jahr hat sie sich Rudolf Nurejew, Luciano Pavarotti, mehrere Auchincloses und einen wahrhaftigen, originalen spanischen Prinzen namens Umberto de Soundso in die Vitrine gestellt.«

»Dabei sind die heutzutage so schwer zu finden.«

»Außerdem sammelt sie Flaschen. Rumflaschen.«

»Oh.«

»Sollen wir aufhören, über sie zu reden?«

»Wenn Sie möchten. Übrigens, was *hätten* Sie denn gerne?«

»Ich hätte gern, daß eine gutaussehende ... Wie alt sind Sie?«

»Sechsundfünfzig.«

»Ich hätte gern, daß eine gutaussehende sechsundfünfzigjährige Frau mit mir am Strand spazieren geht und mir Witze erzählt.«

»Wann?«

»Jetzt gleich.«

»Werfen Sie den Mercedes an.«

Der Strand von Point Bonita lag beinahe verlassen da. An seinem nördlichen Ende ließ eine Gruppe Teenager einen riesigen Drachen mit schimmerndem Schwanz steigen.

»Du meine Güte«, sagte Edgar. »Erinnern Sie sich noch, wieviel Spaß das immer gemacht hat?«

Anna stapfte neben ihm durch den grobkörnigen schwarzen Sand. »Gemacht *hat*? Ich lasse dauernd Drachen steigen. Wenn man stoned ist, ist es das Tollste *überhaupt*.«

»Marihuana?«

Anna warf ihm einen verruchten Blick zu. Sie wühlte in ihrer gewebten Umhängetasche und förderte einen sauber gedrehten Joint zutage. »Man beachte das Zigarettenpapier. Ich dachte, es könnte vielleicht an Ihr stures Kaufmannsherz rühren.«

Als Zigarettenpapier hatte sie eine nachgemachte Ein-Dollar-Note genommen.

»Anna ... ich möchte kein Spielverderber sein ...«

Sie ließ den Joint wieder in der Tasche verschwinden. »Natürlich nicht. Na dann! Machen wir doch einen netten kleinen Spaziergang, ja?«

Ihre aufgesetzte Freundlichkeit verletzte ihn. Er fühlte sich älter denn je. Er wollte Kontakt zu Anna gewinnen. Etwas Verbindendes. Etwas Dauerhaftes.

»Anna?«

»Ja?«

»Für eine Sechsundfünfzigjährige sind Sie meiner Meinung nach ganz unglaublich.«

»So ein Blödsinn.«

»Nein, wirklich.«

»Ich bin *genau* so, wie eine Sechsundfünfzigjährige sein sollte.«

Er lachte matt. »Ich wünschte, Sie würden mich akzeptieren.«

»Edgar ...« Sie hakte sich zum erstenmal bei ihm ein. »Ich akzeptiere *Ihr Wesen*. Ich möchte nur, daß Sie sich von der alten, harten Schale befreien, in der Sie stecken. Ich möchte, daß Sie erleben, wie wundervoll Sie ...«

Sie ließ seinen Arm los und lief über den Strand auf die Teenager zu. Nach kaum einer Minute kam sie zurück und zog den großen silbernen Drachen hinter sich her.

Sie hielt Edgar die Schnur hin. »Er gehört für zehn Minuten Ihnen«, sagte sie keuchend. »Machen Sie was draus.«

»Sie sind verrückt«, sagte er lachend.

»Vielleicht.«

»Womit haben Sie die Jungs überredet?«

»Fragen Sie mich nicht.«

Am Ende des Strands hockten die Teenager eng aneinandergedrängt im Kreis und sahen zu, wie Annas Bestechungsgeschenk in Rauch aufging.

AUF NACH MENDOCINO

Beauchamps silberfarbener Porsche schoß bei der Abfahrt von einem der Marin-Hügel durch die Kurven wie eine Flipperkugel auf Erfolgskurs.

Mary Ann spielte nervös an ihrem Stimmungsring herum. »Beauchamp?«

»Ja?«

»Was haben Sie Ihrer Frau gesagt?«

Er lächelte wie ein Jungpfadfinder auf Abwegen. »Sie glaubt, daß ich ein Kind aufs Land bringe.«

»Was?«

»Ich hab ihr erzählt, daß die Guardsmen auf dem Mount Tam ein Wochenende für Kinder aus sozial schwachen Familien veranstalten. Aber das spielt keine Rolle. Sie hat nicht einmal hingehört. Sie und ihre Mutter waren gerade mit der Planung einer Party für Nora Cunningham beschäftigt.«

»Für die Opernsängerin?«

»Ja.«

»Ihre Familie kennt eine Menge berühmte Leute, was?«

»Wahrscheinlich.«

»Sie haben doch Mr. Halcyon nichts davon erzählt, oder?«

»Wovon?«

»Davon, daß wir ... wegfahren.«

»O Gott! Sind Sie verrückt?«

Sie drehte sich zur Seite und sah ihn an. »Ich weiß nicht. Bin ich es?«

Das Motel lag auf einer bewaldeten Klippe mit Aussicht auf die Küste bei Mendocino.

Es bestand aus einem halben Dutzend kleiner Häuschen in unterschiedlichem Verfallsstadium. Es hieß Fools Rush Inn.

Die Betreiberin des Motels zwinkerte Mary Ann immer wieder zu.

Als sie gegangen war, sagte Mary Ann: »Es gibt nur ein Bett.«

»Ja. Ich sorge dafür, daß sie noch ein Klappbett bringt.«

»Sie wird uns für reichlich komisch halten.«

»Ja, nicht?«

»Beauchamp, Sie haben gesagt, wir würden nicht ...«

»Ich weiß. Und das war mein Ernst. Machen Sie sich keine Sorgen. Ich sage ihr, daß Sie meine Schwester sind, oder so was.«

Mary Ann packte ihre Tasche aus, während Beauchamp im Kamin Feuer machte. Aus Gewohnheit hatte sie ihr ramponiertes Exemplar von *Nicholas and Alex-*

andra eingepackt, an dem sie während der letzten drei Sommer gelesen hatte.

»Einen Scotch?« fragte er.

»Ich glaube nicht.«

»Er hilft mir, mich zu entspannen.«

»Dann trinken Sie doch einen.«

»Ich bin Ihnen wirklich sehr dankbar, Mary Ann. Ich hatte etwas Abstand bitter nötig.«

»Ich weiß. Hoffentlich hilft es auch.«

Er saß auf der Stufe vor dem Kamin und nippte an seinem Scotch.

Sie setzte sich neben ihn. »Sie haben nicht viele Freunde, oder?«

Er schüttelte den Kopf. »Es sind alles DeDes Freunde. Ich habe kein Vertrauen zu ihnen.«

»Ich fände es so schön, wenn Sie mir vertrauen könnten.«

»Ich auch.«

»Sie *können* mir vertrauen, Beauchamp.«

»Ich hoffe.«

Sie legte ihre Hand auf sein Knie. »Tun Sie es.«

Als es dunkel wurde, fuhren sie ins Dorf und aßen im Mendocino Hotel zu Abend.

»Früher war es hier mal ganz wunderbar«, sagte Beauchamp mit einem Blick in die Runde. »Es war urwüchsig und billig, und die Böden waren schief ... so richtig toll.«

Mary Ann sah sich um. »Ich finde, es sieht recht hübsch aus.«

»Es ist zu fein geworden. Zu selbstbewußt. Der Charme ist verlorengegangen.«

»Aber es gibt eine Sprinkleranlage.«

Er lächelte. »Perfekt. Die Antwort paßt hundertprozentig zu Ihnen.«

»Was hab ich denn gesagt?«

»Mit Ihnen ist es genauso, Mary Ann. Genau wie mit diesem Haus. Sie sollten nie selbstbewußt werden ... oder Ihr Zauber verschwindet.«

»Sie halten mich für naiv, nicht?«

»Ein bißchen.«

»Für unverbildet?«

»O ja!«

»Beauchamp ... für mein Empfinden ist das kein ...«

»Ich vergöttere das, Mary Ann. Ich vergöttere Ihre Unschuld.«

Als sie in ihr Häuschen zurückkamen, war noch etwas Glut da. Beauchamp kniete sich vor den Kamin und warf ein Kiefernscheit auf den Rost.

Er blieb auf den Knien und verharrte bewegungslos und wirkte wie ein in Gold getauchter Faun auf einem Gemälde von Maxwell Parrish. »Sie haben das Klappbett noch nicht gebracht. Ich frage mal im Büro nach.«

Mary Ann setzte sich neben ihm auf den Boden. Sanft streichelte sie über die dunklen Haare auf seinem Unterarm.

»Vergiß das Klappbett, Beauchamp.«

BRIAN GEHT DIE WÄNDE HOCH

Brian drückte dreimal auf Mary Anns Klingel, murmelte »Scheiße« und schlich über den Flur zurück in seine eigene Wohnung.

Er hätte es sich denken können.

Ein Mädchen wie sie wußte am Samstagabend was Besseres zu tun, als sich bei Kentucky Fried Chicken was zu essen zu holen und sich dann vor den Fernseher zu knallen. Ein Mädchen wie sie ging aus und machte einen drauf ... es tanzte und trank und knabberte am Brut-behauchten Ohr eines Jungmanagers mit einem Sportwagen, einem Trimaran in Tiburon und einer Eigentumswohnung in Sea Ranch.

Er schälte sich aus seinem blauen Perry's-Jeanshemd und machte auf dem Schlafzimmerboden zwei Dutzend hektischer Liegestütze. Welchen Sinn sollte es haben, wegen Mary Ann im Geiste einen Steifen zu kriegen?

Außerdem war sie wahrscheinlich eine dumme Fotze. Wahrscheinlich las sie *Reader's Digest Condensed Books* und schickte Kettenbriefe weiter und malte über ihre »I's« kleine Kreise.

Wahrscheinlich war sie im Bett *Dynamit*.

Er stieg unter die Dusche und sublimierte seine Geilheit bei einem Donna-Summer-Song.

Was sollte es also heute abend sein? Das Henry Africa's. Es war von Perry's und der Union Street weit genug weg, um wenigstens einen *scheinbaren* Ausweg zu bieten. Von ein paar der Mädchen dort war bekannt, daß sie neben »Echt!« und »Super!« noch andere witzige

Kommentare im Repertoire hatten. Von zweien zumindest.

Aber er konnte sich nicht damit anfreunden.

Er starb allmählich an Farnkrautvergiftung, und er stand knapp vor einer Überdosis Schummerlicht aus Tiffanylampen. Diese ganze Plastik-Phantastik-Szene ging ihm auf die Nerven. Aber wohin sonst ...?

Mensch! Das Come Clean Center.

Letzten Monat hatte er dort ein paar *scharfe* Frauen aufgegabelt. Ins Come Clean Center zogen scharfe Frauen wie Lemminge, die sich in den Hafen der Ehe stürzen wollten. Aber man brauchte sie nicht zu heiraten, um sie zu nageln!

Einfach perfekt! Er trocknete sich hastig ab, stieg in Cord-Levi's und zog ein Rugbyhemd in Grau und Kastanienbraun an. Warum war ihm das nicht schon früher eingefallen, verdammt noch mal?

Vor dem Schrankspiegel schlug er sich mit der flachen Hand auf den Bauch. Es ergab ein kompaktes Geräusch, wie wenn ein Baseball im Fanghandschuh landet. Nicht schlecht für zweiunddreißig!

Er ging zur Tür, machte aber wieder kehrt, als ihm noch etwas einfiel.

Er griff sich einen Kissenbezug vom Bett, ging noch einmal an den Schrank und stopfte den Bezug mit schmutzigen Boxershorts, Hemden und Bettlaken voll.

Er sprintete fast die Barbary Lane entlang.

Das Come Clean Center machte sich in aller Zwanglosigkeit an der Kreuzung Lombard und Fillmore breit, direkt gegenüber vom Marina Health Spa. Es war blau und im funktionalen Sixties-Stil, und es hatte so wenig Charakter, daß es genausogut in Boise oder Augusta oder Kansas City hätte aus dem Boden wachsen können. Auf einem Schild neben der Tür stand: BITTE NACH 20.00 UHR NICHT MEHR WASCHEN.

Brian schmunzelte. Er konnte den Kummer der Betreiber nachfühlen. Es gab Leute, die blieben tatsächlich bis zum bitteren Ende. Er schaute auf die Uhr: 19.27 Uhr. Er mußte rasch arbeiten.

Vor den rumorenden Speed Queens an der Wand saßen ein Dutzend junger Frauen, die alle taten, als interessierten sie sich bloß für ihre Wäsche. Ihre Blicke glitten kurz in Brians Richtung, dann wieder zurück zu den Maschinen. Brians Herz arbeitete wie ein Maytag-Rührwerk.

Er taxierte die Männer, die er sehen konnte. Keine rechte Konkurrenz. Ein paar Kerle im Freizeitanzug, einer mit einem schlechten Toupé, ein Schwächling mit einem Glitzerstein im Ohr.

Er schob die Ärmel hoch, zog den Bauch ein und bewegte sich mit panthergleicher Eleganz zu den Waschmittelautomaten hinüber. Jedes Detail war jetzt von Belang, jedes Hervortreten einer Sehne, jedes Zucken eines Augenlids ...

»Psst, Hawkins!«

Als Brian herumwirbelte, sah er sich Chip Hardesty gegenüber, der sein schlimmstes Spielshowlächeln aufgesetzt hatte. Chip war Junggeselle, lebte in Larkspur und hatte in einem umgewandelten Lagerhaus an der Northpoint eine Zahnarztpraxis. In die Trennwände seiner Praxis war eine Unmenge gefärbtes Glas eingearbeitet, und sie hing voller Seidenbanner im Stil der Renaissance. Die Leute fühlten sich häufig wie in einer von den Farnkrautkneipen.

Brian seufzte gereizt. »Okay ... Dann ist dieser Claim also schon abgesteckt.«

»Ich gehe gerade. Mach dir bloß nicht ins Hemd.«

Das war Chip Hardesty in Reinkultur. *Mach dir bloß nicht ins Hemd.* Er sieht vielleicht aus wie ein Sportreporter aus dem Fernsehen, dachte Brian, aber seine Witze kommen direkt aus dem Studentenwohnheim, zirka 1963.

»Und du konntest nirgends landen?« fragte Brian, um Chip ein bißchen zu triezen.

»Ich war gar nicht darauf aus.«

»Ach nein?«

Chip hielt seinen Wäschekorb hoch. »Siehst du das?«

»In Larkspur gibt's wohl keine Waschsalons.«

»Jetzt hör mir mal zu. Wenn ich heute abend nicht verabredet wäre, würde ich ein überreifes Früchtchen vernaschen.«

»Hier aus dem Laden?«

»Aber sicher, Alter.«

»Wo?«

»Das könnte dir so passen. Mach deine Beinarbeit gefälligst selber.«

»Ach, verpiß dich doch, du alter Wichser.«

Chip gluckste und wies mit einem Seitenblick in eine Ecke des Waschsalons. »Sie gehört dir ganz allein, Alter. Es ist die in Orange.« Er schlug Brian auf die Schulter und ging zur Tür. »Sag ja nicht, ich hätte dir noch nie einen Gefallen getan.«

»Auf geht's«, murmelte Brian und ging zum Angriff über.

MANÖVERKRITIK

»Beauchamp?«

»Ja?«

»Liegst du auf der Seite gut?«

»Ja. Kein Problem.«

»Bist du sicher? Ich leg mich auch gern auf die andere.«

»Ich bin sicher.«

Mary Ann setzte sich im Bett auf und biß unschlüssig auf ihrem Zeigefinger herum. »Weißt du, was ich mir schön vorstelle?«

Schweigen.

»Auf dem Highway habe ich ein Schild gesehen von einem Bootsverleih. Wir könnten uns ein Lunchpaket machen, ein Kanu mieten und einen ganzen schönen Sonntagvormittag lang gemütlich den ... Dings ... hinaufpaddeln. Wie heißt der Fluß überhaupt?«

»Big.«

»Big River?«

»Ja.«

»Na, an dem Namen könnte man noch einiges verbessern, aber im Paddeln bin ich spitze, und ich könnte die ganzen Gedichte rezitieren, die ich in meinem Abschlußjahr geschrie...«

»Ich muß früh zurück.«

»Hast du nicht gesagt, daß du ...«

»Mary Ann, könnten wir vielleicht ein bißchen schlafen, hm?« Er rollte sich von ihr weg, rückte weiter zur Bettkante hinaus. Mary Ann blieb aufrecht sitzen und sagte erst mal nichts.

Schließlich:

»Beauchamp?«
»Was?«
»Bist du ...?«
»Was?«
»Nicht so wichtig. Ich dachte nur, ob ...«
»Was denn, verdammt!«
»Bist du ... verärgert wegen vorhin?«
»Was glaubst *du* denn?«
»Es macht nichts, Beauchamp. Ich meine, es macht dir vielleicht etwas aus, aber mir überhaupt nicht. Wahrscheinlich warst du bloß verspannt. Es war Zufall.«
»Wie toll. Vielen Dank, Frau Dr. Sexualberatung.«
»Ich versuche doch nur ...«
»Laß es gut sein, ja?«
»Vielleicht hast du zuviel getrunken, weißt du.«
»Ich hatte ganze drei Scotchs!«
»Na ja, das reicht doch, um ...«
»Laß es gut sein, verflucht noch mal!«
»Weißt du, Beauchamp, mich stört der Gedanke, daß ... das hier ... der Grund für unseren Ausflug gewesen sein soll. Ich bin mit dir hier rausgefahren, weil ich dich *mag*. Du hattest mich um meine Hilfe gebeten.«
»Die hat ja auch grandios gewirkt!«
»Du denkst nur zuviel daran. Ich glaube, deine Probleme mit DeDe ...«
»Herrgott, mußt du *sie* denn ins Spiel bringen?«
»Ich dachte bloß, daß ...«
»Ich will nicht über DeDe reden!«
»Und was ist, wenn *ich* über sie reden will, hm? Ich bin doch diejenige, die sich bei dieser Sache die Finger verbrennen kann, Beauchamp. Ich bin diejenige, die den Kopf hinhält. Du kannst dich jederzeit nach Hause ver-

ziehen in dein Penthouse und zu deiner Frau und deinen Parties mit der feinen Gesellschaft. Aber mir bleibt bloß ... der Computer der Partnervermittlung ... und der Ball der Einsamen Herzen in diesem blöden Jack Tar Hotel!«

Sie sprang aus dem Bett und ging ins Badezimmer.

»Was machst du?« wollte Beauchamp wissen.

»Ich putz mir die Zähne, wenn du nichts dagegen hast!«

»Mary Ann, sieh mal ... ich ...«

»Ich kann dich nicht verstehen. Das Wasser läuft.«

Er rief: »*Es tut mir leid, Mary Ann!*«

»Mrrpletlrp.«

Er ging zu ihr ins Badezimmer, stellte sich hinter sie und streichelte besänftigend ihren Bauch. »Ich sagte, es tut mir leid.«

»Würde es dir etwas ausmachen, mich hier alleine zu lassen?«

»Ich liebe dich.«

Schweigen.

»Hast du gehört?«

»Beauchamp, ich verschütte gleich noch das Mundwasser!«

»Ich liebe dich, verflucht noch mal!«

»Aber doch nicht *hier*, um Himmels willen!«

»Doch, hier!«

»Beauchamp, um Himmels willen! Beauchamp!«

Sie stützte das Kinn auf und studierte sein klassisch schönes Gesicht im Schlaf. Er schnarchte so leise, daß es sich anhörte wie Schnurren. Sein braungebrannter und dunkel behaarter rechter Arm lag um ihre Taille.

Er redete im Schlaf.

Zuerst war es unverständliches Zeug. Dann glaubte sie, einen Namen zu hören, konnte ihn aber nicht verstehen. Es war nicht DeDe... und es war nicht Mary Ann.

Sie beugte sich zu ihm hinunter. Die Geräusche wurden noch unverständlicher. Er wälzte sich auf den Bauch und zog dabei seinen Arm von ihrer Hüfte. Dann begann er wieder zu schnarchen.

Mary Ann schlüpfte aus dem Bett und ging auf Zehenspitzen ans Fenster. Der Mond überzog das Meer mit einer silbrigen Spur. »Das ist ein Moon River«, hatte ihr Bruder Sonny ihr erklärt, als sie zehn gewesen war. Sie hatte ihm geglaubt. Sie hatte auch geglaubt, daß sie irgendwann Audrey Hepburn sein und einem Mann begegnen würde, der ihr George Peppard sein konnte.

Die nächsten zwei Stunden saß sie vor dem Kamin und las *Nicholas and Alexandra*.

SAUBERE ANMACHE IM MARINA

Brians Beute saß auf einem Plastikstuhl in der mit einem Zottelteppich ausgelegten Wartezone des Come Clean Center. Sie trug eine orangefarbene Hose, die nachts den Schutz einer ganzen Straßenarbeiterkolonne garantiert hätte.

Ihr Mao-Tse-tung-T-Shirt spannte derart über ihrem Busen, daß der Große Vorsitzende breit grinste.

Und sie las in einem *People*-Heft.

Brian zögerte vor dem Waschmittelspender und heuchelte Unentschlossenheit. Dann drehte er sich um.

»Ähm ... entschuldige? Könntest du mich über den Unterschied zwischen Downy und Cheer aufklären?«

Sie blickte von einem Artikel über Cher hoch und beäugte ihn durch kobaltblaue Haftschalen. Während sie weiter auf ihrem Klumpen Care-free Sugarless herumkaute, beschnupperte sie den neuen Bullen, der hufescharrend auf ihrer Weide aufgetaucht war.

»Downy ist ein Weichspüler«, sagte sie lächelnd. »Der macht deine Sachen richtig weich und duftig. Hier ... willst du meinen probieren?«

Brian lächelte ebenfalls. »Bist du sicher, es reicht für zwei?«

»Aber ja.«

Sie zog eine Flasche Downy aus ihrem roten Plastikwäschekorb. »Siehst du? Hier steht, daß ...«

Brian stellte sich neben sie. »Wo?«

»Hier ... auf dem Etikett, unter ...«

»Ach ja.« Ihre Wange war *Zentimeter* entfernt. Er konnte ihr Charlie riechen. »Ich seh's ... aprilfrisch.«

Sie las kichernd weiter. »Und es hilft gegen elektrostatische Aufladung.«

»Ich halte es immer kaum aus, wenn ich geladen bin. Geht es dir auch so?«

Sie legte den Kopf schief und sah ihn spöttisch an, dann las sie weiter vor. »Macht Weißes weißer und Buntes bunter.«

»Natürlich.«

»Sorgt für kuschelige Weichheit und Fülle.«

»Mhmm. Kuschelige Weichheit ... und Fülle.«

Sie zuckte zurück, sah ihn dann an und grinste geziert. »Du gehst ja vielleicht ran.«

»Tja, das macht wahrscheinlich die Aprilfrische.«

»Du bist echt zuviel!«

»Das sagen mir alle.«

»Na, dann kannst du ja jetzt ...«

»Du bist wohl nicht von hier, was?«

»Warum?«

»Ich weiß nicht. Du hast so was ... Nein, vergiß es.«

»Was habe ich?«

»Ach, es klingt wie eine Masche.«

»Kannst du die Entscheidung darüber vielleicht mir überlassen?«

»Na ja, du hast irgendwie so was ... Kosmopolitisches an dir.«

Sie sah ihn für einen Moment verständnislos an und warf dann einen Blick auf ihr T-Shirt, bevor sie wieder ihn ansah.

»Warum hast du das gemacht?« fragte er.

»Ich hab nachgedacht, ob ich mein *Paris-Match*-T-Shirt anhabe.«

Er gluckste leise. »Ich meine nicht deine Sachen. Du hast ... irgendwie ... ein gewisses Flair. Ach, vergiß es.«

»Bist du denn von hier?«

»Klar. Dritter Trockner von rechts.«

»Ach, Mensch!«

»Ich weiß, daß er nicht nach viel *aussieht*, aber innen drin ist es recht hübsch. Kristallüster, Velourstapeten, Armstrong-Linoleum ... Wo ist deine Wohnung?«

»Im Marina.«

»Ganz hier in der Nähe, was?«

»Ja.«

»Wie schnell können wir dort sein?«

»Ich glaub nicht, daß ... In fünf Minuten.«

»Was glaubst du nicht?«

»Vergiß es.«
»Schön. Sollen wir?«
»Halt, ich weiß noch nicht mal, wie du heißt.«
»Natürlich. Wie dumm. Ich heiße Brian Hawkins.«

Sie ergriff seine Hand und schüttelte sie einigermaßen förmlich. »Ich bin Connie Bradshaw. Von den Friendly Skies of United.«

DARF MAN SCHON GRATULIEREN?

Auf dem Boden rund um Connies Bett lagen die Gestalten verstreut, die es sonst tagsüber bevölkerten: ein eineinhalb Meter großer Plüschsnoopy, ein hellgrüner Sitzsackfrosch, eine Frotteepython mit beweglichen Augen (vergib ihr, Sigmund Freud, dachte Brian) und dazu ein kastanienbraunes Kissen mit der Aufschrift: SCHOOL SPIRIT DAY, CENTRAL HIGH, 1967.

Brian saß gegen das Kopfbrett gelehnt im Bett. »Stört es dich, wenn ich rauche?«

»Nein, nein.«

Er gluckste. »Das ist doch purer New Wave, findest du nicht auch?«

»Was?«

»Na ja ... daß die beiden hinterher noch im Bett liegen und ... Ach, es hat nichts zu sagen.«

»Ganz richtig.«

»Willst du, daß ich gehe?«

»Hab ich das gesagt, Byron?«

»Brian.«

»Wenn du willst, kannst du gehen.«
»Bist du sauer oder so?«
Schweigen.
»Ach, mir scheint, Gnädigste sind sauer.«
»Oh ... du bist ja *so* klug, was?«
»Störst du dich an meinem *Verstand*?«
Schweigen.
»Sieh mal, Bonnie ...«
»Connie.«
»Dann sind wir jetzt quitt. Sieh mal ... wenn du willst, nehm ich die Schuld auf mich. Ich bin die Liberalität in Person. Du brauchst nur eine Glocke zu läuten, und schon fängt bei mir der Speichel zu laufen an. Ich züchtige mich dann selbst und trage *wochenlang* an meiner Schuld. Aber sag mir erst mal, was ich *angestellt* habe, ja?«

Sie drehte sich auf die andere Seite und ging in Embryonalstellung. »Wenn du's nicht von selber weißt, hat es keinen Sinn, darüber zu reden.«

»Bonnie! Connie!«
»Springst du mit allen deinen Bettgefährtinnen so um?«
»*Wie* denn?«
»Ficken, spritzen, danke sagen!«
»Na, du gehst ja hart zur Sache.«
»Du hast mich gefragt.«
»Ja, das hab ich.«
»Ich glaub nicht, daß es *abnormal* ist, wenn man ein bißchen Zärtlichkeit möchte.«
»›She may be weary, women do get weary ...‹«
»Hör auf damit und ...!«
»›Wearin' the same shabby dress ...‹«

»Du bist ein echtes Arschloch, ist dir das klar? Man kann dich wirklich nur ... *bedauern*! Du hast ungefähr so viel Gefühl wie ... Ach, ist ja auch egal!«

»Gut gesprochen.«

»Verpiß dich, du Sack!«

Connie saß inzwischen an ihrer Frisierkommode im französischen Rustikalstil und bürstete sich wie besessen die Haare.

»Entschuldige«, sagte Brian. »Sind wir wieder gut?«

»Weshalb solltest du dich entschuldigen? Wir kennen uns doch nicht einmal.«

»Du hast mir immerhin was von deinem Weichspüler gegeben. Bedeutet das gar nichts für dich?«

»Doch. Das Ende eines schrecklichen Tages.«

»Mein Gott. Was ist dir denn *sonst noch* passiert?«

»Nichts. Rein gar nichts.

»Und was hast du dann?«

»Geburtstag, du Affe!«

Er hielt sie in den Armen, bis sie zu weinen aufhörte, und wischte ihr danach mit einem Zipfel ihres geblümten hawaiianischen Wickelrocks die Tränen aus dem Gesicht.

»Ich habe Hunger«, sagte er. »Wie sieht's bei dir aus?«

Sie gab keine Antwort und blieb wie eine kaputte Barbiepuppe auf der Bettkante sitzen. Brian ging in die Küche.

Ein paar Minuten später trug er mit aufgesetzter Feierlichkeit eine blecherne Quicheform herein. »Findest du nicht auch, daß die Bäckereien in North Beach ihr Geschäft verstehen?« sagte er.

Auf der Spitze eines dreistöckigen Sandwichs mit Erdnußbutter und Marmelade erstrahlten vier überlange Streichhölzer in festlichem Glanz.

»Du darfst dir was wünschen«, sagte er. »Aber mach keine dummen Sprüche!«

MRS. DAY IN IHREM HEIM

DeDe war auf hundertachtzig. Es war schon später Sonntagnachmittag, und Beauchamp war von seinem Wochenende mit den Guardsmen auf dem Mount Tam immer noch nicht zurück.

Wie aufgezogen lief sie auf der Suche nach etwas, mit dem sie sich beschäftigen konnte, im Penthouse herum. Sie hatte bereits *Town and Country* gelesen, die Birkenfeigen gegossen, den Corgi ausgeführt und mit Michael Vincent über die Korbmöbel für das Wohnzimmer geplaudert.

Es blieben nur noch die Rechnungen.

Sie nahm an ihrem *escritoire* Platz und machte sich daran, die Fensterkuverts aufzuschlitzen. Die letzte Rechnung von Wilkes Bashford belief sich auf eintausendsiebenhundertachtundvierzig Dollar. Daddy würde zerspringen vor Wut. Sie hatte diesen Monat bereits drei Vorschüsse auf ihre Apanage erhalten.

Weg damit. Wenigstens diesmal sollte Beauchamp für seine Rechnungen bluten. Sie hatte es gründlich satt.

Ärgerlich stand sie auf und ging ans Fenster, wo sie sich einem Panorama von fast schon grotesker Exotik gegenübersah: der bewaldete Abhang des Telegraph Hill, die schlichte Erhabenheit eines norwegischen Frachters, der kühne blaue Schwung der Bay ...

Und dann ... das plötzliche Aufblitzen von grellem Grün, als ein Schwarm – nein, *der* Schwarm – Papageien nach Norden zu den Eukalyptusbäumen oberhalb von Julius Castle flog.

Die Vögel standen auf dem Russian Hill in einem legendären Ruf. Früher einmal hatten sie verschiedenen Menschen gehört. Dann waren sie ihren jeweiligen Käfigen irgendwie entflohen und hatten sich zu dieser lärmenden Einheit von Freiheitskämpfern zusammengeschlossen. Den meisten Berichten zufolge verbrachten sie die eine Hälfte des Tages auf dem Telegraph Hill, die andere auf dem Potrero Hill. Ihr Krächzen während des Fluges betrachteten viele Leute aus dem Viertel als eine Hymne an die befreite Seele.

Nicht so DeDe.

Sie fand die Papageien in aufsässiger Weise arrogant. Man konnte sich in der Stadt den wunderbarsten Papagei kaufen, doch Liebe, hatte sie beobachtet, konnte man von ihm nicht erwarten. Man konnte ihn füttern, sich um ihn kümmern und vor Freude über seinen Liebreiz spitze Schreie ausstoßen, doch es gab keine Garantie, daß er einen nicht verlassen würde.

Bestimmt gab es daraus etwas zu lernen.

DeDe schloß sich im Bad ein und goß eine halbe Flasche Vitabath in die Wanne. Sie suhlte sich eine Stunde lang im Wasser und versuchte, ihre Nerven zu beruhigen. Es half immer, an alte Zeiten zu denken, an sorglose Tage in Hillsborough, wo sie und Binky und Muffy öfters die

Schlüssel für Daddys Mercedes stibitzten, im Fillmore herumkutschierten und die an den Straßenecken herumlungernden schwarzen Sexbolzen hänselten.

Eine schöne Zeit. Vor dem Kotillon. Vor dem Spinsters Ball. Vor Beauchamp.

Und was war jetzt? Muffy hatte einen kastilischen Prinzen geheiratet. Binky spielte immer noch das verwöhnte Prinzeßchen aus jüdischem Hause.

Und DeDe war mit dem Sprößling einer verarmten, aber vornehmen Bostoner Familie geschlagen, der sich einbildete, ein Papagei zu sein.

Als DeDe so im warmen, angenehm duftenden Wasser lag, wurde ihr mit einem Mal klar, daß sich der Großteil ihrer Vorstellungen von Liebe und Ehe und Sex gefestigt hatte, als sie vierzehn gewesen war.

Mutter Immaculata, ihre Sozialkundelehrerin, hatte ihr erklärt, wie alles lief:

»Die Jungen werden es darauf anlegen, dich zu küssen, DeDe. Mit dem mußt du rechnen, und dem mußt du begegnen können.«

»Aber *wie*?«

»Die Antwort liegt ganz nah an deinem Herzen, DeDe. Es ist das Skapulier, das du um den Hals trägst.«

»Ich verstehe nicht so ganz, wie ...«

»Wenn ein Junge dich zu küssen versucht, mußt du dein Skapulier herausziehen und sagen: ›Hier, küß das, wenn du etwas küssen mußt.‹«

Auf DeDes Skapulier befand sich eine Abbildung von Jesus oder vom heiligen Antonius oder sonst einem von denen. Keiner hatte je versucht, es zu küssen.

Mutter Immaculata kannte sich wirklich aus.

DeDe stieg aus der Wanne und stand danach lange vor dem Spiegel, wo sie sich Oil of Olaz ins Gesicht schmierte. Das Gewebe unter ihrem Kinn war weich und schwammig. Nichts Dramatisches. Es konnte immer noch für Babyspeck durchgehen.

Der Rest ihres Körpers hatte eine gewisse ... sinnliche Qualität, wie sie fand, obwohl es sicherlich schön gewesen wäre, das mal wieder von einem Außenstehenden zu hören. Wenn Beauchamp sie nicht mehr begehrte, so gab es doch andere, die das taten. Verflucht noch mal, sie hatte wahrlich keinen Grund, sich zu verhalten wie die Miss Peninsula Virgin von 1969.

Sie kramte ihr Adreßbuch heraus und suchte nach Splinter Rileys Nummer.

Splinter mit den breiten Schultern und dem Schmelz im Blick. Splinter, der sie in einer lauen Nacht auf Belvedere Island (1970? 1971?) angefleht hatte, mit ihm zum Bootshaus der Mallards zu gehen, wo er sich dann an ihrem Oscar-de-la-Renta-Kleid verging und sich mit befriedigender Gründlichkeit sein männliches Vergnügen holte.

Mein Gott! Sie hatte kein Fitzelchen davon vergessen. Die Duftmischung aus Schweiß und Chanel for Men. Die feuchten Planken, über die ihr Hintern damals schrappte. Die entfernten Klänge von Walt Tollesons Combo, die oben auf dem Hügel »Close to You« spielte.

Ihre Hand zitterte, als sie wählte.

Bitte mach, sandte sie ein Stoßgebet gen Himmel, daß Oona nicht zu Hause ist.

DIE WAN-TAN-CONNECTION

Gott sei Dank hob Splinter ab.

»Hallo?«

»Hallo, Splint.«

»Wer ist dran, bitte?«

»Hier hast du einen Hinweis: ›Sittin' on the dock of the bay, wastin' tiiiiime ...‹«

»DeDe?«

»Ich war mir sicher, daß ich damit bei dir was auslösen würde.« Ihr Ton war verlockend, aber damenhaft, wie sie meinte.

»Wie schön, mal wieder von dir zu hören. Was treibt ihr beide denn so, Beauchamp und du?«

»Nicht viel. Beauchamp ist mit den Guardsmen weg.«

»Mist! Habe ich ein Treffen verpaßt?«

»Was?«

»Beauchamp und ich sind im selben Ausschuß. Die ziehen mir die Haut ab, wenn ich ...«

»Vielleicht hat es auch gar nichts mit den Guardsmen zu tun, Splint ... wenn ich es mir recht überlege.« Nun, das war die Antwort *darauf*.

»Hoffentlich hast du recht. Aber, was kann ich für dich tun?«

»Ich erinnere mich an Zeiten, da konnte ich etwas für dich tun.«

Schweigen.

»Beauchamp kommt erst heute abend zurück, Splint.«

»DeDe ...«

»Keine Bedingungen.«

»Ich glaube nicht, daß ...«

»Ist Oona da? Bist du deshalb so zögerlich?«
»Nein. DeDe, hör mal ... ich fühle mich ungeheuer geschmeichelt, das schwöre ich dir ...«
»Keine emotionalen Verwicklungen. Ich habe mich sehr verändert, Splint.«
»Ich mich auch.«
»Was hätte sich bei dir großartig verändern können?«
»Ich liebe Oona.«
Sie legte einfach auf.

Fast im gleichen Augenblick hob DeDe auch schon wieder ab und rief in Jiffy's Market an. Sie bestellte zwei Liter Milch, eine Packung Familia und ein paar Bananen. Cornflakes hatten etwas sehr Tröstliches. Sie konnte dann immer an ihre Kindheit auf Halcyon Hill denken.

Der Botenjunge kam eine Viertelstunde später.

DeDe kannte ihn. Es war Lionel Wong, ein muskulöser Achtzehnjähriger, der schwer auf dem Bruce-Lee-Trip war.

»Soll ich's in die Küche stellen, Mrs. Day?«
»Ja bitte, Lionel. Ich hol gleich mein Portemonnaie aus dem Schlafzimmer.«
»Nicht nötig, Mrs. Day. Wir können es auf Ihre Rechnung setzen.«
»Nein ... ich möchte dich für deine Mühe belohnen.«
Sie ging ins Schlafzimmer und kam mit einem Dollarschein zurück.
»Vielen Dank.«
DeDe lächelte. »Hast du dir die Ausstellung im de Young angesehen?«
»Was?«
»Die Ausstellung über die Volksrepublik. Sie ist *phan-*

tastisch, Lionel. Du solltest wirklich stolz sein auf dein Volk.«

»Ja, Ma'am.«

»Wirklich *phantastisch*. Dieser Kulturkreis ist einfach toll.«

»Ja.«

»Möchtest du was trinken, Lionel? Aber ich habe weder Cola noch Pepsi im Haus. Wie wär's mit einem Bitter Lemon?«

»Ich muß noch zu ein paar anderen Kunden, Mrs. Day.«

»Nur für einen Augenblick?«

»Vielen Dank, aber ...«

»Lionel ... bitte ...«

Eine halbe Stunde später kam Beauchamp nach Hause. Er traf Lionel am Lift.

»Du arbeitest sonntags, Lionel? Das ist aber happig.«

»Mir macht das nichts aus.«

»War irgendwas für die Days dabei?«

»Ja ... Mrs. Day brauchte dringend ein paar Sachen.«

»Wie geht's mit dem Kung Fu?«

»Gut.«

»Mach weiter so. Du hast schon ganz gut Muskeln bekommen.«

»Danke. Bis bald mal.«

»Streng dich nicht zu sehr an. Und tu nichts, was ich nicht auch tun würde.«

Oben räkelte DeDe sich in ihrem zweiten Vitabath an diesem Tag.

NACKTE TATSACHEN

Der Parkplatz am Devil's Slide war gerammelt voll: blumenbemalte Hippie-Bullies, Schrottmühlen aus der Stadt, Bio-Pickups mit schindelverkleideten Zigeunerhäuschen drauf und eine Reihe staubiger Harley-Davidsons.

Mona mußte ihren 64er Volvo fast einen halben Kilometer vom Strand entfernt abstellen. »Scheiße«, stöhnte sie. »Vor lauter Fleisch sieht man da unten wahrscheinlich keinen Sand mehr.«

»Hoffentlich«, sagte Michael mit einem anzüglichen Grinsen.

»Das ist sexistisch. Selbst wenn du über *Männer* redest.«

»Dann bin ich eben ein Sexist.«

Mit Dutzenden anderen pilgerten sie über die unbefestigte Straße in Richtung Strand. »Hier geht's ja zu wie beim Pioniertreck über den Donnerpaß«, sagte Mona.

Michael grinste. »Ja. Ein falscher Schritt, und du wirst gefressen.«

Als sie an den Highway kamen, zahlte Mona dem Kartenverkäufer einen Dollar für sie beide.

»Das geht auf meine Rechnung«, sagte sie. »Du bist in Trauer.«

Michael hüpfte zu der Treppe hinunter, die über die Klippe führte. »Dann sieh mal zu, wie ich gleich aufblühe, Babycakes!«

Zwei Minuten später standen sie auf einem breiten weißen Sandstrand. Michael warf einen Kieselstein in die Luft. »Wo sollen wir hingehen? Ans schwule oder ans normale Ende?«

»Laß mich mal raten.«

Michael grinste. »Am schwulen Ende ist es weniger windig.«

»Ich bin aber nicht gerade scharf drauf, über die Felsen dort zu klettern.«

»Ich werde dich tragen, o Blüte meines Herzens.«

»Du bist der geborene Gentleman!«

Arm in Arm marschierten sie auf die kleine Bucht zu, die sich zwischen die Felsen am Nordende des Strands schmiegte. Unterwegs kamen sie an fünf oder sechs herumtollenden Badenden vorbei, die alle nackt waren und so braun wie Fruchtriegel aus dem Bioladen.

»Sieh dir die an!« seufzte Mona. »Da komm ich mir ja vor wie ein frisch gerupftes Huhn.«

Michael schüttelte den Kopf. »Das bringt doch nichts. Sie haben keinen Badehosenstreifen.«

»Keinen was?«

»Badehosenstreifen. Das ist das Stück weiße Haut, das man sieht, sobald man die Unterwäsche auszieht.«

»Wer braucht denn so was? Ich hab meine Unterwäsche schon seit Ewigkeiten nicht mehr vor Publikum ausgezogen. Und ich bin lieber durchgehend braun.«

»Das kannst du halten, wie du lustig bist. Ich will jedenfalls einen Badehosenstreifen.«

»Du bist bloß prüde, das ist alles.«

»Vor fünf Minuten war ich noch sexistisch.«

Mona bückte sich nach einem Stück Seetang und hängte es Michael übers Ohr. »Du bist eine sexistische prüde Schwuchtel, Michael Mouse.«

Auf dem winzigen Fleckchen Strand lagen dreißig oder vierzig nackte Männer. Mona und Michael breiteten ein Badetuch aus. Es trug die Aufschrift *Chez Moi ou Chez Toi?* und das lebensgroße Abbild eines nackten Mannes.

Mona schaute sich um und warf dann noch einmal einen Blick auf das Badetuch. »Wie überflüssig. Hast du keine Angst, daß die Leute Vergleiche anstellen?«

Michael war bereits damit beschäftigt, sein Sweatshirt, sein Bodyshirt und seine Levi's auszuziehen. Lachend streckte er sich dann in seinem kurzen grüngelben Turnhöschen aus Satin auf dem Badetuch aus.

Mona zog ihre Levi's und ihr Top ebenfalls aus. »Na und, wie gefall ich dir als frisch gerupftes Riesenhuhn?«

»So ein Quatsch. Du siehst fabelhaft aus. Du siehst aus wie ... eine Nymphe.«

»Na, das bringt mir hier aber gar nichts.«

»Sei dir da mal nicht so sicher. Es grassiert nämlich gerade eine gemeine Heterosexualitätswelle, eine richtige Epidemie. Ich kenne eine ganze Menge Schwule, die sich in die Sutro Baths schleichen und dort mit Frauen anbändeln.«

»Wie bizarr.«

»Tja ... mit der Zeit verliert eben alles seinen Reiz. Mir hängt es eigentlich längst zum Hals raus, daß ich mir im Lion die Leber ruinieren darf, damit ich dann das Privileg genieße, mit einem Kerl rumzumachen, dessen Mann übers Wochenende in L.A. ist.«

»Heißt das, du wirst hetero?«

»*Das* hab ich nicht gesagt.«

Mona drehte sich auf den Bauch und drückte Michael eine Flasche Bain de Soleil in die Hand. »Reib mir doch den Rücken ein, ja?«

Michael gehorchte und trug die Lotion in kräftigen Kreisbewegungen auf. »Du hast wirklich einen guten Body, weißt du.«

»Danke, Babycakes.«

»Gern geschehen.«

»Mouse?«

»Ja?«

»Findest du, daß ich ein Schwulenmuttchen bin?«

»*Was?*«

»Ich finde schon. Das heißt, ich bin mir sogar sicher.«

»Du hast wohl mal wieder närrische Pilze gegessen, was?«

»Eigentlich ist es mir egal, ob ich ein Schwulenmuttchen bin. Es gibt Schlimmeres.«

»Aber du *bist* kein Schwulenmuttchen, Mona.«

»Schau dir doch die Symptome an. Ich hänge mit dir rum, oder etwa nicht? Tanzen gehen wir ins Buzzby's und ins Endup, und im Palms gehöre ich praktisch zur *Einrichtung*.« Sie lachte. »Scheiße! Ich hab so viele Blue Moons getrunken, daß ich mir schon fast vorkomme wie Dorothy Lamour.«

»Mona ...«

»Verflucht noch mal, Mouse! Ich kenne kaum noch Heteromänner.«

»Du lebst in San Francisco.«

»Darum geht's nicht. Die meisten Heteromänner *mag* ich nicht mal mehr. Brian Hawkins widert mich an. Heteromänner sind ungehobelt und langweilig und ...«

»Vielleicht hattest du bloß mit den falschen zu tun.«

»Und wo sind dann die *richtigen*, hm?«

»Woher soll ich das wissen. Es muß doch irgendwo ...«

»*Untersteh* dich und schlag mir einen von diesen

Softies aus dem Marin vor. Unter den vielen Haaren und dem ganzen Patschuli schlägt bei denen das Herz eines richtigen Schweins. *Den* Trip hab ich schon hinter mir.«

»Was kann ich da noch sagen?«

»Nichts. Rein gar nichts.«

»Ich habe dich sehr, sehr gern, Mona.«

»Ich weiß, ich weiß.«

»Soweit dir das was gibt ... Manchmal wünsche ich mir, es wäre genug.«

Zwei Stunden später zogen sie Hand in Hand durch ein Rotes Meer aus nackten Männerkörpern zum Auto zurück.

Sie aßen auf dem Pier 54 zu Abend, gingen kurz ins Buzzby's tanzen und kamen gegen halb elf in die Barbary Lane zurück.

Sie trafen Mary Ann auf der Treppe.

»Hattest du ein schönes Wochenende?« fragte Mona.

»Ja, danke.«

»Warst du weg?«

»Ja, im Norden. Mit einer Schulfreundin.«

»Hast du Michael Tolliver schon kennengelernt? Er ist mein neuer Mitbewohner.«

»Nein, ich ...«

»Ja«, sagte Michael lächelnd, »ich glaube schon.«

»Tut mir leid, aber ich ...«

»Im Marina Safeway.«

»Oh ... ja. Und, wie geht's dir?«

»Ach, man schlägt sich so durch.«

In der Wohnung fragte Mona: »Du hast Mary Ann in einem Supermarkt kennengelernt?«

Michael lächelte wehmütig. »Sie hat versucht, Robert aufzureißen.«

»Sieh an.« sagte Mona. »Sieh an.«

MISS SINGLETON SPEIST ALLEIN

Nachdem Mary Ann ihren Koffer ausgepackt hatte, lief sie in dem gesteppten rosa Bademantel aus der Ridgemont Mall, den ihre Mutter ihr geschickt hatte, ruhelos in der Wohnung herum. Sie *haßte* Sonntagabende.

Als sie noch ein kleines Mädchen gewesen war, hatten Sonntagabende bloß eines bedeutet: noch nicht gemachte Hausaufgaben.

Genau so fühlte sie sich jetzt. Unruhig, schuldbewußt und in ängstlicher Erwartung der Vorwürfe, die mit Sicherheit auf sie zukommen würden. Beauchamp Day war eine Hausaufgabe, die sie hätte zu Ende bringen sollen. Sie würde dafür zahlen. Früher oder später.

Sie beschloß, sich zu verwöhnen.

Unter dem Wasserhahn taute sie auf die Schnelle ein Schweinekotelett auf, obwohl sie sich fragte, ob es nicht ein Sakrileg war, mit Shake-'n-Bake-Fleisch von Marcel & Henry so zu verfahren.

Sie stellte eine Duftkerze auf den alten Pfarrhaustisch im Wohnzimmer und zündete sie an, kramte ihre Stoffservietten von Design Research hervor, ihr rostfreies Besteck mit den Holzgriffen, ihr pseudodänisches Porzellan und ihr Sahnekännchen aus Keramik, das aussah wie eine Kuh.

Einsamkeit war keine Entschuldigung für Nachlässigkeit.

Sie suchte die Küche nach Gemüse ab. Doch sie fand nur eine Tüte mit welkem Salat und eine halb aufgegessene Packung Stouffer's Spinach Soufflé. Sie entschied sich für Hüttenkäse mit Schnittlauch.

Sie dinierte bei Kerzenschein und las einen Artikel in der *Ms.*, der den Titel »Auf der Suche nach dem multiplen Orgasmus« trug. Die Musik kam von KCBS-FM, dem Softsender:

> Out of work, I'm out of my head.
> Out of self-respect,
> I'm out of bread,
> Underloved and underfed,
> I wanna go home ...
> It never rains in California,
> But, girl, don't they warn ya,
> It pours, man, it pours.

Nach dem Essen beschloß Mary Ann, das Rezept für die »Monstermaske« aus ihrem Pflanzenkosmetikbuch zu probieren. Unter Einsatz von Haferschleim, getrockneten Pflaumen und einer überreifen Feige kochte sie einen ganzen Topf von dem Zeug und schmierte es sich unbarmherzig ins Gesicht.

Danach lag sie zwanzig Minuten unbeweglich in einem Schaumbad.

Sie konnte spüren, wie die Maske trocknete, in großen leprösen Fetzen abblätterte und oberhalb ihres Busens im Wasser versank. Damit würde sie noch einmal zehn Minuten rumkriegen. Was dann?

Sie konnte ihren Eltern schreiben.

Sie konnte ihre Bewerbung für den Sierra Club ausfüllen.

Sie konnte zu Cost Plus hinunterspazieren und noch einen Kaffeebecher kaufen.

Sie konnte Beauchamp anrufen.

Nachdem sie aus der Badewanne gewankt war wie ein ausrangiertes Monster aus einem japanischen Horrorfilm, prüfte sie ihr Gesicht im Spiegel.

Sie sah aus wie ein riesiges Shake-'n-Bake-Schweinekotelett.

Und wofür?

Fürs Dance Your Ass Off? Für Mr. Halcyon? Für Michael Wiehießernoch von unten? Für einen verheirateten Mann, der im Schlaf fremde Namen flüsterte?

Sie würde ihn *nicht* anrufen. Die Liebe, die er zu bieten hatte, war falsch, zerstörerisch und aussichtslos.

Er würde *sie* anrufen müssen.

Kurz vor Mitternacht schlief sie mit *Nicholas and Alexandra* auf dem Schoß ein.

Drüben auf dem Telegraph Hill verfolgte DeDe mit mißlaunigem Blick, wie Beauchamp die Schiffsuhr in der Bibliothek stellte.

»Ich habe heute mit Splinter gesprochen.«

Er sah nicht auf. »Mhmmm.«

»Anscheinend hatte er euren kleinen Guardsmen-Job auf dem Mount Tam vergessen.«

»Na ja, weißt du ... Hat er hier angerufen?«

»Nein.«

»Dann versteh ich nicht.«

»Ich ... Ich habe Oona angerufen. Und er ist an den Apparat gegangen.«

»Du *verabscheust* Oona.«

»Wir arbeiten gemeinsam an einem Projekt unserer Liga. Es geht um das Model Ghetto Program in Hunters Point. Beauchamp, was meinst du, warum Splinter ein so wichtiges Treffen vergessen hat? Er hat mir gesagt, ihr beide wärt im gleichen Ausschuß.«

»Versteh ich auch nicht.«

Sie grunzte hörbar. Beauchamp drehte sich um und pfiff nach dem Corgi, der im Halbschlaf auf der Couch lag. Der Hund jaulte begeistert auf, als sein Herrchen eine Schublade des Schreibtischs aufzog und seine Leine herausholte.

»Ich mache mit Caesar seinen gewohnten Rundgang.«

DeDe legte die Stirn in Falten. »Ich war heute schon zweimal mit ihm unten.«

»Okay. Dann brauche ich die frische Luft eben selbst.«

»Was ist los? Bist du auf dem Mount Tam nicht genug an die frische Luft gekommen?«

Er ging ohne Erwiderung und machte auf dem Weg nach unten Zwischenstation im Schlafzimmer. Leise schloß er die Tür und kramte etwas, das er aus Mendocino mitgebracht hatte, aus der Lade mit seiner Unterwäsche.

Nachdem er den Gegenstand in die Brusttasche seines Sportsakkos hatte gleiten lassen, fuhr er in das Dunkel der Garage hinunter und legte ihn dort ins Handschuhfach des Porsche.

Greift sich gut an, sagte er vor sich hin, während Caesar ihn über die Filbert Steps zum Coit Tower zerrte.

Greift sich sehr gut an.

MONA GEGEN DAS SCHWEIN

An einem Montagvormittag, wie er schlimmer nicht hätte sein können, machte Mona auf dem Weg zu einer Besprechung mit Mr. Siegel, dem Chef von Adorable Pantyhose, an Mary Anns Schreibtisch halt.

»Was ist denn mit *dir* los, Babycakes?«

»Nichts ... alles!«

»Ja. Der Mond steht ganz beschissen. Wo wir schon beim Thema sind, ich muß diesem Arschgesicht Siegel heute vormittag wieder mal eine kleine Dressurnummer vorführen. Hast du Beauchamp gesehen?«

»Nein.«

»Wenn du ihn siehst, dann sag ihm, daß er in zehn Minuten unten sein muß. Heh ... fühlst du dich nicht wohl, Mary Ann?«

»Doch, doch.«

»Ich hab eine Valium dabei, wenn du eine willst.«

»Nein. Danke. Mir geht's gut.«

»Wahrscheinlich hätte ich sie selber nehmen sollen.«

Mona stand neben Beauchamp. Mit einer Hand hielt sie sich krampfhaft am Storyboard fest.

»Wir sollten es ganz locker angehen«, erklärte sie. »Wir machen keinen Rückzieher ... wir bringen bloß eine *Verbesserung*. Der alte Nylonzwickel war nicht unsicher. Der neue ist einfach nur ... besser.«

Der Gesichtsausdruck des Kunden blieb unverändert.

»Das jugendliche Image ist entscheidend. Der Baumwollzwickel ist jung, aufregend, flott. Der Baumwollzwickel ist für die trendbewußte Frau von heute.«

Buddha würde ihr vergeben müssen.

Mona enthüllte die erste Karte auf dem Storyboard. Man sah eine junge Frau mit Dorothy-Hamill-Frisur auf dem Trittbrett einer Cable Car. Als Text war zu lesen: »An meine Haut lasse ich nur Adorable.«

Mona gestikulierte mit einem Zeigestock. »Beachten Sie, daß wir den Zwickel in der Kopfzeile nicht erwähnen.«

»Mmm«, sagte der Kunde.

»Der *Anklang* ist natürlich schon da. Hygienisch. Sicher. Praktisch. Aber wir kommen nicht frontal damit heraus und sagen es. Es geht um den hintergründigen, unaufdringlichen, unterschwelligen Effekt.«

»Es ist zu wenig deutlich«, sagte der Kunde.

»Der Zwickel kommt später zum Tragen ... hier in der vierten Zeile. Wir wollen den Leuten ja nicht mit dem Zwickel ins Gesicht springen.«

Den Leuten nicht mit dem Zwickel ins Gesicht springen? Hatte das *die* Frau gesagt, die eine zweite Lillian Hellman werden wollte?

Der Kunde grunzte. »Wir verkaufen keine Hintergründigkeit, Schätzchen.«

»Nein? Was verkaufen wir *dann* ... Schätzchen?«

Beauchamp packte Mona am Arm. »Mona ... Vielleicht könnten wir den Zwickel ja in die erste Zeile hochziehen, Mr. Siegel?«

»Der jungen Dame scheint das nicht zu gefallen.«

»*Frau*, Mr. Siegel. Der jungen *Frau*. Bitte sagen Sie nicht Dame zu mir. Mir würde es nicht im *Traum* einfallen, Sie als Herrn zu bezeichnen.«

Beauchamp war knallrot. »Verdammt noch mal, Mona ... Mr. Siegel, ich denke, ich komme mit der Revision der Vorschläge alleine zurecht. Und mit Ihnen unterhalte ich mich später, Mona.«

»Behandeln Sie mich nicht so herablassend, Sie Lackaffe! *Ich* bin mit *meinem* Job nicht verheiratet.«

»Was ist das denn für ein *Niveau*, Mona?«

»Genau das richtige! Denn das von diesem fetten, sexistischen, kapitalistischen Drecksack ist auf keinen Fall ...«

»Mona!«

»Sie wollen, daß der Zwickel mehr ins Auge springt, Mr. Siegel? Das können Sie haben. Sehen Sie her. Zwickel, Zwickel, Zwickel, Zwickel, Zwickel, Zwickel, Zwickel ...«

Sie stürzte zur Tür, blieb stehen, wirbelte herum und fixierte Beauchamp. »Ihr Karma ist *echt* beschissen!«

Am Abend eröffnete sie Michael die Neuigkeit.

»Und was machst du jetzt, Mona?«

Sie zuckte mit den Schultern. »Keine Ahnung. Stempeln gehen. Mich einem Frauenkollektiv anschließen. In Billigstläden einkaufen. Das Koksen aufgeben. Ich komm schon irgendwie zurecht.«

»Vielleicht überlegt es sich Halcyon noch mal, wenn du ...«

»Vergiß es. Das war eine Sternstunde. Ich würde es um nichts auf der Welt zurücknehmen!«

»Vielleicht könnte ich ja meinen alten Job bei P.S. wieder kriegen.«

»Wir schaffen das schon, Mouse. Ich kann als Freiberuflerin arbeiten. Und Mrs. Madrigal hat dafür sicher Verständnis.«

Michael setzte sich auf den Fußboden, zog Mona ihre

Earth Shoes aus und fing an, ihre Füße zu massieren.
»Sie ist ganz verrückt nach dir, was?«

»Wer? Mrs. Madrigal?«

»Ja.«

»Ja ... ich glaub schon.«

»Man merkt es ihr an. Hast du ihr schon erzählt, daß du rausgeflogen bist?«

»Nein ... aber ich werde es wohl müssen.«

WER WILL MICH?

Obwohl Mona es abstritt, machte der Verlust ihres Jobs sie depressiv. Michael versuchte es mit der Nummer, die er immer abzog, wenn er sie aufheitern wollte: Er las ihr die Kleinanzeigen aus der »Trader Dick«-Abteilung des *Advocate* vor.

»O Gott! Hör dir die an! ›Anständiger, normal wirkender Gerichtsreporter, 32, der genug hat von Kneipen, Saunen und Tuntengift, sucht Dauerfreundschaft mit *richtigem Mann*, der Wildwasserfahrten, klassische Musik und Gartenarbeit mag. Bitte keine Dicken, Tunten oder Hascher. Ich meine es *ehrlich*. Ron.‹«

Mona lachte. »Meinst *du* es denn ehrlich?«

»Tun das nicht alle?«

»Aber du würdest mich doch auf Knall und Fall verlassen, oder?«

Michael überlegte einen Augenblick. »Nur wenn er ein Häuschen auf dem Potrero Hill hätte, mit einer rustikalen Küche, einem funktionierenden Kamin und ...

einem Golden Retriever, der in dem kleinen, aber geschmackvoll gestalteten Garten herumtollt.«

»Phantasier nur weiter.«

»Weißt du ... als ich vor drei Jahren hierher gezogen bin, hatte ich in meinem ganzen Leben noch nie so viele Schwuchteln gesehen! Ich wußte nicht mal, daß es *auf der Welt* so viele Schwuchteln gab! Mein Gott! Ich dachte, ich bräuchte bloß auf eine Party zu gehen und mir jemand auszusuchen. Es wollen doch alle einen Liebhaber, oder?«

»Nein.«

»Okay ... Dann eben *fast* alle. Jedenfalls hab ich geglaubt, daß ich spätestens nach einem halben Jahr unter die Haube komme. Allerspätestens!«

»Aber, das hast du doch geschafft. Weit über hundertmal.«

»Sehr witzig.«

»Was ist mit Robert?«

»Liaisönchen zählen nicht.«

»Und wenn ich mir einen Schnäuzer wachsen lasse?«

Michael grinste und warf mit einem geblümten Kissen nach ihr. »Komm schon. Gehen wir ins Kino oder stellen wir sonstwas an.«

»Ich weiß nicht recht ...«

»Im Surf läuft ein Fellini-double-feature.«

»Depri.«

»Ach was. Tonnenweise große Titten, hübsche Jungs und Zwerge. Voll anti-depri.«

»Geh du mal alleine. Du kannst auch das Auto haben, wenn du willst.«

»Und was machst *du*?«

Mona zuckte mit den Schultern. »Ich mach mir's mit

Anaïs Nin gemütlich oder nehm eine Quaalude. Keine Ahnung.«

»Ist mein Angel Dust noch in deinem Geheimversteck?«

»Ja. Aber das brauchst du doch nicht fürs Kino, Mensch!«

»Vielleicht *geh* ich gar nicht ins Kino, Mutter!«

»Aha.«

»Allein ins Kino gehen ist schrecklich.«

»Michael, ich bin wirklich nicht in der richtigen Stimmung für ...«

»Schon verstanden.«

»Wo gehst du hin?«

»Ach, ich werd so ein bißchen rumziehen.«

»Du gehst schweinigeln, was?«

»Vielleicht.«

»Sei vorsichtig, hörst du.«

»Hmm?«

»Laß dich auf nichts Riskantes ein.«

»Du liest zuviel Zeitung.«

»Sei einfach vorsichtig ... und laß den Kopf nicht hängen. Irgendwann kommt dein Traumprinz noch.«

Michael warf ihr von der Tür aus einen Kuß zu. »Deiner auch, mein Schatz.«

Mona kramte eine halbe Stunde in der Wohnung herum, sprach mit ihrem Kaktus und warf ihre I-Ging-Münzen.

Und sie entschied sich gegen eine Quaalude. Von Quaaludes wurde ihr immer so ausschweifend zumute. Und welchen Sinn hatte es, sich ausschweifend zu fühlen, wenn man niemanden zum Ausschweifen hatte?

Ließ sich das denn konjugieren? Ausschweifen. Ich

schweife aus. Du schweifst aus. Wir alle haben ausgeschweift.

Wörter plagten Mona permanent auf diese Art und erinnerten sie so an die Kluft zwischen der Kunst und dem Geldverdienen. »Mona kann gut mit Wörtern umgehen«, pflegte ihre Mutter früher immer kühl festzustellen. »Wenn sie mal bloß lernt, damit Geld zu verdienen.«

Ihre Mutter verdiente ihr Geld als Maklerin.

Mona hatte seit acht Monaten nicht mit ihr gesprochen. Nicht, seitdem die Mutter in Minneapolis als Wahlhelferin für Reagan angefangen und die Tochter in einem Brief munter über ihren Workshop »Sexuelle Bewußtwerdung« bei der Cosmic Light Fellowship berichtet hatte.

Es war egal.

Mona fand ohnehin zusehends, daß ihre *wirkliche* Mutter eine Frau war, die in solchem Einklang mit allem Schöpferischen stand, daß sogar ihre Marihuanapflanzen Namen trugen.

Also stapfte Mona nach unten, um Mrs. Madrigal die Neuigkeit zu eröffnen.

WENN DER SCHUH NUR PASST

Michael entschied sich gegen das Angel Dust. Es ging das Gerücht um, daß in der Woche davor im Barracks einer auf Angel Dust tot umgefallen war. Wahrscheinlich stimmte das gar nicht, aber warum sollte man sein Schicksal herausfordern?

Unter den Schwulen von San Francisco kursierten solche finsteren Geschichten gleich *dutzendweise*. Gott allein wußte, wo sie herkamen!

Da gab's den Kritzler, einen unheimlichen Schwarzen, der am Tresen saß und einen porträtierte ... bevor er einen mit nach Hause nahm und umbrachte.

Ganz zu schweigen von dem Mann im weißen Bulli, einem gesichtslosen Teufel, dessen nichtsahnende Mitfahrer niemals mehr den Weg nach Hause fanden.

Und erst der Dempster-Dumpster-Killer, dessen SM-Phantasien keine Grenze kannten.

Das reichte fast, um sich zu Hause lieber die Mary-Tyler-Moore-Show anzusehen.

Er landete wieder einmal auf Castro. Klar, er meckerte *mindestens* zweimal täglich über das Schwulengetto, aber wenn man Anschluß suchte, sprach rein zahlenmäßig doch einiges dafür.

Im Toad Hall und im Midnight Sun standen die Etepetetes wie gewohnt dicht an dicht. Da ging er lieber ins Twin Peaks, wo er sich mit seinem braven Pullover und seinen Cordhosen von der Umgebung weniger abhob.

Das Cruising hatte – zu diesem Schluß war Michael schon vor langer Zeit gekommen – eine Menge mit dem Trampen gemein.

Es war am besten, wenn man sich so anzog wie die Leute, von denen man mitgenommen werden wollte.

»Ganz schön voll, was?« Der Typ am Tresen trug Levi's, ein Rugby-Shirt und rot-weiß-blaue Tigers. Er hatte ein freundliches, kantiges Gesicht, das Michael an Leute denken ließ, die er früher einmal bei der Campus Crusade for Christ gekannt hatte.

»Was ist los?« fragte Michael. »Haben wir Vollmond oder so?«

»Da muß ich passen. Ich kenn mich bei dem Quatsch überhaupt nicht aus.«

Ein erster Pluspunkt für ihn. Trotz Monas missionarischen Eifers stand Michael nicht auf Astrologiefreaks. Er grinste. »Behalt's für dich, aber der Mond steht gerade im ›Uranus‹.«

Der Mann schaute ihn verständnislos an, dann fiel der Groschen. »Der Mond steht in deinem Anus. Das ist zum Schreien!«

Los, mach weiter, sagte sich Michael. Erzähl ihm einen billigen Witz nach dem anderen. Nur keine Scham.

Der Typ mochte ihn offensichtlich. »Was trinkst du?«

»Mineralwasser.«

»Das hab ich mir gedacht.«

»Warum?«

»Ich weiß nicht. Du siehst so ... gesund aus.«

»Danke.«

Der Typ streckte ihm die Hand entgegen. »Ich heiße Chuck.«

»Und ich Michael.«

»Hallo, Mike.«

»Michael.«

»Oh ... Mensch, weißt du was? Ich muß dir die Wahrheit sagen. Ich hab dich genau angeguckt, als du reingekommen bist ... und ich hab mir gesagt: ›Das ist er, Chuck.‹ Das schwör ich bei Gott!«

Was sollte diese *Mackernummer*? »Immer weiter so«, sagte Michael grinsend. »Ich kann die Streicheleinheiten brauchen.«

»Weißt du, was es so richtig gebracht hat, Mann?«

»Nein.«

Der Mann deutete mit einem selbstsicheren Lächeln auf Michaels Schuhe. »Die da.«

»Meine Schuhe?«

Er nickte. »Ja, deine Weejuns.«

»Echt?«

»Und die weißen Socken.«

»Verstehe.«

»Sind die neu?«

»Die Weejuns?«

»Genau.«

»Nein. Ich hab sie grade neu besohlen lassen.«

Der Mann fixierte weiter Michaels Slipper und wakkelte ehrfurchtsvoll mit dem Kopf. »Neu besohlt. Supertoll!«

»Entschuldige, aber bist du ...?«

»Wie viele Paar hast du?«

»Nur die.«

»Ich hab sechs Paar. Schwarze, braune, welche aus Wildleder ...«

»Die gefallen dir wohl, was?«

Hast du meine Anzeige im *Advocate* gesehen?

»Nein.«

»Da steht ...« Er hob die Hand, um es Michael bildhaft vorzuführen. »›Bass Weejuns.‹ In fetten Großbuchstaben.«

»Die Formulierung allein springt einem ja schon ins Auge.«

»Ich krieg eine Unmenge Anrufe. Lauter Studitypen. Viele haben einfach die Nase voll von den ganzen aufgetakelten Tunten hier in der Stadt.«

»Das kann ich mir vorstellen.«

Der Mann rückte ein Stück näher und senkte die Stimme. »Hast du sie schon mal ... angelassen beim Sex?«

»Nicht, daß ich mich erinnern könnte. Aber ... wenn du sechs Paar davon hast, warum hast du dann heute abend keine an?«

Der Mann war entsetzt über Michaels *faux pas*. »Zu Rugbyshirts zieh ich grundsätzlich meine Tigers an!«

»Ach ja, klar.«

Der Mann hielt einen Fuß zur Begutachtung hoch. »Billy Sive hat in *Front Runner* genau die gleichen an.«

EIN BISSCHEN SHERRY UND EIN BISSCHEN ZUWENDUNG

Mrs. Madrigal wirkte merkwürdig zurückhaltend, als sie die Tür aufmachte.

»Mona, meine Liebe ...«

»Hallo. Ich dachte, Sie hätten vielleicht gerne Gesellschaft.«

»Aber sicher.«

»Eigentlich habe ich gerade gelogen. Ich dachte, *ich* hätte vielleicht gerne Gesellschaft.«

»Na, dann werden wir ja beide glücklich, nicht? Komm rein.«

Die Vermieterin schenkte ihrer Mieterin ein Glas Sherry ein. »Ist Michael weg?«

Mona nickte. »Er ist in der Sauna, glaube ich.«

»Aha.«

»Und da weiß man nie, wann er wiederkommt.«

»Er ist ein reizender Junge, Mona. Ich habe wirklich nichts einzuwenden gegen ihn.«

Mona rümpfte die Nase. »Sie sagen das, als wären er und ich *verheiratet* oder so.«

»Verheiratet kann man auf sehr viele Arten sein, meine Liebe.«

»Ich glaube nicht, daß Sie verstehen, wie das mit Michael und mir läuft.«

»Mona ... es gibt viele Dinge, die einen stärker aneinander binden als der Sex. Und die halten auch länger vor. Als ich noch ... klein war, hat mir meine Mutter mal eine Geschichte erzählt: Legen ein Mann und eine Frau jedesmal einen Penny in eine Dose, wenn sie im ersten Jahr nach ihrer Hochzeit miteinander schlafen, und nehmen sie danach jedesmal einen Penny heraus, dann bekommen sie nie wieder alle Pennies aus der Dose zurück ... Wahnsinn! Ich habe schon jahrelang nicht mehr daran gedacht.«

»Das ist ja ne tolle Geschichte.«

Mrs. Madrigal lächelte. »Es ist auch ein Trost für die, die noch nie sehr viele Pennies reingesteckt haben.«

Mona nippte verlegen an ihrem Sherry.

»Habt ihr schon mal miteinander gesprochen, du und Michael?«

»Über Sie?«

Die Vermieterin nickte.

»Ich ... Nein. Ich denke, das ist Ihre Sache.«

»Ihr beide steht euch sehr nahe. Da wird er doch schon mal nachgefragt haben.«

»Nein. Kein einziges Mal.«

»Weißt du, es macht mir nichts aus ... wenn er es weiß.«

»Das ist mir schon klar ... aber ich denke wirklich, daß *Sie* es ihm sagen sollten.«

»Danke, meine Liebe.«

»Ich habe meinen Job verloren«, sagte Mona endlich.

»*Was?*«

»Der alte Scheißkerl hat mich gefeuert.«

»Wer?«

»Edgar Halcyon. Sein Schwiegersohn hat sich bei ihm über mich beschwert, und der Alte hat mich sofort an die Luft gesetzt.«

»Aber Mona ... warum sollte er ...«

Mona schnaubte verächtlich. »Sie kennen Edgar Halcyon nicht. Er ist das größte Arschloch an der Barbary Coast.«

»Mona!«

»Wenn es doch stimmt! Aber eigentlich war es eine Erleichterung für mich. Wie ich diesen Job gehaßt habe! Den ganzen Demographiescheiß ... und diese dämlichen Verbraucheranalysen und ...«

»Hast du ... etwas angestellt, Mona?«

»Ich war ehrlich zu einem Kunden. Und so was ist absolut tabu.«

»Was hast du gesagt.« »Ach, das ist doch egal.«

»Mona! Mir ist es nicht egal!«

»Mein Gott! Was haben Sie denn?«

»Ich ... Es tut mir leid. Ich wollte dich nicht ... Wird es denn gehen, Mona? Finanziell, meine ich?«

»Ja, sicher. Die Miete kann ich zahlen.«

»Das habe ich nicht gemeint.«

»Ich weiß. Tut mir leid. Ich wollte nicht so giftig sein. Es geht mir gut, Mrs. Madrigal. Wirklich.«

Es ging ihr nicht gut. Sie verabschiedete sich zehn Minuten später, ging hinauf in ihre Wohnung, nahm die Quaalude und döste nach einer Weile ein.

Michael kam um halb zwei zurück. Er fand sie schlafend auf der Couch und weckte sie. »Brauchst du irgendwas, Babycakes? Willst du nicht lieber ins Bett gehen?«

»Nein. Ich liege ganz gut hier.«

»Das ist Chuck, Mona.«

»Hallo, Chuck.«

»Hallo, Mona.«

»Schlaf gut, Babycakes.«

»Ihr auch.«

Die beiden Männer gingen in Michaels Schlafzimmer und machten die Tür hinter sich zu.

VERGEWALTIGUNG? ACH NE!

DeDe fand ihre Mutter auf der Terrasse von Halcyon Hill; sie empörte sich gerade über den Gesellschaftskalender von San Francisco für 1976.

»Es ist nicht zu glauben! Es ist *einfach* nicht zu glauben!«

»Mutter, würdest du mal für einen Moment ...«

»Sie *sind* drin. Sie sind *tatsächlich* drin.«

»Wer?«

»Diese schrecklichen Leute, die das ehemalige Anwesen der Feeneys am Broadway gekauft haben. Viola hat mir erzählt, daß sie drin sind, aber ich konnte es einfach nicht ...«

»Er beherrscht sieben Sprachen, Mutter.«

»Und wenn er *steppen* kann. Sie haben vorher im *Castro* gewohnt, DeDe ... und jetzt leben sie da mit seinem Liebhaber ... oder ist es *ihrer*?«

»Binky sagt, er gehört beiden.«

»Nein! Meinst du wirklich? Natürlich nehmen sie *ihn* nie irgendwohin mit ... Und er hat sogar einen eigenen Eingang, damit er unter einer anderen Adresse wohnt.«

»Mutter, ich muß dringend mit dir sprechen.«

»Viola sagt, daß sie sogar verschiedene *Postleitzahlen* haben!«

»Mutter!«

»Was ist, mein Schatz?«

»Ich glaube, Beauchamp hat eine Geliebte.«

Schweigen.

»Das heißt, ich bin sogar sicher.«

»Mein Schatz, bist du ...? Du armes Kind! Wie hast du ...? Bist du ...? Gib mir doch mal den Cocktailpitcher, Schatz, ja?«

DeDe griff in ihre Umhängetasche von Obiko und zog den verräterischen Schal heraus. Frannie drehte ihn mit ausgestrecktem Arm hin und her und nippte währenddessen weiter an ihrem Mai Tai.

»Hast du ihn in seinem Wagen gefunden?«

DeDe nickte. »Er ist am Montag zu Fuß zur Arbeit gegangen. Binky und ich sind gegen Mittag mit dem Porsche zu Mr. Lee in den Salon gefahren, und da hab ich ihn gefunden. Ich hab versucht, so zu tun, als wäre nichts ...« Ihre Stimme brach. Sie begann zu weinen. »Mutter ... Diesmal gibt es keinen Zweifel mehr.«

»Du bist sicher, daß der Schal ihr gehört?«
»Ich hab sie damit gesehen.«
»Er könnte sie ja auch nach Hause gefahren haben, DeDe. Außerdem ... glaubst du nicht, daß dein Vater es gemerkt hätte, wenn sie ... ein Verhältnis angefangen hätte mit ...«
»Mutter! Ich weiß es!«
Frannie begann zu greinen. »Dabei sollte die Party so *reizend* werden.«

DeDe fuhr zum Mittagessen in Prue Giroux' Stadthaus auf dem Nob Hill.

Angesichts der Umstände hätte sie ja vielleicht abgesagt, aber es handelte sich um kein *x-beliebiges* Essen.

Es traf sich das Forum, ein erlesener Zirkel sozial engagierter Damen der Gesellschaft, die jeden Monat zusammenkamen, um Themen von grundlegender gesellschaftlicher Bedeutung zu diskutieren.

In den Monaten davor waren der Alkoholismus, die Homosexualität der Frau und die Misere der Weintraubenpflückerinnen Thema gewesen. Diesmal würden die Damen über das Thema Vergewaltigung sprechen.

Prues Koch hatte *göttliche* Krabbenquiche gezaubert.

DeDe war nervös. Es war ihr erstes Essen mit dem Forum, und sie war sich über den Ablauf nicht im klaren. Um sich an jemandem orientieren zu können, hatte sie sich neben Binky Gruen gesetzt.

»Du brauchst bloß Prue im Auge zu behalten«, flüsterte Binky. »Wenn sie mit dem silbernen Glöckchen klingelt, heißt das, daß sie genug gehört hat und du aufhören sollst zu reden.«

»Aber, was soll ich *überhaupt* sagen?«

Binky tätschelte DeDes Hand. »Das wird Prue dir schon mitteilen.«

KLINGELINGELING!

Die Damen ließen ihre Gabeln fallen und beugten sich vor – ein Dutzend erwartungsvoller Gesichter über den Spargeltellern.

»Herzlich willkommen«, sagte Prue strahlend und blickte in die Runde. »Ich bin überglücklich, daß Sie heute anwesend sein können, um sich über Ihre persönlichen Einblicke in ein Thema von allergrößter Bedeutung auszutauschen.« An dieser Stelle fiel ihr Gesichtsausdruck schlagartig in sich zusammen wie ein durchgeschütteltes Soufflé. »Unser ganz spezieller Gast ist heute Velma Runningwater, eine Ureinwohnerin unseres Landes, die sich in Petaluma erfolgreich gegen eine Massenvergewaltigung durch sechzehn Mitglieder der Hell's Angels zur Wehr gesetzt hat.«

Binky pfiff leise. »Das ist ja besser als das Treffen, zu dem sie die Macholesbe angeschleppt hat!«

»Gib mir mal die Brötchen«, flüsterte DeDe.

»Doch bevor wir Miss Runningwaters wirklich bemerkenswerte Geschichte hören, möchte ich mit Ihnen allen, die sich hier zum Forum zusammengefunden haben, ein außergewöhnliches Experiment versuchen ...«

»Jetzt kommt's«, sagte Binky und stieß DeDe unter dem Tischtuch an. »Sie denkt sich immer einen Hammer aus.«

»Heute«, sagte Prue und legte eine dramatische Pause ein, »werden wir ein persönliches Plauderstündchen zum Thema Vergewaltigung wagen ...«

Binky kniff DeDe. »Ist es nicht ganz unglaublich?«

DeDe kaute nervös auf ihrem Brötchen herum. Unter den Ärmeln ihres Hemdblusenkleids von Geoffrey Beane hatten sich bereits dunkle Ringe gebildet. Sie fand das Sprechen vor Publikum ganz *unausstehlich*. Sogar im Sacred Heart hatte sie davor schon Angst gehabt.

»Es wird Ihnen mit Sicherheit schwerfallen«, fuhr Prue fort, »aber ich möchte, daß Sie alle von einem Erlebnis berichten, das Sie wahrscheinlich zu verdrängen versucht haben ... von einem Erlebnis, bei dem Ihrer ... Persönlichkeit ... gegen Ihren Willen Gewalt angetan wurde. Hier und heute haben Sie nun die Möglichkeit, sich mitzuteilen, sich Ihren Schwestern gegenüber zu öffnen.«

»Shugie Sussman ist nicht meine Schwester«, flüsterte Binky. »Sie hat nach dem Kotillon in meinen Alfa gekotzt.«

»Ssssch«, zischelte DeDe. Sie zählte die Sekunden bis zum Augenblick der Wahrheit. Was konnte sie schon sagen? Sie war noch nie vergewaltigt worden, Herrgott noch mal! Noch nicht einmal *ausgeraubt*.

»Wahrscheinlich wäre es hilfreich«, säuselte Prue, als sie die Zurückhaltung ihrer Gäste spürte, »wenn ich den Anfang machen und Ihnen meine eigene Geschichte offenbaren würde.«

Binky kicherte.

DeDe trat mit dem Fuß nach ihr.

»Das ist das erste Mal«, fuhr Prue fort, »daß ich es jemandem erzähle. Reg natürlich ausgenommen. Es ist weder im Tenderloin noch im Fillmore, noch im Mission passiert, wie Sie vielleicht annehmen, sondern in ... Atherton!«

Die Damen japsten unisono.

»Außerdem«, sagte die Gastgeberin nach einer Kunstpause, »war es jemand, der Ihnen allen *sehr gut* bekannt ist...«

Prue senkte den Kopf. »Es würde nicht weiterhelfen, wenn ich auf die schauerlichen Einzelheiten näher einginge... Vielleicht hat jetzt jemand anderes Lust, sich uns mitzuteilen. Wie wäre es mit Ihnen, DeDe?«
Scheiße. Es blieb nie aus.
DeDe stand zögernd auf und legte ihre Serviette zusammen. »Ich... ich weiß nicht... so recht.«
Binky kicherte.
Prue klingelte leise mit dem Silberglöckchen. »Also bitte... DeDe möchte sich uns mitteilen. Wir sind Ihre Schwestern, DeDe. Vor uns können Sie alles ganz offen aussprechen.«
»Es war... schrecklich«, sagte DeDe endlich.
»Natürlich war es schrecklich«, sagte Prue verständnisvoll. »Können Sie uns sagen, wo es passiert ist, DeDe?«
DeDe schluckte. »Zu Hause«, sagte sie schwach.
Prues Hand verkrampfte sich im Vorderteil ihres Saris. »Es war doch kein... Eindringling?«
»Nein«, sagte DeDe. »Ein Botenjunge.«

Als DeDe nach Hause kam, ging sie sofort zum Telefon und rief bei Jiffy's an; sie bestellte eine Schachtel Doughnuts und eine Flasche Drano Abflußfrei.
Zehn Minuten später war Lionel da.

LIEBESDUETT
AUF DER ROLLSCHUHBAHN

Mona feierte ihren ersten Tag in Freiheit gemütlich mit einem Vormittagscappuccino bei Malvina's. Als sie in die Barbary Lane zurückkam, stand Michael gerade unter der Dusche.

»O Gott! Hast du gestern abend in der Sauna nicht genug Dampf gekriegt?«

Michael steckte den Kopf hinter dem Vorhang hervor. »Oh ... tut mir leid. Machst du ein Fenster auf? Nein, warte ... ich mach es schon.« Er stieg tropfnaß aus der Dusche und schob das Fenster hoch.

»Äh ... Michael? Herzblatt?«

»Hm?«

»Warum machst du das?«

»Was?«

»In Jeans unter die Dusche gehen.«

»Oh ...« Lachend hüpfte er wieder in die Kabine. »Ich bearbeite mein bestes Stück mit der Drahtbürste. Soll ich's dir mal zeigen?« Er griff nach einer Drahtbürste, die auf dem Boden der Duschkabine lag. »Mit der kriegt man es wunderbar hin, daß die Formen genau dort durch helle Stellen betont werden, wo es drauf ankommt.« Michael scheuerte vorsichtig über den Schritt seiner Jeans und verzog in gespieltem Schmerz das Gesicht. »Auaaa!«

Mona reagierte kühl. »Do-it-yourself-SM, oder was?«

Michael bespritzte sie mit Wasser. »Wenn die trocken sind, sehen die *saustark* aus.«

»Wo hast du das denn her? War das einer von den *Tips für die patente Hausfrau*?«

»Das ist keine Lappalie, du Frau. Mein bestes Stück muß heute abend hundert Prozent perfekt aussehen.«

»Triffst du dich mit Chuck?«

»Mit wem? ... Ach so. Nein. Ich will in die Grand Arena.«

»Ist das cinc neue Kneipe?«

»Nein. Eine Rollschuhbahn.«

»*Du* gehst Rollschuh laufen?«

»Ja, ich gehe Rollschuh laufen. Dienstags ist immer Gay Night.«

Mona verdrehte die Augen. »Jetzt *weiß* ich, daß ich mich umbringen werde.«

»Es ist sagenhaft. Du wärst *begeistert*.«

»Ich hab noch nicht mal davon *gehört*.«

Michael stieg aus der Dusche, schälte sich aus seinen Jeans und trocknete sich ab. »Na, *du* bist mir vielleicht ein Schwulenmuttchen.«

»Das hab ich nicht gehört«, sagte Mona und ging hinaus.

Michael erreichte die Grand Arena erst gegen acht und machte sich auf das Schlimmste gefaßt.

Natürlich trat es auch ein.

Es gab bereits keine Männerrollschuhe mehr.

Kein Wunder. Die riesige Bahn in South San Francisco war voller flanellbehemdeter Männer, die in aufgeregter Balz ihre Runden drehten.

Michael atmete tief durch.

Er zog seinen dunkelblauen Parka aus, mutete sich die Erniedrigung von Frauenrollschuhen zu (weiß, mit zimperliesenhaften Troddeln) und stakste unbeholfen an den Rand der Rundbahn.

Er grinste, als er die Orgelmusik vom Band erkannte: »I Enjoy Being a Girl.«

Auf der Bahn waren etwa ein halbes Dutzend Mädchen unterwegs. Vier davon waren unter zwölf. Die anderen waren turmfrisurbewehrte Loretta-Lynn-Doubletten in softeisfarbenen Kunstlaufkostümen. Sie klebten an softeisfarbenen Partnern des anderen Geschlechts, die sie über die Rollbahn wirbelten, als wären sie Brisbanes Antwort auf Baryschnikow.

Die anderen hundert Männer legten nicht ganz so viel Grazie an den Tag.

Mit fuchtelnden Armen und aufgerissenem Mund rollten sie wie eine an- und abschwellende Flut aus Jeansstoff über die Bahn. Einige waren allein; andere kurvten vergnügt in Vierer- oder Fünferschlangen durch das Rund. Für Michael war es ein bezaubernder Anblick.

Er wartete noch einen Moment, um sich zu wappnen.

Wann war er zum letzten Mal gelaufen? In Murphey's Skating Rink ... Orlando 1963.

Er murmelte ein kurzes baptistisches Allerweltsgebet vor sich hin. Mit der Außersinnlichen Transzendenz war man in solchen Situationen aufgeschmissen.

Entgegen seinen Befürchtungen klappte es ziemlich gut.

In den Kurven wackelte er ein wenig, aber es gab nichts zu kichern.

Nach fünf Minuten fuhr er sicher genug, um sich ernsthaft dem Cruising zu widmen.

Er hatte auch schon einen Favoriten. Einen blonden Kerl in Baumwollhose und blauem Gant-Hemd. Er sah aus wie der stellvertretende Klassensprecher jeder beliebigen High-School-Klasse in Nordflorida. Wahrscheinlich fuhr er *immer noch* einen Mustang.

Und er war allein.

Michael pirschte sich an seine Beute heran, indem er zwei kleine schwarze Kinder in Dyn-O-Mite-T-Shirts überholte. Das einzige Hindernis war jetzt noch ein softeisfarbenes Heteropaar, das nur ein paar Meter weiter eine Show abzog, als wäre es bei Arthur Murray in die Tanzschule gegangen.

Das Paar flitzte dahin wie eine Jacht im Wind, schwenkte nach links und machte Michael den Weg frei ...

Er kam sich vor wie der Star eines Roller Derby bei einer Attacke.

Den Blick fest auf sein Opfer gerichtet, beschleunigte er kurz vor der Kurve ... und erkannte, allerdings zu spät, was gleich passieren würde. Der Blonde legte sich nicht in die Kurve.

Er bremste ab.

Und Michael hatte vergessen, wie man bremste.

Er ruderte hektisch mit den Armen, bis seine Hände am qualitativ hochwertigen Hemdzipfel seiner Jagdbeute Halt fanden. Als er mit seinem Galahad im Schlepptau reichlich unelegant gegen das Eisengeländer krachte, knickte ihm das rechte Bein weg.

Die beiden schwarzen Kinder stoppten einen Augenblick, betrachteten das Gemetzel mit unverhohlener Freude und rollten dann weiter.

Michaels Gesicht war voller Blut. Der Blonde half ihm auf die Beine.

»O Gott. Ist dir was passiert?«

Michael tastete vorsichtig sein Gesicht ab. »Es ist die Nase. Aber das macht nichts. Sie blutet immer, wenn man nicht nett zu ihr ist.«

»Bist du sicher? Soll ich dir ein Kleenex holen?«

»Nein danke. Ich glaube, ich humple mal zum Klo.«

Als Michael zurückkam, wartete der Blonde auf ihn. »Man hat gerade eine Pärchenrunde ausgerufen«, sagte er grinsend. »Meinst du, du schaffst das?«

Michael grinste zurück. »Aber klar. Solange du mir sagst, wann du bremsen willst.«

Und so rollten sie nun einträchtig Hand in Hand unter der rotierenden Spiegelkugel dahin.

»Ich heiße Jon«, sagte der Blonde.

»Ich bin Michael«, sagte Michael, und prompt fing seine Nase wieder zu bluten an.

GEMISCHTE SAUNA

Die Valencia Street war mit ihren Gewerkschaftslokalen, mexikanischen Restaurants und Motorradwerkstätten eine reichlich verkommene Adresse für das Tor zum Himmelreich.

Für Brian lag gerade darin ein besonderer Kick.

Er suhlte sich in der Verkommenheit, genoß das Gefühl der Verruchtheit, das er jedesmal spürte, wenn er endlich das schäbige Leuchtschild sah: »IHRER GESUNDHEIT ZULIEBE – SAUNA«.

In dem kleinen Vorraum hinter dem Eingang zeigte er kurz seinen verschweißten Personalausweis vor und blechte bei dem Kerl hinter dem Tresen fünf Dollar. Vier Dollar für den Eintritt. Einen Dollar für Die Party.

Die Party machte die Montage im Sutro Bath House zu etwas Außergewöhnlichem.

Frauen durften gratis rein, und an diesem Abend sah man mindestens ein Dutzend.

Es waren doppelt so viele Männer da, und die trafen sich mit den Frauen in einem Raum, der merkwürdig an einen Partykeller in Walnut Creek erinnerte: Lampen mit rosa Schirmchen, zusammengewürfelte Möbel und eine elektrische Miniatureisenbahn, die auf einem Regal geräuschvoll einmal rund um den Raum schnaufte.

Ein an der Wand montierter Fernseher offerierte den Partybesuchern eine Folge von *Phyllis*.

An der gegenüberliegenden Wand flimmerten altmodische Pornos über eine Leinwand.

Die Partybesucher waren nackt, doch manche versteckten sich unter einem Badetuch.

Und die meisten sahen sich *Phyllis* an.

Brian zog sich im Umkleideraum aus. Über ihm saß in einem Plastikbaum ein mechanischer Kanarienvogel und zwitscherte unaufhörlich vor sich hin. Brian lächelte darüber, wickelte sich dann ein Handtuch um die Hüften und machte sich auf den Rückweg zum Fernsehraum.

Auf dem Flur traf er eine der Organisatorinnen.

»Hallo, Frieda.«

»Na, wie steht's, Brian?«

»Ich bin grad erst gekommen. Hat's denn schon Stunk gegeben heut abend?«

Frieda hatte dafür zu sorgen, daß die Frauen in der

Sauna von den Männern nicht bedrängt wurden ... es sei denn, sie wollten es so.

Sie schüttelte den Kopf. »Es geht so sanft zu wie immer.«

»Wie schade.«

Frieda grinste und kniff ihn in den Arsch. »Mach's dir doch selbst, du Ferkel.«

Damit verabschiedete sie sich zu ihrem Rundgang. Sie trug ein T-Shirt mit der Aufschrift: KOMM DOCH MAL!

Brian kam zu dem Schluß, daß es für den Orgienraum noch zu früh war. Die Party lief noch auf Hochtouren. Die meisten wollten erst mal ordentlich Käse und Aufschnitt futtern, bevor sie nach oben gingen. Außerdem war *Phyllis* noch nicht zu Ende.

Brian rückte sein Handtuch zurecht und schlenderte auf eine nahtlos braune Blondine zu.

»Hast du Lust auf ein Stück Salami?«

»Na, *das* ist ja mal was Neues.«

Er grinste. »Ich schwöre, daß es nicht *so* gemeint war.«

»Ich bin ganz auf vegetarisch eingestellt«, erwiderte sie lächelnd.

»Ich auch.« Er streckte ihr die Hand hin. »Schlag ein.«

Sie musterte ihn kurz. Dann fragte sie pointiert: »Welche Richtung?«

»Ach ... na ja, streng halt.«

»Mit gelegentlichen Rückfällen in Richtung Lacto und Ovo, was?«

»Genau. Außer am Wochenende und an den Abenden, wo ich stoned bin. Da bin ich Steako-lacto-ovo ... oder vielleicht auch Koteletto-lacto-ovo ...«

Sie grinste über seinen Schwindel.

»Ein Rindvieh bist du ... daß du's genau weißt!«
»Ich wußte doch, daß wir noch zur Sache kommen.«
»Eigentlich mache ich es fast *nie* mit Vegetariern.«
»Man sieht, die Dame hat Geschmack.«
»Kennen wir uns nicht von früher?«
»Da war mein Spruch aber besser.«
»Nein ... im Ernst. Haben wir dieses Jahr bei den New Games nicht gemeinsam Earth Ball gespielt?«
»Nein, aber ich ...«
»Hast du's mit Walen?«
»Was?«
»Mit Walen. Ob du Walschützer bist.«

Brian schüttelte schuldbewußt den Kopf und wünschte sich sehnlich, daß er schon mal einen Wal gerettet hätte; oder auch zwei.

»Und wie ist es mit Robbenbabys?«
»Null. Ich hab mich schon für alles mögliche engagiert. Aber im Moment engagier ich mich hier.«
»Du bist immerhin ehrlich.«
»Gott sei Dank, wenigstens ein kleines Kompliment.«
»Heh ... machst du dich über mich lustig?«
»Gott, nein. Ich komm mir nur vor, als würde ich ... mich um eine Stellung bewerben, das ist alles.«

Sie lächelte wieder. »Das tust du doch auch.«

Sie lachten beide. Brian entschied, daß es an der Zeit war, die Initiative zu ergreifen. »Weißt du ... ich hab zwar keine Kabine, aber vielleicht könnten wir ... na ja ... nach oben gehen ...«

»Ich kann den Exhibitionismus da oben nicht ab.«
»Vielleicht könnten wir dann ...«
»Schon gut«, sagte sie lächelnd. »Ich hab eine Kabine.«

HILLARYS KABINE

Brian war platt. Sie war eine *Göttin*. Eine jüngere Schwester von Liv Ullmann vielleicht ... und, Allmächtiger, sie hatte eine Kabine!

Das Mädchen meinte es ernst!

»Ich heiße Hillary«, sagte sie und schloß die Tür. Die Kabine war nicht größer als ein begehbarer Schrank.

»Wie sollte es auch anders sein.«

»Was?«

»Der Name paßt zu dir. Oder du zu ihm.«

»Du brauchst mir keine Komplimente zu machen. Über so was bin ich hinaus.«

»Ich hab es aber ernst gemeint.«

»Wie heißt du?«

»Brian.«

Sie tätschelte die Stelle neben sich auf dem Bett. »Setz dich, Brian.« Obwohl sie nackt war, hörte sie sich sonderbar nüchtern an. »Hast du das schon oft gemacht?«

»In die Sauna gehen?« Sie *konnte* nicht das Vögeln meinen.

»Nein. Ich meine, mit Mädchen was angefangen ... mit Frauen.«

Er zeigte sein strahlendstes Steve-McQueen-Lächeln. »Ich kann nicht klagen.«

»Und wie lang bist du schon schwul?«

»*Was?*«

»Kein Problem, wenn du nicht drüber reden willst.«

»Äh ... Ich glaube, da hast du dich vertan.«

»Auch gut ... egal.« Sie sah ihn mit routiniertem Mitleid an. Brian war völlig durch den Wind.

»Nein, Hillary ... es ist nicht egal. Ich bin nicht schwul, verstehst du?«

»Du bist nicht schwul?«

»Nein.«

»Was machst du dann hier?«

»Ich glaub, ich dreh durch! Was ich hier mache? Ja verflucht, was *glaubst* du denn, was ich hier mache?«

»Eine Menge Typen, die hier aufkreuzen, sind schwul ... oder mindestens bi.«

»Ich aber nicht, kapiert? Mein Repertoire ist zwar begrenzt, aber ich beherrsche es.« Sachte legte er seine Hand auf ihr Bein.

Sachte nahm sie seine Hand wieder weg.

»Wir sind alle ein bißchen homosexuell, Brian. Vielleicht hast du den Bezug zu deinem Körper verloren.«

»Aber ich bin doch nicht auf *meinen* Körper scharf!«

»Du kannst hier auch mal keinen auf Macho machen, weißt du.«

»Wer macht denn hier auf Macho? Ich versuche, zu einem Fick zu kommen.«

»Genau. Zur herzlosen und mechanischen Ausbeutung einer ...«

»Schau ...« Er schaltete in eine sanftere Tonlage. »Ich finde es nicht ganz fair von dir, wenn du mir unterstellst, daß ich ein Chauvi oder so was bin. Ich meine, wir sind doch gleichberechtigt, oder? Sieh dir uns beide an. Du hast mich in deine Kabine eingeladen ... und ich habe die Einladung angenommen. Stimmt doch, oder?«

Sie blickte zur Wand. »Ich dachte, du brauchst Hilfe.«

»Die *brauch* ich auch! Und wie!«

»Wir meinen nicht dasselbe.«

»Kann ich denn was dafür, wenn ich so abgedreht bin?

Schon solange ich denken kann, spüre ich diese perverse Sehnsucht nach Frauen.«

»Sei nicht so schrecklich schnoddrig! Du bist keinen Deut besser als ein Schwuler, weißt du.«

»Hab ich das behauptet, Hillary? Na, sag schon. Ich mag Schwule. Ich *akzeptiere* Schwule. Mensch, zwing mich nicht auch noch, zu sagen, daß einige meiner besten Freunde schwul sind!«

»Ich würde es dir sowieso nicht glauben.«

»Hillary, jetzt hör doch ...«

»Ich glaube, du gehst besser, Brian.«

»Hör mir doch bitte mal ...«

»Zwing mich nicht, Frieda zu rufen.«

Er rutschte von der Liege, hob sein Handtuch vom Fußboden auf und wickelte es sich um die Hüften. Hillary stand schon an der Tür und hielt sie für ihn auf.

»Einmal«, stieß er hervor, »als ich zwölf war, haben dieser Junge aus meiner Pfadfindergruppe und ich unsere Hosen ausgezogen und ...«

»Das zählt nicht«, sagte sie.

Brian blieb im Flur stehen und sah wehmütig zu, wie Hillary die Tür schloß.

Die Venus kehrte in ihre Muschel zurück.

FRÜHSTÜCK IM BETT

Michael hatte beim Aufwachen einen pelzigen Mund.

Er schlüpfte so leise wie möglich aus dem Bett, ging ins Badezimmer und drückte mit seinem silbernen Zahnpastaroller von Tiffany etwas Aim auf seine Zahnbürste. Zum Putzen machte er die Tür zu.

Als er auf Zehenspitzen ins Schlafzimmer zurückschlich, sagte das Wesen unter den Laken etwas zu ihm: »Du hast gemogelt.«

Michael kroch wieder ins Bett. »Ich dachte, du schläfst noch.«

»Jetzt muß *ich* mir auch die Zähne putzen.«

»Mußt du nicht. Ich hab wegen *meinem* Atem eine Paranoia, nicht wegen deinem.«

Jon schlug die Bettdecke zurück und ging ins Badezimmer. »Dann haben wir *noch* etwas gemeinsam.«

Mona klopfte im falschen Augenblick.

»Äh ... ja ... Moment noch, Mona.«

Mona rief durch die Tür: »Zimmerservice, die Herren. Ziehen Sie einfach die Decken hoch.«

Michael grinste Jon an. »Meine Mitbewohnerin. Mach dich auf was gefaßt.«

In dem Moment platzte Mona auch schon herein und brachte ein Tablett mit Kaffee und Croissants.

»Hallo! Ich bin Nancy Drew! Und ihr müßt die Hardy Boys sein!«

»Sie gefällt mir«, sagte Jon, nachdem Mona wieder abgezogen war. »Macht sie das jeden Morgen?«

»Nein. Ich denke, sie ist neugierig.«
»Worauf?«
»Auf dich.«
»Oh ... Seid ihr zwei ...?«
»Nein. Wir sind nur befreundet.«
»Hast du noch nie mit ...?«
Michael schüttelte den Kopf. »Noch nie.«
»Warum nicht?«
»Warum nicht? Na ja ... laß mich mal überlegen. Wie wär's damit ... Ich bin so warm, daß ich mit der flachen Hand bügeln kann.«
»Und was heißt das?«
»Das heißt, daß ich in bezug auf Frauen völlig unbeleckt bin. Nach Kinsey hundertprozentig Kategorie sechs.«
»Oh.«
»Erschreckt dich das?«
»Nein, ich dachte nur ... Wie alt bist du?«
»Hoffentlich bist du kein Päderast. Ich bin sechsundzwanzig.«
»Ich bin achtundzwanzig ... und kein Päderast.«
»Da bin ich aber froh.«
»Und wie war's in der High-School.«
»Im Durchschnitt zwei minus.«
Jon lächelte. »Ich wollte wissen, wie es in der High-School mit den *Mädchen* war. Hast du denn mit keiner was laufen gehabt?«
»Auf der High-School hab ich mich immer nur mit den anderen Jungs rumgetrieben. Wir haben uns Budweiser reingezischt und uns Heteros ausgeguckt, die wir hinterher verkloppt haben.«
»Tatsächlich?«

Michael nickte. »Man kann sich gar nicht vertun bei den Heteros. Sie haben einen komischen Gang und stützen ihre Schulbücher immer auf der Hüfte ab. Das war doch bei dir bestimmt auch so, was? ... Als du noch hetero warst.«

Jon schaute ihm in die Augen. »Schalt doch nicht gleich auf Abwehr. Ich hab dich nicht kritisiert.«

»Ich kann dich beruhigen, wenn dir das was hilft. Mein Coming-out hatte ich erst vor drei Jahren. In der High-School war ich der reinste Eunuch.«

»Damals hätte ich dich gern gekannt.«

»Lieber als heute?«

»Nein, *zusätzlich* zu heute.« Jon wuschelte durch seine Haare. »Ich *mag* dich, du Schwachkopf!«

Nachdem Jon gegangen war, sprudelte es aus Michael nur so heraus. »Er ist *unglaublich*, Mona. Er hat eine praktische Einstellung, er ist selbstbewußt ... und er ist ein richtiger *Doktor*! Kannst du dir vorstellen, daß ich jetzt einen Doktor habe, der das Bett mit mir teilt?«

»Hat er dir einen Antrag gemacht?«

»Komm mir nicht mit technischen Details.«

»Was für ein Doktor ist er denn?«

»Gynäkologe.«

»Das könnte ja noch mal nützlich sein.«

Michael gab ihr einen Klaps auf den Po. »Laß mich gefälligst ein bißchen herumspintisieren.«

»Dann wirst du wohl ausziehen wollen, was?«

»Mona!«

»Nun?«

»Du bist meine *Freundin*, Mona. Irgendwie werden wir immer zusammensein.«

»Ach ja? Und wie willst du das anstellen? Willst du mich adoptieren?« Sie ging zur Tür, machte sie auf und sagte zu einer unsichtbaren Besucherin: »Ach, hallo, Mrs. Plushbottom! Darf ich Ihnen meinen Vater Michael Tolliver vorstellen, den berühmten Geschichtenerzähler und Bonvivant, und meine Mutter, den Gynäkologen!«

Michael schüttelte lachend den Kopf. »Ich würde dich vom Fleck weg heiraten, Mona Ramsey.«

»Ja, wenn du der einzige Mann auf der Welt wärst und ich die einzige Frau. Gibt's sonst noch was Neues?«

Er küßte sie auf die Stirn. »Keine Sorge. Ich werd die Sache schon vermasseln.«

»Das hört sich an, als wolltest du es nicht anders.«

»Verschon mich mit Jungianischen Analysen.«

»Dann bring jetzt den Müll runter. Was geschehen soll, geschieht auch.«

DER MAESTRO VERSCHWINDET

Die PR-Dame war fast genauso erschüttert wie Frannie.

»Mrs. Halcyon ... glauben Sie mir ... wir haben unser Möglichstes getan, um ...«

»Die Party fängt in zwei Stunden *an*. Ich habe *Women's Wear Daily* informiert, den *Chronicle* und den *Examiner*, Carson Callas ... Wie haben Sie es bloß angestellt, daß Sie einen Dirigenten *verloren* haben?«

Die Pressesprecherin schlug einen förmlichen Ton an. »Der Maestro ist nicht ... verlorengegangen, Mrs. Halcyon. Wir konnten nur nicht feststellen, wo er sich aufhält. Wir haben im Mark eine Nachricht für ihn hinterlassen, und die Chancen stehen gut, daß er ...«

»Was ist mit der Cunnigham? Sie wird doch auch ohne ihn kommen, oder?«

»Wir bemühen uns, Miss Cunningham einen anderen Begleiter zur Seite zu stellen für den Fall, daß ... Wir tun unser Möglichstes, Mrs. Halcyon. Schließlich kann man Miss Cunningham nicht jeden x-beliebigen Tenor anbieten.«

»Wollen Sie damit andeuten, daß sie gar nicht ...? O Gott ... Also nein, das ist die schäbigste Entschuldigung für ... Was soll ich bloß meinen Gästen sagen?«

Beauchamp und DeDe trafen später als geplant auf Halcyon Hill ein. Der Reißverschluß von DeDes Galanos Kleid war geplatzt. Um die Nervenprobe zu überstehen, hatte Beauchamp vier J & B-Whiskeys in sich hineingeschüttet.

»Mutter steht sicher kurz vor dem Nervenzusammenbruch«, sagte DeDe.

»Mach mir keine falschen Hoffnungen.«

»O Gott ... Carson Callas ist schon da. Er *genießt* es, über nicht aufgetauchte Ehrengäste zu schreiben. Die Stonecyphers hat er damals regelrecht gedemütigt mit seinem Artikel über ... Beauchamp, würdest du bitte versuchen, nicht so gelangweilt dreinzuschauen?«

»Da drüben ist Splinter.«

»Ich möchte was trinken, Beauchamp.«

»Bitte. Bedien dich. Ich werde mich mit Splinter unterhalten.«

»Beauchamp, falls du erwartest, daß ich alleine an die Bar gehe ...«

»Prue Giroux mixt sich ihre Drinks auch selbst.«

»Verdammt noch mal, Beauchamp! Ich habe keine Lust, mich ... mit Oona zu unterhalten.«

Es war zu spät. Die Rileys standen schon neben ihnen und verströmten eheliches Glück. DeDe rang sich ein Lächeln ab. Ihr Abendkleid spannte wie eine Wurstpelle.

»Wo ist denn nun die Diva?« fragte Splinter gutgelaunt. »Das ist doch das richtige Wort, oder?«

Oona lächelte und kniff ihren Ehemann in den Arm. »Er ist ein solcher Dummkopf! Wie hast du es bloß geschafft, einen Intellektuellen zu heiraten, DeDe?«

Die Botschaft kam laut und deutlich durch. Einen *impotenten* Intellektuellen.

Splinter hatte Oona von dem Telefonat erzählt. Davon war DeDe überzeugt.

Beauchamp brach das Schweigen. »Jedenfalls muß dieser Intellektuelle dringend ein paar graue Zellen vernichten. Kommst du mit an die Bar, Splinter?«

Die beiden Männer machten sich auf den Weg.

Oona blieb und lächelte DeDe an. Doch es lächelte nur ihr Mund.

»Du hast mein ganzes Mitgefühl, DeDe.«

»Wofür?«

»Für das Martyrium, das du hinter dir hast.«

»Welches Martyrium?«

»Ach so ... ich verstehe. Entschuldige bitte. Wir sollten wohl besser über die Oper oder sonst was reden.«

»Ich habe nicht die leiseste Ahnung, wovon du sprichst.«

»Vergiß es. Du mußt mich für *schrecklich* gefühllos halten.«

»Oona, würdest du mir bitte ...«

»Der Botenjunge, mein Schatz. Der *chinesische* Botenjunge.«

Schweigen.

»Shugie hat mir vom letzten Forum erzählt, und ich muß dir sagen, daß wir *alle* tiefes Mitgefühl für dich empfinden. Es muß schrecklich gewesen sein.« Oona lächelte diabolisch. »Es *war* doch schrecklich, oder?«

»Ich muß jetzt gehen, Oona.«

»Ich werde kein *Sterbenswörtchen* darüber verlieren, meine Liebe. Wir Mädchen vom Sacred Heart müssen doch zusammenhalten, nicht?«

»Und außerdem«, fügte sie hinzu, während sie DeDes BH-Träger unter das Kleid zurückschob, »muß ein Mädchen ja *irgendwie* über die Runden kommen.«

FRANNIE VON DER ROLLE

Frannie war etwas flatterig geworden. »Was soll ich bloß *machen*, Edgar?«

»Ich würde sagen, es war eine Fügung des Schicksals.«

»Hör auf mit dem Unsinn! Wir können nicht einfach dastehen und seelenruhig zusehen, wie alles ... den Bach runtergeht.«

»Findest du nicht, daß sich alle gut amüsieren?«

»Natürlich amüsieren sie sich gut! Sie zerreißen sich das *Maul* über mich, Edgar. Sieh dir bloß Viola an! Sie kichert schon den ganzen Abend mit Carson herum!«

»Frannie ... sieh mal ... wenn du jemanden brauchst,

der für ein bißchen Stimmung sorgt, könnte ich den Akkordeonspieler aus dem Club anrufen. Es ist zwar ein bißchen kurzfristig, aber vielleicht würde er ja ...«

Frannie stöhnte. »Ein Akkordeonspieler ist doch kein *Ersatz* für die größte Sopranistin der Welt, Edgar!«

»Ich wußte nicht, daß sie singen wollte.«

»Sie *braucht* nicht zu singen, Edgar! Mein Gott! Machst du das mit Absicht?«

»Was?«

»Daß du dich aufführst wie ein Banause.«

»Ich *bin* ein Banause.«

»Du bist kein ...«

»Mein Vater war Leiter eines Kaufhauses, Frannie.«

»Aber er hatte eine Dauerloge in der Oper!«

»Er war Leiter eines Kaufhauses.«

Beauchamp plauderte in einer stillen Ecke der Terrasse mit Peter Cipriani.

»Und was hast *du* für eine Theorie über La Grande Nora?«

Peter zuckte mit den Schultern. »Mir ist das völlig egal. Ich bin wegen ganz was anderem hier. Außerdem ist die Troyanos meine neue Leidenschaft.«

»Du hast ganz große Pupillen.«

»Na hoffentlich. Ich hab ja auch Psilocybin genommen.«

»Mein Gott.«

»Schließlich bin ich mit Shugie Sussman da.«

»Und das ist eine Entschuldigung für deinen veränderten Bewußtseinszustand?«

»Weißt du eine bessere?«

»Ich passe.«

»Ich hoffe, das Schätzchen kann fahren. Ich habe mir im Mill schon zwei Drinks gegönnt, bevor ich sie abgeholt habe.«

»Ich langweile mich *fürchterlich*«, sagte Margaret van Wyck Montoya-Corona.

DeDe schaute sie mit Glubschaugen an. »Das wird Mutter aber freuen, wenn sie das hört.«

»Ach so, DeDe, nein ... nicht *hier* ... Ich meine ganz generell. Jorge ist für drei Wochen in Madrid. Glaub mir, es macht *wirklich* keinen Spaß, mit einem Präserkönig verheiratet zu sein.«

»Das kann ich mir vorstellen.«

»Was mir am allermeisten fehlt, ist Gesellschaft.«

»Dann leg dir doch einen Hund zu.«

Muffy grinste. »Ich hab mir schon überlegt, daß ich mir vielleicht einen Samoaner zulege.«

»Du meinst einen Samojeden.«

»Nein. Ich meine einen *Samoaner*. Penny und Trinka haben sich *beide* einen Samoaner zugelegt. Ein Samoanergespann sozusagen. Die zwei arbeiten als Mechaniker im Mission ... und sie sind so was von *kräftig gebaut*, meine Liebe.«

DeDe verzog das Gesicht. »Ich mag keine dicken Männer.«

»Nicht dick.« Sie hob beide Hände. »Kräftig.«

»Ah. Ich verstehe.«

»Das ist jedenfalls tausendmal besser, als sich vom Versandhaus so einen Plastikdödel schicken zu lassen.«

Edgar zog seine Tochter zur Seite. »Ich brauche deine Hilfe«, flüsterte er.

»Wobei?«

»Deine Mutter hat sich auf dem Lokus eingesperrt.«

»Schon wieder?«

»Bitte sei so lieb, DeDe. Sie ist ganz aufgelöst wegen ... dieser Sängerin.«

Im ersten Stock brüllte DeDe durch die Badezimmertür ihre Mutter an: »Mutter!«

Schweigen.

»Verdammt noch mal, Mutter! Du bist *nicht* Zelda Fitzgerald. *Die* Masche hat langsam einen Bart.«

»Geh weg.«

»Wenn du wegen Nora Cunningham so von der Rolle bist ... Ich hab mit Carson Callas gesprochen. Er sagt, sie macht das immer so.«

»Das ist mir egal.«

»Er will dich mit fünfundzwanzig Zentimetern beglücken, Mutter. Mit fünfundzwanzig Zentimetern.«

»Was?«

»Den Großteil seiner Glosse in der *Western Gentry* will er ...«

Die Toilettentür ging auf. Frannie stand mit verheulten Augen und einem Mai Tai in der Hand da. »Hast du ihn gefragt, ob er zum Frühstück bleiben möchte?« sagte sie.

DIE KISTE MIT DEN SECHS
TAKTSTÖCKEN

Der Partyservice machte für die restlichen Gäste auf Halcyon Hill Rührei. Während Frannie Carson Callas mit Beschlag belegte, entschlüpfte Edgar in sein Arbeitszimmer und rief in der Barbary Lane an.

»Madrigal.«

»Ich bin's, Anna.«

»Hallo, Edgar.«

»Das mit Mona tut mir leid, Anna.«

»Du mußt dich nicht entschuldigen.«

»Muß ich doch. Ich hätte dich heute vormittag nicht so anfauchen sollen.«

»Ich ... So was gehört zu deinem Job, Edgar.«

»Wenn ich früher gewußt hätte, wieviel Mona dir bedeutet ...«

»Ich hätte nicht anrufen sollen. Ich mische mich zu viel ein.«

»Nächste Woche habe ich einen Tag frei. Wir könnten mal wieder an den Strand.«

»Gern.«

»Gott sei Dank!«

»Aber sei jetzt brav und kümmere dich wieder um deine Gäste.«

Drüben in der Barbary Lane lag Mona bäuchlings auf dem Sofa und las die *New West*, als Michael hereinschlurfte. »Na«, sagte sie. »Wie sieht's aus in der wunderbaren Welt der Gynäkologie?«

»Ich war nicht mit Jon zusammen.«

»Hoppla! Wie schnell die lodernde Flamme der Liebe doch erlöschen kann!«

»Er hatte heute abend eine Besprechung.«

»Und deshalb warst du in der Sauna, was?« Das Stirnrunzeln, mit dem sie ihn ansah, war nur halb scherzhaft gemeint.

»Es ist nicht gut, wenn man alle seine Eier in ein Körbchen legt.«

»Mal ganz bildlich gesprochen, hm?«

Er grinste. »Genau.«

»Über meine Lippen dringt kein Laut.«

Er zwängte sich neben sie auf das Sofa. »Rate mal, wer da war!«

»Der Mormon Tabernacle Choir.«

»Okay, wenn du keinen Tratsch hören willst ...«

»Nein. Sag schon. Ich will's ja hören.«

»Nein. Zuerst muß ich dir erzählen, was ich bei Hamburger Mary's erlebt habe.«

»Ich kann es nicht ausstehen, wenn du mich bestrafst.«

»Ich stimme dich doch nur ein, Mona. Entspann dich. Stell dir vor, ich bin dein Guru. Maharishi Mahesh Mouse. Ich bringe dir den Schlüssel zum Königreich der Folsom Street. Das heilige rote Einstecktuch, das sitzet zur Linken der Levi's. Das ...«

»Du bist ein Arsch, Michael!«

»Schon gut, schon gut. Ich sitze also gerade bei Hamburger Mary's, esse einen Bohnensprossensalat und überlege, ob meine neuen Sears-Stiefel nicht doch *zu* neu aussehen, als auf einmal dieses Pärchen reingerauscht kommt und sich mitten unter eine Horde Motorradfahrer setzt.«

»Ein Schwulenpärchen?«

»Aber woher denn. Ein Kerl und seine Frau auf Exotiktrip. Der neueste Schick des Jahres 1976. Sie hatte ein David-Bowie-T-Shirt an, damit auch gleich jeder wußte, auf was sie steht, und er hat ausgesehen, als würde er sich in seinem sportiven Ensemble von Grodins *grauenhaft* unwohl fühlen. Ich meine, vor fünf Jahren hätten sich diese Typen unten im Fillmore District rumgetrieben und sich gemeinsam mit den schwarzen Brüdern und Schwestern Gekröse mit Saubohnen reingestopft. Und jetzt haben sie's mit den Tunten. Sie sind ganz *versessen* auf den Kontakt mit Perversen.«

»Das bringt einem nichts als Kummer! Davon kann ich denen ein Lied singen!«

»Die Situation spitzt sich also von Minute zu Minute zu. Und dann setzt sich dieser Kerl neben die beiden. Er hat eine Future-Farmers-of-America-Jacke an und trägt einen Ring durch die Nase, was Mr. Grodins Ensemble so ins Schleudern bringt, daß man nicht weiß, ob er nicht gleich wieder auf die andere Seite der Bay flüchten muß.«

»Und was war mit seiner Frau?«

»O Gott ... sie ist *fürchterlich* sauer, weil Bubi nicht völlig abfährt auf diesen Hort der Dekadenz. Schließlich schaut sie ihn mit großen Augen an und sagt mit einer geballten Ladung Bedeutung in der Stimme: ›Was sagt dir denn mehr zu, Rich? S oder M?‹«

»Und?«

»Er hat gedacht, sie redet von Grillsaucen.«

»Und wen hast du dann in der Sauna getroffen, Mouse?«

»Also ... Ich hab ihn erst nach ein paar Stunden getroffen. Wie ich so den Gang entlangspaziere und in die Kabinen schaue, winkt mich dieser grauhaarige Kerl zu sich hinein. Er kam mir zwar reichlich alt vor, aber er hatte einen guten Körper. Ich geh also in die Kabine und setz mich auf den Rand seiner Liege, und als er sagt: ›Warst du schon fleißig heute abend?‹, weiß ich im selben Moment, wer er ist. Schon wegen seinem Akzent. Außerdem kenn ich ihn von den Plattenhüllen.«

»Wen?«

»Nigel Huxtable.«

»Der Dirigent?«

»Exakt. Kein Geringerer als der Ehemann von Nora Cunningham.«

»Habt ihr zwei denn ...?«

»Soll das ein Witz sein?«

»Ich wollte doch nur ...«

»Ich bin abgehauen, sobald ich gesehen habe, was er in seiner Tasche hatte.«

»Erzähl, erzähl ...«

»Einen Kassettenrekorder ... eine Kassette von seiner Frau, wie sie die ›Casta Diva‹ singt ... ein Stück Goldbrokatkordel, das angeblich vom Vorhang in der Scala stammt ... und sechs Taktstöcke aus Gummi!«

»Ach, du meine Güte!«

»Ich hab überhaupt nichts gemacht, Mona. Mit niemand.«

»Erzähl das mal deinem Gynäkologen!«

ZURÜCK NACH CLEVELAND?

Die Tage bei Halcyon Communications schleppten sich dahin wie Wochen.

Beauchamp schenkte Mary Ann ein Lächeln, wenn er an ihrem Schreibtisch vorbeikam, und manchmal zwinkerte er ihr im Aufzug zu, aber es kamen keine weiteren Einladungen mehr, keine schmerzerfüllten Bitten um Zuwendung.

Es war, als hätte es Mendocino nie gegeben.

In Ordnung, dachte Mary Ann, wenn er es so haben will. Sie hatte eine Menge anderer Möglichkeiten, ihre Energien einzusetzen... und viele Kilometer zu laufen, bevor sie einschlafen konnte.

Sie machte Edgar Halcyons Kaffeemaschine sauber.

Sie kaufte einen Glasschneider und machte aus einer großen Weinflasche ein Terrarium für ihren Schreibtisch.

Sie schuf sich an ihrer Pinnwand eine »persönliche Ecke« mit Peanuts-Cartoons, mit Zettelchen, die sie aus Fortune-cookies geschält hatte, und mit Urlaubspostkarten von Freundinnen.

Jeden Vormittag machte sie einmal kurz Pause, saß völlig regungslos und mit geschlossenen Augen an ihrem Schreibtisch und sagte sich den unerschrockenen Leitsatz der Siebziger vor:

»Heute ist der erste Tag vom Rest meines Lebens.«

Eines Abends tauchte Michael an ihrer Tür auf. Er hielt ein Tongefäß in Form eines Huhns in Händen.

»Das ist die Hälfte von meinem *poulet Tolliver*«, sagte er grinsend. Seinen Namen sprach er aus wie *Tollivé*.

»Mona ist weg und hebt entweder ihr Bewußtsein oder senkt ihre Erwartungen, und ich dachte ... Da hast du.«

»Das ist aber süß, Michael.«

»Fang mit der Schwärmerei erst an, wenn du es gesehen hast. Es sieht aus wie eine Möwe, die sich mit einer 747 angelegt hat.«

»Es riecht köstlich.«

»Soll ich's auf den Eßtisch stellen?«

»O ja. Danke.«

Er setzte den Tontopf ab und schüttelte dann lächelnd den Kopf.

»Was ist?« fragte Mary Ann.

»Im Süden macht man das, wenn jemand stirbt. Essen bringen, meine ich.«

»Da liegst du gar nicht so verkehrt.«

»Wie meinst du das?«

»Bist du ... Hast du die andere Hälfte von dem Hähnchen schon gegessen?«

Er schüttelte den Kopf.

»Hättest du gern Gesellschaft?«

Michael verdrehte die Augen. »Manchmal würd ich mein Leben dafür geben.«

Mary Ann nutzte die Zeit, bis Michael seine Hähnchenhälfte anschleppte, um einen Salat zu machen.

Sie aßen bei Kerzenschein.

»Das ist mein erstes richtiges Abendessen ... mit einem Gast.«

»Welche Ehre.«

»Ich hoffe, du magst Green-Goddess-Sauce.«

»Mmm. Das nächste Mal essen wir Spargel, und dann kannst du mir deine Sauce hollandaise vorführen.«

»Woher weißt du, daß ich ... Oh ...«

Michael nickte. »Robert. Ich mußte in unserer Scheidungsvereinbarung auf das Rezept verzichten.«

Mary Ann wurde rot. »Es ist ganz einfach.«

»Ich hätte keine alten Geschichten aufwärmen sollen. Tut mir leid.«

»Das ist schon okay. Ich hatte immer ein blödes Gefühl wegen der Sache.«

»Warum? Robert ist doch ein geiler Kerl. Ich hätte es auch so gemacht. Das heißt, ich *habe* es so gemacht. Was glaubst du, wo *ich* ihn kennengelernt habe?«

»Im Safeway?«

»Aber nicht im selben wie du. In dem an der Upper Market Street. Von *meiner* Warte aus ist es dort entschieden prickelnder.« Er gab sich selbst eine Ohrfeige. »Laß das. Du machst das Mädchen ganz verlegen.«

Sie lachte. »Wirke ich dermaßen unbedarft?«

»Nein, ich ... Ja, manchmal schon.«

»Na ja, ich bin es wohl auch.«

»Es hat bei dir aber auch einen gewissen Reiz.«

»*Das* hab ich schon mal irgendwo gehört.«

»Oh ... Von wem?«

»Das spielt keine Rolle.«

Michael lächelte etwas gequält, während er sie anschaute. »Bist du deswegen dem Seelentod so nahe?«

»Michael, ich ...«

»Weißt du was ... wir hauen nächste Woche mal so richtig auf den Putz. Wir können irgendwo hingehen, wo es ganz schrecklich anständig zugeht ... ins Starlight Roof oder so. Dein Leben fängt erst richtig an, wenn du mal mit dem Tolliver Gigolo Service ins Geschäft gekommen bist.«

Mary Ann rang sich ein Lächeln ab. »Ja, das könnte ganz nett sein.«

»Halt deine Begeisterung etwas im Zaum, ja?«

»Vielleicht bin ich nächste Woche nicht mehr hier, Michael.«

»Hmm?«

»Ich glaube, ich gehe nach Cleveland zurück.«

Michael pfiff. »Dort bist du dem Seelentod nicht mehr nur nahe, dort *bist* du tot.«

»Ich glaube, im Moment hat was anderes keinen Sinn.«

»Soll das heißen« – er warf seine Serviette auf den Tisch – »daß ich gerade ein ganzes Hähnchen darauf verschwendet habe, mich mit einer Frau anzufreunden, die nur auf der Durchreise ist?« Er stand vom Tisch auf, ging zum Sofa hinüber, setzte sich und verschränkte die Arme. »Komm hier rüber. Wir müssen uns jetzt mal von Frau zu Frau unterhalten!«

MICHAELS AUFMUNTERNDE WORTE

Mary Ann stand verunsichert auf. Michaels neue Rolle als Ratgeber war ihr unbehaglich. Sie bereute es, daß sie den Gedanken an eine Rückkehr nach Cleveland überhaupt erwähnt hatte.

»Kann ich dir etwas Crème de menthe anbieten?«

»Warum willst du weg, Mary Ann?«

Sie setzte sich neben ihn. »Das hat viele Gründe ... ich weiß nicht ... San Francisco ganz allgemein.«

»Nur weil dich irgendein Schwachkopf sitzengelassen hat...«

»Darum geht's nicht... Michael, man kann sich hier auf nichts verlassen. Es ist alles so einfach zu haben. Niemand beschäftigt sich hier mal ausführlicher mit einem anderen Menschen oder mit einer Sache, weil gleich um die Ecke was anderes läuft, das vielleicht noch ein bißchen interessanter ist.«

»Was hat er eigentlich *getan*?«

»Ich komme hier einfach nicht zurecht, Michael. Ich möchte in einer Umgebung leben, in der ich mich nicht dafür entschuldigen muß, daß ich Nescafé serviere. Weißt du, was mir an Cleveland gefällt? Die Menschen in Cleveland sind nicht immer auf irgendeinem ›Trip‹!«

»Anders ausgedrückt: Sie sind langweilig.«

»Es ist mir egal, was du davon hältst. Mir ist das wichtig. Sehr wichtig sogar.«

»Warum willst du deswegen nach Hause zurück? Langweilige Menschen haben wir hier auch. Warst du noch nie zum Mittagessen bei Paoli's?«

»Es hat überhaupt keinen Sinn...«

Das Telefon klingelte. Michael sprang auf und hob ab. »Das langweilige Zuhause von Mary Ann Singleton.«

»Michael!« Mary Ann riß ihm den Hörer aus der Hand. »Hallo.«

»Mary Ann?«

»Mom?«

»Wir haben uns solche Sorgen gemacht.«

»Gibt's sonst was Neues?«

»Sprich nicht so mit mir. Wir haben seit *Wochen* nichts mehr von dir gehört.«

»Tut mir leid. Ich hatte viel um die Ohren, Mom.«

»Wer war dieser Mann?«

»Welcher Mann? Ach so ... Michael. Das ist bloß ein Freund.«

»Und wie heißt dieser Michael?«

Mary Ann legte die Hand über die Sprechmuschel. »Wie heißt du mit Nachnamen, Michael?«

»De Sade.«

»Michael!«

»Tolliver.«

»Michael Tolliver, Mom. Er ist ein richtig netter Kerl. Er wohnt einen Stock unter mir.«

»Dein Daddy und ich haben über dich gesprochen, Mary Ann ... Hör also gut zu, was wir dir zu sagen haben. Wir sind uns beide einig, daß du die Gelegenheit haben solltest ... in San Francisco flügge zu werden ... Aber jetzt ist der Zeitpunkt gekommen ... Also, wir können nicht einfach dasitzen und zusehen, wie du dein Leben wegwirfst.«

»Wenn ich etwas wegwerfe, dann ist es immer noch *mein* Leben, Mom.«

»Nicht, wenn dir offensichtlich die Reife fehlt, um ...«

»Woher wollt ihr das denn wissen?«

»Mary Ann ... Ein merkwürdiger Mann ist bei dir ans Telefon gegangen.«

»Der Mann ist nicht merkwürdig, Mom.«

»Wer weiß?« sagte Michael grinsend.

»Du kanntest nicht einmal seinen Nachnamen.«

»Wir sind hier an der Westküste nicht so förmlich.«

»Das ist nicht zu übersehen ... Wenn dein Urteilsvermögen inzwischen so weit nachgelassen hat, daß du bei dir in der Wohnung einen völlig ...«

»Mom, Michael ist homosexuell.«

Schweigen.

»Er steht auf *Jungs*, kapiert? Ich weiß, daß du schon was davon gehört hast. Sie zeigen so was jetzt im Fernsehen.«

»Ich glaube, du hast völlig den Verstand ...«

»Nicht völlig. Aber wenn du mir noch ein oder zwei Wochen Zeit läßt ...«

»Ich kann nicht glauben, daß du mich so ...«

»Mom, ich ruf dich in ein paar Tagen wieder an, ja? Hier läuft alles prima. Na-hacht.«

Sie legte auf.

Michael strahlte sie vom Sofa her an.

Mona war die zweite Angriffswelle.

»Mein Gott, Mary Ann! Kein Wunder, daß es dir schlecht geht. Du sitzt den ganzen Tag auf deinem Hintern rum und erwartest, daß dir das Leben lauter tolle Einladungen schickt. Aber da hab ich eine brandheiße Neuigkeit für dich. Dort draußen läuft nicht *ein* Mensch rum, der auf die Idee käme, dir ein Grußkärtchen zu schicken.«

»Und welchen Sinn soll es dann haben, mich ...?«

»Wenn du was vom Leben willst, mußt du was *tun*, Mary Ann. Und wenn es dir schlecht geht, dann kämpf dich da raus und pack das Leben am ... Hol dir einen Bleistift und schreib dir mal eine Adresse ...«

KRIEG UND FRIEDEN

Eine Abordnung Strandläufer patrouillierte auf dem Strand bei Point Bonita und pickte die Limodosenringe aus dem schimmernden schwarzen Sand. Das Wasser war an manchen Stellen blau, an anderen grau.

Edgar legte den Arm um Annas Taille. »Weißt du, ich werde sie wieder nehmen.«

»Wen?«

»Mona ... Wenn du's mir sagst, nehme ich sie wieder.«

Anna schüttelte den Kopf. »Das würde ich nicht tun. Außerdem käme sie selbst *dann* nicht mehr zurück, wenn du deine Meinung ändern würdest.«

»Heißt das, daß ich ein blöder Affe bin?«

»Du nicht. Dein Schwiegersohn.«

»Hat sie dir das gesagt?«

Anna nickte. »Hat sie recht?«

»Absolut.«

»Das dachte ich mir schon.«

»Hast du ihr etwas gesagt, Anna?«

»Über dich?«

»Ja.«

Anna schüttelte den Kopf. »Das geht nur uns was an, Edgar. Nur uns beide.«

»Ich weiß, aber ...«

»Aber was?«

»Sie ist für dich wie eine Tochter, nicht?«

»Ja.«

»Fällt es dir da nicht schwer, es ihr *nicht* zu sagen?«

»Ja.«

»Ich würde es am liebsten in die ganze Welt hinausposaunen.«

Anna lächelte. »Dazu braucht es bloß eine Aktennotiz an deine Sekretärin.«

»Die wird es noch vor Mona herausfinden.«

»Hoffentlich nicht.«

»Warum? Ich habe mehr zu verlieren als du.«

Anna betrachtete ihn einen Moment. »Komm. Holen wir die Decke aus dem Auto. Hier draußen ist es kälter als zwischen den Titten einer Hexe.«

Edgar kicherte. »Ich wußte nicht, daß brave Mädchen so einen Ausdruck kennen.«

»Tun sie auch nicht.«

»Wir haben das immer in Frankreich gesagt. Während des Kriegs.«

»Damals habe ich das auch gelernt.«

»Was redest du denn da?«

»Ich war in Fort Ord.«

»Du warst im Women's Army Corps?«

»Ich habe für einen Colonel, der die meiste Zeit besoffen war, die Munitionsanforderungen getippt. Aber was ist jetzt, holen wir die Decke oder nicht?«

Sie kuschelten sich im Windschatten einer Düne aneinander. »Wie war das, in einem Puff aufzuwachsen?«

Anna verzog den Mund. »Wie war das, in Hillsborough aufzuwachsen?«

»Ich bin nicht in Hillsborough aufgewachsen. Ich bin in Pacific Heights großgeworden.«

»Ach du meine Güte! Da bist du ja *mächtig* rumgekommen, was?«

»Komm schon. Ich habe dich zuerst gefragt.«

»Na dann ...« Sie schöpfte eine Handvoll Sand und ließ ihn durch die Finger rinnen. »Ein Aspekt war, daß ich vierzehn werden mußte, bis mir klar wurde, daß auf amerikanischen Banknoten nicht steht: ›Gültig für eine ganze Nacht‹.«

Edgar lachte.

»Außerdem habe ich in bezug auf etliche Dinge einen kuriosen Aberglauben entwickelt, mit dem ich mich noch heute herumschlage.«

»Zum Beispiel?«

»Zum Beispiel ... kann ich keine Schnittblumen ertragen. Schick mir also nie einen Strauß langstielige Rosen, wenn du willst, daß unsere sonderbare und wunderbare Beziehung bestehen bleibt.«

»Was stört dich an Schnittblumen?«

»Die Schönen der Nacht sehen in ihnen Vorboten eines baldigen Todes. Es geht da um Schönheit, die in ihrer Blüte zerstört wird, und so Zeug.«

»Oh.«

»Keine schöne Sache.«

»Nein.«

Anna schaute zu Boden und zog mit dem Finger eine Linie durch den Sand.

Und Edgar kam es vor, als würde sie seinen Schmerz nicht nur spüren, sondern auch teilen.

IM NÄCHSTEN ZWIESPALT

Das Bay Area Crisis Switchboard befand sich in einem renovierten viktorianischen Haus in Noe Valley. Die Fassade war dattelgolden, maulwurfsgrau, avocadogrün, fuchsienrot und schokoladenbraun gestrichen. Ein Schild im Fenster informierte die Besucher des Hauses darüber, daß dessen Bewohner keinen Wein der Firma Gallo tranken.

Mary Ann hatte schon da ein komisches Gefühl.

Sie drückte auf die Klingel. Ein Mann in einem Renaissancehemd machte ihr auf. Mary Anns Blick glitt von dem Hemd über einen dünnen roten Bart hoch zu der Stelle, an der normalerweise sein linkes Ohr gewesen wäre.

»Ich ... habe vorhin angerufen.«

»Supertoll. Die neue Freiwillige. Ich bin Vincent.«

Er führte sie in einen spärlich möblierten Raum, der von einem gewaltigen Wandbehang aus Makramee beherrscht wurde, in den Muschelstücke und Federn und Treibholz eingearbeitet waren. Es blieb ihr gar nichts anderes übrig, als etwas dazu zu sagen.

»Der ist ja ... wirklich wunderbar.«

»Ja«, sagte Vincent strahlend. »Den hat meine Alte gemacht.«

Mary Ann nahm an, daß er nicht seine Mutter meinte.

Zu ihrer großen Erleichterung erwies er sich als sehr netter Kerl. Beim Switchboard machte er die Schicht von Dienstag bis Donnerstag. Er war Künstler. Und er machte ihr einen Nescafé, ohne sich zu entschuldigen.

»Wahrscheinlich werden wir ... sozusagen ... parallel arbeiten«, erklärte er ihr. »Zwischen acht und elf kriegen wir so viele Anrufe rein, daß wir zu zweit gut zu tun haben.«

»Haben die denn alle vor ... sich umzubringen?«

»Nein. Nach einiger Zeit durchschaust du auch die Dauerkunden.«

»Die Dauerkunden?«

»Verrückte. Einsame. Anrufer, die nur reden wollen. Das geht natürlich auch klar. Schließlich sind wir für so was da. Und bei manchen genügt's, wenn man sie an die richtige soziale Einrichtung weiterschickt.«

»Wer gehört in die Gruppe?«

»Geschlagene Ehefrauen, schwule Teenager, alte Leute mit Fragen zur Sozialversicherung, Kinderschänder, Vergewaltigungsopfer, Minderheiten mit Wohnungsproblemen...« Er rasselte die Liste runter wie ein Verkäufer in einer Howard-Johnson-Eisdiele, der die achtundzwanzig verschiedenen Sorten aufzählt.

»Und was ist mit den Selbstmördern?«

»Ach so ... von denen kriegen wir pro Abend vielleicht zwei oder drei rein.«

»Weißt du, ich hab nie eine spezielle Ausbildung...«

»Kein Problem. Um die haarigen Fälle kümmere ich mich. Die meisten wollen bloß deine Zuwendung.«

Mary Ann trank ein paar Schluck Kaffee. Vincents unaufgeregtes Selbstvertrauen gab ihr Kraft. »Die Arbeit hier gibt einem sicher recht viel, was?«

Vincent zuckte mit den Schultern. »Manchmal schon. Und dann ist es wieder der totale Nerv. Kommt immer drauf an.«

»Hat es in letzter Zeit ... haarige Fälle gegeben?«

»Keine Ahnung. Ich war ein paar Wochen nicht da.«
»Warst du auf Urlaub?«

Er schüttelte den Kopf und hielt die rechte Hand hoch. Mary Ann hatte schon zuvor bemerkt, daß sein kleiner Finger bandagiert war ... nicht jedoch, daß er in der Mitte aufhörte.

»Du armer Kerl! Wie ist das denn passiert?«
»Ach ...«

Das Ohr ... der Finger ... Plötzlich war ihr alles schrecklich peinlich.

Vincent sah sie rot werden. »Ich geh manchmal auf nen Trip.«

»Tabletten?«

Er lächelte. »Nein ... bloß auf nen Trip. Wenn ich depressiv bin. Völlig durch den Wind.«

»Ich fürchte, ich ...«

»Es ist nichts Schlimmes. Ich komm schon damit klar. Aber jetzt aufgepaßt! Es ist fast acht. Bist du bereit?«

»Ja. Ich glaube schon.« Sie sank auf den Stuhl vor dem Telefon. »Ich denke, ich werde erst mal beide Ohren spitzen.«

Sie hätte sich die Zunge abbeißen können.

FANTASIE FÜR ZWEI

Nachdem Michael und Jon sich im Ghirardelli Cinema *Frankenstein Junior* angesehen hatten, spazierten sie am Aquatic Park auf den Pier hinaus.

Es war dunkel auf dem Pier. Gruppen von chinesischen Fischern durchbrachen die Stille mit Gelächter und dem blechernen Plärren von Transistorradios. Ein Hubschrauber machte am Himmel wupp-wupp.

Die beiden setzten sich am Ende des Piers auf eine überdimensionierte Betonbank.

»Er ist ein Fragezeichen«, sagte Michael.

»Wer?«

»Der Pier. Ein riesengroßes Fragezeichen.«

Jon blickte über die schwarze Lagune, die durch die Krümmung des Piers gebildet wurde. »Stimmt nicht. Er ist andersrum geschwungen. Er ist ein spiegelverkehrtes Fragezeichen.«

»Gebildete Leute nehmen immer alles so wörtlich.«

»Entschuldige.«

»Hab ich dir schon die Geschichte von meinem Schimpansen erzählt?«

»Schimpanse wie Affe, oder was?«

»Ja, genau. Möchtest du sie hören?«

»Unbedingt.«

»Also ... Schon als kleiner Junge wollte ich immer einen Schimpansen haben. Ich hab mir ausgemalt, wie ich einen Schimpansen so dressiere, daß er zu uns in die fünfte Klasse stürmt und Miss Watson, meine Lehrerin, mit Wasserballons bombardiert.« Er lachte. »Wenn ich mir's recht überlege, war sie wahrscheinlich eine Lesbe. Ich hätte netter sein sollen zu ihr ... Jedenfalls hab ich die Idee *nie* aufgegeben ... den Wunsch nach einem Schimpansen, meine ich ... und letztes Jahr hab ich es mal meinem Exmann erzählt ... Ich meine, er ist jetzt mein Exmann ... Zu der Zeit war er mein Mann.«

»Bleib bei deinem Schimpansen.«

»Okay ... Der *riesengroße* Zufall war, daß Christopher schon seit der Kindheit *genau die gleiche* Phantasie hatte. Wir haben das also ... eine Weile diskutiert und sind dann zu dem Schluß gekommen, daß wir zwei verantwortungsbewußte Erwachsene waren und es überhaupt keinen Grund gab, warum wir keinen Schimpansen haben sollten. Jedenfalls hat Christopher diesen Freund von sich angerufen, der bei Marine World arbeitet und sich mit dem Papierkrieg und dem ganzen Quark auskennt, und schließlich ... wurden wir zu den stolzen Eltern eines Schimpansenteenagers, der Andrew hieß.«

Jon lächelte. »Andrew, Michael und Christopher. Wie hübsch.«

»Das haben wir auch gedacht. Und es ist auch ganz *wunderbar* geworden, als wir ihn erst mal stubenrein hatten. Wir haben ihn *überall* mitgenommen ... In den Golden Gate Park, zum Renaissance Faire ... und in den *Zoo*. Meine Güte, wie *gern* er doch in den Zoo gegangen ist! Dann hat uns unser Freund bei Marine World eines Tages gefragt, ob wir Andrew nicht ... mit einer Schimpansendame zusammenbringen wollten, die einem anderen Freund von ihm gehörte. Natürlich waren wir damals ganz schön nervös, denn dadurch sollten wir ja faktisch Großeltern werden.«

»Faktisch.«

»Der große Tag war also da ... Aber Andrew spielte nicht mit.«

»O nein!«

»Stell dir vor, er weigerte sich sogar, mit ihr im selben *Zimmer* zu bleiben.«

»Okay, laß mich raten.«

Michael nickte traurig. »Er war so warm, daß er mit der flachen Hand hätte bügeln können!«

»Jetzt mach mal halblang!«

»Ich konnte damit ganz gut umgehen, weil ich Andrew wirklich *liebte*, aber Christopher nahm es persönlich. Er war *überzeugt*, daß es nicht so weit gekommen wäre, wenn er mit Andrew öfter Ball gespielt ...«

Jon fing zu lachen an. »Du bist vielleicht eine Nummer!«

»Es war *schrecklich*, sag ich dir! Christopher hat mir Vorhaltungen gemacht, daß ich Andrew verhätschelt hätte und ihn übertrieben oft zu Busby-Berkeley-Filmen ins Kino mitgenommen hätte ... und daß ich es ihm nicht verboten hätte, sich im Sears-Katalog die Seiten mit der Männerunterwäsche anzuschauen!«

»Hör auf!«

Michael grinste und gab sein Spiel auf. »Sag bloß, die Geschichte hat dir nicht gefallen!«

»Denkst du dir immer Sachen aus?«

»Immer.«

»Warum?«

Michael zuckte mit den Schultern. »›Ich will ihn über mein wahres Selbst gerade genug täuschen, daß er mich haben will.‹«

»Woraus ist das denn?«

»Das sagt Blanche DuBois. In *Endstation Sehnsucht*.«

Jon schlang seinen Arm um Michaels Hals. »Komm zu mir, Blanche.« Sie küßten sich recht lange, obwohl die Betonbank ziemlich kalt war.

Als sie sich voneinander lösten, sagte Michael: »Würde es sich besser anhören, wenn der Mann Andrew hieße und der Schimpanse Christopher?«

»Dein Mann war auch erfunden?«

»O ja ... *besonders* mein Mann.«

DIE RÄTSELHAFTE BESUCHERIN

Am Strand wurde der Wind stärker, weshalb Anna die Decke zurechtzog, die ihnen Schutz bot. »Hier, Edgar... halt sie fest. Sonst sieht noch jemand, daß deine Sachen von Brooks Brothers sind.«

»Paß bloß auf.«

»Ich muß schon sagen... diese Socken sind geradezu adorabel... wenn du den Ausdruck entschuldigst. Ich nehme an, daß in St. Moritz heutzutage *jeder* anthrazitfarbene Kniestrümpfe trägt!«

»Das kitzelt, Anna. Laß das.«

»Kitzlig? Edgar Halcyon? Ist nichts mehr heilig?«

»Anna, ich warne dich...«

»Du bist ganz schön ruppig für ein Stadtkind!« Sie sprang plötzlich auf, zerrte an seiner ohnehin schon gelockerten Krawatte und stolzierte dann über den Strand. Edgar jagte sie in die Dünen zurück und warf sich mit dem Kampfruf eines Samurais auf sie.

Lachend und keuchend lagen sie aneinandergeschmiegt da.

»Komm mit«, sagte Anna und faßte ihn an den Händen. »Laß uns ein bißchen Treibgut suchen.«

»Nicht so hastig, Anna.«

»Fühlst du dich nicht wohl?«

»Doch. Ich...«

»Bist du sicher.«

»Ja, alles bestens.«

»Ich vergesse immer, daß du ein alter Bussard bist.«

»Ich bin zwei Jahre älter als du.«

»Eben. Ein alter Bussard.«

Um vier Uhr klarte der Himmel auf. Sie spazierten barfuß den Strand entlang.

»Das erinnert mich an etwas«, sagte Edgar.

»An eine Whiskeyreklame?«

Er lächelte und drückte ihre Hand. »Als ich neunzehn war, haben mich meine Eltern den Sommer über nach England geschickt. Ich habe bei ein paar Cousins von mir in einem Dorf gewohnt, das Cley-next-the-Sea hieß. Dort bin ich immer am Strand spazieren gegangen und habe Karneole gesucht.«

»Sind das Steine?«

»Wunderschöne rote. Orangerote. Einmal habe ich auf dem Strand eine alte Dame getroffen. Wenigstens habe ich sie damals für alt gehalten. Ihre Tochter war auch dabei. Sie war achtzehn und sehr schön. Die beiden haben mich aufgefordert, mit ihnen zu gehen. Sie waren auch auf der Suche nach Karneolen.«

»Bist du mitgegangen?«

»Was glaubst du?«

»Ich glaube, Edgar war zu beschäftigt ... oder es war ihm peinlich.«

Edgar blieb stehen und schaute Anna an. Er machte ein Gesicht wie ein Löwe, der einen Dorn in der Pfote stecken hatte. »Es ist zu spät, nicht, Anna?«

Sie ließ ihre Schuhe in den Sand fallen und schlang ihm die Arme um den Hals. »Für das Mädchen ist es zu spät, Edgar. Aber die alte Dame rumzukriegen ist ein Kinderspiel.«

Sie lagen wieder unter der Decke.

»Wir sollten zurückfahren, Anna.«

»Ich weiß.«

»Ich habe Frannie gesagt, ich würde ...«
»Ist schon gut.«
»Sind wir dabei, einen großen Fehler zu machen?«
»Na hoffentlich!«
»Du weißt nicht sehr viel über mich.«
»Nein.«
»Ich habe nicht mehr lange zu leben, Anna.«
»Oh ... Das dachte ich mir schon.«
»Du hast es gewußt ...?«

Anna zuckte mit den Schultern. »Warum sollte Edgar Halcyon sonst so was machen?«

»O Gott.«

Anna spielte mit den weißen Locken an seinem Hinterkopf. »Wieviel Zeit haben wir noch?«

Zu Hause in der Barbary Lane legte Anna sich genüßlich in die Badewanne. Sie sang gerade ein sehr altes Lied, als es bei ihr klingelte.

Sie trocknete sich ab, schlüpfte in ihren Kimono und drückte auf den Türöffner, um ihren Besuch reinzulassen.

»Wer ist da?« rief sie über den Flur.

»Eine Freundin von Mary Ann Singleton«, kam die Antwort. Es war die Stimme einer jungen Frau.

»Sie ist weggegangen, meine Liebe. Zum Crisis Switchboard.«

»Wäre es Ihnen recht, wenn ich hier warte? Ich meine, hier in der Diele. Es geht nämlich um was Wichtiges.«

Anna ging auf den Flur hinaus. Die junge Frau war blond und füllig und sah aus wie ein Kind, das sich verlaufen hatte. Und sie trug eine Gucci-Einkaufstasche.

»Setzen Sie sich nur, meine Liebe«, sagte die Vermieterin. »Mary Ann müßte bald nach Hause kommen.«

Als Anna wieder in der Badewanne lag, ging ihr die Besucherin nicht aus dem Kopf. Sie kam ihr irgendwie vertraut vor. Da war etwas mit den Augen und der Form des Kinns.

Plötzlich wußte sie es.

Die junge Frau sah aus wie Edgar.

WO WAR BEAUCHAMP DANN?

Das Gesicht der Frau lag im Dunkeln. Sie hatte so stark zugenommen, daß Mary Ann sie nicht auf Anhieb erkannte.

»Mary Ann?«

»Oh ...«

»Ich bin Beauchamps Frau. DeDe. Ihre Vermieterin hat mich reingelassen.«

»Ja. Mrs. Madrigal.«

»Sie war sehr freundlich. Hoffentlich macht es Ihnen nichts aus. Ich fürchtete, ich könnte Sie verpassen.«

»Nein ... Schon gut. Haben Sie Zeit, um auf einen Drink mit nach oben zu kommen?«

»Erwarten Sie keinen ... Besuch?«

»Nein«, sagte Mary Ann so, daß sie damit bereits die Anschuldigung zurückwies.

DeDe setzte sich auf einen Regiestuhl mit gelbem Plastikbezug und faltete die Hände über der Einkaufstasche.

»Möchten Sie ein Glas Crème de menthe?« fragte Mary Ann.

»Danke. Haben Sie auch weiße?«
»Weiße was?«
»Crème de menthe.«
»Ach so ... nein ... nur die andere.«
»Ach so ... Danke, dann nehme ich nichts.«
»Ein Mineralwasser vielleicht?«
»Wirklich, ich fühle mich auch so wohl.«

Mary Ann ließ sich auf den Rand des Sofas sinken. »Aber nicht *allzu* wohl.« Sie lächelte schwach.

DeDe sah auf ihre Hände. »Nein. Wahrscheinlich nicht. Mary Ann ... Ich bin nicht gekommen, um Ihnen eine Szene zu machen.«

Mary Ann schluckte. Sie spürte, wie ihr Gesicht heiß wurde.

»Ich wollte Ihnen das hier bringen.« DeDe kramte in ihrer Einkaufstasche und zog dann Mary Anns braunweiß getupften Schal heraus. »Ich habe ihn in Beauchamps Auto gefunden.«

Mary Ann starrte entgeistert auf den Schal. »Wann?«
»Am Montag, nachdem Sie mit ihm in Mendocino waren.«
»Oh.«
»Er hat mir davon erzählt.«
»Ich verstehe.«
»Es ist doch Ihrer, oder?«
»Ja.«
»Es ist mir egal. Ich meine ... Es ist mir *nicht* egal, aber ich lasse mich davon nicht mehr ... fertigmachen. Ich habe mich damit abgefunden. Ich glaube, ich habe sogar Verständnis dafür, wie er ... Sie da hineingezogen hat.«

»DeDe, ich ... Warum sind Sie dann hier?«

»Weil ich ... hoffe, daß Sie mir die Wahrheit sagen werden.«

Mary Ann hob in einer Geste der Hilflosigkeit die Hände. »Habe ich das denn nicht gerade getan?«

»Waren Sie letztes Wochenende mit ihm zusammen, Mary Ann?«

»Nein! Ich war ...«

»Und vorletzten Dienstag?«

Mary Ann fiel die Kinnlade runter. »DeDe ... ich schwöre bei Gott ... ich war einmal mit Beauchamp zusammen, und bei diesem einen Mal ist es dann auch geblieben. Er hat mich gebeten, mit ihm nach Mendocino zu fahren, weil ...« Sie brach abrupt ab.

»Weil was?«

»Es hört sich idiotisch an. Er ... hat gesagt, er braucht jemanden zum Reden. Er hat mir leid getan. Aber seither habe ich kaum ein Wort mit ihm gewechselt.«

»Sie sind jeden Tag mit ihm zusammen.«

»Wir halten uns im gleichen Gebäude auf. Das ist aber auch schon alles.«

»Haben Sie in Mendocino miteinander *geschlafen*?«

»Ich ... Ja.«

DeDe stand auf. »Es tut mir leid, daß ich Sie belästigt habe. Ich glaube, wir haben jetzt beide genug von dieser Seifenoper.« Sie drehte sich um und ging zur Tür.

»DeDe?« »Ja?«

»Hat Beauchamp *gesagt*, daß ich mit ihm zusammen war am letzten Wochenende und ... an diesem anderen Tag?«

»Nicht direkt.«

»Er hat es aber durchblicken lassen?«

»Ja.«

»Ich war bestimmt nicht mit ihm zusammen, DeDe. Bitte glauben Sie mir.«

DeDe lächelte bitter. »Das tue ich ja. Ist *das* nicht das Schreckliche daran?«

Zu Hause in der Montgomery Street schlitzte DeDe mit Inbrunst die Post auf, um die sie sich den ganzen Tag nicht gekümmert hatte.

Es waren neue Rechnungen von Wilkes und Abercrombie's gekommen, das neueste Heft des *Architectural Digest*, eine Spendenaufforderung der Bennington Alumni Association und ein Brief von Binky Gruen.

Den Brief von Binky nahm DeDe mit in die Küche, wo sie sich eine Schüssel Familia-Cornflakes mit Milch machte. Sie öffnete den Umschlag mit einem Brotmesser. Der Brief war auf Golden-Door-Briefpapier geschrieben.

Meine Liebe DeDe,
Deine alte Binky suhlt sich hier auf Amerikas elegantester Abspeckfarm in Luxus und Selbstmitleid. Wir stehen zu einer unaussprechlichen Zeit auf und joggen dann in total unschmeichelhaften Jumpsuits aus rosa Frottee, die hier »Pinkies« heißen, durch die Wildnis. (Bitte keine Witze über Binky in ihrem Pinky, mein Schatz.) Ich habe schon sechs Pfund abgenommen. Tusch! Filmstars, wo man auch hinsieht. Ich komme mir *déclassée* vor, wenn ich nicht auch in der Sauna meine Foster Grants aufsetze. Versuch's mal. Du wirst es hassen.
Fühle Dich geherzt und geküßt von Deiner
                                                Binky

Beauchamp kam in die Küche. »Wo warst du heute abend?«

»Bei der Junior League.«

Er schaute auf die leere Schüssel. »Hat man dir dort nichts zu essen gegeben?«

»Die Schüssel war nur *halb voll*, Beauchamp!«

»Bedien dich nur. Es ist sowieso zu spät, um bis zur Eröffnung der Opernsaison wieder eine halbwegs akzeptable Figur hinzukriegen.« Er lächelte aufreizend und ging hinaus.

DeDe sah ihm mit finsterem Blick nach, bis er außer Sicht war. Dann griff sie nach Binkys Brief und las ihn noch einmal.

WAS DAS EINFACHE VOLK SO TREIBT

Die Bestie vor ihrer Tür trieb Mary Ann kalte Schauer über den Rücken.

Das Gesicht des Untiers war kreidebleich, nur auf den Wangenknochen saßen gespenstisch wirkende Rougeflecken. Seine Brust war glatt, seine Beine dicht behaart, und aus seiner Stirn reckten sich drohend zwei knorrige Ziegenhörner nach oben.

Die Bestie sagte etwas zu ihr.

»Weißt du auch mit zwei Hörnern was anzufangen, hm?«

»Michael!«

»*Falsch*, du Langweilerin. Ich bin der große Gott Pan.«

»Du hast mich zu Tode erschreckt!«

»Dabei bin ich doch eine sanfte und verspielte Kreatur ... der Beschützer der Wälder und der Schafhirten ... Ach was! Gibt es denn überhaupt jemand, der seine Rolle bei dir durchhalten kann?«

Mary Ann lächelte. »Gehst du zu einer Kostümparty.«

»Nein. Eigentlich wollte ich meine Tante Agnes von der Greyhoundstation abholen.«

»Du willst *so* zum Busbahn...? Warum *rede* ich überhaupt mit dir?«

»Willst du mich nicht reinbitten?«

Sie kicherte. »Meiner Mutter würdest du so bestimmt gefallen.«

»Es wird dich vielleicht ganz fürchterlich schocken, aber ich bin *nicht* besonders scharf darauf, deiner Mutter zu gefallen. Also, was ist jetzt? Wenn du mich noch länger auf dem Flur stehenläßt, kriegt der Mann auf dem Dach bestimmt einen Herzinfarkt.«

»Komm schon rein. Was für ein Mann auf dem Dach?«

Michael polterte ins Zimmer, setzte sich und rückte die braune Afroperücke zurecht, die seine Hörner hielt. »Der neue Mieter. Ein gewisser Williams. Ich hab ihn vor einiger Zeit auf der Treppe zum Dach gesehen. Und schon allein das war für ihn fast zuviel.«

»Oben auf dem Dach gibt es eine Wohnung?«

»So was ähnliches. Ich würde eher Dachbaracke dazu sagen. Es will sie nur selten jemand mieten, aber man hat von da oben eine *umwerfende* Aussicht. Der Kerl ist vor ein paar Tagen eingezogen. Sag, kann ich was zu trinken haben?«

»Klar... Ich hab noch etwas...«

»Sag Crème de menthe, und ich verschlinge dich!«

Sie ruckelte an einem seiner Hörner.

»Weißwein, Euer Heiligkeit.«

»Gerne ... Nein, ich will doch nichts. Ich muß nämlich gleich gehen. Ich hatte gehofft, du kommst mit.«

»Als was? Als Geiß?«

»Als Schäferin. Ich habe ein reizendes Schäferinnenkleid mit Rüschenmieder und ... Sieh mich nicht so an, du Frau! Es gehört Mona!«

Mary Ann lachte. »Ich würde liebend gern mitkommen, Michael ... bloß habe ich heute Dienst beim Crisis Switchboard.«

»Aber ich stecke doch in der Krise! Einsamer Homophiler mit behaarten Beinen und extravaganter Erscheinung sucht attraktive, aber langweilige Dame für vergnüglichen Abend bei ...«

»Wie wär's mit dem Kerl, mit dem ich dich gesehen habe?«

»Jon?«

»So ein Blonder?«

Michael nickte. »Heute wird doch die Opernsaison eröffnet.«

»Oh ... Und du kannst Opern nicht ausstehen, hmh?«

»Nein ... das heißt, eigentlich schon ... aber darum geht es nicht. Jon hat sich zusammen mit einem Freund ein Abonnement zugelegt. Aber du hast recht ... ich kann mit Opern eigentlich nicht viel anfangen. Ich glaube nicht, daß ich mich dort ... ach, du weißt schon.«

Sie küßte ihn vorsichtig auf seine berougte Wange. »Was hältst du davon, wenn ich dir einmal Ausgehen gutschreibe?«

Er stand auf, seufzte und rückte seine Hörner zurecht. »Das sagen sie *alle*.«

»Wo ist die Party?«

»Ganz in der Nähe. Im Hyde and Green Plant Store. Ich geh zu Fuß hin.«

»In dem Aufzug?«

»Sei nicht so ... Cleveland-like. Der halbe Russian Hill läuft doch so rum.«

»Sei jedenfalls vorsichtig.«

»Weswegen?«

»Weiß ich auch nicht ... Wegen der Leute, die auch so aussehen.«

»Viel Vergnügen mit den Selbstmördern.«

»Danke.« Sie schubste ihn spielerisch zur Tür hinaus. »Such dir einen netten Ziegenbock.«

INTERMEZZO

Zur gleichen Zeit gingen in den Nebengelassen der Oper die eleganten Herren ein und aus und putzten sich umgeben vom roten Leder, dem dunklen Holz und den glänzenden Armaturen des Herrenwaschraums im Logenbereich das Gefieder. Für die nächsten zwei Stunden würde dies die eleganteste Toilette der Stadt sein.

»Paß auf die Tür auf«, befahl Peter Cipriani.

»Wieso?« sagte Beauchamp.

»Na, das fehlte gerade noch, daß einer dieser kleinkarierten alten Saftsäcke besoffen hier reinplatzt!«

Peter zog einen Briefumschlag von Gump's mit dem aufgeprägten Familienwappen der Ciprianis aus der Tasche. Er fuhr mit einem kleinen Goldlöffel hinein und hob den Löffel dann an sein linkes Nasenloch.

»Ah! Unverschnitten! So mag ich mein Koks *und* meine Männer!«

Beauchamp war nervös. »Mach schon! Beeil dich!«

»Ladies first!«

Der Löffel wanderte zum zweitenmal hinunter und wieder hinauf, nur belieferte er diesmal Peters anderes Nasenloch. Beauchamp folgte Peters Beispiel und suchte danach seine Frackschöße vor dem Spiegel nach Fusseln ab.

»Das ist vielleicht wieder eine traurige Veranstaltung hier!«

Peter grinste ihn an. »Gehst du hinterher mit den Halcyons ins L'Orangerie?«

»Da mußt du DeDe fragen. Heute abend entscheiden sie und ihre Mutter, was gemacht wird.«

Peter zog eine Tube Bill-Blass-Bräunungscreme aus der Brusttasche und machte sich daran, seine Wangenknochen aufzufrischen. »Warum seilst du dich nicht in der Pause ab und gehst mit mir in den Club?«

»Gibt's denn heute im Club was Besonderes?«

Peter stöhnte. »Du armes unbedarftes Fräulein aus reichem Hause! Ich meine doch nicht unseren Club. Ich rede von dem an der Ecke Eighth und Howard.«

»Ich schätze, dort bist du heute abend auf dich allein gestellt, Peter.«

»*Chacun à son goût*. Mir hängen diese Pseudopatrizier jedenfalls zum Hals raus. Ich hab mal wieder Lust auf ein paar Pseudoholzfäller.«

Ryan Hammond rauschte in den Waschraum. Ryan war Engländer, oder *redete* jedenfalls wie einer. In den Klatschspalten tauchte er häufig als Begleiter von verwitweten Damen auf und als Star musikalischer Komödien, die auf der Halbinsel liefen.

»Sieh mal einer an«, säuselte Peter, »sogar die englischen Schnepfen sind heute aus dem Unterholz gekrochen.«

Beauchamp sah seinen Freund strafend an.

Ryan ignorierte Peter und ging zu den Pissoirs.

»Die Puppe, die Sie heute im Schlepptau haben, ist echt scharf, Ryan. Wie alt ist sie? Hundertundacht?«

»Peter!« fuhr Beauchamp ihn an.

Während Ryan sein Geschäft verrichtete, fixierte er Peter mit seinem bösesten Blick à la George Sanders. »Guten Abend, Mr. Cipriani. Ich wußte gar nicht, daß Massenet nach Ihrem Geschmack ist.«

»Normalerweise ja nicht ... aber die Operneröffnung ist nun mal ein *solches* Schauspiel. Außerdem ist es der einzige Abend im Jahr, wo *Sie* weniger Schmuck tragen als Ihre Freundinnen.«

Der Waschraum hatte sich bereits wieder geleert, als ihn Edgar zusammen mit Booter Manigault betrat.

Booter hatte sich mit seinen Ordensbändern aus dem Zweiten Weltkrieg und dem Ohrhörer eines Transistorradios geschmückt. Er hörte sich das Spiel der Giants gegen Cincinnati an.

Die beiden Männer stellten sich vor die Wand. »Es ist schon fast wieder Entenzeit«, stellte Edgar ausdruckslos fest.

»Was? ... Entschuldige, Edgar.« Booter zog den Ohrhörer heraus.

»Ich habe gesagt, es ist schon fast wieder Entenzeit. Es kommt mir so vor, als hätten wir gestern erst das Grove

Play gehabt, und jetzt ist schon fast wieder Entenzeit.«

»Ja, ja ... das alte *tempus fugit* wirklich, was?« Booter kicherte in sich hinein. »Wer sagt da, es gibt bei uns in Kalifornien keine Jahreszeiten? Gerade jetzt verlassen die Nutten ihre Nester in Rio Nido und ziehen nach Marysville. Ich würde sagen, das ist ein sicheres Anzeichen für den Herbst, meinst du nicht auch?«

Schweigen.

»Edgar ... fühlst du dich nicht wohl?«

»Nein, nein ... Es geht mir gut.«

»Du siehst ziemlich blaß aus.«

»Das macht die Oper.« Edgar rang sich ein Lächeln ab.

Booter steckte sich den Ohrhörer wieder rein. »Wie recht du doch hast!«

VINCENTS ALTE

Michael schraubte die Kappe von einer Tube Dance-Arts-Clownweiß und besserte in der Diele der Barbary Lane 28 sein Pangesicht aus. Er liebte diese alte Diele mit ihren angelaufenen Art-déco-Damen, ihren vergoldeten Spiegeln und ihrer Decke aus geprägten Metallplatten voller Dreißiger-Jahre-Hieroglyphen.

Irgendwie versetzte ihn dieses Foyer immer in eine heitere, gelöste Stimmung. Er kam sich dann vor wie Fred Astaire in *Ich tanze mich in dein Herz hinein* oder wie Noel Coward auf dem Weg zu seiner Verabredung mit Gertie Lawrence im Savoy Grill.

Dem Himmel sei Dank für Mrs. Madrigal, dachte er, eine Vermieterin von beinahe kosmischem Feingefühl, die nie den Drang verspürt hatte, das Gebäude mit Plastikpalmen oder selbstklebenden florentinischen Spiegelfliesen aus dem Goodman-Lumber-Baumarkt zu verschandeln.

Michael unterzog sich einer letzten unbarmherzigen Inspektion und lächelte anerkennend. Er sah verdammt gut aus.

Seine Hörner wirkten unerhört realistisch. Seine Kunstpelzhinterbacken schwangen von der Hüfte weg und verliehen ihm eine ulkige Erotik. Sein Bauch war flach, und seine Brust ... nun, seine Brust war die eines Mannes, der beim Bankdrücken im Fitneßcenter des YMCA kaum je mogelte.

Du siehst heiß aus, sagte er sich. Merk dir das!

Merk dir das und laß den Kopf nicht hängen, wenn dich deine Eltern später aus Orlando anrufen und wissen wollen, ob du schon ein paar »nette Mädchen« kennengelernt hast ... wenn sich herausstellt, daß der geile Typ aus dem Midnight Sun einen festen Freund hat, der in Berkeley in der Kunstspringermannschaft ist ... wenn in der Sauna jemand sagt: »Ich möchte gerade etwas Ruhe haben.« ... wenn der schöne und zurückhaltende Dr. Jon Fielding seine byroneske Augenbraue hebt und es höflich ablehnt, sich aus seinem Elfenbeinturm der Wohlanständigkeit in die Niederungen eines anderen Schwulendaseins zu begeben.

Na, dann verzehr dich mal vor Gram, Dr. Beautiful! Heute treibt Pan sein Unwesen!

Als Mary Ann ins Bay Area Crisis Switchboard kam, war Vincent allem Anschein nach wieder einmal auf einem Depri-Trip.

Sie sah nach, ob an seinen Extremitäten neue Anzeichen eines Gemetzels zu entdecken waren.

Er trug noch immer einen Verband um den Stumpf seines kleinen Fingers, doch sonst fehlte – außer seinem linken Ohr – nichts. Mary Ann stieß einen unhörbaren Seufzer der Erleichterung aus und setzte sich vor ihr Telefon. »Dir geht's heute gar nicht gut, hm?«

Vincent lächelte wehmütig und hielt eine griechische Fummelkette hoch. »An der halte ich mich schon seit dem Frühstück fest.«

»Was ist los?«

»Ich glaube, das ist nichts für ...« Er drehte sich von ihr weg und spielte mit seiner guten Hand nervös an einem Rolodex-Adressenkarussell herum. »Ich mag andere Leute nicht mit meinen grauenhaften Durchhängern konfrontieren.« Seine traurigen Augen und die schütteren roten Barthaare ließen Mary Ann an eines der bedauernswerten Tiere aus dem Zoo denken, die kurz vor dem Aussterben standen.

»Erzähl schon«, sagte sie lächelnd. »Dann krieg ich gleich noch ein bißchen Übung dafür.« Sie tätschelte das Telefon.

Vincent schaute sie an. »Du bist wirklich ... eine supertolle Person.«

»Ach, komm.«

»Nein, wirklich. Bei unserer ersten Begegnung hab ich gedacht, du bist auch so ne Trulla aus gutem Hause, wie wir sie hier schon ein paarmal gehabt haben. Ich war total sicher, daß du ein bißchen ... Unterschichttourismus machst und hier deine guten Taten für die Junior League ableistest oder so ... Aber du bist ganz anders. Du bist wirklich schwer in Ordnung.«

Mary Ann wurde rot. »Danke, Vincent!«

Vincent kratzte an seinem Stummel und lächelte Mary Ann warmherzig an.

Wie sich herausstellte, war Vincents Alte das Problem.

Als er seine Alte kennengelernt hatte, war er gerade Anstreicher gewesen und sie Kellnerin in einer Bio-Pizzeria, die The Karmic Anchovy hieß. Sie hatten gemeinsam für den Frieden gekämpft und ihre Liebe in den Feuern eines fanatischen Eifers geschmiedet. Sie hatten ihr erstes Kind Ho genannt und sich einer Kommune in Olema angeschlossen.

Eine Verbindung, die im Nirwana gestiftet worden war.

»Und was ist dann passiert?« fragte Mary Ann sanft.

Vincent schüttelte den Kopf. »Keine Ahnung. Wahrscheinlich der Krieg.«

»Der Krieg?«

»Vietnam. Sie ist nicht mehr zurechtgekommen, als er vorbei war. Sie ist regelrecht auseinandergefallen.«

Mary Ann nickte verständnisvoll.

»Der Krieg hat ihr ganzes Leben bestimmt, Mary Ann, und nachher konnte sie sich nirgends mehr verwirklichen. Sie hat's eine Zeitlang mit den Indianern probiert, dann mit der Ölverschmutzung der Gewässer und mit der Pacific Gas & Electricity, aber das war nichts im Vergleich mit früher. Einfach nichts.«

Er schaute auf die Fummelkette, die um seine Finger geschlungen war. Mary Ann hoffte, daß er nicht zu heulen anfangen würde.

»Wir haben alles ausprobiert«, fuhr Vincent fort. »Ich hab sogar unsere Essenmarken vom Sozialamt verkauft, damit sie in ein Awareness-Center am Russian River fahren konnte.«

»Wohin?«

»Du weißt schon. Wo man zu sich selbst findet. Feministische Therapie, Bioenergetik, Kräuterlehre, transzendentales Volleyball ... Es hat nicht geholfen. Nichts hat geholfen.«

»Das tut mir wirklich leid, Vincent.«

»Ist das vielleicht fair?« sagte Vincent und zwinkerte seine Tränen weg. »Für Pazifisten müßte es auch so was geben wie die American Legion.«

Mary Ann war jetzt sicher, daß *sie* gleich weinen würde.

»Vincent ... das renkt sich alles wieder ein.«

Vincent schüttelte nur traurig den Kopf.

»*Garantiert*, Vincent. Du liebst sie, und sie liebt dich. Und darauf kommt es doch an.«

»Sie hat mich verlassen.«

»Oh ... Na ja, dann mußt du eben zu ihr. Sag ihr, wieviel sie dir bedeutet. Sag ihr, wie sehr ...«

»Ich kann mir keine Reise nach Israel leisten.«

»Sie ist in Israel?«

Vincent nickte. »Sie ist in die israelische Armee eingetreten.« Plötzlich stieß er seinen Stuhl zurück, lief aus dem Zimmer und schloß sich im Bad ein.

Mary Ann horchte an der Tür. Sie war bleich vor Angst.

»Vincent?«

Schweigen.

»*Vincent!* Das wird schon wieder. Hörst du mich, Vincent?«

Sie hörte ihn im Badezimmerschränkchen wühlen.
»Um Gottes willen, Vincent! Schneid dir nichts ab!«
Dann klingelte ihr Telefon.

EINEN TANGO ZUM JUBILÄUM

»Und wo ist unser Streuner heute abend?« fragte Mrs. Madrigal, während sie Mona ein Glas Sherry einschenkte.

»Michael?«

»Kennst du noch andere Streuner?«

»Schön wär's.«

»Mona! Habt ihr beide euch gezankt oder was?«

»Nein. So hab ich das nicht gemeint.« Sie strich über den abgewetzten roten Samt der Armlehne. »Michael ist zu einem Kostümfest gegangen.«

Die Vermieterin zog ihren Sessel näher an den von Mona heran. Sie lächelte. »Ich glaube, Brian ist heute abend da.«

»O Gott! Sie hören sich ja an wie meine Mutter!«

»Drück dich nicht um das Thema herum. *Magst* du Brian nicht?«

»Er ist ein Weiberheld.«

»Und das heißt?«

»Das heißt, daß ich auf so was im Moment mit Handkuß verzichte.«

»Na, das klingt vielleicht überzeugend.«

Mona trank ihren Sherry und wich Mrs. Madrigals Blick aus. »Ist das Ihre Antwort auf alles?«

Die Vermieterin lachte glucksend. »Es ist nicht *meine* Antwort auf alles. Es ist *die* Antwort auf alles ... Komm jetzt, du Unglückskind, hol deinen Mantel. Ich habe zwei Karten für *Beach Blanket Babylon*.«

Bei einem wärmenden Krug Sangria entspannten sich die beiden Frauen inmitten der überladenen Schrillheit des Club Fugazi. Als die Revue vorüber war, blieb Mrs. Madrigal sitzen und plauderte angeregt mit den ebenfalls angeheiterten Leuten in ihrer Nähe.

»Ach, Mona ... ich fühle mich ... als wäre ich unsterblich. Ich finde es toll, daß wir beide hier sind.«

Spontane Gefühlsregungen machten Mona verlegen. »Es ist eine fabelhafte Show«, sagte sie und versteckte das Gesicht hinter ihrem Weinglas.

Mrs. Madrigal ließ auf ihrem kantigen Gesicht langsam ein Lächeln erblühen. »Du wärst so viel glücklicher, wenn du dich mit meinen Augen sehen könntest.«

»Niemand ist glücklich. Was ist schon Glück? Mit dem Glücklichsein ist es vorbei, sobald das Licht wieder angeht.«

Die ältere Frau schenkte sich etwas Sangria ein. »Scheiß drauf«, sagte sie sanft.

»Was?«

»Scheiß drauf. Und sag so was nie wieder. Wer hat dir dieses dämliche Existentialistengewäsch beigebracht?«

»Ich wüßte nicht, was Sie das angeht.«

»Nein. Das weißt du wohl tatsächlich nicht.«

Mona war irritiert von der Verletztheit, die sich im Blick ihrer Begleiterin spiegelte. »Entschuldigen Sie. Ich bin heute ganz biestig drauf. Wissen Sie was ... wir gehen noch irgendwohin auf einen Kaffee, ja?«

Beim Anblick des Caffè Sport lief Mona ein Nostalgieschauer über den Rücken.

Mrs. Madrigal hatte es nicht anders geplant.

»O mein Gott«, sagte Mona und grinste angesichts des Neapolitanerkitschs im Restaurant. »Ich hatte schon fast vergessen, was für ein Heuler diese Kneipe ist!«

Sie entschieden sich für einen kleinen Tisch weiter hinten, gleich neben dem verstaubten Flachrelief einer »Römischen Ruine«, das ein bemühter, aber praktischer Künstler mit Maschendraht geschützt hatte. Die Musikbox spielte einen Tango.

Mrs. Madrigal bestellte eine Flasche Verdicchio.

Als der Wein gebracht wurde, prostete sie Mona zu. »Auf noch mal drei«, sagte sie fröhlich.

»Noch mal drei was?«

»Jahre. Wir haben heute Jubiläum.« »Wie?«

»Du bist jetzt seit drei Jahren bei mir Mieterin. Und zwar genau heute.«

»Um Gottes willen, wie können Sie sich bloß an so was noch erinnern?«

»Ich bin eine Elefantin, Mona. Alt und gebrechlich ... aber glücklich.«

Mona sah sie mit einem zärtlichen Lächeln an und hob ihr Glas. »Na, dann auf die Elefanten. Ich bin froh, daß ich mir die Barbary Lane ausgesucht habe.«

Anna schüttelte den Kopf. »Irrtum, meine Liebe.«

»Wie bitte?«

»Du hast dir die Barbary Lane nicht ausgesucht. Sie hat dich ausgesucht.«

»Was soll das heißen?«

Mrs. Madrigal sagte augenzwinkernd: »Trink erst mal aus.«

BEI WEM KLINGELT'S ZUERST?

Mary Ann ließ das Krisentelefon klingeln und trommelte gegen die Badezimmertür.

»Vincent, hör mir zu. Es ist nichts so schlimm, wie es einem vorkommt! Hörst du mich, Vincent?«

Im Geist machte sie gehetzt eine Inventur der Gegenstände im Badezimmerschränkchen. Befanden sich Scheren darin? Oder Messer? Oder Rasierklingen?

KLLLIINNNGGEL!

»Vincent! Ich muß ans Telefon, Vincent! Sag doch bitte was! Um Himmels willen, Vincent!«

KLLLIINNNGGEL!

»Vincent, du bist ein Kind des Universums! Genauso wie die Bäume und die Sterne! Du hast ein Recht, auf dieser Welt zu sein, Vincent! Ob du willst ... ob du willst oder nicht ... Heute ist der erste Tag vom Rest deines Lebens ...«

Stoßweise wallte die Übelkeit in ihr hoch. Mit großen Schritten stürzte sie von der Badezimmertür ans Telefon. »Bay Area Crisis Switchboard«, keuchte sie.

Die Stimme am anderen Ende klang so überspannt und asthmatisch wie die eines Walt-Disney-Waldgeists kurz vor der Senilität.

»Wer spricht da?«

»Äh ... Mary Ann Singleton.«

»Du bist neu.«

»Sir, könnten Sie mal kurz dran...?«

»Wo ist Rebecca? Ich rede immer mit Rebecca.«

Mary Ann hielt die Hand über die Sprechmuschel. »VINCENT!«

Schweigen.
»VINCENT!«
Seine Antwort hörte sich merkwürdig gedämpft an.
»Was?«
»Geht es dir gut, Vincent?«
»Ja.«
»Der Typ hier verlangt nach einer Rebecca.«
»Sag ihm, daß du Rebeccas Nachfolgerin bist.«
Mary Ann redete wieder ins Telefon. »Sir ... Ich bin Rebeccas Nachfolgerin.«
»Lügnerin.«
»Sir?«
»Nenn mich nicht immer Sir! Wie alt bist du überhaupt?«
»Fünfundzwanzig.«
»Was hast du mit Rebecca angestellt?«
»Aber ich *kenne* diese Rebecca doch nicht einmal!«
»Du *kennst* sie nicht, häh?«
»Nein.«
»Willst du mir einen blasen?«

Vincent stand wie ein verängstigtes Eichhörnchen mitten im Zimmer. Inmitten des Gestrüpps aus Bart und Haaren blinzelten seine traurigen Augen vor sich hin.
»Mary Ann?«
Sie schaute nicht hoch. Sie hing noch immer über dem Abfalleimer.
»Kann ich dir was bringen, Mary Ann? Ein Erfrischungstuch vielleicht? Ich glaub, in der Schreibtischschublade liegt noch eins.«
Sie nickte. Vincent reichte ihr das feuchte Tüchlein und legte ihr unbeholfen die Hand auf die Schulter.

»Es tut mir leid ... wirklich. Ich wollte dir keine Angst einjagen. Mein Gott, es tut mir wirklich ...«

Sie schüttelte den Kopf und zeigte auf den baumelnden Telefonhörer. Aufgeregtes Fiepen war zu hören. Vincent legte den Hörer auf die Gabel zurück.

»Wer war das?«

Sie richtete sich vorsichtig auf und taxierte Vincent. Es schien noch alles dran zu sein. »Er ... ein Spinner, glaub ich.«

»Ach ... Randy Andy.«

»Randy Andy?«

Vincent nickte. »Rebecca hat ihn so getauft. Ich hätte dich auf ihn vorbereiten sollen.«

»Ruft er oft an?«

»Ja. Rebecca hat immer gesagt, wenn es ihm egal ist, *wen* er anruft, dann kann er auch gleich uns anrufen.«

»Oh ...«

»Das hat was mit ... na ja ... Wir sind halt für alle da, und ...«

»Was ist mit Rebecca passiert?«

»Oh ... Sie hat sich den goldenen Schuß gesetzt.«

Sie saßen wieder vor den Telefonen.

Vincent lächelte Mary Ann etwas unsicher an. »Bist du 'n Junkie oder so?«

»Was?«

Er hob ihre Dynamints-Schachtel hoch. »Du hast in fünf Minuten die halbe Packung verdrückt.«

»Ich bin wohl etwas nervös.«

»Nimm welche von meinen.« Er hielt ihr eine Tüte Studentenfutter hin. »Ich hab es aus dem Tassajara.«

»Ist das am Ghirardelli Square?«

Er lächelte nachsichtig. »Nein, in der Nähe vom Big Sur. Ein Zen-Center.«

»Ach so.«

»Gewöhn dir den Zucker ab, hörst du? Sonst bringt er dich noch um.«

DIE VERMIETERIN ÖFFNET IHR HERZ

»Okay«, sagte Mona und schüttete den Verdicchio hinunter. »Was sollte diese kryptische Äußerung bedeuten?«

Mrs. Madrigal lächelte. »Was habe ich gesagt?«

»Sie haben gesagt, die Barbary Lane hätte mich *ausgesucht*. Und Sie haben es wörtlich gemeint, nicht?«

Die Vermieterin nickte. »Erinnerst du dich nicht mehr, wie wir uns kennengelernt haben?«

»Das war im Savoy-Tivoli.«

»Diese Woche vor drei Jahren.«

Mona zuckte mit den Schultern. »Ich kapier's immer noch nicht.«

»Es war kein Zufall, Mona.«

»Was?«

»Ich habe das bewerkstelligt. Und für mein Empfinden habe ich es ganz geschickt angestellt.« Sie lächelte und ließ den Wein in ihrem Glas kreisen.

Mona rief sich diesen weit zurückliegenden Sommerabend in Erinnerung. Mrs. Madrigal war mit einem Körbchen voll Alice-B.-Toklas-Brownies an ihren Tisch gekommen. »Ich habe zu viele gemacht«, hatte sie gesagt. »Nehmen Sie zwei, aber heben Sie sich einen für später auf. Denn die Wirkung ist gewaltig.«

Dem war eine angeregte Unterhaltung gefolgt, ein langer, weinseliger Plausch über Proust und Tennyson und die Astralebene. Am Ende des Abends waren aus den beiden Frauen dicke Freundinnen geworden.

Am nächsten Tag hatte Mrs. Madrigal wegen der Wohnung angerufen.

»Hier ist die Verrückte, die du im Tivoli kennengelernt hast. Es gibt da auf dem Russian Hill ein Haus, das behauptet, es sei dein Zuhause.«

Mona war zwei Tage später eingezogen.

»Aber warum?« fragte Mona.

»Du hast mir gefallen ... und außerdem warst du berühmt.«

Mona verdrehte die Augen. »Genau.«

»Du warst wirklich berühmt. Der Werbefeldzug für Bademoden, den du damals bei J. Walter Thompson konzipiert hast, war in *aller* Munde.«

»Das war in New York.«

Mrs. Madrigal nickte. »Ab und zu lese ich auch die Wirtschaftsseiten.«

»Manchmal hauen Sie mich um.«

»Wie schön.«

»Und wenn ich damals nein gesagt hätte?«

»Wegen der Wohnung, meinst du?«

»Ja.«

»Keine Ahnung. Dann hätte ich's wahrscheinlich mit was anderem probiert.«

»Ich schätze, ich sollte mich geschmeichelt fühlen.«

»Ja. Schätze ich auch.«

Mona spürte, wie sie rot wurde. »Jedenfalls bin ich froh.«

»Na ... dann trinken wir doch darauf!«

»Moment«, sagte Mona mit einem Blick auf das erhobene Glas der Vermieterin. »Wir stoßen erst an, wenn ich weiß, worauf wir trinken.«

Mrs. Madrigal zuckte mit den Schultern. »Worauf denn wohl, meine Liebe? Auf unser Zuhause.«

Mary Ann war dort schon wieder zurück und erholte sich von ihrem Abend beim Switchboard.

Sie hatte bereits den Küchenschrank mit dem neuen Papier ausgelegt, das nach Nußholz aussah, den klebrigen Dreck von der hinteren Konsole des Herds geschrubbt und das blaue Dingsbums in der Klospülung ausgewechselt.

Als Mona auf einen Sprung vorbeischaute, saß Mary Ann tief über den Küchentisch gebeugt.

»Mensch, was machst du denn da?«

»Ich beschrifte mein Gewürzregal.«

»O Gott.«

»Das ist meine Therapie.«

»Eigentlich sollte das Switchboard deine Therapie sein.«

»Nimm dieses Wort nicht in den Mund.«

»Warum? Was ist passiert?«

»Ich will nicht darüber reden.«

»So ist es recht. Unterdrück alles. Behalt deine vielen Höhere-Tochter-Neurosen für dich, bis du ...«

»Ich war *nie* eine höhere Tochter, Mona.«

»Das spielt doch keine Rolle. Du warst aber der Typ dafür.«

»Woher willst *du* das wissen? Verdammt noch mal, woher willst du wissen, *welcher* Typ ...?«

»Aber meine Damen ...« Es war Michael, der in der Tür stand. Seine bepelzten Panbeine waren verfilzt und voller Weinflecken.

»Mouse ... Daß du schon zurück bist.«

»Meinst du, es ist *einfach*, in dem Aufzug bei jemand zu landen?«

Mona unterdrückte ein Schmunzeln. Sie ging zu ihm hinüber und griff in den Kunstpelz. »Igitt!«

»Schon gut, schon gut. Nair-Enthaarungscreme hilft halt nicht bei jedem.«

AUF DER ABSPECKFARM

Beifuß- und Avocadosträucher schimmerten in der Nachmittagshitze, als die riesige goldfarbene Limousine durch die Hügel rund um Escondido nach Norden glitt.

DeDe lehnte sich in den Sitz zurück und schloß die Augen.

Sie war unterwegs zum Golden Door!

Das Golden Door! Amerikas aufwendigste und edelste Abspeckfarm! Eine funkelnde Oase der Saunagänge und Gesichtsbehandlungen, der Pediküren und Maniküren, der Tanzübungen, der Kräuterpackungen und der Feinschmeckerküche!

Und sie hatte sich keinen Augenblick zu früh auf den Weg gemacht.

DeDe hatte *genug* von San Francisco, genug von Beauchamp und seinen Betrügereien, genug von den Schuldgefühlen, die sie wegen Lionel geplagt hatten. Außerdem konnte sie dieses mopsgesichtige und verdrießliche Scheusal, das ihr aus Spiegeln und Schaufenstern entgegenblickte, nicht mehr ertragen.

Sie wollte die alte DeDe wiederhaben, die DeDe von Aspen und Tahoe, die goldmähnige Verführerin, die mit den Studenten aus der Phi-Delts-Verbindung und den Mitgliedern des Bachelor-Clubs geflirtet und Splinter Riley vor gar nicht *so* langer Zeit zur Raserei getrieben hatte.

Sie hatte es schon einmal geschafft.

Sie würde es auch ein zweites Mal hinkriegen.

Der Fahrer schaute über die Schulter nach hinten. »Sind Sie zum erstenmal hier, Madam?«

DeDe lachte unsicher. »Sehe ich schon so schlimm aus?«

»O nein, Madam. Ich frage bloß, weil Sie ein neues Gesicht sind.«

»Ich nehme an, Sie bekommen hier allerhand berühmte Gesichter zu sehen.«

Er nickte. Offensichtlich gefiel es ihm, daß sie das Thema anschnitt. »Gerade letzte Woche war Miss Esther Williams hier.«

»Was Sie nicht sagen.«

»Und letzten Monat waren die Gabors da. Das heißt, drei davon. Außerdem saßen in diesem Auto schon Rhonda Fleming, Jeanne Crain, Dyan Cannon, Barbara Howar ...« Er brach seine Aufzählung ab, doch wahrscheinlich handelte es sich bloß um eine Kunstpause; DeDe war überzeugt, daß er die Liste auswendig konnte.

»Dann noch Mrs. Mellon und Mrs. Gimbel, Roberta Flack, Liz Carpenter ... Ich könnte sie gar nicht alle aufzählen, Mrs. Day.«

Beim Klang ihres eigenen Namens durchlief sie ein Ruck, aber sie versuchte, sich nichts anmerken zu lassen.

Die Gabors hätten sich *garantiert* nichts anmerken lassen.

Vor dem elektronisch gesicherten Tor stand zu beiden Seiten der Straße eine Reihe imposanter Monterey-Kiefern. Der Fahrer murmelte etwas in eine Gegensprechanlage, und das Tor schwang auf.

Der Fahrweg dahinter schlängelte sich in einem weiten Bogen den Hügel hinunter. Er wurde auf der einen Seite vom institutseigenen Orangenhain flankiert, auf der anderen von dichtstehenden Kiefern und Eichen.

Dann tauchte das Große Tor auf, das im Sonnenschein glänzte wie die Tore von Xanadu.

DeDe kam sich vor wie Sally Kellerman am Eingang zu Shangri-la!

Ihr Calvin-Klein-T-Shirt war unter den Achseln bereits zwei Schattierungen dunkler.

Der Fahrer hielt den Wagen vor einem Pförtnerhäuschen neben dem Großen Tor an, nahm ihr Gepäck und führte sie durch die sagenumwobene Pforte. Dahinter überquerte DeDe auf einer grazilen japanischen Brücke ein von Weiden gesäumtes Bächlein, schritt anschließend durch geöffnete Shoji-Wände und zuletzt durch eine massive Holztür.

Der Empfangsraum strahlte mit seinen Rattanmöbeln und japanischen Seidenmalereien elegante Schlichtheit aus. Nach dem kurzen, aber erfreulichen Austausch von

Nettigkeiten mit einer etwa vierzigjährigen Empfangsdame setzte DeDe Halcyon Day ihren Namen in eines der erlesensten Gästebücher der Welt. Ihre Zweitausendfünfhundert-Dollar-Verwandlung hatte begonnen!

DeDes Zimmer lag wie vereinbart zum Camellia Court. (»Laß dich bloß in kein Zimmer zum Bell Court oder zum Azalea Court stecken«, hatte Binky sie gewarnt. »Die Zimmer sind nicht schlecht, aber sehr Piedmontmäßig, wenn du verstehst, was ich meine.«)

DeDe schlenderte inmitten der orientalischen Pracht ihrer persönlichen Behausung umher und unterzog ihre Tokonama (eine Nische, in der ein Bronzebuddha residierte) und ihre »Mondscheinterrasse« mit Blick auf den Garten einer Inspektion. Auf ihrem Nachttisch lag ein Exemplar von Erich Fromms *Die Kunst des Liebens*, in dem sie, weit entfernt von den Quälereien in San Francisco, unbeschwert zu lesen begann.

Dann klingelte das Telefon.

Ob sie sich freundlicherweise gelegentlich zum Einwiegen begeben würde?

Zum Einwiegen!

Sie faßte sich an den Wabbelhintern, schickte ein Stoßgebet zum Himmel und wappnete sich für die Begegnung mit der kalten, stählernen Realität der Waage.

MICHAELS SCHOCKER

Monas und Michaels Mittagessen bestand aus zwei Cheesedogs und einer Portion Pommes im Noble Frankfurter an der Polk Street.

»Ich hätte mir die Fingernägel anders lackieren sollen«, sagte Mona.

»Wie meinen, Ma'am?«

»Grüner Nagellack am Würstchenstand ist keine Dekadenz à la Divine. Er ist schlicht und einfach geschmacklos.«

Michael lachte. »Es hat was von *Grey Gardens*. Es gibt dir einen Hauch heruntergewirtschaftete Eleganz.«

»Das trifft die Sache beinahe. Wir bewegen uns auf die Zahlungsunfähigkeit zu, Mouse. Mit meinem Arbeitslosengeld können wir den Lebensstil, den wir uns angewöhnt haben, nicht mehr finanzieren.«

Es war nur halb im Spaß gesagt, und Michael wußte das.

»Mona ... Ich hab mich diese Woche bei einer Agentur eintragen lassen. Vielleicht kriegen sie ja schon bald einen Kellnerjob für mich rein. Du sollst nicht denken, daß ich auf dem Arsch kleben bleibe und mich bei dir durchschnorre ...«

»Ich weiß, Michael. Keine Sorge. Ich hab bloß laut gedacht. Es ist nur so, daß wir mit der Miete schon einen Monat hinten sind, und da habe ich Mrs. Madrigal gegenüber ein komisches Gefühl. Sie wird kein Wort sagen ... aber sie muß ihre Steuern zahlen und so, und ich ...«

»Haha!« sagte Michael und hielt als Ausrufezeichen

eine Fritte hoch. »Ich habe dir noch gar nicht von meinem Geld-sofort-Plan erzählt!«

»O Gott. Ob ich das aushalte?«

»Hundert Mäuse, Babycakes! In einer Nacht!« Er warf sich die Fritte in den Mund. »Meinst du, du kommst damit klar?«

»Wird's einem nicht ein bißchen kalt beim Rumstehen unten an der Ecke Powell und Geary?«

»Sehr witzig, Wonder Woman. Willst du meinen Plan hören oder nicht?«

»Schieß los.«

»Ich, Michael Mouse Tolliver, werde mich am Jockey-Shorts-Tanzwettbewerb im Endup beteiligen.«

»Hör doch auf!«

»Ich meine es ernst, Mona.«

Das stimmte.

Unten in der Stadt, im Haus von Halcyon Communications, rief Edgar Halcyon Beauchamp Day in sein Büro.

»Setz dich.«

Beauchamp grinste affektiert. »Danke.« Er saß bereits.

»Ich denke, wir sollten uns mal unterhalten.«

»Gut.«

»Ich weiß, daß du mich für einen blöden Affen hältst, aber wir sind nun mal aufeinander angewiesen, nicht?«

Beauchamp lächelte verlegen. »Ich wäre mit meiner Formulierung vielleicht ein bißchen ...«

»Ist es dir mit diesem Geschäft ernst, Beauchamp?«

»Sir?«

»Scherst du dich überhaupt einen Dreck um die Werbung? Willst du dich dein Leben lang damit herumschlagen?«

»Na, ich glaube, ich habe deutlich gezeigt ...«

»Es hat doch nichts zu bedeuten, was du *gezeigt* hast, verdammt noch mal! Was hast du für ein *Gefühl* dabei? Kannst du dir ernsthaft vorstellen, ein ganzes Leben lang Strumpfhosen in den Markt zu drücken?«

Bei diesem Gedanken verkrampfte sich in Beauchamp alles, aber er wußte, wie die Antwort zu lauten hatte. »Es ist mein Beruf«, sagte er mit Nachdruck.

Edgar sah erschöpft aus. »Ja, nicht?«

»Ja, Sir.«

»Du willst meinen Job, nicht?«

»Ich ...«

»Leute, die nicht auf meinen Job scharf sind, stelle ich gar nicht erst *ein*, Beauchamp.«

Beauchamp fühlte sich inzwischen so unbehaglich, daß er seine lässige Sitzhaltung aufgab. »Ja, Sir, das kann ich nachvollziehen.«

»Ich möchte mit dir reden, solange DeDe nicht in der Stadt ist. Hast du heute abend Zeit für ein paar Drinks im Club?«

»Gut. Ja, Sir.«

»Was ich dir sagen werde, ist streng vertraulich. Ist das klar?«

»Ja, Sir.«

DER FAMILIENMYTHOS

Anna wartete im Seal Rock Inn auf ihn.

»Hat dich die Empfangsdame schief angesehen?«

»Verdammt, nein. Ich habe an der schlimmsten Kränkung meines Lebens zu kauen.«

Sie grinste ihn an. »Mein Ego ist auch ein bißchen angekratzt. Ich dachte schon, du hast es dir vielleicht anders überlegt und bist mit einer barbusigen Animierdame aus dem Big Al's auf und davon.«

»Entschuldige«, sagte er und küßte sie auf die Stirn. »Beauchamp und ich waren im Bohemian Club und haben was getrunken. Es hat dann länger gedauert, als ich geplant hatte.«

»Was?«

»Ach, nichts. Jedenfalls nichts Wichtiges. Etwas Geschäftliches ... Mein Gott, du siehst fabelhaft aus!«

»Das macht bloß das Licht.« Sie nahm ihn am Arm und zog ihn ans Fenster. »Das da draußen ist das beste Beispiel, das ich kenne.«

Hinter den dunklen Bäumen setzte sich der Seal Rock mit einem unheimlichen Schimmern vom Ozean ab, lag weiß wie ein Eisberg unter dem Mond.

»Zauberhaft«, sagte sie und drückte seinen Arm.

Edgar nickte.

»Siehst du, genau das meine ich«, sagte sie augenzwinkernd. »Bei richtiger Beleuchtung sieht selbst Seehundkacke gut aus.«

»Anna?«

»Hmmm?«

»Danke.«
»Gern geschehen.«
»Ich fühle mich ...«
»Ich weiß.«
»Laß mich doch ausreden.«
»Ich dachte, das hättest du schon.«
»Darf ich vielleicht mal ernst sein?«
»Untersteh dich!«
»Ich liebe dich, Anna.«
»Dann sind wir quitt, okay?«
»Okay.«

Anna stützte den Kopf auf und musterte sein Gesicht. »Ich wette, du weißt nicht mal, woher dein Name stammt.«

»Hat er nicht was mit Vögeln zu tun?«

»Du kennst die Sage?«

»Ich habe sie früher mal gehört, aber wieder vergessen. Warum erzählst du sie mir nicht noch mal?«

»Also gut. Es war einmal ein gerechter und friedliebender Herrscher namens Ceyx, der das Königreich Thessalien regierte. Ceyx war verheiratet mit Halcyone, der Tochter des Äolus, des Herrn der Winde ...«

»Mein Gott, woher weißt du das alles?«

»Margaret hat mir immer aus *Bulfinch's Mythology* vorgelesen.«

»Margaret?«

»Aus der Blue Moon Lodge. Die Dame, die es als erste mit dir probieren durfte. Aber unterbrich mich nicht dauernd.«

»Entschuldige.«

»Jedenfalls begab sich Ceyx auf eine Seereise, um ein

Orakel zu befragen. Sein Bruder war gestorben, und er war überzeugt, daß die Götter es auf ihn abgesehen hatten. Halcyone hatte allerdings eine schreckliche Vorahnung, daß Ceyx auf dieser Reise zu Tode kommen würde, und flehte ihn an zu bleiben.«

»Aber er brach natürlich trotzdem auf.«

»Natürlich. Er war ein vielbeschäftigter Mann in gehobener Stellung, und sie war eine hysterische Frau. Wie nicht anders zu erwarten, brach ein schrecklicher Sturm los, und Ceyx verlor sein Leben. Einige Tage später fand Halcyone seinen Leichnam, der genau an der Stelle, wo Ceyx die Segel gesetzt hatte, im Meer trieb.«

»Reizend.«

Anna legte ihm die Hand auf den Mund. »Jetzt wird's erst so richtig schön. Halcyone wurde in einen wunderbaren Vogel verwandelt. Sie flog zum Leichnam ihres Liebsten, und als sie sich auf seiner Brust niederließ, verwandelte sich auch Ceyx in einen Vogel. Daraufhin bestimmte Äolus, daß die Meere jeden Winter für eine Woche völlig still bleiben sollten, damit es den Halcyon-Vögeln möglich würde, auf einem Floß aus Zweigen ihr Nest zu bauen und ihre Jungen auszubrüten. Und wenn sie nicht gestorben sind, dann leben sie noch heute.«

»Das ist doch hübsch«, sagte Edgar und schaute zu ihr auf. »Mein Vater hatte mehr Phantasie, als ich ihm zugetraut hätte.«

»Ich kann dir nicht ganz folgen.«

»Er hat sich diesen Namen ausgesucht. Ursprünglich hieß er Halstein.«

»Aber, warum denn?«

Edgar lächelte und küßte sie. »Wahrscheinlich wollte er ein Bohemien sein.«

DEDE TRIUMPHIERT

Halb untergetaucht in warmem Wasser, hielt DeDe Halcyon Day reichlich unsicher einen Volleyball zwischen den Knien fest.

»Bleib bloß da«, murmelte sie mit zusammengebissenen Zähnen. In den vergangenen zehn Minuten hatte sie der Filmdiva, die ihre Übungen gleich neben DeDe machte, schon zweimal einen Torpedo hinübergejagt.

Die Filmdiva lächelte und zeigte Sportsgeist. »Das ist vielleicht knifflig, was? Ich komme mir vor, als hätte ich die *Hindenburg* zwischen den Beinen.«

Irgendwie hielt DeDe den Volleyball weiterhin fest, während sie die nächste Runde Kreiselbewegungen machte und ihre Arme wie wild über dem Kopf schwang. Jeder Muskel in ihrem Körper schrie vor Schmerz.

»Und strecken!« rief die Trainerin vom Beckenrand aus. »Streeeeccckken Sie Ihren wundervollen Körper.«

»Wundervoll?« stöhnte die Filmdiva. »Mein Arsch ist von dem vielen Wasser schon so aufgequollen, daß er aussieht wie eine Sunsweet-Pflaume.«

DeDe grinste ihre Leidensgefährtin an. Sie freute sich über die Derbheit einer Frau, die auf der Leinwand immer ausgesehen hatte, als wäre sie der normalen Welt entrückt. Betrachtete man sie jedoch aus solcher Nähe, stellte allein schon die Narbe eines Luftröhrenschnitts am Halsansatz ihre Sterblichkeit unter Beweis.

Aber ihre Augen *waren* lavendelblau.

DeDe war bereits die zweite Woche im Golden Door. Sechs selbstquälerische Tage lang hatte sie ihren Körper an seine Grenzen getrieben, war um Viertel vor sieben aufgestanden und in einem zartrosa Jogginganzug durch die Gegend gehechelt – ungeschminkt und mit Haaren, die wegen einer dicken Schicht Vaseline kraftlos und ekelig vom Kopf hingen. Es war mörderisch, aber sie machte Fortschritte.

Oder etwa nicht?

Na ja, wenigstens *fühlte* sie sich besser. Das Frühstück im Bett erhielt einen zusätzlichen Reiz, weil sie sich da bereits auf ihre Leonardo-da-Vinci-Übungen um neun freute. Danach kamen die »Hüpf dich frei!«-Session und die morgendliche Gesichtsbehandlung und das Yoga und eine Kräuterpackung nach Kneipp und ... verdammt, es *mußte* sich etwas getan haben!

In der Abenddämmerung würde sie sich in dem fächerförmigen Whirl-pool suhlen und mit der Filmdiva und ein paar anderen Mitgliedern dieser elitären Schwesternschaft herumalbern. Sie fühlte sich wieder wie ein junges Mädchen, gelassen und unverfälscht und eins mit sich. Ihr Stolz war zurückgekehrt, und mit diesem auf wundersame Weise auch ihre Selbstbeherrschung. Nicht einmal, nein, schon zweimal hatte sie der Filmdiva einen Beutezug durch den Orangenhain erfolgreich ausgeredet.

Sie war jetzt über den Berg.

Die alte DeDe – die Vor-Beauchamp-DeDe – hatte ihr Leben wieder in die Hand genommen, und das war ein verdammt gutes Gefühl!

»O Gott, das ist ja nicht zu fassen!«

»Wenn es was Gutes ist«, zischte die Filmdiva mit einem finsteren Blick, »will ich es *gar nicht erst* hören.«

DeDe stieg von der Waage, trat dann wieder hinauf und machte an den Gewichten rum. »Sehen Sie sich das mal an. Sehen Sie sich das doch bitte mal an. Achtzehn Pfund! Ich habe achtzehn Pfund abgenommen in zwei Wochen!«

»Das ist doch nicht normal. Sie sollten zum Arzt gehen.«

»Ein Wunder ist geschehen!«

»Mein Gott, was hatten Sie denn erwartet bei drei Riesen?« Die Filmdiva gab ihre gespielte Verärgerung auf und schloß DeDe mit einem strahlenden Lächeln in ihre immer noch wabbeligen Arme. »Ich wünsche Ihnen so sehr, daß es Sie glücklich macht, DeDe!«

Einen Moment lang dachte DeDe, sie müßte heulen. Da stand dieses Idol, diese Göttin – und *sie* war neidisch auf DeDe! Das würde ihr zu Hause niemand abnehmen!

Sie würden einfach ihren Augen trauen müssen.

Auf dem Flug von San Diego nach San Francisco kam DeDe sich wie ausgewechselt vor.

Ihre Haut schimmerte und hatte Farbe, und aus ihren Augen sprühte das Selbstvertrauen. Das pfirsichfarbene T-Shirt schmiegte sich an ihre Taille – ihre *Taille*! –, als gäbe es dort nichts zu kaschieren.

Vom Nebensitz aus quasselte sie ein aggressiver Matrose mit geistlosem Gerede über »Frisco« zu und langweilte sie mit endlosen Einzelheiten über seine Versetzung nach Treasure Island.

Es war egal. Sie genoß die Wärme seines Beins an dem

ihren. Sie fühlte sich herrlich unabhängig, unbelastet von Beauchamps kleinen heimlichen Liebesgeschichten und befreit aus dem trüben Sumpf ihrer Ehe.

Warum auch nicht? Beauchamp hatte sie nicht vermißt. Garantiert nicht. Und sie hatte *ihn* nicht vermißt. Genau, in Zukunft sollte das die Regel sein.

Die Regel?

O Gott. Ihre Regel war ausgeblieben.

BORIS TRITT INS SPIEL

An einem warmen Herbstsamstag rekelte sich Mary Ann behaglich in ihrem Bett in der Barbary Lane und sog den intensiven Duft des Eukalyptusbaums vor ihrem Fenster ein.

Eine fette getigerte Katze schob sich behäbig über das Fensterbrett und scheuerte ihren Rücken am Rahmen des hochgeschobenen Fensters. Als ihr das langweilig wurde, verpaßte sie dem von der Vorhangschiene baumelnden bunten Glasschmetterling mehrere halbherzige Hiebe.

Mary Ann grinste und warf ein Kissen nach der Katze. »Boris ... nicht!«

Boris faßte diese Geste als Einladung zum Spielen auf. Mit einem dumpfen Plopp landete er auf Mary Anns Pseudoflokati und marschierte in aller Ruhe in Richtung Bett.

»Glücklicher alter Boris«, sagte Mary Ann und kraulte den Kater hinter den Ohren. Boris, dachte sie unwillkürlich, war schön und unabhängig und wurde geliebt. Er gehörte zu niemand Bestimmtem (zumindest nicht in der Barbary Lane 28), sondern bewegte sich entspannt zwischen seinen vielen Wohltätern und Freunden hin und her.

Warum konnte *sie* es nicht auch so halten?

Es hing ihr zum Hals raus, daß sich immer alle an ihr die Füße abtraten – liebesmäßig, und gefühlsmäßig, und überhaupt. War es nicht an der Zeit, daß sie ihr Leben wieder selbst in die Hand nahm? Daß sie sich ihren Problemen stellte und jeden Augenblick intensiv erlebte?

Ja! Sie hüpfte aus dem Bett, womit sie Boris erschreckte, und wirbelte auf Zehenspitzen durch das Zimmer. Gott, was für ein Tag! In dieser wunderbaren Stadt, in diesem märchenhaften Haus! Wo kleine Cable Cars den halben Weg bis zu den Sternen hinaufklettern und Katzen durch das Fenster kommen und der Fleischer Französisch spricht und ...

Boris flitzte an ihr vorbei. Offenbar war er entschlossen, dieser Wahnsinnigen zu entfliehen.

Er rannte durch das Wohnzimmer, doch dann hielt ihn die geschlossene Wohnungstür auf.

»Willst du raus, Boris? Hmh, mein Schatz, möchtest du gerne raus?« Mary Ann machte ihm die Tür auf, merkte aber sofort, daß sie damit genau das Falsche tat. Boris hetzte über den Flur und suchte Zuflucht in der Höhe – er sprang die Treppe zum Dach hoch.

Zum Haus auf dem Dach.

Unten im ersten Stock servierte Michael Mona das Frühstück ans Bett: verlorene Eier, Neunkorntoast, italienischen Kaffee und französische Würstchen von Marcel & Henri. Er pfiff »What I Did for Love«, als er das Tablett aufs Bett stellte.

»Ja, ja«, sagte Mona grinsend, »mit einem kleinen Betthäschen sieht die Welt gleich viel rosiger aus.«

»Du sagst es, Babycakes!«

»Wo ist Jon? Bitt ihn doch rüber. Wir können zu dritt frühstücken.«

»Jon ist zu Hause. Ich war letzte Nacht bei ihm.«

»Du kleiner Dummkopf! Du hast also den ganzen weiten Weg auf dich genommen, um für mich Frühstück zu machen?«

»Ich mußte auch mal meine schmutzige Wäsche vorbeibringen.«

»Deine schmutzige Wäsche vorbeibringen! Von wegen!«

»Es tut mir leid, aber Mr. Lee nimmt nur Hemden und Bettwäsche an.« Er beugte sich vor und küßte sie auf die Stirn. »Okay ... Ich hab dich auch ein bißchen vermißt.«

Michael hatte den letzten Abend mit einer Cocktailparty eröffnet, zu der die Zeitschrift *After Dark* ins Stanford Court gebeten hatte. »Was soll ich dir sagen, Mona? So richtig pißelegant!«

Gleich nach »nette kleine Affäre« war »pißelegant« Michaels Lieblingsausdruck.

»Eigentlich hatte ja Jon die Einladung gekriegt. Ich hab dort kein Schwein gekannt ... Tab Hunter natürlich mal ausgenommen.«

»Natürlich.«

»Für fünfundvierzig sieht er verdammt gut aus, und irgendwie hätte ich gern mit ihm geredet, aber er war *umschwärmt* von lauter schnieken Typen, und was sagt man außerdem zu so einem wie Tab Hunter? Vielleicht: ›Hallo, ich bin Michael Tolliver, und Sie haben mir immer besser gefallen als Sandra Dee.‹?«

»Du hast recht. Das bringt's nicht.«

»Alsooo ... habe ich mir ein Pizzakanapee nach dem anderen reingeschoben und mich sonst redlich bemüht, dem Kerl von Brebner's aus dem Weg zu gehen, der mir damals gesagt hat, daß ich viel zu durchschnittlich aussehe, um es als Model zu was zu bringen.«

»Armer Mouse!«

»Aber er hatte doch recht! Meine Güte, Mona, du hättest diese Schönlinge dort *sehen* sollen! Die hatten so viel Haarspray drauf, daß man ihnen wahrscheinlich eine Umweltverträglichkeitsprüfung abverlangt hat, bevor sie die Erlaubnis für die Party gekriegt haben!«

»Willst du denn noch immer mitmachen?« fragte Mona nach dem Frühstück.

»Wo mitmachen?«

»Beim Jockey-Shorts-Tanzwettbewerb.«

»Was denkst du denn? Ich hab die *ganze Woche* geübt. Du kommst doch, oder? Morgen um halb sechs.«

»Warum sollte ich da hingehen?«

»Was weiß ich ... zur moralischen Unterstützung, würde ich sagen.«

»Jon wird schon mitkommen.«

»Nein. Mir wär's lieber, wenn Jon nichts davon erfährt, Mona.«

»Okay«, sagte sie einlenkend. »Ich bin dabei.«

ALTE VERSPRECHEN GELTEN WIEDER

Beauchamp erwartete DeDe inmitten eines Pulks von Stewardessen in rosa-orangen Miniröcken am PSA-Terminal. Als er sie entdeckte, lächelte er fluoreszierend und drängte sich durch die Menge bis zu ihr durch.

Er war tiefbraun, und seine Augen wußten gar nicht wohin vor Überraschung.

»Du siehst großartig aus!« begrüßte er sie strahlend. »Mein Gott, aus dir ist ja ein neuer Mensch geworden!«

Vielleicht sind aus mir auch *zwei* neue Menschen geworden, dachte DeDe. Doch selbst diese Aussicht konnte den Triumph, den sie angesichts von Beauchamps Reaktion verspürte, nicht schmälern.

Sie hatte vorgehabt, ihm ganz kühl zu begegnen, doch ein Blick in sein Gesicht, und ihre Catherine-Deneuve-Eisigkeit schmolz dahin.

»Es war nicht gerade einfach«, sagte sie schließlich.

Daraufhin schlang er seine Arme um sie und küßte sie leidenschaftlich auf den Mund. »Ich schwöre bei Gott, daß du mir gefehlt hast!« sagte er und vergrub sein Gesicht in ihren Haaren.

Es war ihr fast schon zuviel. Hatte ihm die ganze Zeit nicht mehr gefehlt als *das*? Zwei Wochen allein in der Stadt. Genug Zeit, um die Dinge im rechten Licht zu sehen und festzustellen, was sie ihm mal bedeutet hatte.

Oder war er bloß hingerissen von ihrer neuen Figur?

Auf dem Weg zum Telegraph Hill hörte DeDe eine Kurzfassung der zwei Wochen, die sie nicht dagewesen war.

Der Familie ging es gut. Mutter hatte einige Tage in

dem Haus in St. Helena verbracht und sich um ihre Korrespondenz gekümmert, während der Tierarzt der Familie Faust seine Behandlung hatte angedeihen lassen. Daddy war allem Anschein nach bester Laune. Er und Beauchamp hatten sich bei einigen Drinks freundschaftlich unterhalten. Mehrmals.

DeDe lächelte, als sie das hörte. »Er hat dich wirklich gern, Beauchamp.«

»Ich weiß.«

»Es freut mich, daß ihr eine Möglichkeit gefunden habt, miteinander zu reden ... von Mann zu Mann, meine ich.«

»Ja, ich bin auch froh darüber. DeDe?«

»Hmm?«

»Wie kann ich dir bloß beweisen, daß ich dich immer noch liebe?«

DeDe musterte ihn von der Seite, als müßte sie sich vergewissern, daß die Worte wirklich aus seinem Mund gekommen waren. Seine Haare hatten sich im Fahrtwind eng an seinen Kopf gelegt; seine Augen behielten die Autobahn im Blick. Nur sein jungenhafter und verletzlicher Mund verriet seinen inneren Aufruhr.

DeDe legte ihm sanft ihre Hand auf den Oberschenkel.

Beauchamp redete weiter: »Weißt du, wann du mir am meisten gefehlt hast?«

»Beauchamp, du brauchst mir nicht ... Wann?«

»Morgens. In dieser Schrecksekunde zwischen Schlafen und Wachsein, wenn man nicht genau weiß, wo man ist oder *warum* man überhaupt existiert. Da hast du mir gefehlt. Da hätte ich dich wirklich *gebraucht*, DeDe.«

Sie drückte seinen Oberschenkel. »Das ist schön.«

»Ich möchte, daß es in Zukunft wieder besser läuft zwischen uns.«

»Wir werden sehen.«

»Mir ist es *ernst* damit, DeDe. Ich werde mir Mühe geben. Das verspreche ich dir.«

»Ich weiß.«

»Du glaubst mir nicht, stimmt's?«

»Ich *würde* dir gerne glauben, Beauchamp.«

»Ich kann's dir nicht verübeln. Ich bin ein Arschloch.«

»Beauchamp ...«

»Ist doch so. Ich bin ein Arschloch. Aber ich werde alles wiedergutmachen, das verspreche ich dir.«

»Immer eins nach dem anderen, okay?«

»Ja. Immer eins nach dem anderen.«

Auf Halcyon Hill glitt die untergehende Sonne hinter die Bäume, während Frannie mit ihrem einzigen Vertrauten durch den Garten spazierte.

»Ich weiß nicht, warum Edgar so anders geworden ist«, sagte sie und nippte deprimiert an ihrem Mai Tai. »Er hat sich sonst immer um alles gekümmert ... um uns ... Weißt du, es ist komisch, aber als Eddie während des Kriegs in Frankreich war, hat er mir schrecklich gefehlt. Er war nicht *bei* mir, aber irgendwie war er doch da ... Jetzt ist er bei mir, aber er ist nicht da ... Verflixt noch mal, da war mir die Art, wie er mir damals gefehlt hat, entschieden lieber!«

Tränen quollen ihr aus den Augen, doch sie wischte sie nicht weg. Sie befand sich in einer anderen Zeit, in der Einsamkeit keine Last, sondern etwas Schönes gewesen war, in der Fotos und Liebesbriefe und die honigsüße

Stimme von Bing Crosby sie sanft durch den schwersten Winter ihres Lebens geleitet hatten.

Doch jetzt war es Sommer, und Bing wohnte gleich um die Ecke. Was war schiefgelaufen?

»›I'm ... dreammminnngg ... of a ... whiiite ... Chrissssmusss ... juss like the ones I usssse to knooow ...‹«

Vor lauter Tränen konnte sie das Lied nicht zu Ende singen. »Es tut mir leid«, entschuldigte sie sich schniefend bei ihrem Begleiter. »Ich sollte dich nicht damit belasten, mein Engel. Du bist *so* geduldig ... und du bist so gut zu mir ... Wenn es dich nicht gäbe, würde ich es machen wie Helen ... aber garantiert ... Sie geht mit ihrem *Innenausstatter* essen, stell dir das bloß mal vor! Aber komm jetzt. Da ist noch ein winzig kleines Schlückchen Mai Tai im Pitcher.«

Sie goß etwas Mai Tai in eine große Plastikschüssel, die auf der Terrasse stand.

Faust, ihre Dänische Dogge, leckte ihn mit Begeisterung auf.

DER MANN VOM DACH

Boris' Schwanz schlug wie ein Metronom den Takt, als er zuerst den Flur entlangschoß und dann die Stufen zum Dach hinaufstob.

Mary Ann zog den Bademantel über und machte sich an die Verfolgung dieses inoffiziellen Mieters. Sie hatte Angst, er könnte irgendwo im Haus eingeschlossen werden. Die Stufen zum Dach waren nicht mit Teppich belegt, sondern mit grünem Bootslack gestrichen. Ganz oben versperrte der Katze direkt neben einem efeuüberwucherten Fenster auch eine grellorange Tür den Fluchtweg. Boris war empört.

»Hierher, Schnurzilein ... komm doch, Boris ... braver Boris ...«

Boris wollte nichts davon wissen. Er blieb wie festgenagelt stehen und zuckte immer wieder drohend mit dem Schwanz.

Mary Ann stieg weiter hinauf, bis sie nur noch einen Meter von der Tür weg war. »Du bist vielleicht ein *Quälgeist*, Boris! Aber das weißt du selber auch, was?«

Die Tür flog auf und traf Boris von der Seite, worauf der entgeisterte Kater jaulend die Treppe hinunterjagte. Mary Ann war starr vor Schreck.

Vor ihr stand ein großer Mann mittleren Alters.

»Tut mir leid«, sagte er peinlich berührt. »Ich habe Sie nicht gehört. Hoffentlich habe ich Ihrem Kater nicht weh getan.«

Mary Ann bemühte sich, ihre Fassung wiederzufinden. »Nein ... ich glaube nicht ...«

»Sie haben einen hübschen Kater.«

»Oh ... es ist nicht mein Kater. Er ist so eine Art Gemeinschaftskater. Ich glaube, er ist ganz unten am Ende der Straße zu Hause. Entschuldigen Sie ... ich wollte nicht stören.«

Der Mann machte ein besorgtes Gesicht. »Ich hab sie ganz schön erschreckt, was?«

»Halb so schlimm.«

Lächelnd streckte er ihr seine Hand entgegen. »Ich bin Norman Neal Williams.«

»Hallo.« Als sie ihm die Hand schüttelte, fiel ihr auf, wie groß seine Hand war. Allerdings wirkte der Mann gerade durch seine Größe besonders verletzlich.

Er trug eine ausgebeulte graue Anzughose und ein bügelfreies Hemd mit kurzen Ärmeln. Ein kleines Büschel dunkelbrauner Haare drängte sich über die Oberkante seiner Klemmkrawatte.

»Sie wohnen doch gleich hier unten, nicht?«

»Ja ... Ach so, entschuldigen Sie ... Ich bin Mary Ann Singleton.«

»Auch drei Namen.«

»Wie bitte?«

»Mary Ann Singleton. Das sind drei Namen. Genau wie Norman Neal Williams.«

»Ach so ... Wollen Sie denn Norman Neal genannt werden?«

»Nein. Nur Norman.« »Aha.«

»Wissen Sie, ich stelle mich gern mit vollem Namen vor, weil Norman Neal Williams so schön fließt.«

»Da haben Sie recht.«

»Darf ich Sie zum Kaffee einladen?«

»Oh, danke, aber ich habe noch so viel zu ...«

»Die Aussicht ist wirklich hübsch.«

Das wirkte. Sie wollte gern sehen, welchen Blick man von da oben hatte, und außerdem war sie neugierig, wie es in dem Lilliputhäuschen auf dem Dach aussah.

»Okay«, sagte sie lächelnd. »Gern.«

Die Aussicht war umwerfend. Weiße Segel auf einer Bucht in Delfter Blau. Angel Island in der Ferne eingehüllt in Nebel und geheimnisvoll wie Bali Ha'i. Kreisende Möwen über roten Ziegeldächern.

»Die Miete zahlt man *dafür*«, sagte er, als wollte er sich für die drangvolle Enge entschuldigen. Sitzen konnte man nur auf dem Bett und auf einem Küchenstuhl neben dem Fenster, das auf die Bay hinausging.

Mary Ann seufzte beim Anblick des Panoramas. »Das Aufstehen muß für Sie jeden Morgen ein *Genuß* sein.«

»Das stimmt. Aber ich bin nicht viel hier.«

»Oh.«

»Ich bin Vertreter.«

»Ach so.«

»Für Vitaminpräparate.« Er deutete auf einen Musterkoffer in der Zimmerecke. Mary Ann erkannte das Firmenzeichen.

»Oh ... Nutri-Vim. Davon hab ich schon gehört.«

»Die reine Natur.«

Mary Ann war überzeugt, daß seine Begeisterung bloß geschäftsmäßig war. Denn Natürliches konnte sie an Norman Neal Williams rein gar nichts entdecken.

ERWECKUNG WIE IN ALTEN ZEITEN

Am Sonntagmorgen ging Mona in die Kirche.

In alten Zeiten – nach Woodstock und vor Watergate – war sie häufig in die Kirche gegangen. Nicht in *irgendeine* Kirche, wie sie dann immer rasch dazusagte, sondern in eine *Basis*gemeinde, in eine Kirche mit *Relevanz*.

Das war alles lange vorbei. Mona war fertig mit der *Basis*, und die Relevanz war inzwischen genauso außer Mode wie Pukamuscheln. Trotzdem empfand sie bei der

Rückkehr in die Glibb Memorial Church ein *wonniges* Nostalgiegefühl.

Vielleicht war es die Lightshow, oder die Rockgruppe ... oder es waren die Afro-Aphrodisiaka des Reverends Willy Sessums, der zappelnd wie ein Mr. Bo Jangles von Gottes Gnaden den Dritte-Welt-Sozialismus anging.

Vielleicht war's aber auch die Quaalude, die sie beim Frühstück genommen hatte.

Egal.

Heute fühlte sie sich abgeklärt. Ausgeglichen. Sie war ein karmisches Rädchen in dem großen, taumeligen Getriebe von Glibb Memorial. Sie sang mit der Inbrunst einer Südstaaten-Baptistin und wurde dabei unterstützt von ihren Nachbarn, einem Holzfäller aus dem Noe Valley und einer Fummeltrine aus dem Tenderloin, die in einem korallenroten Debütantinnenkleid steckte.

> He's got the Yoo-nited Farm Workers
> In His hands!
> He's got the Yoo-nited Farm Workers
> In His hands!

»Jawohl!« rief Reverend Sessums, der mit einem Lederbeutel voll schwarzem Juju-Zauberstaub zwischen seinen Schäfchen hin und her flitzte. »Unser Herr Jesus liebt dich, Bruder! Und er liebt auch dich, Schwester!«

Das galt Mona. Mona *persönlich*. Reverend Willy Sessums lächelte sie strahlend an, umarmte sie und bestreute sie mit Juju-Staub.

Trotz der Quaalude verkrampfte Mona sich, und das ärgerte sie genauso wie der Zynismus, der ihre Verlegenheit verdeckte, sobald es um etwas Persönliches ging. Der Reverend sollte sie in Ruhe lassen.

Was er natürlich nicht tat.

»Hörst du mich, Schwester?«

Sie nickte, lächelte zaghaft.

»Unser Herr Jesus liebt dich! Er liebt uns alle! Die Schwarzen und die Braunen und die Gelben und die Weißen ... und die Rosaroten.« Das letzte galt dem Mann im Ballkleid.

Mona schaute zu der Fummeltrine hinüber. Sie hoffte, daß Sessums in ihr ein neues Opfer gefunden hatte.

Hatte er nicht.

»Wenn du Willy glaubst ... wenn du glaubst, daß Unser Herr Jesus dich mehr liebt als die Ölgesellschaften, als das Big Business, als die chauvinistischen Männerschweine und als das Armed Services Committee des Repräsentantenhauses ... wenn du das glaubst, Schwester, dann laß den alten Willy ein ›Ja, ich glaub's!‹ hören.«

Mona schluckte und sagte: »Ja, ich glaub's.«

»Wie war das, Schwester?«

»Ja, ich glaub's.«

»Sag es laut, Schwester, damit Unser Herr Jesus dich hören kann!«

»Ja, ich glaub's.«

»Wuuunnnnnderbaaaar! Du bist *ganz toll*, Schwester!« Sessums tänzelte und klatschte wieder im Rhythmus der Musik und zwinkerte Mona so vertraulich zu, als wäre er der Komiker eines Nachtclubs, der über sie gerade einen harmlosen Witz gerissen hatte.

Die Band stimmte »Love Will Keep Us Together« an, und Sessums ging weiter.

»Ich könnte jedesmal sterben, wenn das kommt«, gestand die Fummeltrine Mona, als sie den Song erkannte. »Findest du Captain and Tennille nicht auch *supertoll*?«

Mona nickte. Sie faßte sich langsam wieder.

Ihr Nachbar wühlte in seiner Handtasche, beförderte einen vibratorförmigen Inhalierstift zutage und hielt ihn Mona hin.

»Popper dir einen, Schätzchen.«

Nach der Kirche fuhr Mona zurück in die Barbary Lane, wo sie in eine düstere, kontemplative Stimmung verfiel.

Sie war einunddreißig. Sie hatte keinen Job. Sie lebte mit einem Mann zusammen, der sie jeden Augenblick wegen eines anderen Mannes verlassen konnte. Und ihre Mutter in Minneapolis hatte irgendwie nicht mehr die Energie, sich mit ihr zu beschäftigen.

Ihr einziger *echter* Schutzengel war Anna Madrigal, doch das Interesse der Vermieterin war in der letzten Zeit so groß geworden, daß es Mona nervös machte.

Weiter absacken ging nicht mehr, sie war jetzt ganz unten.

Das Telefon klingelte.

»Hallo?«

»Mona?«

»Ja.«

»Ich bin's, D'orothea.«

»Mensch. Wo bist du?«

»Hier. In San Francisco. Freust du dich?«

»Natürlich ... Bist du auf Urlaub hier?«

»Aber nein. Es ist jetzt soweit. Ich hab's getan. Ich bleibe hier. Können wir uns treffen?«

»Ich ... Ja, klar.«

»Überschlag dich mal nicht vor Begeisterung.«

»Ich bin bloß ein bißchen überrascht, D'or. Gehen wir morgen mittag essen?«

»Ich hatte auf heute abend gehofft.«

»Da kann ich nicht. Ich gehe zu ... zu einem Tanzwettbewerb.«

»Das hat natürlich Vorrang.«

»Ich erzähl dir morgen mehr darüber.«

»Wann?«

»Um zwölf? Bei mir?«

»Barbary Lane 28?«

»Ja ... Einverstanden?«

»Du hast mir schrecklich gefehlt, Mona.«

»Du mir auch, D'or.«

WIR SPIELEN MIT KINDERN

Mary Ann schaute kurz vor Mittag bei Mona rein. Sie kam in einem Aufzug, den Michael immer ihren »Lauren-Hutton-Fummel« nannte.

Levi's und ein rosa Button-down-Hemd aus der Knabenabteilung von Brooks Brothers ... und dazu ein hellblauer Pullover mit rundem Ausschnitt, den sie lässig um die Schultern geschlungen trug.

»Hallo«, zwitscherte sie. »Habt ihr beiden Lust auf einen Brunch bei Mama's?«

Mona schüttelte den Kopf. »Michael hungert. Heute ist der große Wettbewerb, und er bildet sich ein, daß er dick ist.«

»Wo ist er?«

»Hinterm Haus. Er röstet seine Speckschwarten in der Sonne.«

Mary Ann lachte. »Und wie steht's mit dir?«

»Danke. Aber ich glaube, ich passe.«

»Fühlst du dich auch ... wohl, Mona?«

»Seh ich nicht so aus?«

»Doch ... klar ... ich wollte damit nicht sagen ... Du wirkst so ... abwesend, das ist alles.«

Mona zuckte mit den Schultern und schaute zum Fenster hinaus. »Ich hoffe, ich bin noch nicht im Endstadium.«

Die Warteschlange bei Mama's reichte bis vor das Haus und dann noch ein Stück die Stockton Street hinauf. Mary Ann ging im Geist gerade andere Brunchlokale durch, als ihr aus der Schlange eine vertraute Gestalt verhalten zuwinkte.

»Ach ... Hallo, Norman.«

»Hallo. Ich hab Ihren Platz freigehalten.« Norman zwinkerte ihr reichlich auffällig zu und täuschte damit rundherum garantiert niemand. Mary Ann drängelte sich hinter ihm in die Schlange.

Ein kleines Mädchen zupfte an Normans Hosenbein. »Wer ist die denn?« wollte es wissen.

Norman lächelte. »Sie ist eine Freundin, Lexy.«

»Na«, sagte Mary Ann mit einem Blick zu dem Kind hinunter. »Und wo kommst *du* her?«

»Aus meiner Mommy.«

Mary Ann kicherte. »Sie ist *köstlich*, Norman. Ist das Ihr Kind?«

Bevor er noch antworten konnte, streckte das Kind

seinen Arm aus und zupfte an Mary Anns Pullover. »Hast du dich jetzt vorgedrängelt?«

»Na ja, ich ...«

Norman lachte. »Alexandra ... das ist Mary Ann Singleton. Wir wohnen im gleichen Haus ... gleich dort drüben auf dem großen Hügel.« Er zwinkerte Mary Ann zu. »Sie ist das Kind von Freunden aus San Leandro. Ich verhelfe ihnen am Sonntag manchmal zu einer Verschnaufpause.«

»Wie süß.«

Norman zuckte mit den Schultern. »Mir macht es nichts aus. Und so kriege ich das Beste aus beiden Welten.« Er zog spielerisch an einem der Zöpfe des Mädchens. »Hab ich nicht recht, Lexy?«

»Mit was?«

»Ach, egal. Ich erzähl's dir später.«

»Kann ich jetzt die Tauben füttern, Norman?«

»Nach dem Frühstück, einverstanden?«

Mary Ann ging vor dem Kind in die Knie. »Du hast ja ein *wunderhübsches* Kleid an, Alexandra!«

Das Kind schaute sie an und kicherte dann.

»Weißt du, wie man dazu sagt, Alexandra?«

»Zu was?«

»Zu deinem Kleid. Es ist ein Heidi-Kleidi. Kannst du das auch schon sagen?«

Alexandra schaute leicht gekränkt drein. »Das ist ein *Dirndl*«, sagte sie kategorisch.

»Ach so. Na dann ...« Mary Ann stand auf und grinste Norman an. »Es mußte ja wohl so kommen, nicht?«

Das Trio genehmigte sich bei Mama's Omeletts. Alexandra aß schweigend und musterte Mary Ann.

Hinterher auf dem Washington Square unterhielten sich die Erwachsenen, während Alexandra im Sonnenschein Tauben jagte.

»Sie ist ganz schön aufgeweckt, was?«

Norman nickte. »Manchmal kriege ich bei ihr richtig Komplexe.«

»Kennen Sie ihre Eltern schon lange?«

»Ach ... fünf Jahre vielleicht. Ihr Vater und ich waren zusammen in Vietnam.«

»Oh ... Tut mir leid.«

»Wieso?«

»Na ja ... Vietnam ... Es muß schrecklich gewesen sein.«

Er lächelte und hob die Arme. »Sehen Sie, keine Verwundungen. Ich war Verwaltungsoffizier in Saigon. Ein reiner Bürojob. Beim Nachrichtendienst der Marine.«

»Und wie sind Sie auf Vitamine gekommen?«

Er zuckte mit den Schultern. »Ich hab angefangen, mich für meinen Lebensunterhalt zu interessieren.«

»Ich verstehe.«

»Ich fürchte, über mich gibt es nichts besonders Interessantes zu erzählen, Mary Ann.«

»Aber nein ... Ich finde, Sie sind sehr ...«

»Heute abend läuft im Kino ein Film, zu dem ich Sie sehr gerne einladen möchte, wenn Sie nicht schon ...«

»Was für ein Film?«

»Ein Oldie. *Polizeirevier 21*. Mit Kirk Douglas und Eleanor Parker.«

»Oh, da komm ich liebend gern mit«, sagte sie.

WOZU HAT MAN FREUNDINNEN?

Beauchamp und DeDe verbrachten einen geruhsamen Sonntagvormittag in Sausalito, inklusive Brunch im Altamira.

Sie waren wieder ein Paar, eine perfekte Kombination – braungebrannt, rassig und schön. Auf der im strahlenden Sonnenschein liegenden Terrasse verfolgte man sie mit hungrigen Blicken, steckte über Gläsern voll Ramos Fizz die Köpfe zusammen und stellte allerhand Spekulationen an.

Und DeDe kostete jede Minute davon aus.

»Beauchamp?«

»Hmmh?« Seine Augen hatten *genau* die gleiche Farbe wie die Bay.

»Letzte Nacht war es ... toller als in unserer Hochzeitsnacht.«

»Ich weiß.«

»War das ...? Habe ich mich so verändert, oder du?«

»Spielt das eine Rolle?«

»Für mich schon. Ein bißchen.«

Beauchamp zuckte mit den Schultern. »Ich schätze, ich weiß inzwischen ... was ich will.«

»Mich verwirrt das alles ein bißchen, Beauchamp.«

»Warum?«

»Ich weiß nicht recht. Es ... läuft jetzt gut zwischen uns, und ... Na ja, ich möchte halt wissen, was ich richtig mache, damit ich so weitermachen kann.«

Er rieb sein Knie an dem ihren. »Bleib einfach, wie du bist, okay?«

»Okay«, sagte DeDe lächelnd.

Als sie wieder zu Hause in der Montgomery Street waren, legte Beauchamp dem Corgi eine seiner Leinen an. »Ich denke, ich gehe mit Caesar zum Tower hoch. Hast du Lust auf einen Spaziergang?«

»Danke, aber ich sollte mich um meine Post kümmern.«

Sobald Beauchamp aus der Tür war, rief sie Binky Gruen an.

»Bink?«

»DeDe?«

»Ich bin zurück.«

»Und?«

»Was, und?«

»Wieviel, du Dummchen? Wieviel hast du abgenommen?«

»Ach so ... achtzehn Pfund.«

Binky pfiff durch die Zähne. »Wenn du mich fragst, hört sich das ganz nach Anorexie an.«

»Binky, ich brauche ...«

»Ich bin übrigens *ganz sicher*, daß Shugie Sussman Anorexie hat. Ich meine, es gibt nicht den geringsten Zweifel. Sie verfällt zu einem *Nichts*, und niemand kann sie davon überzeugen, daß sie *kein* Pummel ist. Es ist eine Tragödie, DeDe. Wenn das so weitergeht, müssen wir das arme Ding noch in einem Briefumschlag in die Menninger-Klinik schicken!«

»Binky, ich würde zwar liebend gern hören, was mit Shugie Sussman los ist, aber ...«

»Entschuldige, mein Schatz. Hast du den Aufenthalt genossen? Ich meine, abgesehen von diesen grauenhaften Leonardo-da-Vinci-Ü...?«

»Ich brauche deine Hilfe.«

»Jederzeit.«

»Ich ... brauche einen Arzt.«

»O nein! Du bist *wirklich* krank! Mein Gott, ich bin so eine ...«

»Nein, ich bin nicht krank. Ich muß bloß mal zum Arzt.«

»Oh.«

»Ich dachte dabei an den, bei dem du letztes Frühjahr gewesen bist.«

»Oje.«

»Noch steht es ja nicht fest. Ich bin mir nicht sicher. Aber ich würde mich entschieden wohler fühlen, wenn ich ...«

»Es kann auch vom Training kommen, DeDe. Manchmal kann so eine körperliche Veränderung deinen Zyklus völlig durcheinanderbringen.«

»Daran hab ich auch schon gedacht.«

»Es könnte sogar von einer Anorexie kommen.«

»Würdest du *bitte* aufhören? Es könnte von sonstwas kommen. Ich möchte bloß ...«

»Nur nicht von Beauchamp, was?«

Schweigen.

»Du möchtest zu einem Gynäkologen, der euch nicht kennt, hab ich recht?«

»Ja.«

»Okay. Der Kerl ist schlicht gesagt perfekt. Er ist sanft, diskret und dabei noch eine wahre *Augenweide*. Hast du was zu schreiben?«

»Ja.«

»Jon Fielding. Das Jon ohne *h*. Die Adresse ist Sutter 450. Du kannst ihm sagen, daß ich dich geschickt habe.«

DIE BEACH BOYS

Mrs. Madrigals Mieter und Mieterinnen hatten diese Ecke des Gartens »Barbary Beach« getauft.

Na ja, dachte Michael, als er sein Badetuch auf die Ziegelsteine legte, ein Sonntag am Lake Temescal ist was anderes, aber das hier muß es auch tun.

In weniger als sieben Stunden würde er im Endup auf der Tanzfläche stehen.

Er brauchte jeden Sonnenstrahl, den er kriegen konnte.

»Hallo«, sagte eine Stimme irgendwo zwischen ihm und der Sonne.

Michael schirmte seine Augen ab und schaute hoch. Es war der Kerl aus dem zweiten Stock. Brian Soundso. Er hatte ein Badetuch mit einem Coors-Aufdruck dabei.

»Hallo. Nur keine Scheu. Das Wasser ist sehr angenehm.«

Brian nickte und breitete sein Badetuch aus. Eineinhalb Meter weg, wie Michael feststellte. Nahe, aber doch nicht *zu* nahe. Ein GAV wie aus dem Bilderbuch – geil, aber verklemmt.

»Meinst du, es zahlt sich überhaupt aus?« fragte Brian.

»Wahrscheinlich nicht, aber was soll's? Wir können es uns nicht leisten, die *anderen* schweinchenrosa Menschen zu enttäuschen, die in den Bars so rumstehen.«

Brian lachte. Offensichtlich hatte er die Ironie hinter der Bemerkung verstanden. Okay, dachte Michael, es ist ihm klar, daß wir nicht auf dieselben Bars abfahren. Und noch weniger auf dieselben Körper. Aber trotzdem ... Er weiß es, und er weiß, daß ich weiß, daß er es weiß. Damit läßt sich leben.

»Ich bin Michael. Und du bist Brian ... richtig?«

»Richtig.«

Sie schüttelten sich die Hand, und da sie immer noch bäuchlings dalagen, mußten sie sich dafür weit über die Sicherheitszone zwischen ihnen strecken.

Michael lachte. »Wir sehen aus wie die zwei Kerle auf dem Deckengemälde in der Sixtinischen Kapelle!«

Eine Viertelstunde später hatte Michael wieder Lust zu reden.

»Du bist doch solo, oder?«

»Ja.«

»In dieser Stadt muß das doch was ganz Wunderbares sein. Ich meine ... für einen Hetero.«

»Hmh?«

»Na ja, ich meine ... hier gibt es so viele Schwule, daß ein Hetero bei den Frauen doch heißbegehrt sein muß. Wenigstens ... na, du weißt schon, was ich meine.«

Brian schnaubte verächtlich. Er hatte sich inzwischen auf den Rücken gedreht und die Hände hinter dem Kopf verschränkt. »Gestern abend hab ich mich volle vier Stunden im Slater Hawkins herumgetrieben und versucht, eine Trulla aufzureißen, mit der ich auf dem College nicht ein Wort geredet hätte.«

»Ja, ja«, sagte Michael, der doch etwas bestürzt war über diese Bemerkung. »Es wird immer mehr zu einem Spiel, findest du nicht auch? Das Auspacken macht mehr Spaß als das, was hinterher kommt. Zumindest manchmal ...« Er schaute zu Brian hinüber und fragte sich, ob sie sich überhaupt etwas zu sagen hatten.

»Kennst du Mary Ann Singleton?«

»Ja.«

»Weißt du, Mary Ann und ich hatten vor kurzem eine richtige Aussprache, bei der sie mir gesteckt hat, daß sie am liebsten nach Cleveland zurückgehen würde, und ich hab ihr dann alles erzählt, was die Außersinnliche Transzendenz zum eigenverantwortlichen Leben und so zu sagen hat ... Das Unheimliche ist aber, daß ich manchmal denke, sie hat recht. Vielleicht sollten wir alle nach Cleveland zurück.«

»Genau. Oder auf eine Farm in Utah oder so. Zurück zum einfachen Leben.«

»Mhmm. Damit hab ich's auch ab und zu. Vielleicht in ein Dorf in den Bergen von Colorado, wo man nur das Nötigste hat: ein nettes französisches Restaurant und eine Filiale von Design Research.«

Beide lachten. Michael fühlte sich mit Brian sofort viel wohler.

»Eins geht mir wirklich auf die Eier«, sagte Brian. »Du weißt nie, wie Frauen eigentlich sind ... jedenfalls nicht für länger. Sie zeigen dir immer nur das, was du sehen *sollst*.«

Michael nickte. »Und deswegen kreisen deine Phantasien auch immer um das Falsche.«

»Genau.« Brian fing an, die Grashalme zwischen den Ziegelsteinen auszurupfen.

»Mein Gott! So geht's mir doch die ganze Zeit«, fuhr Michael fort. »Ich lerne in einer Bar oder in der Sauna jemanden kennen ... ich meine natürlich einen Mann ... und er sieht genau so aus ... wie ich mir das immer wünsche. Ein netter Schnäuzer, Levi's, ein gestärktes

Khakihemd von der Army ... stark ... So einer, den man nach Orlando mitnehmen könnte, wie er ist, und bei dem sie's nicht mal merken würden. Und dann gehst du mit zu ihm nach Hause, Upper Market klarerweise, und du verkneifst dir so lang wie möglich, aufs Klo zu gehen, weil dich das unweigerlich auf die Erde zurückholen und deine Phantasien killen würde ...«

Brian sah reichlich verwirrt drein.

»Es geht um das Badezimmerschränkchen«, klärte Michael ihn auf. »Gesichtscremes und Shampoos gleich im *Dutzend*. Und auf dem Spülkasten haben sie alle so eine kleine goldene Schale stehen mit lauter bunten Seifenkugeln drin!«

GÖTTIN IN EBENHOLZ

Es war Sonntagabend. Die Schwarze aß alleine im hinteren Raum von Perry's.

Sie war ein Musterbeispiel für Anmut und Kultiviertheit, dunkel und glänzend wie ein Ballerinaschuh aus Lackleder. Brian fiel auf, daß sie ihren Pommes frites keine Beachtung schenkte und nur selten den Blick vom Teller hob.

»Noch etwas Kaffee?«

Sie schaute hoch und lächelte ihn an. Versonnen, wie Brian fand. Sie schüttelte den Kopf und sagte: »Danke.«

Sie war überwältigend.

»Wie wär's mit Nachtisch?«

Noch ein Nein.

Okay, dachte er, Schluß mit der Standardnummer. Jetzt werden schwerere Geschütze aufgefahren.

»Die Pommes frites haben Ihnen wohl nicht geschmeckt, hmh?«

Sie tätschelte ihre schmale Taille. »Ich bin dagegen allergisch. Aber sie sehen wunderbar aus.«

»Ein, zwei Stück würden Ihnen doch nicht weh tun.«

»Ich habe noch nie solche runden Pommes frites gesehen. Sie kommen mir vor wie Kartoffelchips mit Schilddrüsenentzündung.«

Brian lachte betont männlich. *Jetzt* wird's langsam interessant, Junge. Aber schön locker bleiben. Lässig und leicht. Und nichts überstürzen, um Himmels willen, ja nichts überstürzen ...

Sie legte die Serviette auf den Teller. Scheiße! Gleich würde sie die Rechnung verlangen!

Sie lächelte schon wieder. »Könnte ich ...?«

»Wissen Sie eigentlich, daß Sie Lola Falana unheimlich ähnlich sehen?«

Subtiler ging es kaum noch. Wenn sie sich davon nicht abschrecken ließ, dann von gar nichts.

Ihr Gesichtsausdruck veränderte sich aber nicht. Sie lächelte noch immer. »Du möchtest mich zu einem Drink einladen, stimmt's?«

»Äh ... Ja, eigentlich schon.«

»Wann bist du mit deiner Arbeit fertig?«

»Um zehn.«

»Heißt das, daß wir jetzt verabredet sind?«

»Da kannst du Gift drauf nehmen. Ich heiße Brian.«

»Ich heiße D'orothea«, antwortete sie.

Am anderen Ende der Stadt arbeitete sich Michael Tolliver mühsam durch einen Wald aus Lacoste-Hemden. Mona war dicht hinter ihm.

»Damit ist die Sache entschieden, Mouse.«

»Welche Sache?«

»Ich bin *tatsächlich* ein Schwulenmuttchen.«

»Ach, hör doch auf!«

»Sieh dich bloß mal um! Ich bin die einzige Frau hier!«

Michael packte sie an den Schultern und drehte sie um ihre eigene Achse, bis sie zur Bar schaute. Hinter dem Tresen arbeitete eine recht kernig aussehende Frau in Levi's und Männerhemd. »Fühlst du dich jetzt wohler?«

»Na klar. Sag mal ... ziehst du dich jetzt um, oder was?«

»Ich denke, ich muß mich erst mal eintragen lassen. Ist es vertretbar, wenn ich dich jetzt verlasse.«

»Wahrscheinlich. Hau schon ab.« Sie zwinkerte ihm zu und gab ihm einen Klaps auf den Po. »Grüß Bert Parks schön von mir.«

Die Barfrau schickte Michael zu einem Mann, der für die Teilnehmerliste zuständig war. Der Mann schrieb Michaels Namen und die nötigsten Informationen auf und überreichte ihm dann ein numeriertes Pappschild, das an einem Stück Schnur baumelte.

Er war Nummer sieben.

»Wo ... äh ... zieh ich mich um?«

»Auf der Damentoilette.«

»Wie passend.«

In der Damentoilette waren bereits drei andere Typen. Zwei hatten sich bis auf ihre Jockey-Shorts ausgezogen und verstauten gerade ihre Kleider in Plastiktüten, die vom Veranstalter gestellt wurden. Der dritte, der sich mit Second-hand-Klamotten aus dem Vietnamkrieg herausgeputzt hatte, rauchte einen Joint.

»Hallo«, sagte Michael und nickte seinen Gladiatorenkollegen zu.

Die Kerle lächelten mehr oder weniger berechnend zurück. Michael mußte bei ihrem Anblick an seine Teilnahme beim Orlando High School Science Fair von 1966 denken. Sie waren aufgesetzt schnoddrig. Und total scharf auf den Sieg.

Na ja, dachte Michael, hundert Mäuse sind hundert Mäuse.

»Können wir ... sollen wir hier drin warten, bis wir dran sind?«

Ein Blonder in einem Mark-Spitz-Slip lächelte über Michaels Naivität. »Ich weiß ja nicht, was du vorhast, mein Schatz, aber ich mische mich unter die Leute. Vielleicht wählt man auch noch eine Miss Sympathie.«

Also mischte sich Michael unter die Leute. Er trug bloß sein Pappschild und die Jockey-Shorts, die er am Vortag bei Macy's gekauft hatte.

Mona verdrehte die Augen, als sie ihn sah.

»Es bringt wenigstens die Miete«, sagte Michael.

»Bild dir bloß nicht zuviel ein. Ich glaub, ich hab eben Arnold Schwarzenegger aus der Damentoilette kommen sehen.«

»Wie du einen immer aufbaust, Mona.«

Sie zog am Elastikbund von Michaels Unterhose und ließ ihn gegen seinen Bauch schnalzen. »Es wird schon gutgehen, Kleiner.«

D'OROTHEAS KLAGELIED

Wie vereinbart traf sich Brian mit ihr im Washington Square Bar & Grill.

Sie lehnte dekorativ an der Bar, und ihre braunen Augen sprühten vor Interesse, während sie mit Charles McCabe plauderte. Der Kolumnist schien ähnlich fasziniert zu sein.

»Du kennst ihn?« fragte Brian, nachdem sie sich von Charles McCabe verabschiedet hatte.

»Ich habe ihn eben erst kennengelernt.«

»Du gehst ganz schön ran, was?«

Sie stieß ihn neckisch in die Seite. »Merkst du das jetzt erst?«

Wie sich herausstellte, war D'orothea Model. Sie hatte fünf Jahre in New York gearbeitet und ihr elegantes Gesicht an die *Vogue* und an den *Harper's Bazaar* verkauft, an Clovis Ruffin und Stephen Burrows und »alle anderen, die auf der Afro-Welle mitschwimmen wollten«.

Sie hatte eine Menge Geld verdient, erzählte sie. »Nicht schlecht für ein Mädchen, das vor dem Apostroph in Oakland gelebt hat.«

»Was heißt das, vor dem Apostroph?« wollte Brian wissen.

Sie lächelte. »Ganz einfach. Früher hab ich mal Dorothy Wilson geheißen, aber dann kam Eileen Ford, machte Dorothea daraus und steckte auch noch ein Apostroph zwischen das *D* und das *o*.« Sie zog dramatisch die eine Augenbraue hoch. »Seeeehr schick, findest du nicht auch?«

»Ich finde Dorothy ganz gut.«

»Es ging mir ja nicht anders, mein Schatz! Aber mir blieb nur die Wahl zwischen dem Apostroph oder so einem grauenhaften afrikanischen Namen wie Simbu oder Tamara oder Bonzo. Und eher laß ich mich steinigen, als daß ich genauso heiße wie der Schimpanse von Ronald Reagan!«

Brian lachte. Ihm fiel auf, daß ihr Gesicht sogar noch schöner war, wenn sie lebhaft wurde. Er schwieg eine Weile, dann stellte er ihr die nüchterne Frage: »War es hart, in Oakland groß zu werden?«

Sie drehte wie in Zeitlupe den Kopf und blickte ihn aus dichtbewimperten Augen an. »Ah ... ich verstehe! Ein Soz-ja-liiist!«

Brian wurde rot. »Nein, nicht direkt ...«

»Dann hilf mir mal auf die Sprünge. Bist du vielleicht ein Vista Volunteer? Oder ein Bürgerrechtsanwalt?«

Ihre Treffsicherheit ärgerte ihn maßlos. »Ich habe in Chicago mal für die Urban League gearbeitet, aber ich versteh nicht, was das ...«

»Und das ganze Unrecht hat dich so viel Kraft gekostet, daß du deinen Beruf hingeschmissen und dir einen Kellnerjob an Land gezogen hast. Die Leier kenn ich, Baby. Die Leier kenn ich.«

Er schüttete seinen Drink hinunter. »Ich glaub nicht, daß du außer der einen noch eine andere Leier kennst.«

Sie stellte ihren Dubonnet auf den Tresen und sah ihn starr an. »Tut mir leid«, sagte sie leise. »Wahrscheinlich bin ich nervös, weil ich wieder in dieser Stadt bin.«

»Schon vergessen.«

»Du scheinst ein netter Kerl zu sein, Brian. Ich brauche jemanden zum Reden.«

»Einen Therapeuten.«

»Wenn dir danach ist. Hättest du was dagegen?«

»Ich hatte auf etwas Ursprünglicheres gehofft.«

Sie ging auf seine Andeutung nicht ein. »Manchmal hilft es, wenn man sich bei einem Fremden ausspricht.«

Brian bestellte beim Barmann noch einen Drink. »Dann leg los. Der Doktor ist ganz Ohr.«

Sie sah ihn nur selten an, während sie ganz ungeschminkt ihre Geschichte erzählte.

»Vor vier Jahren, als ich in New York gerade meine ersten Erfolge hatte, habe ich bei einer Bademodenkampagne von J. Walter Thompson jemand kennengelernt. Wir waren fast die ganze Zeit zusammen und haben auf Locations überall an der Ostküste Fotos geschossen. Es hat ungefähr drei Wochen gedauert, bis wir uns verliebt hatten.«

Brian nickte und ließ gleichzeitig alle seine Hoffnungen fahren.

»Jedenfalls haben wir uns dieses wunderbare Loft in SoHo eingerichtet und sind zusammengezogen, und ich habe das glücklichste halbe Jahr meines Lebens genossen. Dann ist irgendwas passiert ... ich weiß nicht, was ... und meine große Liebe hat einen Job in San Francisco angenommen. Wir haben uns danach weiter geschrieben, haben nie ganz den Kontakt verloren, und ich habe immer weiter ... Geld verdient.«

Sie trank einen Schluck Dubonnet und schaute ihn zum erstenmal direkt an. »Jetzt bin ich wieder zu Hause, Brian, und wünsche mir nur, daß mein Schwarm wieder ein Teil meines Lebens wird. Aber das hängt allein ...«

»Von ihr ab.«

Sie schenkte ihm ein warmes Lächeln. »Du bist ganz schön fix«, sagte sie.

»Danke.«

»Der Drink geht auf meine Rechnung, okay?«

WIE GEWONNEN, SO ZERRONNEN

Die Zeremonienmeisterin für den Jockey-Shorts-Tanzwettbewerb war ein Wesen namens Luscious Lorelei. Die platinblonde Perücke des Kerls schwebte über seiner rundlichen Figur wie ein Atompilz über einem Atoll.

Michael stöhnte und zupfte seine Shorts zurecht. »Scheiße, was tu ich bloß hier, Mona? Wo ich doch früher mal bei den Future Farmers of America war!«

»Du kümmerst dich um die Miete, falls du das vergessen haben solltest.«

»Ja, richtig. Ich kümmere mich um die Miete, ich kümmere mich um die Miete. Dies ist eine Tonbandansage ...«

»Nimm's nicht so tragisch.«

»Und wenn ich verliere? Oder wenn sie lachen? Nicht auszudenken! Oder wenn sie mich gar nicht *beachten*?«

»Du kannst nicht verlieren, Mouse. Die Arschlöcher dort können gar nicht tanzen, und du siehst besser aus als alle zusammen. Du mußt nur an dich glauben!«

»Danke für die moralische Aufrüstung.«

»Entspann dich, Mouse.«

»Ich glaub, ich muß kotzen.«

»Heb dir das fürs Finale auf.«

Fünf Bewerber um den Einhundert-Dollar-Preis hatten sich bereits ins Zeug gelegt. Der sechste zappelte in einem knappen Leopardenstretchhöschen über die Tanzfläche.

Das Publikum brüllte vor Begeisterung.

»Hör dir das an, Mona. Die Sache ist wohl gelaufen.« Michael machte sich insgeheim Vorwürfe, daß er sich für die weißen Standardshorts entschieden hatte. Dieser Pöbel stand ganz offensichtlich auf was Schärferes.

»Komm schon«, sagte Mona und zog ihn durch die Menge an den Rand der Tanzfläche. »Du bist als nächster dran, Mouse.« Sie blieb auch dann noch neben ihm, als er im Schein einer elektrisch erleuchteten amerikanischen Flagge wartete.

Sobald der Applaus für Teilnehmer Nummer sechs abgeklungen war, begab sich Luscious Lorelei ans Mikrofon. »Na Jungs, was sagt ihr dazu? Sind denn die Brustmuskeln von diesem Schnittchen nicht einfach SUPERRRRB? Du HEILIGE Jungfrau Maria!« Er wog seinen ausgestopften Busen in Händen. »Beutelreis hat noch nie so gut ausgesehen.«

Michael spürte, wie der letzte Rest Farbe aus seinem Gesicht schwand.

»Ruf Mary Ann an«, flüsterte er Mona zu. »Ich geh mit ihr zurück nach Cleveland.« Mona munterte ihn mit einem Klaps auf den Po auf.

»Okay«, brüllte Lorelei, »unser nächster Teilnehmer ist ... Teilnehmer Nummer sieben! Er stammt aus Orlando, Florida, wo die Sonne immer scheint und wo all die WUUUUNDEERBAAREN Früchtchen herkommen, und er heißt Michael ... Michael Soundso ... *Schääätzchen*, ich kann deine Schrift nicht lesen. Wenn du da irgendwo rumstehst, könntest du Lorelei vielleicht deinen Namen verraten?«

Michael hob zaghaft die Hand und sagte: »Tolliver.«

»Wie war das, mein Schatz?«

»Michael Tolliver.«

»*OKAAAY*! Beifall für Michael Oliver!«

Michael, der inzwischen einen hochroten Kopf hatte, stieg auf die Tanzfläche hoch, während Lorelei wieder in der Dunkelheit verschwand. Die Nachtschwärmer an der Bar drehten sich zur Begutachtung des Neulings wie auf Kommando um. Die Musik setzte ein. Dr. Buzzard's Original Savannah Band spielte »Cherchez la Femme«.

Michael legte bei seinem Körper den Gang ein und bei seinem Hirn den Leerlauf. Er bewegte sich im Takt der Musik und folgte ihrem Rhythmus wie ein Irrwisch. Es war fast so wie in seinem Traum, diesem Alptraum aus der High-School-Zeit, in dem er bei einer Schultheateraufführung die Bühne betreten hatte ... in seinen Jokkey-Shorts!

Der Nebel vor seinen Augen lichtete sich lange genug, damit er die Leute erkennen konnte. Ihre glänzenden, braungebrannten Gesichter. Ihre muskulösen Nacken. Und hundert klitzekleine Krokodile, die ihm von hundert Brustkörben höhnisch entgegengrinsten ...

Dann gefror ihm das Blut.

Denn dort unten in der Menge sah er aus einem Seidenhemd und einem Brioni-Blazer verschwommen das eine Gesicht herausragen, das er hier ganz und gar nicht sehen wollte. Ihre Blicke trafen sich, doch nur einen Moment lang, denn der andere verzog voller Abscheu das Gesicht und wandte sich ab.

Jon.

Die Musik hörte auf. Michael sprang von der Bühne hinunter in die Menge, hatte aber keinen Sinn für die Hände, die sich ihm gratulierend entgegenstreckten und seinen Körper streiften. Durch einen Nebel aus Poppersschwaden bahnte er sich einen Weg zur Schwingtür in der Ecke der Disko.

Jon war gegangen.

Michael stand in der Tür und sah der schlanken Gestalt nach, die auf der Sixth Street immer kleiner wurde. Jon war in Begleitung von drei anderen Männern, die ebenfalls Anzüge trugen. Die vier brachen kurz in schallendes Gelächter aus, bevor sie in einen beigen BMW stiegen und davonfuhren.

Eine Stunde später erfuhr er es.

Er hatte gewonnen. Hundert Dollar und einen goldenen Jockey-Shorts-Anhänger. Sieg.

Mona küßte ihn auf die Wange, als er von der Tanzfläche stieg. »Wen *kümmert's* denn, ob wir einen Doktor im Haus haben oder nicht?« Michael lächelte schwach, hielt sich an ihr fest und ließ sich von der Musik einlullen.

Dann fing er zu heulen an.

FIASKO IN CHINATOWN

Als sie aus dem Gateway Cinema kamen, schlugen Mary Ann und Norman auf der Jackson den Weg nach Westen in Richtung Chinatown ein.

Bis sie zu der Chevron-Tankstelle im Pagodenstil kamen, die an der Columbus lag, hatte eine geballte Ladung Nebel die Ränder der Neonreklame schon etwas verschwimmen lassen.

»An solchen Abenden«, sagte Norman, »komme ich mir immer vor wie eine Figur aus einer Hammett-Geschichte.«

»Hammond?«

»Hammett. Dashiell Hammett. Kennst du ... *Der Malteser Falke*?«

Sie hatte den Titel schon mal gehört, sonst aber keine Ahnung. Aber das war auch egal.

Der einzige Falke, den es in Normans Leben gab, stand im Blechkleid eines Falcon an der Ecke Jackson und Kearny.

»Mußt du gleich nach Hause?« fragte er zögernd. Wie ein Kind, das darum bat, länger aufbleiben zu dürfen.

»Na ja, ich sollte ... Nein. Nicht gleich.«

»Gehst du gern chinesisch essen?«

»Sehr gern«, antwortete Mary Ann lächelnd. Ihr war mit einem Mal klargeworden, wie sehr sie diesen tolpatschigen, freundlichen Mann mit der Klemmkrawatte mochte, bei dem sie unwillkürlich an Smokey den Bären denken mußte. Sie war nicht *Feuer und Flamme* für ihn, aber sie mochte ihn doch sehr.

Norman führte sie ins Sam Woh's an der Washington Street. Sie schlängelten sich zuerst durch die winzige Küche, dann die Treppe hinauf und schließlich an einen Tisch im ersten Stock.

»Mach dich auf was gefaßt«, sagte Norman.

»Worauf?«

»Laß dich überraschen.«

Kurz danach verabschiedete sie sich diskret zur Toilette. Es gab in dem engen Kabuff kein Waschbecken, und erst, als sie schon fast wieder an ihrem Tisch war, fiel ihr auf, wo es sich befand.

»Hallo, Sie! Sie waschen Hände!«

Wie vom Donner gerührt drehte sie sich um. Sie wollte sehen, woher die Stimme kam. Ein empörter chinesischer Kellner nahm gerade Teller voll Nudeln aus dem Speiseaufzug. Mary Ann blieb wie angewurzelt stehen, starrte ihren Ankläger an und schaute dann nach hinten zu den Toiletten.

Das Waschbecken war vor der Tür. *Im Restaurant.*

Etliche Gäste beobachteten sie und freuten sich über ihre unbehagliche Situation. Der Kellner ließ nicht locker. »Sie waschen Hände. Sie nicht waschen Hände, Sie nicht essen!«

Sie wusch sich die Hände und kehrte mit rotem Kopf an ihren Tisch zurück. Norman grinste verlegen. »Ich hätte dich warnen sollen.«

»Du *wußtest*, was er tun würde?«

»Er ist Spezialist für Grobheiten. Es ist ein Witz. Ein Feldwebel, der zum Kellner mutiert ist. Die Leute kommen extra dafür her.«

»*Ich* aber nicht.«

»Es tut mir wirklich leid.«

»Können wir gehen, Norman?«

»Das Essen ist aber ...«

»Bitte?«

Also gingen sie.

Zu Hause in der finsteren Schlucht der Barbary Lane griff Norman fürsorglich nach Mary Anns Arm.

»Die Geschichte mit Edsel tut mir leid.«

»Die Geschichte mit wem?«

»Er heißt so. Der Kellner. Edsel Ford Fong.«

Sie mußte unwillkürlich lachen. »Echt?«

»Es sollte ein kleiner Gag sein, Mary Ann.«

»Ich weiß.«

»Aber er ist gründlich danebengegangen. Tut mir leid.«

Sie blieb im Vorgarten stehen und stellte sich direkt vor ihn hin. »Du bist sehr altmodisch. Das gefällt mir.«

Er schaute auf seine schwarzen Wingtip-Schuhe hinunter. »Ich bin sehr alt.«

»Nein, bist du nicht. Du solltest so was nicht sagen. Wie alt bist du?«

»Vierundvierzig.«

»Das ist doch nicht alt. Paul Newman ist älter.«

Er kicherte. »Ich bin aber nicht gerade Paul Newman.«

»Du bist ... genau richtig, Norman.«

Er stand verlegen da, als sie ihre Hand sanft über die Konturen seines Unterkiefers gleiten ließ. Sie drückte ihre Wange an seine. »Genau richtig«, wiederholte sie.

Sie küßten sich.

Ihre Finger glitten über seine Brust und umschlossen auf der Suche nach einem Halt seine Krawatte.

Prompt hatte sie das ganze Ding in der Hand.

»STARRY, STARRY NIGHT«

Es gab Vormittage, da fühlte Vincent sich wie der letzte überlebende Hippie.

Der Letzte Hippie. Der Ausdruck bekam plötzlich tragische Größe, als Vincent in seinem Badezimmer in der Oak Street stand und seine bernsteinfarbene Mähne auseinanderzupfte, damit sein fehlendes Ohr nicht allzu sehr auffiel.

Wenn man schon nicht der erste sein konnte, dann blieb einem wenigstens das bittersüße und edle Gefühl, der letzte zu sein. Der Letzte Mohikaner. Das Letzte Abendmahl. Der Letzte Hippie!

Diese Überlegungen hatte Vincent einmal seiner Alten vorgetragen, und zwar nur wenige Stunden, bevor sie sich nach Israel aufgemacht hatte, um dort in die Armee einzutreten, doch Laurel hatte ihn bloß verspottet. »Dafür ist es zu spät«, hatte sie gesagt und auf der einen Seite seine Haare hochgehoben. »Du bist nur noch sieben Achtel des Letzten Hippies.«

Sie war nicht immer so gewesen.

Während des Kriegs hatte sie einen völlig anderen Drive gehabt. Sie war vom Sternzeichen Jungfrau und damit ein analer Charakter, hatte aber beides in eine positive Richtung gelenkt.

Astralreisen. Kerzengießen. Makramee.

Doch post bellum hatte sich die Situation verschärft. Laurel besuchte damals einen Selbstverteidigungskurs für Frauen und probierte ihre Griffe an ihm aus, wenn er sein Mantra aufsagte. Obwohl sich ihre Ausbilder bei einem vierzigtägigen Intensivkurs in Arica sehr ins Zeug legten, war sie auf einmal besessen vom Rolfing.

Aber nicht als Patientin. Als Therapeutin.

Diese verheißungsvolle Karriere fand ein abruptes Ende, als ein Zahnarzt aus dem Marin County drohte, sie wegen tätlicher Beleidigung einsperren zu lassen.

»Der hatte doch ne Paranoia«, meinte sie hinterher.

»Er hat gesagt, daß du voll drauf eingestiegen bist«, entgegnete Vincent gelassen.

»Natürlich bin ich voll drauf eingestiegen! Es gehört zu meinem Job, daß ich das tue!«

»Er hat behauptet, daß du so einiges gesagt hast, während du ihn gerolft hast.«

»Was soll ich denn gesagt haben, hm?«

»Lassen wir das lieber, Laurel.«

»Was soll ich gesagt haben?«

»›Du Bürgerschwein!‹ zum Beispiel oder ›Du gehörst an die Wand gestellt!‹.«

»Das ist gelogen!«

»Na ja, er hat behauptet, daß ...«

»Jetzt hör mir mal zu, Vincent! Wem glaubst du denn eigentlich? Mir oder so einem beschissenen paranoiden Bürgerschwein?«

Jetzt war sie aber nicht mehr da. Sie hatte Amerika für immer verlassen.

Dieses Amerika, das sie immer mit einem *k* geschrieben hatte, nie mit einem *c*.

Schon der Gedanke an diese Eigenart trieb ihm die Tränen in die Augen, und er klammerte sich in seiner Verzweiflung an die letzten Überbleibsel aus ihrem gemeinsamen Leben.

Er schlurfte in die Küche und starrte deprimiert auf sein quietschbuntes, fluoreszierendes »Keep on Trukkin'«-Poster.

Laurel hatte es dort aufgehängt. Vor ewigen Zeiten. Es war inzwischen vergilbt und rissig, und der Spruch klang grausam anachronistisch.

Vincent hatte schon vor langer Zeit aufgehört, frohgemut nach vorn zu schauen.

Mit der Hand, an der noch alle Finger dran waren, riß er das Poster ab, zerknüllte es und schleuderte es mit einem qualvollen Urschrei quer durch den Raum. Dann stürmte er ins Schlafzimmer und tat Che Guevara und Tania Hearst das gleiche an.

Der Abschied war längst überfällig.

Vincent kam zu dem Schluß, daß das Switchboard der beste Ort dafür war. Es war so eine Art neutraler Zone. Ein öffentlicher Bereich, der mit ihm und Laurel nichts zu tun hatte.

Er war um halb acht dort und machte sich mit Wasser aus dem Hahn im Badezimmer eine Tasse Nescafé. Er räumte seinen Schreibtisch auf, leerte die Papierkörbe aus und putzte sein Skalpell mit einem Erfrischungstuch.

Mary Ann würde um acht kommen.

Er hatte genügend Zeit, um die Sache geordnet anzugehen.

Als er seine letzte Eintragung ins Dienstbuch machte, verspürte er einen Anflug von schlechtem Gewissen gegenüber den gequälten Seelen, die an diesem Abend anrufen und seinen Trost suchen würden.

Was würde Mary Ann ihnen sagen?

Und was würde sie tun, wenn sie ihn fand?

Er gelangte zu der Einsicht, daß das Skalpell unfair war, und zählte die Perlen seiner Fummelkette ein letztes Mal ab. Es mußte einen Weg geben, eine Methode, die sauberer war und den Schrecken für Mary Ann milderte.

Dann hatte er die richtige Idee.

NEUIGKEITEN VON ZU HAUSE

Mary Ann schaute noch bei Mona und Michael rein, bevor sie sich zum Crisis Switchboard aufmachte.

Michael machte ihr mit rotgeweinten Augen auf.

»Hallo«, sagte er leise. »Willkommen im Heartbreak Hotel.«

»Hast du Besuch?« Im Schlafzimmer spielte Musik.

»Schön wär's.«

»Michael ... ist was passiert?«

Er schüttelte den Kopf und zwang sich zu einem Lächeln. »Komm rein. Ich möchte dir was vorspielen.«

Er führte sie in sein Schlafzimmer und deutete auf einen Sessel. »Setz dich und heul dich aus. Diese Frau ist das Geschenk Gottes an alle Romantiker.« Er hielt ein Plattencover hoch. Jane Olivers *First Night*.

Mary Ann stützte den Kopf auf und hörte zu. Die Chanteuse sang »Some Enchanted Evening« und quetschte damit noch mehr Tränen aus Michael heraus.

»Jede Schwuchtel hier vergöttert sie«, erklärte Michael. »Es ist richtige Aufwaschmusik.«

»Aufwaschmusik?«

»Ach, du weißt schon. Nach dem Sex. Man spielt die

Platte hinterher, wenn er sich eine Zigarette anzündet und ... der große Aufwasch losgeht.«

Mary Ann wurde rot. »Warum spielt man sie nicht schon vorher?«

»Äh ... Gute Frage. Vorher ist es wahrscheinlich ... bedrohlich. Nachher ist es nicht mehr gefährlich.«

»Aha.« Mary Ann lachte nervös.

Michael warf sich auf das Bett und starrte zur Decke hoch. »Hoffentlich werd ich nicht noch zum Zyniker.«

»Aber nein.«

»Glaubst du an die Ehe, Mary Ann?«

Sie nickte. »Meistens.«

»Ich auch. Ich denke immer daran, wenn ich einen neuen Typen sehe. Allein im 41er Union hab ich heute viermal geheiratet.«

In Mary Anns Lachen klang Verlegenheit mit.

»Ich weiß schon«, sagte Michael ohne jeden Vorwurf. »Ein Haufen Trutschen im Kaftan, die mit Fummeltrinen als Brautjungfern durch den Golden Gate Park tänzeln und dabei Zitate aus *Rote Männer auf grünen Matten* hersagen ... Aber so was meine ich nicht.«

»Ich weiß.«

»Er wäre so was wie ... ein guter Freund. Einer, mit dem man sich einen Weihnachtsbaum kaufen kann.«

»Genau.« Sie versuchte vergeblich, sich vorzustellen, wie sie zusammen mit Norman eine Blautanne kaufte.

Mona war schon den ganzen Tag außer Haus. Ihre Abwesenheit setzte Michael wieder zu, sobald Mary Ann gegangen war. Mona machte es einem in letzter Zeit schwer, sich mit ihr zu amüsieren, aber sie bot wenigstens ein bißchen Ablenkung.

Sie bewahrte ihn vor Lands End.

Na toll, dachte er, als er die Stereoanlage ausschaltete und sich in die Küche verdrückte. Dein ganzes mickriges Leben steht auf der Kippe. Du gehörst zu niemand, und niemand gehört zu dir. Deine geheiligte Keuschheit ist einen *Scheißdreck* wert.

Er kramte im Kühlschrank nach etwas Eßbarem und förderte eine halbe Grapefruit und eine Flasche abgestandenes Mineralwasser zutage. Gleich neben den Eiswürfeln stand in stoischer Isolation ein Fläschchen Lokker-Room-Poppers und wartete auf den nächsten Einsatz.

Michael warf einen mörderischen Blick auf die gedrungene braune Flasche und knallte die Tür des Tiefkühlfachs zu. »Frier dir doch den Arsch ab, du blödes Ding!«

In dem Moment klingelte das Telefon.

»Mikey?«

»Mama?«

»Wie geht's dir, Mikey?«

»Gut, Mama. Es ist doch nichts...? Es ist doch alles in Ordnung, oder?«

»Ach ... es geht so. Aber Papa und ich haben eine Überraschung für dich, Mikey.«

Michael zog mit den Fingerspitzen die Falten auf seiner Stirn nach. Lieber Gott, tu mir das nicht an. »Was denn, Mama?«

»Na ja, du weißt doch, daß Papa schon *seit Jahren* versucht, eine Reise herauszuschinden bei der Florida Citrus Mutual...«

O Gott, *bloß* nicht! Ich trete auch sofort in eine Kirche meiner Wahl ein! Und ich werde jeden Anflug von fleischlichen Begierden aus meinem Herzen verbannen!

»Und was glaubst du, was heute nachmittag passiert ist?«

»Ihr habt die Reise gekriegt.«

»Mhhmm. Und was glaubst du, wo es hingeht?«

»Nach Fire Island.«

»Was?«

»Ach, nichts, Mama. Bloß ein dummer Scherz. Ihr kommt nach San Francisco, nicht?«

»Ist das nicht toll? Wir haben vier ganze Tage, Mikey! Wir haben auch schon die Hotelreservierung und alles!«

Wie sich herausstellte, war ihr Zimmer im Holiday Inn an der Van Ness reserviert. Vom 29. Oktober bis zum 1. November.

Der Schrecken, den dieser Termin bedeutete, wurde Michael erst klar, als er im Kalender nachsah.

Mr. und Mrs. Herbert L. Tolliver ließen ihre Orangenhaine, ihre geliebten Schnellrestaurants Sizzlers und Shakey's und ihre *Saturday Evening Posts* im Stich, damit sie vier vergnügliche Tage in Everybody's Favorite City erleben konnten.

Am Halloween-Wochenende.

Heiliger Strohsack.

EIN ZUFLUCHTSORT FÜR STREUNER

Anna hatte ihr Schlafzimmer für Edgars Besuch penibel aufgeräumt.

Das Bett war frisch bezogen, die Farne waren mit Wasser besprüht, und die Fotografie, die sonst immer auf der Frisierkommode stand, steckte zuunterst im Wäscheschrank.

»Kein Wasserbett?« sagte Edgar, der das Zimmer zum ersten Mal sah, mit einem schelmischen Grinsen.

»Ich muß dich leider enttäuschen«, sagte Anna mit einem Schulterzucken. »Ich mußte es in Reparatur geben. Letzte Nacht hatte ich einen Freier, mit dem ich beinahe die Katze ersäuft hätte.«

»Welche Katze?«

Sie warf mit einem Kissen nach ihm. »Verdammt, du mußt doch sagen: ›Welcher Freier?‹«

»Okay. Welcher Freier?«

»Weiß ich nicht mehr. Es waren so viele!«

Er nahm sie in die Arme und hielt sie eine Weile fest. Dann küßte er sie sanft auf die Augenlider. Als er fertig war, schaute Anna zu ihm hoch und sagte: »Fitzgerald.«

»Wie bitte?«

»Das ist aus *Der Große Gatsby* ... ›Sie war eine von den Frauen, deren Augen nach einem Kuß verlangen.‹ Oder so ähnlich jedenfalls ... Willst du was zu trinken, oder hast du schon Schlagseite?«

»Anna!«

Sie boxte ihn in die Seite. »Du riechst nach teurem Scotch.«

»Ich war bei einer Cocktailparty im Summit.«

»Mit Frannie?«
Edgar nickte.
»Und wie konntest du dann ...?«
»DeDe hat sie nach Hause gebracht.«
»Edgar ... sie wird sicher merken, daß du ...«
»Sie war kaum noch bei Bewußtsein, Anna.«

Anna legte ihre Hand auf seine Brust und deutete mit ihrem langen, feingliedrigen Zeigefinger zum Fenster.
»Sieh mal«, sagte sie und rückte das Kissen unter seinem Kopf zurecht. »Willst du den Beweis sehen?«
Er drehte sich herum und schaute zum Fenster. Dort sah er einen dicken getigerten Kater, der das Fensterbrett entlangstrich. Das Tier blieb kurz stehen, begrüßte Anna mit einem Miau und ging dann weiter.
»Er heißt Boris«, sagte Anna.
»Läßt du ihn nicht herein?«
»Er gehört nicht mir.«
»Ach so ... Dann zählt es auch nicht.«
»Ich liebe ihn«, sagte Anna kategorisch. »Und das zählt doch, oder?«

»Es gibt eine Theorie«, sagte Anna, als sie Edgar eine Tasse Tee reichte und wieder ins Bett stieg, »nach der wir alle Bewohner von Atlantis sind.«
»Wer?«
»Wir. Die Menschen in San Francisco.«
Edgar grinste nachsichtig und machte sich auf eine neue abenteuerliche Geschichte gefaßt.
Anna bemerkte es. »Soll ich dir die Geschichte erzählen ... oder hast du mich schon über?«
»Nein, nein, erzähl mir eine Geschichte.«

»Also ... in einer von unseren letzten Inkarnationen waren wir Bewohner von Atlantis. Und zwar alle. Du, ich, Frannie, DeDe, Mary Ann ...«

»Bist du *sicher*, daß sie nicht im Haus ist?«

»Sie ist zu ihrem Switchboard gegangen. Entspannst du dich jetzt vielleicht?«

»Okay. Ich bin entspannt.«

»Gut. Wir haben also alle in diesem wunderbaren, aufgeklärten Königreich gelebt, das vor langer, langer Zeit im Meer versank. Und nun sind wir zurückgekehrt auf diese Halbinsel am Rande des Kontinents ... weil irgendwo in uns das geheime *Wissen* verborgen liegt, daß wir gemeinsam ins Meer zurückkehren müssen.«

»Beim Erdbeben.«

Anna nickte. »Ist dir nichts aufgefallen? Du hast *beim* Erdbeben gesagt, und nicht *bei einem* Erdbeben. Du wartest darauf. Wir alle warten darauf.«

»Und wo ist da die Gemeinsamkeit mit Atlantis?«

»In der Transamerica Pyramid zum Beispiel.«

»Hmm?«

»Weißt du denn nicht, was die Silhouette von Atlantis bekrönt hat, Edgar ... Der Bau, der alles überragte?«

Er schüttelte den Kopf.

»Eine Pyramide! Eine riesengroße Pyramide, auf deren Spitze ein Leuchtfeuer brannte!«

Als Edgar sich eine Stunde später auf die Barbary Lane hinausschlich, sah Anna ihm vom Fenster aus nach. Sie klopfte einmal an die Scheibe, aber er hörte sie nicht.

Es sah noch jemand zu. Von einem Versteck aus, das sich in den Büschen am Rande des Vorgartens befand.

Norman Neal Williams.

HALTLOS

Mary Ann war spät dran, doch der Mercedes, der unten an der Treppe zur Barbary Lane stand, fiel ihr trotzdem auf. Das Nummernschild war ein Namensschild: FRANNI. Es war ihr sofort klar, daß der Wagen Edgar Halcyon gehörte.

Wie klein diese Stadt doch ist, dachte sie. In mancher Hinsicht kleiner als Cleveland. Sie fragte sich, welche hochgeschätzte Gastgeberin den Halcyons heute abend auf dem Russian Hill Cocktails servieren durfte.

»Na, du Schöne der Nacht.«

Es war Brian Hawkins, der mit einem *eindeutigen* Grinsen im Gesicht die Leavenworth herunterschlenderte.

»Keine Zeit. Ich muß zum Switchboard«, sagte sie knapp.

»Ach so ... die Selbstmörderoase.«

Mary Ann runzelte die Stirn. »Das ist nur *ein* Teil davon.«

»Wann hast du dort Schluß?«

»Ziemlich spät.«

»Ich verstehe. Okay ... Wenn du Lust hast, dann komm doch nachher noch auf einen Joint zu mir.«

»Ich bin hinterher meistens sehr müde, Brian.«

Er drückte sich an ihr vorbei und stieg die Treppe hinauf. »Na prima. Direkter geht's ja wohl kaum noch, was?«

Die Straßenbahn der Linie J Church war mal wieder pickepackevoll.

Mary Ann zahlte bei der mürrischen Fahrerin und arbeitete sich dann durch eine Wolke aus Woolworth-Parfüm zentimeterweise nach hinten zu einem freien Platz. Sie setzte sich neben eine alte Frau in einem pinkfarbenen Tuchmantel und mit einer arg mitgenommenen braunen Perücke auf dem Kopf.

»Es wird wärmer.«

»Wie bitte?«

»Anscheinend wird's wieder wärmer.« Eine Quasseltante, dachte Mary Ann. Jedesmal dasselbe.

»Ja, da haben sie recht.«

»Wo sind Sie her?«

»Aus Cleveland.«

»Meine Schwester ist mal in Akron gewesen.«

»Aha ... Ja, Akron ist wirklich eine hübsche Stadt.«

»Ich bin hier geboren und aufgewachsen. An der Castro Street. Bevor die ganzen ... na, Sie wissen schon ... da hingezogen sind.«

»Ich weiß, was Sie meinen.«

»Haben Sie schon zu Jesus gefunden?«

»Wie bitte?«

»Haben Sie Jesus schon als Ihren persönlichen Erlöser angenommen?«

»Na ja ... ich bin ... Meine Eltern sind Presbyterianer.«

»In der Bibel steht: ›Wenn jemand nicht von neuem geboren wird, kann er das Reich Gottes nicht sehen.‹«

Wenn es einen Gott gibt, dachte Mary Ann, dann macht er sich bestimmt einen Spaß daraus, mir immer solche Leute zu schicken: fundamentalistische Weibsbilder. Hare Krishnas, die mit ihren Blumen hausieren gehen. Scientologen, die einem an der Ecke Powell und Geary »Persönlichkeitstests« anbieten.

Als die Straßenbahn an der Twenty-fourth Street hielt, drängelte Mary Ann in Richtung Tür.

Die alte Frau streckte ihren Arm auf den Gang hinaus, sagte »Lobet den Herrn!« und drückte ihrer Konvertitin ein eselsohriges Flugblatt in die Hand. Mary Ann wurde rot und nahm es mit einem Kopfnicken an.

Als die Straßenbahn weiterfuhr, blieb sie an der Ecke stehen und las die fett gedruckte Überschrift des Flugblatts: JIMMY CARTER FOR PRESIDENT.

Mary Ann kam zu dem Schluß, daß die Welt im Wandel war. Selbst für eine Provinzlerin wie sie hatte die Twenty-fourth Street etwas fast schon kurios Altmodisches. Die Männer trugen ihre Haare immer noch zu Pferdeschwänzen gebunden, und die Frauen wallten in ländlichen Großmutterkleidern durch die Gegend.

»Echt toll!« klang hier so platt wie: »Ach, Dummerchen!«

Und was kommt als nächstes? fragte sie sich. Was wird an die Stelle der Gratisarztpraxen, der Switchboards, der Alternativzeitungen und des makrobiotischen Dies und Das treten?

Die Diele des Switchboards lag im Dunkeln. Ein schmaler Lichtstreif aus dem hinteren Raum wies ihr den Weg zu einem klingelnden Telefon.

»Ich bin da, Vincent. Tut mir schrecklich leid! Aber mir ist einfach die Zeit davongelaufen. Du mußt ganz schön ... *Nein! ... O Gott, Vincent, nein! ... Du hast dich doch nicht etwa ...!*«

Seine Zunge war das Allerschlimmste. Sie quoll aus seinem Mund wie eine dicke schwarze Wurst.

Sachte hin und her schaukelnd baumelte Vincent von der Decke. Um seinen Hals lag ein abscheuliches Gewirr aus Schnur und Muscheln und Federn. Laurels Wandbehang hatte zu guter Letzt eine Verwendung gefunden.

Vincent war so organisch wie möglich gestorben.

DAS BETTHUPFERL

Der Polizist, der Mary Ann an der Barbary Lane absetzte, war so jung, daß er noch Pickel hatte. Aber er war freundlich und schien aufrichtig um sie besorgt zu sein.

»Sind Sie sicher, daß Sie alleine zurechtkommen?«

»Danke, ja.« Sie war nahe dran, ihn auf eine Crème de menthe zu sich nach oben einzuladen ... Alles wäre ihr recht gewesen, um an diesem Abend nicht allein sein zu müssen.

Als sie die Treppe zur dunklen Barbary Lane hinaufhastete, hoffte sie inständig, daß Mona oder Michael zu Hause sein würden. Es reagierte aber niemand auf ihr Klingeln.

Als sie oben im zweiten Stock ihren Schlüssel aus der Handtasche holen wollte, bemerkte sie den Lichtschein unter Brians Tür. Kurz entschlossen änderte sie ihren Kurs.

Er trug Boxershorts und ein Sweatshirt, als er ihr die Tür aufmachte. Sein Gesicht glänzte vor Schweiß.

»Das kommt von den Sit-ups«, erklärte er und deutete mit dem Kopf auf seine Trimmbank.

»Entschuldige, wenn ich dich ...«
»Das macht doch nichts.«
»Ich ... Gilt deine Einladung zu einem Joint noch?«

Während Brian sich Mary Anns Schreckensbericht anhörte, war auf seinem Gesicht fast keine Reaktion abzulesen. Als sie fertig war, stieß er einen leisen Pfiff aus.
»War er ein guter Freund von dir?«
Mary Ann schüttelte den Kopf. »Überhaupt nicht.«
»Und deswegen tut es jetzt ganz besonders weh, was?«
»Mein Gott, Brian, wenn ich nur ein *bißchen* mehr mit ihm geredet hätte ...«
»Ach nein, das hätte auch nichts geändert.« Er schüttelte den Kopf und lächelte mitleidig. »Dann haben wir also *beide* einen wunderbaren Tag hinter uns.«
»Was hast *du* erlebt?«
»Nicht viel. Ich war bei einer Party in Stinson Beach.«
»Und es hat dir nicht gefallen?«
Er zog an dem Joint. »Stell dir mal folgendes vor. Fünf Ehepaare und ich. Lauter junge Leute. Das heißt ... halbwegs junge Leute. So dreißig bis fünfunddreißig. Sie laufen immer noch in Turnschuhen rum, wohlgemerkt, aber sie fahren inzwischen einen Audi, schicken ein paar kleine Würmer auf die Französisch-Amerikanische Schule und unterhalten sich über ihre Cuisinarts ...«
»Ihre was?«
»Über ihre edlen Küchengeräte.« Er gab den Joint an sie weiter. »Nächste Einstellung: ein Strand voller schweinchenrosa Leute, die Frauen auf der einen Seite, in angeregtem Geplauder über Whirl-pools und Zellulitis und den besten Laden für vollreifen Brie ... und die Typen am Volleyballnetz, wo sie in ihren uralten Ma-

dras-Bermudas, die ihre Frauen ihnen schon mindestens zweimal weiter machen mußten, husten und pusten ... und dazu diese Horden von butterblonden Kindern, die sich darum streiten, wer mit Big Bird und G. I. Joe spielen darf ...«

Mary Ann lächelte zum ersten Mal. »Ich seh's vor mir.«

»Und mitten in dem ganzen Durcheinander unser Held ... der sich fragt, ob er vom Sozialamt Essenmarken kriegen kann, falls er bei Perry's aufhört ... der inbrünstig hofft, daß ihn die Tripperklinik in dieser Woche mal nicht anruft ...«

Er hörte auf zu reden, als er ihren Gesichtsausdruck sah. »Das war ein Witz, Mary Ann ... Und dann kommt dieser Typ aus dem Haus gelaufen, mit einer Gitarre um den Hals, als wär er bei einer *Hootenanny*-Session gewesen, nur daß er in Wirklichkeit *Rechtsanwalt* ist ... und er schmeißt sich in den Sand und legt los mit: ›I don't give a damn about a greenback dollar ...‹ ... und alles klatscht und singt und schunkelt mit den Kindern auf dem Schoß ...«

Mary Ann nickte, obwohl sein zynischer Ton sie irritierte. Für sie hörte sich das alles ausgesprochen *niedlich* an.

»Schauerlich! Sobald die Singerei losging, bin ich ins Haus zurück, hab mich in einem Zimmer aufs Bett gesetzt, einen Joint geraucht und mich bei meinen Glückssternen bedankt, daß ich nicht ebenfalls in diesem *erbärmlichen* Mittelklassegefängnis stecke!«

»Ich verstehe.«

»Und dann kommt ... dieses Kind ins Zimmer marschiert ... so ungefähr sechs ... und sie fragt mich, warum ich nicht singe, und ich erkläre ihr, daß ich ein lausiger Sänger bin, und sie sagt, daß sie das verstehen kann, weil sie auch ganz schlecht singt.«

»Wie süß.«

»Ja, die war in Ordnung.«

»Ist sie bei dir geblieben?«

»Sie wollte, daß ich ihr was vorlese.«

»Und, hast du's gemacht?«

»Nicht besonders lang. Du meine Güte, war ich vielleicht stoned.«

»Für mich hört sich das alles überhaupt nicht schlimm an.«

»Ihr Alter und ich waren gemeinsam auf der George Washington.«

»Wo?«

»Wir haben beide an der gleichen Fakultät Jura studiert. Er ist der Kerl, der sich aus dem *greenback dollar* nichts gemacht hat.«

»Du warst mal Rechtsanwalt?«

Der Joint war inzwischen so kurz, daß Brian sich die Finger verbrannte. Er warf den Stummel auf den Boden und trat ihn aus. »O ja ... nur habe ich mir aus dem *greenback dollar* auch in der *richtigen* Welt nichts gemacht. Als einer, der nichts gekostet hat, war ich weit und breit begehrt.«

»Du hast nichts verlangt?«

»Nicht, wenn du in Chicago schwarz warst ... oder in Toronto Wehrdienstverweigerer oder in Arizona Indianer ... oder in L.A. Chicano.«

»Aber du hättest doch ...«

»Jura habe ich *gehaßt*. Die *Fälle* waren mir wichtig ... und ... na ja, irgendwann hatte ich dann keine mehr.«

Er schaute auf seine Hände, die zwischen seinen Knien baumelten. »Der gute alte Vincent und ich hätten ein prima Gespann abgegeben.«

»Brian ...«

»Na sag schon.«

»Danke fürs Zuhören.«

»Raus mit dir. Ich muß mit meinen Sit-ups weitermachen.«

TRÖSTLICHE WORTE

Mr. Halcyon war freundlicher als erwartet, als sie ihn um einen freien Tag bat.

»Es tut mir leid um Ihren Freund, Mary Ann.«

»Er war nicht direkt ein *Freund* ...«

»Trotzdem.«

»Jedenfalls danke ich Ihnen sehr.«

»Das Leben in Atlantis ist nicht leicht, was?«

»Sir?«

»Ach, nichts. Gehen Sie ruhig. Ich kann jemand von Kelly Girl kommen lassen.«

Ihre Ratlosigkeit war größer denn je. Sie saß auf ihrem Korbsofa, stopfte eine Pop-Tart in sich hinein und schaute auf die Bay hinaus. Das Wasser war *so* blau ... aber war der Preis nicht zu hoch?

Wie oft hatte sie jetzt schon gedroht, nach Cleveland zurückzugehen?

Wie oft hatte die Aussicht auf ein Familienservice und

ein gesichertes Leben im eigenen Haus sie schon von den Hängen dieses wunderbaren Vulkans weglocken wollen?

Würde es je dazu kommen, daß sie sich hier einmal nicht wie eine Kolonistin auf dem Mond vorkam?

Oder würde sie eines Tages aufwachen und sich als alte Dame im Tuchmantel wiederfinden, die mit leicht angeschmutzten Handschuhen auf dem Russian Hill herumtappte, bei Marcel & Henri die Entscheidung für ein einzelnes Lammkotelett möglichst lange hinauszögerte und dem Fleischer oder dem Türsteher oder dem netten jungen Bremser, der ihr in die Cable Car half, erklärte, sie würde in den nächsten Tagen, sobald ihre Rente da war oder anderes Wetter kam oder sie ein neues Zuhause für ihre Katze gefunden hatte ... nach Cleveland zurückkehren?

Es klingelte.

Als sie aufmachte, war das Gesicht ihres Besuchers von einem riesigen Blumentopf mit gelben Chrysanthemen verdeckt.

»Hallo, Mary Ann.«

»Norman?«

»Ich hab dich doch nicht aufgeweckt, oder?«

»Nein. Komm rein.«

Er stellte den Blumentopf auf eines der Tischchen aus Teak, die sie bei Cost Plus gekauft hatte. »Sind die für mich?« fragte sie.

Er nickte. »Ich hab gehört, was gestern abend passiert ist.«

»Wie lieb von dir ... Wer hat es dir erzählt?«

»Der Kerl von gegenüber. Ich bin ihm heute vormittag draußen vor dem Haus begegnet.«

»Brian.«

»Ja. Aber, störe ich dich auch ...«

»Aber nein. Es freut mich, daß du gekommen bist, Norman. Ehrlich.« Sie küßte ihn flüchtig auf die Wange. »Ehrlich.«

Norman wurde rot. »Ich dachte, die gelben gefallen dir vielleicht besser als die weißen.«

»O ja.« Sie tätschelte die Pflanze anerkennend. »Gelb ist meine Lieblingsfarbe. Kann ich dir einen Kaffee anbieten?«

»Wenn es nicht zuviel Umstände macht.«

»Natürlich nicht. Ich bin gleich wieder da.« Sie lief in die Küche und machte sich an ihrer französischen Kaffeekanne aus rostfreiem Stahl und Glas zu schaffen, die den stolzen Namen Melior trug und von der Firma Thomas Cara stammte. Vor einem Monat hatte Mary Ann dafür fünfunddreißig Dollar ausgegeben ... und sie ganze zwei Mal benutzt.

Sie war sich fast sicher, daß Norman ein Nescafé-Typ war, aber warum sollte sie ein Risiko eingehen?

Der Kaffee schien Norman zu schmecken. »Mensch!« sagte er grinsend, als er seine Tasse abstellte. »Brian hat mir gezeigt, was unsere Vermieterin im Garten anbaut.«

»Ach so ... du meinst das Gras?« Sie war verblüfft über die Lässigkeit, mit der sie das sagte. Ihre zunehmende Weltoffenheit erstaunte sie manchmal selbst.

»Ja. Das ist hier wohl ziemlich normal, hm?«

Mary Ann zuckte mit den Schultern. »Sie baut es nur für uns an ... und für sich selbst. Aber das weißt du ja ... Du hast beim Einzug doch auch einen bekommen, oder?«

»Was soll ich bekommen haben?«

»Einen Joint ... Hat an deiner Tür kein Joint geklebt?«
Norman sah überrascht aus. »Nein.«
»Ach so ... na ja ...«
»Sie hat dir einen Joint an die Tür geklebt, als du eingezogen bist?«
Mary Ann nickte. »Das ist hier so eine Art Hausbrauch. Bei dir muß sie es ... vergessen haben oder so.«
Norman lächelte. »Ich komme mir nicht vernachlässigt vor.«
»Du rauchst nicht, hm?«
»Nein.«
»Vielleicht hat sie das geahnt. Sie hat eine ungeheure Intuition.«
»Ja ... vielleicht. Brian sagt, daß sie früher in einem Buchladen in North Beach gearbeitet hat.«
Mary Ann konnte keinen rechten Zusammenhang erkennen. »Ja, das hat er mir auch erzählt. Ich hab sie nie danach gefragt.«
»Sie ist nicht von hier, oder?«
»Soll das ein Witz sein?« sagte Mary Ann. Dankbar packte sie die Gelegenheit beim Schopf, den Spruch einmal selbst anbringen zu können: »*Niemand* ist von hier.«
»Für mich hört sie sich an, als würde sie aus dem Mittelwesten stammen.«
»Kann gut sein ... Ich glaube, sie und Mona reden ziemlich ähnlich.«
»Mona?«
»Der Rotschopf aus dem zweiten Stock.«
»Ach so.«
Er wirkte ein wenig verloren. Der arme Kerl. Sie hoffte, daß er eines Tages lernen würde, sich als Teil der Familie zu begreifen.

DER HINWEIS AUS DER BUCHHANDLUNG

Norman verließ Mary Anns Wohnung kurz vor Mittag.

Die nächsten drei Stunden brachte er damit zu, in Buchläden herumzustöbern, hatte aber keinen Erfolg. Schließlich stieß er an der Upper Grant auf einen kleinen, verstaubten Laden, der sich zwischen ein Ledergeschäft und einen alternativen Eissalon zwängte.

Er schnüffelte einige Zeit herum, bevor er sich an den alten Mann wandte, der weiter hinten arbeitete.

»Haben Sie irgendwas über Sky-diving?«

»Worüber?«

»Über Sky-diving. Fallschirmspringen.«

»Ist das ein Sport?«

»Ja. Das ist ein Sport.«

Der alte Mann lüpfte seine Strickjacke, um sich an der Seite zu kratzen, dann zeigte er auf ein Regal in Kopfhöhe. »Das ist alles, was wir über Sport haben.« Er wirkte leicht angewidert, als hätte Norman ihn nach der Pornoabteilung gefragt.

»Na ja, nicht so wichtig. Ich wollte mir bloß den alten Laden wieder einmal ansehen. Früher bin ich hier oft reingekommen. Sie haben ihn schön hergerichtet, den Laden.«

»Finden Sie?«

»Ja. Sehr geschmackvoll. Solche Läden findet man heutzutage kaum noch. Es ist schön, wenn man Leute trifft, die das Alte noch schätzen.«

Der alte Mann kicherte. »In meinem Alter ... sollte ich's auch schätzen können.«

»Ja ... Aber im Herzen sind Sie doch jung geblieben, nicht? Und darauf kommt's schließlich an. Jedenfalls sind Sie viel aufgeschlossener als die Frau, die den Laden früher hatte.«

Der alte Mann fixierte ihn. »Sie kannten sie?«

»Nicht besonders gut. Sie ist mir nur als richtig unangenehme Person aufgefallen.«

»*Das* hat noch niemand über sie gesagt. Ein bißchen seltsam war sie vielleicht.«

»Ein bißchen arg seltsam! Haben Sie den Laden von ihr gekauft?«

Der Alte nickte. »So vor zehn Jahren. Und seither bin ich ohne Unterbrechung hier.«

»Ach, so was ist doch schön. So ein Laden braucht eine gewisse ... Kontinuität. Mrs. Wiehießsienoch ist wohl wieder zurück an die Ostküste ... Oder woher kam sie gleich noch?«

»Aber nein. Sie lebt immer noch hier. Ich sehe sie ab und zu.«

»Das überrascht mich aber. Meinem Eindruck nach hat sie sich hier nicht wohl gefühlt. Sie hat immer was gesagt von ... ach, von irgendwo im Osten. Wissen Sie noch, wo sie herstammt?«

»Osten kann man wohl sagen. Sie war aus Norwegen.«

»Aus Norwegen?«

»Vielleicht war's auch Dänemark. Ja, genau ... Dänemark.«

»Dann muß ich sie mit jemand verwechseln.«

»Hieß sie Madrigal?«

»Ja, genau. So hieß sie.«

»Sie kam damals aus Dänemark, da bin ich mir ganz sicher. Sie ist hier geboren ... in den Staaten, meine ich

... aber sie hat in Dänemark gelebt, bevor sie den Laden gekauft hat. Von dort hat sie wahrscheinlich auch ihre merkwürdigen Angewohnheiten mitgebracht.«

»Tja, davon hatte sie wirklich ein paar.«

Der Alte lächelte. »Sehen Sie die Registrierkasse da?«

»Ja.«

»Wissen Sie, als ich den Laden übernommen habe ... an meinem ersten Tag hier ... da habe ich auf der Kasse einen Zettel gefunden, den sie drangeklebt hatte und auf dem ›Viel Glück und Gottes Segen‹ stand ... Und was glauben Sie, was noch dranklebte?«

Norman zuckte mit den Schultern.

»Eine Zigarette. Eine selbstgedrehte Zigarette. Mit einem Stück Klebeband drangepappt.«

»Seltsam.«

»Mehr als seltsam«, antwortete der alte Mann.

Gerade als Mona und D'orothea ins Malvina's gehen wollten, kam Norman die Union Street in Richtung Washington Square herunter.

Mona nickte ihm zu, doch er reagierte nicht.

»Er wohnt in unserem Haus«, klärte sie D'orothea auf. »Aber er ist so ängstlich, daß er sich vermutlich sogar vor seinem eigenen Schatten fürchtet.«

»So sieht er auch aus.«

»Trotzdem beobachtet er mich. Er redet nicht viel, aber er beobachtet mich.«

Im oberen Raum von Malvina's tranken sie Cappuccino und puzzelten die fehlenden Jahre zusammen.

»Ich hab ganz den Faden verloren«, sagte Mona. »Was ist mit Curt geworden?«

»Allerhand ... So ein Jahr ungefähr war er bei *Sleuth*. Dann kamen ein paar neue Seifenopern, und dann kriegte er eine größere Rolle in *Absurd Person Singular*. Er hat sich gut gemacht.«

»Du doch auch, oder?«

»Ich auch, ja.«

»Ich bin meinen Job los.«

»Ich weiß.«

»Wie hast du ...?«

»Ich arbeite gerade für Halcyon. Beauchamp Day hat es mir gesagt.«

»Wie klein die Welt doch ist.«

»Mit New York bin ich fertig, Mona. Ich möchte, daß San Francisco wieder meine Heimat wird.«

»Zurück nach Hause und nie mehr auf die Walz?«

»Das hört sich so zynisch an.«

»Entschuldige.«

»Ich brauche dich, Mona.«

»D'or ...«

»Ich will dich wiederhaben.«

MONA VERBESSERT SICH

Es war ein strahlender, stürmischer Vormittag. Michael warf einen Stein in die Bay und legte seinen Arm um Monas Schultern. »Marina Green ist wirklich ein toller Park«, sagte er.

Mona verzog das Gesicht, blieb stehen und streifte ihren uralten Earth Shoe am Randstein ab.

»Ganz zu schweigen von Marina Brown.«
»Ach, was bist du doch romantisch!«
»Scheiß auf Romantik. Sieh dir nur an, was sie dir einbringt.«
»Danke, den Dämpfer hatte ich nötig.«
»Entschuldige. Ich hab's nicht so gemeint.«
»Aber du hast doch recht.«
»Nein, hab ich nicht. Ich bin feige. Ich hab nichts als Schiß. Du wirst sicher bald was ganz Wunderbares erleben, Mouse. Und du hast es auch verdient, weil du nie aufgibst. Aber ich hab schon lange aufgegeben.«

Michael setzte sich auf eine Bank und wedelte den Platz neben sich sauber. »Was trietzt dich denn so, Mona?«
»Ach, nichts besonderes.«
»Quatsch.«
»Du brauchst nicht noch einen Abtörner, Mouse.«
»Wer sagt das? Abtörner sind mein Lebenselixier.«

Sie setzte sich neben ihn und schaute mit glasigen Augen auf die Bay hinaus. »Ich glaube, ich ziehe aus, Mouse.«

In seinem Gesicht spiegelte sich keine Reaktion. »Hmh?«
»Eine Freundin möchte, daß ich zu ihr ziehe.«
»Aha.«
»Es hat nichts mit dir zu tun, Mouse. Ehrlich nicht. Ich hab nur das Gefühl, daß sich *irgendwas* ändern muß, weil ich sonst ausflippe ... Ich hoffe, du ...«
»Was ist das für eine Freundin?«
»Du kennst sie nicht. Sie ist Model, und ich kenne sie aus New York.«
»Und das ist alles, hm?«

»Sie ist wirklich sehr lieb, Mouse. Außerdem hat sie in Pacific Heights gerade ein wunderschön umgebautes Victorian House gekauft.«

»Reich ist sie wohl auch, was?«

»Ja, reich ist sie wohl auch.«

Er sah sie schweigend an.

»Ich brauche ... ein bißchen Sicherheit, Mouse. Ich bin jetzt einunddreißig, verdammt noch mal!«

»Und was heißt das?«

»Das heißt, daß ich es leid bin, meine Kleider auf dem Flohmarkt zu kaufen und mir vorzugaukeln, daß sie Pep haben. Ich möchte ein Bad, das sich leicht sauber halten läßt, und eine Mikrowelle und ein Plätzchen, wo ich Rosen pflanzen kann, und so einen blöden Hund, der sich freut, wenn ich nach Hause komme!«

Michael biß auf die Spitze seines Zeigefingers und blinzelte ihr zu. Dann sagte er leise: »Wuff.«

Sie spazierten ein Stück die Kaimauer entlang.

»Warst du mit ihr zusammen, Mona?«

»Mhmm.«

»Warum hast du mir nie was davon erzählt?«

»Es war mir eigentlich nie so wichtig. Diese Szene war nicht gerade ... meine Welt. Ich war eine lausige Lesbe.«

»Und jetzt bist du das nicht mehr, hmh?«

»Darauf kommt's doch nicht an.«

»Und ob's darauf ankommt.«

»Sie ist ein wunderbarer Mensch, und ...«

»Sie wird gut für dich sorgen, und du kannst zu Hause bleiben und nach Herzenslust Bonbons essen und Filmzeitschriften lesen ...«

»Es reicht, Mouse!«

»Ach, komm! Vielleicht stimmt es, daß du schon lange aufgegeben hast, aber ich werde nicht einfach so zusehen, wie du dein Leben wegwirfst. Außerdem bist du *ihr* gegenüber mehr als unfair, Mona! Was soll sie denn mit einer lauwarmen Geliebten, die plötzlich ihre Leidenschaft für gefliese Badezimmer entdeckt hat?«

»Du hast nicht das Recht ...«

»Man kriegt nichts geschenkt, Mona! Absolut nichts!«

»Ach ja? Wo bleibt dann deine Miete?«

Die Worte trafen ihn härter, als sie erwartet hatte. Michael wurde augenblicklich still.

»Ich hab's nicht so gemeint, Mouse.«

»Warum nicht? Es stimmt doch.«

»Mouse ... das mit der Miete macht mir wirklich nichts aus.« Er weinte. Mona blieb stehen und griff nach seiner Hand. »Sieh mal, Mouse, du hast dann die ganze Wohnung für dich allein, und Mrs. Madrigal wird dir garantiert Zeit lassen, bis du einen Job hast und die Miete zahlen kannst.«

Er rieb sich mit den Handrücken die Augen. »Warum klingt das alles wie das Ende einer Liebesaffäre in einem B-Movie?«

Sie küßte ihn auf die Wange. »Ja, es hört sich wirklich so an, was?«

»Eine komische Affäre. Du bist nicht mal so lange geblieben, daß ich dir meine Eltern vorstellen konnte.«

BEIM GYNÄKOLOGEN

Das Wartezimmer war in dem gleichen Grünton gehalten, der DeDe schon damals im Convent of the Sacred Heart deprimiert hatte. An den Wänden hingen Clowns – weinende Clowns –, und es gab nichts zu lesen außer dem *Ladies' Home Journal* vom Juli 1974.

Es war nicht anders als beim Zahnarzt.

Die Sprechstundenhilfe schenkte DeDe keine Beachtung. Sie las den *Chronicle* und plünderte eine Tüte Paprikachips.

»Wird es noch lange dauern?« fragte DeDe und ärgerte sich im selben Moment über ihren unterwürfigen Ton.

»Was haben Sie gesagt?« Das halslose Ungeheuer zeigte sich deutlich verärgert, weil es bei seiner Lektüre gestört worden war. »Ach so ... Der Doktor wird sich gleich um Sie kümmern.« Sie machte ein etwas freundlicheres Gesicht, hielt die Zeitung hoch und deutete auf eine Kolumne auf der Rückseite. »Haben Sie das heute schon gelesen?«

DeDe reagierte abweisend. »Ich lese die Kolumne nie.«

»Ach ... das gibt's doch nicht!«

»Wenn ich es doch sage. Es ist der reinste Quatsch. Eine Freundin von mir war schon mal kurz davor, ihn zu verklagen.«

»Das ist ja toll. Haben Sie schon mal ...« Sie unterbrach sich mitten im Satz und schob rasch einen Katalog für Ärztebedarf über die Zeitung, als gleich neben ihrem Schreibtisch eine Tür aufschwang.

DeDes Blick traf auf einen schlanken blonden Mann in blauem Baumwollhemd, legeren Hosen und weißer

Baumwolljacke. Sie mußte sofort an Ashley Wilkes denken.

»Ms. Day?«

Der Punkt ging an ihn. Sie hatte am Telefon kein Wort über ihren Familienstand verloren, sondern sich bloß als »eine Freundin von Binky« vorgestellt und sich dabei wohl genauso heimlichtuerisch angehört wie jemand, der während der Prohibition in eine Flüsterkneipe eingelassen werden wollte.

»Ja«, sagte sie tonlos und streckte ihm die Hand hin.

Weil er ihr Unbehagen bemerkte, führte er sie aus dem Wartezimmer in den Raum mit den Klettergeräten.

»Ist Ihnen öfter übel in letzter Zeit?« fragte er sanft, als er sich an die Arbeit machte.

»Öfter nicht, aber manchmal. Zum Beispiel, wenn ich Zigarettenrauch rieche.«

»Gibt es Essen, das Sie nicht vertragen?«

»Ja, schon.«

»Und zwar?«

»Schweinefleisch süß-sauer.«

Er gluckste. »Aber eine halbe Stunde später geht es Ihnen wieder gut.«

Es gab hier nichts zu lachen. DeDe verschloß sich ihm gegenüber ... soweit das in ihrer Lage überhaupt ging.

»Waren Sie in letzter Zeit öfter müde.«

Sie schüttelte den Kopf.

»Wie geht es Binky?«

»Wie bitte?«

»Wie es Binky geht. Ich habe sie seit dem Filmfestival nicht mehr gesehen.«

»Sie ... Ich glaube, es geht ihr gut.« Es empörte sie,

daß jemand in so einem Augenblick von Binky Gruen reden konnte.

Als er fertig war, kam er mit einem Lächeln auf seinem glatten Gesicht vom Waschbecken zurück. »Sie können es behalten, wenn Sie wollen?«

»Was?«

»Das Baby. Es ist nicht nötig, auch noch das Ergebnis der Urinuntersuchung abzuwarten. Sie werden Mutter, Mrs. Day.«

DeDe fragte sich hinterher, ob ein automatischer Abwehrmechanismus ihre Reaktion auf diese Eröffnung gedämpft hatte. Sicherlich hätten sich die wenigsten Frauen ausgerechnet diesen Moment ausgesucht, um sich in Gedanken an die strahlend blauen Augen ihres Arztes zu verlieren.

Nach der Untersuchung wurde er DeDe immer sympathischer. Seine schlaksige Lockerheit und sein jungenhaftes Lächeln wirkten befreiend. Sie hatte das Gefühl, daß sie ihm vertrauen konnte. Ja zum Baby oder nein zum Baby? Sie war überzeugt, daß er das Delikate an ihrer Situation spürte.

»Rufen Sie mich an«, sagte er, »sobald Sie sich entschieden haben. Und in der Zwischenzeit nehmen Sie die hier.« Er zwinkerte ihr zu. »Sie sind rosa und hellblau. Eine subtile Propagandamaßnahme.«

Er verabschiedete sich im Wartezimmer von ihr und wandte sich an die Sprechstundenhilfe, als DeDe zur Tür ging.

»Sind Sie mit der Zeitung durch?«

Sie nickte und gab ihm den *Chronicle*.

Er schlug dieselbe Seite auf, von der die Sprechstundenhilfe so gefesselt gewesen war. Als erstes schlich sich ein Lächeln in sein Gesicht, dann schüttelte er den Kopf.

»Abartig«, sagte der Arzt. »Richtig abartig.«

DIE DIAGNOSE

Bestürzt starrte Frannie ihre Tochter an.

»O Gott, DeDe! Bist du sicher?«

Dede nickte, während sie mit den Tränen kämpfte. »Ich habe heute morgen mit ihm gesprochen.«

»Und ... er ist sich ganz sicher?«

»Ja.«

»O mein Gott.« Frannie hielt sich an dem schmiedeeisernen Gitter im Frühstückszimmer fest, als könnte sie daran auch inneren Halt finden. »Warum erfahren wir das ... erst jetzt? Warum hat er uns nicht schon *früher* aufgeklärt?«

»Weil er es noch nicht genau wußte, Mutter.«

Frannie wurde schrill. »*Nicht genau wußte?* Woher nimmt er das Recht, den lieben Gott zu spielen? Haben *wir* nicht ein Recht, Bescheid zu wissen?«

»Mutter ...«

Frannie wandte sich ab und verbarg ihr Gesicht vor ihrer Tochter. Sie nestelte an einem Topf gelber Spinnenchrysanthemen herum. »Hat der Arzt ... hat er gesagt, wieviel Zeit ihm noch bleibt?«

»Ein halbes Jahr«, sagte DeDe leise.

»Wird er ... leiden?«

»Nein. Jedenfalls nicht vor dem Ende.« DeDes Stimme versagte. Ihre Mutter hatte zu weinen angefangen. »Bitte nicht, Mutter. Er ist doch schon so alt. Es ist einfach Zeit für ihn, hat der Tierarzt gemeint.«

»Wo ist er jetzt?«

»Auf der Terrasse.«

Frannie wischte sich im Hinausgehen die Tränen aus den Augen.

Auf der Terrasse kniete sie sich neben die Chaiselongue, auf der Faust schlief.

»Armes Herzchen«, sagte sie und streichelte die ergraute Schnauze des Hundes. »Mein armes, liebes Herzchen.«

Um die Mittagszeit stocherte Frannie verdrießlich in ihrem Käsesoufflé herum und redete gegen das Stimmengewirr im Cow Hollow Inn an.

»Ich habe gesagt ... ich hoffe, daß ich mich darauf einstellen kann.«

»Du schaffst das schon.« Helen Stonecypher feuchtete ihre Serviette an und befreite einen ihrer Schneidezähne von einer Geminesse-Lippenstift-Spur.

»Findest du, daß ich gefühlsduselig bin?«

»Aber nein.«

»Ich dachte, ich lasse vielleicht seinen Freßnapf bronzieren ... Als eine Art ... Andenken.«

»O wie süß.«

»Du weißt, wie wenig ich Frauen ausstehen kann, die wegen ihrer Hunde hysterisch werden ... aber Faust war ... ist ...« Ihre Stimme verließ sie.

Helen tätschelte Frannies Hand, so daß die Armreifen der beiden Frauen im Gleichklang klimperten. »Tu das, was für *dich* am besten ist, mein Schatz. Erinnerst du dich noch an Choy? An den Koch meiner Großmutter in dem großen Haus an der Pacific Avenue?«

Frannie nickte und kämpfte weiter gegen ihre Tränen.

»Also, der alte Choy war für Omilein das liebste Wesen auf der Welt ... und als er gestorben ist ...«

»Daran kann ich mich noch erinnern. Hat er sie da nicht gerade im Rollstuhl über den Jahrmarkt auf Treasure Island geschoben?«

Helen nickte. »Als er tot war, hat Omilein seinen Zopf abschneiden und sich daraus einen Choker machen lassen.«

»Einen was?«

»Ein enganliegendes Halsband, mein Schatz ... mit drei oder vier *sehr* distinguierten kleinen Elfenbeinperlen, die in die Stränge eingearbeitet wurden. Es hat richtig hübsch ausgesehen, und Omilein hat das Halsband *abgöttisch* geliebt. Deswegen hatte sie es auch um, als sie 1947 in unserer Loge starb.«

»Ach ja, ich erinnere mich«, sagte Frannie mit einem tapferen Lächeln. »*Götterdämmerung.*«

Helen steckte ihre Puderdose zurück in die Handtasche. »Komm jetzt, Schatz. Gehen wir auf einen ordentlichen Drink ins Jean's.«

»Helen ... nicht gerade jetzt.«

»Schatz, du bist *wirklich* down!«

»Es geht mir sicher gleich wieder ...«

»Er war nun mal ein sehr betagter Köter.«

»Ist.«

»Ist ... Frannie, sieh es doch mal so: Er hatte ein langes und erfülltes Leben. *Kein* Hund hatte es jemals so gut wie er.«

»Das stimmt«, sagte Frannie, und ihre Miene hellte sich etwas auf. »Das stimmt absolut.«

DIE TOLLIVERS FALLEN EIN

Alles in allem war das Halloween-Wochenende ganz gut verlaufen.

Bisher.

Michaels Eltern hatten gleich nach ihrer Ankunft in San Francisco einen Dodge Aspen gemietet, so daß es ein leichtes gewesen war, ihnen mit Muir Woods, Sausalito, der Lombard Street – der »krummsten Straße der Welt« – und Fisherman's Wharf die Zeit zu vertreiben.

Aber inzwischen war es Sonntag. Der Hexensabbat stand ihnen erst noch bevor.

Wenn Michael es geschickt, das heißt sehr geschickt anstellte, konnte er sie vielleicht hindurchmanövrieren und ihr *Reader's-Digest*-Feingefühl vor den Schrecknissen der *Liebe, die ihren Namen nicht zu sagen wagt*, bewahren.

Unter Umständen.

In *dieser* Stadt, dachte Michael, hielt *Die Liebe, die ihren Namen nicht zu sagen wagt*, ihre Klappe nie.

Sein Vater lachte in sich hinein, als er die Wohnung sah. »Du hast fürs Saubermachen wohl das ganze Wochenende gebraucht, was?«

»Ich bin jetzt ordentlicher als früher«, antwortete Michael grinsend.

»Für mich sieht's eher so aus, als hätte hier eine Frau die Hand im Spiel.« Er zwinkerte seinem Sohn zu.

Michaels Mutter runzelte mißbilligend die Stirn. »Herb, ich hab dir doch gesagt, du sollst nicht ...«

»Ach, das ist schon okay, Alice. Wir beide sind doch keine Tattergreise. Ich kann mich noch gut erinnern, wie *ich* in Michaels Alter war. Mensch, Junge ... Ich hoffe, du hast sie nicht unseretwegen ausquartiert.«

»Herb!«

»Deine Mutter geht nicht mit der Zeit, Mike. Schnüffel lieber ein bißchen in der Küche rum, Alice. Ich wundere mich, daß du dich so lange beherrscht hast.«

Michaels Mutter zog eine Schnute und stapfte aus dem Zimmer.

»Raus jetzt mit der Sprache«, drängte ihn sein Vater. »Was wird hier eigentlich gespielt? Deine Mutter und ich haben eigentlich gedacht, daß du sie uns vorstellst, diese ... na, wie heißt sie wieder?«

»Mona ... Papa, sie ist bloß ...«

»Es ist mir doch piepegal, *was* sie ist, Mike. Ehrlich gesagt bin ich ein bißchen enttäuscht, daß du denkst, du mußt das arme kleine Ding vor uns verstecken. Ich hab auch schon mal einen Blick in den *Hustler* geworfen, mein Junge. Ich weiß durchaus, was heutzutage so läuft.«

»Papa ... sie ist ausgezogen. Sie wollte es so.«

»Wegen uns?«

»Nein. Sie wollte sowieso weg, weil sie mit jemand anderem zusammenwohnen will. Aber ich bin ihr nicht böse.«

»Dann mußt du aber ein Volltrottel sein! Sie ist einfach auf und davon, und du bist ihr nicht mal böse? Mein Gott, Mike ...«

Er unterbrach sich, als er seine Frau kommen hörte. Sie blieb an der Küchentür stehen und hielt eine kleine braune Flasche hoch. »Was ist das für Zeug, Mikey?«

Michael wurde kreidebleich. »Äh... Mama, das ist... das hat meine Mitbewohnerin dagelassen.«

»Im Gefrierfach?«

»Sie hat ihre Tuschepinsel damit saubergemacht.«

»Ach so.« Sie schaute die Flasche noch mal an und stellte sie in den Kühlschrank zurück. »Dein Gemüsefach gehört mal wieder geputzt, Mikey.«

»Ich weiß, Mama.«

»Wo hast du das Ajax stehen?«

»Mama, können wir nicht mal...?«

»Es ist ekelig, Mikey. Außerdem geht das doch ganz fix.«

»Herrgott, Alice! Laß den Jungen doch in Ruhe! Wir sind nicht fast fünftausend Kilometer geflogen, damit wir ihm sein Gemüsefach putzen! Hör zu, mein Sohn, deine Mutter und ich wollten dich heute abend zum Essen ausführen. Wie wär's, wenn du uns eins von deinen Lieblingslokalen zeigst?«

Na prima, dachte Michael. Wir tänzeln ins Palms hinunter, setzen uns dort ans Fenster, trinken ein paar Blue Moons und schauen zu, wie die Motorradtrinen von den Cycle Sluts den Verkehrspolizisten mit Lederdildos zuwinken.

Den Aspen hatten sie oben auf der Leavenworth in der Nähe der Green Street abgestellt. Michaels Mutter war ganz außer Atem, als sie an die Union kamen. »So eine Straße hab ich in meinem ganzen Leben noch nicht gesehen, Mikey!«

Michael, der ihre Naivität plötzlich ganz erfrischend fand, drückte ihren Arm. »Ja, diese Stadt überrascht einen immer wieder.«

Wie auf ein Stichwort kreuzten die Nonnen auf.

»Herb, sieh doch da!«

»Zum Teufel noch mal, Alice! Zeig nicht mit dem Finger!«

»Herb ... die fahren Rollschuh!«

»Das seh ich auch! Mike, was soll das denn ...?«

Ehe ihr Sohn antworten konnte, waren die sechs Gestalten mit den weißen Hauben auf dem Kopf geschlossen um die Ecke gebogen und brausten inzwischen dem Trubel auf der Polk Street entgegen.

Eine von den Nonnen brüllte zu Michael herüber.

»Hallo, Tolliver!«

Michael winkte etwas zaghaft.

Die Nonne hielt den Daumen hoch, warf ihm eine Kußhand zu und rief: »Du warst zum *Verlieben* in deinen Jockey-Shorts!«

»SCHERZ ODER KEKS« IN DER VORSTADT

Mary Ann zupfte ihren Fahrer am Ärmel. »Sieh mal da, Norman ... kannst du bitte hupen?«

»Wer ist das?«

»Michael und seine Eltern. Michael wohnt mit Mona zusammen.«

Norman drückte auf die Hupe. Michael schaute herüber, und Mary Ann warf ihm aus dem Fenster des Falcon einen Kuß zu. Er lächelte betrübt und tat so, als würde er sich eine Handvoll Haare ausreißen. Seine Eltern marschierten ungerührt weiter.

»Der arme Junge!« sagte Mary Ann.

»Was ist denn los?«

»Ach ... das ist ein bißchen kompliziert.«

»Er ist eine Schwuchtel, nicht?«

»Ein Schwuler, Norman.«

Lexy steckte den Kopf nach vorne. »Was ist eine Schwuchtel?«

»Setz dich hin«, befahl Norman.

Mary Ann drehte sich um und nestelte an Lexys Wonder-Woman-Cape herum. »Du siehst *so* hübsch aus, Lexy.«

Das Kind hüpfte auf dem Rücksitz herum. »Warum hast *du* kein Kostüm an?«

»Na ja ... weil ich erwachsen bin, Lexy.«

Das Kind schüttelte heftig den Kopf und zeigte aus dem Fenster auf drei Männer, die als Cheerleader verkleidet waren. »*Die* Erwachsenen haben auch Kostüme an.«

Norman gluckste vor Lachen und schüttelte den Kopf.

Mary Ann seufzte. »*Wie* alt ist sie, hast du gesagt?«

Es war fast dunkel, als sie in San Leandro ankamen. Norman hielt in einer Gegend, wo die Häuser alle in pseudosüdamerikanischem Stil gebaut waren. Er ließ Lexy aussteigen.

Die Kleine hüpfte mit einem riesigen »Scherz oder Keks«-Beutel aus Plastik den Bürgersteig entlang.

»Bist du auch sicher, daß ihr nichts passiert?« wollte Mary Ann wissen.

Norman nickte. »Ihre Eltern wohnen im nächsten Block. Ich hab ihnen gesagt, daß ich ... na ja ... Sie soll sich halt mal so richtig austoben dürfen.«

»Hoffentlich wissen sie das auch zu würdigen.«

»Ich würde es nicht machen, wenn ich nicht selber Spaß dran hätte.« Er grinste etwas verlegen. »Weißt du, das läuft alles nach dem Motto: ›Rent a kid‹.«

»Mhm. Ist doch ganz hübsch, so was.«

»Langweilst du dich auch nicht?«

»Kein bißchen.«

Norman hatte einen feierlichen Ausdruck im Gesicht, als er Mary Ann ansah. Dann drückte er ihre Hand.

»Norman?«

»Ja?«

»Warst du schon mal verheiratet?«

Schweigen.

»Entschuldige. Es ist bloß, weil du mit Kindern so gut umgehen kannst, und da ...«

»Roxanne und ich wollten Kinder haben. Jedenfalls hatten wir welche geplant.«

»Oh ... Ist sie gestorben?«

Norman schüttelte den Kopf. »Sie ist mit einem Fliesenvertreter aus Daly City durchgebrannt. Als ich in Vietnam war.«

»Das tut mir leid.«

Er zuckte mit den Schultern. »Es ist lange her. Es war ungefähr zu der Zeit, als Lexy auf die Welt gekommen ist. Ich hab's verschmerzt.«

Mary Ann war diese neue Erkenntnis über seine Person peinlich, deshalb schaute sie aus dem Fenster. War Lexy sein einziges Bindeglied zu einem geplatzten Traum? Hatte er alle Hoffnungen, jemals wieder eine Familie zu gründen, aufgegeben?«

»Norman ... ich versteh nicht, wie *dich* jemand verlassen kann.«

»Ist doch egal.«

»Es ist überhaupt nicht egal, Norman! Du bist ein liebenswürdiger, freundlicher und liebevoller Mann, und niemand sollte ... Norman, bei dir ist *so* viel Liebe zu spüren, die du jemand anderem schenken kannst.«

Er bewegte unruhig die Hände in seinem Schoß und schaute auf sie hinunter. »Jemand anderem«, wiederholte er ausdruckslos.

Er wartete auf ein Zeichen von ihr. Er *bettelte* um ein Zeichen von ihr.

Sie hob die Hand, um sein trauriges Bärengesicht zu streicheln, stieß allerdings einen Schrei aus, als sich eine fremde Hand auf ihre Schulter legte.

Lexy war wieder da.

»Ach, du bist's, Lexy...« Mary Ann lachte erleichtert. »Wie ist es gelaufen?«

»Ein verschrumpelter Apfel.«

»Aber Äpfel sind doch was Feines. Wenn du ihn nicht willst, eß ich ihn.«

Das Kind schaute sie an, holte dann den Apfel hervor und biß trotzig hinein.

Norman schrie entsetzt auf. »Lexy ... nein!«

Lexy grinste ihn an. Der Saft lief ihr übers Kinn. »Keine Bange«, beruhigte sie ihn. »Ich hab schon nachgesehen, ob Rasierklingen drin sind.«

GANZ DER VATER

Am Ende fuhr Michael mit seinen Eltern ins Cliff House. Es war das heterosexuellste Lokal, das ihm einfiel.

Außerdem war es sehr weit weg von der Halloween-Tollerei auf der Polk Street, und das machte es unwahrscheinlich, daß Rollschuh laufende Nonnen das familiäre Beisammensein noch einmal stören würden.

Die Nonnen, erklärte er seinen Eltern so unbekümmert wie möglich, waren »ein paar verrückte Freunde von Mona«. Und, ja, die Schwestern waren Männer.

»So schwule Früchtchen etwa?«

»Herb!« Michaels Mutter ließ die Gabel fallen und starrte ihren Gatten an.

»Stell dich nicht so an! Wie soll ich sie denn sonst nennen?«

»Es ist einfach kein netter Ausdruck, Herb.«

»Mein Gott. Ich bin Zitrusfarmer. Ich hab mein Leben lang nichts anderes gemacht, als *Früchtchen* großzuziehen!« Er lachte röhrend.

»Du sollst nicht so über Leute reden, die nicht anders können.«

»Die nicht anders können! Warum können die nicht anders, als mitten auf der Straße Rollschuh zu fahren und sich dafür anzuziehen wie doofe Nonnen?«

»Herb ... sprich bitte leiser. Vielleicht sind Katholiken im Lokal.«

Michael schaute von seinem Teller hoch und griff so leger wie möglich in den Disput ein: »Es ist so eine Art Mardi Gras, Papa. Und da machen viele Leute eben allerhand verrückte Sachen.«

»Ja, viele schwule Leute.«

»Nicht nur ... solche, Papa. Alle.«

Sein Vater schnaubte verächtlich und machte sich wieder über sein Steak her. »Und warum kasperst *du* dann nicht auch da draußen rum?«

»Weil er mit *uns* zusammen ist, Herb. Vielleicht wäre er ja *auch* gerne da draußen ... und würde zu einer Party gehen oder so. Ich kann mir schon vorstellen, daß es da lustig zugeht.«

»Dann haut doch ab. Ich bleibe jedenfalls hier sitzen und esse mein Steak unter normalen Leuten zu Ende.«

Ein Kellner, der Herbert Tollivers Wasserglas auffüllte, bekam die Bemerkung mit. Er machte ein leidendes Gesicht und verdrehte die Augen.

Dann zwinkerte er Michael zu.

Als sie wieder in der Barbary Lane 28 waren, wärmte Alice die gesellschaftlichen Ereignisse von Orlando aus dem letzten halben Jahr auf.

Man hatte ein neues Einkaufszentrum gebaut. Die Tochter der Henleys, Iris, war haschsüchtig und lebte in Atlanta mit einem Professor zusammen. Eine Farbigenfamilie hatte das Einfamilienhaus der McKinneys ein Stück weiter unten an der Straße gekauft. Tante Miriam ging es gut, obwohl sie sich nur sehr, sehr langsam von ihrer Frauenoperation erholte. Und in ganz Mittelflorida waren sich die Leute einig, daß Earl Butz niemals geschaßt worden wäre, wenn er dieselbe Bemerkung über einen Iren gemacht hätte.

Mit einem frühen Frost rechneten sie nicht.

Herbert Tolliver saß während dieses epischen Vortrags ruhig da und kommentierte ihn nur durch gelegentliches Kichern oder Nicken. Angenehm besäuselt von dem Wein, den es zum Essen gegeben hatte, strahlte er seinen Sohn in herzlicher Zuneigung an.

»Na ... läuft denn auch alles gut bei dir, Mike?«

»Es läuft nicht schlecht, Papa.«

»Und mach dir wegen deiner kleinen Freundin keine Sorgen, hörst du?«

»Nein, nein, Papa.«

»Du wirst uns fehlen zu Weihnachten, deiner Mama und mir.«

»Er ist jetzt erwachsen, Herb, und da hat er eigene Freunde ...«

»Das weiß ich selber, verdammt noch mal! Ich hab doch nur gesagt, daß er uns fehlen wird! Oder hast du was anderes gehört?«

Seine Frau schüttelte den Kopf. »Dein Papa hat recht, Mikey.«

»Ihr werdet mir auch fehlen. Aber es ist einfach zu teuer, wegen der paar Tage mit dem Flugzeug ...«

»Ich weiß, Mikey. Mach dir deswegen keine Gedanken.«

»Mike ... wenn wir dir ein bißchen über die Runden helfen können, bis du einen Job ...«

»Danke, Papa. Ich denke, ich schaffe es so. Ich hab auch schon ein paar kleinere Jobs aufgegabelt.«

»Wenn was ist, dann sagst du uns Bescheid, okay?«

»Okay, Papa.«

»Wir sind mächtig stolz auf dich, Junge.«

Michael zuckte mit den Schultern. »So viel ist da ja nicht, auf das man stolz sein könnte.«

»Red doch keinen Stuß! Du kannst es mit jedem aufnehmen, Junge. Du hast dich wieder berappelt, bevor du es überhaupt merkst. Weißt du, mein Sohn, eigentlich beneide ich dich. Du bist jung, du bist unabhängig, und du lebst in einer wunderschönen Stadt voller aufregender Frauen. Du brauchst dir wirklich keine Sorgen zu machen, mein Sohn!«

»Wahrscheinlich hast du recht.«

»Und ob ich recht habe. Das wird nur so flutschen.« Er gluckste und gab seinem Sohn einen gespielten Nasenstüber. »Du mußt dir bloß diese Schwuchteln vom Hals halten.«

Michael setzte ein mannhaftes Lächeln auf. »Ich bin sowieso nicht ihr Typ.«

»Prima!« sagte Herbert Tolliver und fuhr seinem ganzen Stolz durch die Haare.

DEDES WACHSENDES DILEMMA

Als DeDe Beauchamp im Büro anrief, war er gerade dabei, Halcyons schärfstes neues Model in die Weihnachtskampagne für Adorable einzuweihen.

»Du, ich bin mitten in einer ...«

»Tut mir leid, Liebling. Ich wollte bloß ... Ich hatte Bedenken, daß du die Vernissage von Pinkie und Herbert heute abend vergessen könntest.«

»Mist.«

»Du hast sie vergessen.«

»Wann müssen wir dort sein?«

»Ich kann dich von der Arbeit abholen. Wir brauchen uns nur kurz sehen zu lassen.«

»Um sechs?«
»Ist gut ... Ich liebe dich, Beauchamp.«
»Ich dich auch. Bis sechs dann, ja?«
»Ja. Und bleib brav.«
»Aber immer.«
Er legte auf und zwinkerte D'orothea zu. »Meine Frau. Manchmal glaube ich, der Herrgott hat die Frauen nur erschaffen, damit sie die Männer an Cocktailparties erinnern.«
D'orothea stöhnte bloß.
»Aha«, sagte Beauchamp grinsend. »Ich hör mich wohl wie ein Chauvinistenschwein an, was?«
»Nein«, antwortete sie kühl. »Möchten Sie's denn gern?«

In der Hoover Gallery herrschte ein Gewoge von Erbsengrün und Pink. Die Frauen hatten sich mit dem Understatement ihrer Lilly-Pulitzer-Modelle in Schale geworfen, während die Männer in ihren blauen Blazern Individualität mittels buntscheckiger Madrashosen zum Ausdruck brachten.
Beauchamp und DeDe nahmen gleich Kurs auf die Bar, lächelten um die Wette und stellten ihr wiedergefundenes Glück zur Schau wie andere ihre Tahiti-Bräune.
DeDe hing immer noch an Beauchamps Arm, als Binky Gruen die beiden abfing.
»Ach, Gott sei Dank, daß ihr zwei aufgetaucht seid! Schnell, Beauchamp, gib mir einen Kuß! Ich muß beschäftigt aussehen!«
Beauchamp schmatzte ihr einen auf die Wange. »Ich habe schon bessere Ausreden gehört, Miss Gruen.«
»Verdammt, red doch weiter! Er schaut rüber!«

»Wer?«

»Carson Callas. Er hat mir die letzte Viertelstunde seinen Pfeifenatem ins Gesicht geblasen und mir erzählt, wie sexy er doch ist! Igittigitt!«

Beauchamp wich in gespielter Überraschung zurück. »Findest du Carson Callas denn nicht sexy?«

»Doch. Wenn man auf Zwerge mit Muschelkettchen um den Hals steht.«

»Nein, wie biestig! Seine Spalte ist ab jetzt sicher dicht für dich, Binky.«

»Das ist meine für ihn schon seit jeher. Komm, sei ein Schatz und mach mir hier noch mal Scotch rein. Ich spüre einen Anfall von existentieller Langeweile. Und deine magere Angetraute sieht auch aus, als könnte sie einen Drink vertragen.«

Beauchamp nahm Binkys Glas und wandte sich an DeDe. »Champagner, meine magere Angetraute?«

»Ja, bitte.« Ihr Ton war absichtlich kühl. Es ging ihr auf die Nerven, wenn Binky und Beauchamp ihre Lombard-und-Gable-Nummer abzogen.

Als Beauchamp in der Menge verschwunden war, konnte Binky endlich zur Sache kommen.

»Und?«

»Was, und?«

»Warst du bei Dr. Fielding?«

»Binky ... hier ist wohl kaum der Ort dafür.«

»Ja oder nein?«

»Ja.«

Binky pfiff durch die Zähne. »Ich weiß einen prima Abtreiber, wenn du einen brauchst ...«

»Binky ... hör bitte auf damit, ja?«

»Na, *pardonnez-moi!* Ich dachte, du könntest gerade

jetzt eine gute Freundin brauchen. Aber anscheinend liege ich damit falsch.«

»Binky, ich ... Sieh mal, es tut mir leid ... Aber du hast eine Art, dich auszudrücken ... ›einen prima Abtreiber‹. Um Himmels willen! Ist er vielleicht auch noch ein guter Koch?«

Binky kicherte. »Nein, aber als *Innenausstatter* ist er Spitze!«

»Das ist überhaupt nicht witzig.«

»Weißt du, ich glaube, du solltest das aus dem Bauch heraus entscheiden.« Sie tätschelte DeDes Bauch. »Das sollte keine Anspielung sein, mein Schatz. Sieh mal ... wenn dir diese verstockten katholischen Schuldgefühle zuviel werden, warum ziehst du die Sache dann nicht durch und trägst den kleinen Bankert aus?«

»Ich dachte, das wäre dir sowieso schon klar.«

»Was spricht denn dagegen? Beauchamp kann ein Auge zudrücken. Er braucht sowieso einen Erben, oder nicht? Und wer sollte den Unterschied schon merken?«

»Binky ... du weißt ja nicht, was du da redest ...«

»Sag bloß, man könnte ihn *sehen*?«

DeDe starrte Binky einige Sekunden an, bevor sie schließlich nickte.

»Die Haare?« fragte Binky und bekam Kulleraugen. »Eine andere Haarfarbe?«

»Nein.«

»Doch nicht die *Haut*?«

Wieder ein Nicken.

»Du Ärmste! Ach, DeDe, ich wollte dir wirklich nicht ... Welche Farbe?«

DeDe zeigte auf ihre Diane-von-Fürstenberg-Narzisse und brach in Tränen aus.

Nachdem DeDe auf der Toilette ihre Wimperntusche in Ordnung gebracht hatte, mischte sie sich wieder unter das gemeine Volk. Beauchamp wartete mit lauwarmem Champagner auf sie.

»Ich bin drüben bei Peter und Shugie«, klärte er sie auf. »Willst du nicht mit rüberkommen?«

DeDe schüttelte den Kopf und rang sich ein verwässertes Lächeln ab. »Im Moment noch nicht, Beauchamp. Binky und ich sind gerade mitten im Erzählen.«

Als sie wieder allein war, klebte sie sich ein frisches Lächeln ins Gesicht und steuerte die Ecke an, in der Binky Hof hielt. Eine Hand, die sich um ihren Unterarm schloß, hielt sie zurück.

»Sieht Mrs. Day nicht zum Anbeißen aus?«

Wenn DeDes Arm frei gewesen wäre, hätte sie sich vielleicht bekreuzigt. Es war der Klatschkolumnist der *Western Gentry*.

Carson Callas.

MRS. MADRIGAL UND MOUSE

Michael räumte gerade die Hälfte seiner Kleider in Monas Schrank ein, als Mrs. Madrigal anrief.

»Michael, mein Lieber. Könntest du einen Augenblick runterkommen?«

»Klar. In drei Minuten, okay?«

»Laß dir Zeit, mein Lieber.«

Na, dachte er, als er den Hörer auflegte, jetzt ist es wohl soweit. Die Zwangsräumung steht bevor. Bis jetzt ist sie wegen der Miete mehr als nachsichtig gewesen, aber was zuviel ist, ist zuviel.

Michael zog eine Cordhose und ein weißes Hemd an, putzte sich die Zähne, brachte seine Haare mit Pro Max in Form und fuhr mit einem feuchten Handtuch über seine Collegeschuhe.

Warum sollte er auch noch *aussehen* wie ein Schmarotzer?

Das eckige Gesicht der Vermieterin, sonst immer so lebhaft, war zu einem Empfangsdamenlächeln erstarrt.

Mrs. Madrigal war von einer Aura angestrengter Zurückhaltung umgeben und bewegte sich so übertrieben würdevoll, daß ihr Kimono wie ein schlampiger Morgenmantel wirkte.

»Mona ist weg, nicht?«

Michael nickte. »Ja, seit gestern.«

»Für immer?«

»Angeblich ja. Aber Sie kennen ja Mona.«

»Ja.« Ihr Lächeln geriet völlig schief.

»Aber ich bleibe da, Mrs. Madrigal. Das heißt ... ich *würde* gerne dableiben. Mona wird noch die restliche Miete für diesen Monat zahlen, und ich habe mich jetzt bei einer Stellenvermittlung eintragen lassen. Wenn Sie Bedenken haben wegen ...«

»Wo ist sie hingezogen, Michael?«

»Oh ... äh ... zu jemand anderem. Nach Pacific Heights.«

Mrs. Madrigal ging zum Fenster, wo sie mit dem Rücken zu Michael regungslos stehenblieb. »Nach Pacific Heights«, wiederholte sie.

»Hat sie ... Ihnen nichts gesagt, Mrs. Madrigal?«

»Nein.«

»Ich bin sicher, daß sie es vorhatte. In letzter Zeit ist bei ihr alles ein bißchen drunter und drüber gegangen. Aber egal, *ich* bin ja noch da. Es ist jedenfalls nicht so, daß sie ihren Mietvertrag aufgelöst hat, oder so.«

»Kennst du diesen Jemand, Michael?«

»Wen? ... Ach so ... Nein, ich habe sie nie kennengelernt.«

»Eine Frau?«

Michael nickte. »Die beiden kennen sich aus New York.«

»Oh.«

»Mona sagt, daß sie sehr nett ist.«

»Davon bin ich überzeugt ... Michael, du brauchst mir diese Frage nicht zu beantworten, wenn du nicht willst ...«

»Mhmm?«

»Ist diese Frau ... Sind Mona und sie ganz besonders gute Freundinnen?«

»Äh ...«

»Du weißt, was ich meine, mein Lieber?«

»Klar. Aber ich kann es nicht sagen, Mrs. Madrigal. Sie *waren* es mal ... in New York. Ich glaube, jetzt sind sie bloß ... normale Freundinnen.«

»Aber ... warum, um alles in der Welt, ist sie dann ...? Michael, hat Mona jemals mit dir über mich gesprochen? Hat sie irgendwas gesagt ... aus dem du schließen konntest, daß sie sich hier nicht wohl gefühlt hat?«

»Nein, Ma'am«, antwortete Michael in aller Ernsthaftigkeit und fiel damit in die Konventionen Mittelfloridas zurück. »Es hat ihr hier in der Barbary Lane *unheimlich gut* gefallen ... und sie hat Sie sehr gemocht.«

Mrs. Madrigal sah ihn an. »Sie *hat* mich sehr gemocht?« fragte sie.

»Nein. Sie mag Sie *immer noch* sehr gern, und ich bin sicher, daß sie sich melden wird. Ehrlich.«

Die Vermieterin wurde wieder kühl und geschäftsmäßig. »Aber *du* bleibst wenigstens. Das ist doch schon was.«

»Ich werde mich auch bemühen, daß es mit der Miete besser wird.«

»Ich weiß. Aber jetzt mal was anderes, mein Lieber. Ich habe gerade frisches Gras da, und der Abend ist noch jung. Hast du nicht Lust, mir Gesellschaft zu leisten?«

Ihre Finger zitterten merklich, als sie mit der Zigarettenkurbel arbeitete. Sie stellte sie nieder, atmete tief durch und massierte sich mit beiden Händen die Stirn. »Tut mir leid, Mouse. Ich benehme mich schrecklich dumm.«

»Bitte, Sie brauchen sich nicht ... Wo haben Sie den Namen aufgeschnappt?«

Sie kaute auf ihrer Unterlippe und beobachtete ihn. »Ich bin nicht der einzige Mensch, den Mona sehr gern hatte.«

»Ach so ... ja klar.«

»Meine blöden Finger wollen nicht so wie ich! Würdest du bitte ...?«

Michael griff nach der Zigarettenkurbel und wich Mrs. Madrigals Blick aus, als sich ihre Augen mit Tränen füllten. »Mrs. Madrigal, wenn ich Ihnen doch bloß sagen könnte ...«

Sie rutschte nicht näher an ihn ran, aber sie legte ihm ihre lange, schlanke Hand aufs Knie, während sie sich ein Taschentuch vors Gesicht preßte. »Ich kann weinerliche Frauen nicht *ausstehen*«, sagte sie.

»DER SCHATTEN WEISS BESCHEID!«

Der rattengesichtige Mann im Safarianzug drückte sich so nahe an DeDe heran, daß sie die Cherry-Blend-Tabakmischung in seinem Atem riechen konnte. »Sie haben abgenommen«, sagte er mit einem affektierten Grinsen und entblößte eine unregelmäßige Reihe Vuitton-farbener Zähne.

DeDe nickte. »Und wie ist es Ihnen ergangen, Carson?«

»Man tut, was man kann. Sie waren auf einer Abspeckfarm, was?«

»Im Golden Door.« Sie lächelte bei ihrer Antwort, führte sie allerdings nicht weiter aus. Es war klar, daß Carson sie aushorchte, und sie hatte keine Lust, in der *Western Gentry* über ihre Figurprobleme zu lesen.

»Kompliment, es steht Ihnen ausgesprochen gut.«

»Danke, Carson.«

»Und wie finden Sie den Künstler?«

Das brachte sie einen Augenblick aus der Fassung. Bilder waren das *Letzte*, was ihr bei einer Vernissage auffiel. »Oh ... ein sehr individueller Stil. Und ziemlich gefühlvoll, würde ich sagen ...«

»Wollen Sie und Beauchamp auch kaufen?«

»Oh ... nein, ich glaube nicht, Carson. Beauchamp und ich halten es mehr mit der Westkunst.«

Carson nuckelte an seiner Pfeife und schaute sie mit seinen kleinen Äuglein durchdringend an. »Der Mann kommt aus dem Westen«, sagte er schließlich.

»Ich meine ... Sie wissen schon ... alte Sachen.«

»Ja, alte Sachen. Bei manchem sind die alten Meister eben doch besser.« Er zwinkerte ihr zu und kaute sehr betont auf dem Stiel seiner Pfeife herum, bis DeDe seine Anzüglichkeit mit einem dünnen Lächeln quittierte.

»Würden Sie mich jetzt bitte entschuldigen, Carson? Ich glaube, Beauchamp ...«

»Ich hatte gehofft, Sie würden mir etwas über den Fol de Rol erzählen.«

»Oh ... aber sicher.« DeDe war augenblicklich besserer Laune. Wenn dieser Coup gelang, würde Shugie Sussman die Wände hochgehen!

Carson Callas zog einen Block und einen Stift aus der Tasche seines Safarianzugs. »Sie gehören doch zum Komitee, nicht?«

»Ja. Ich und ein paar andere.«

»Wer wird dieses Jahr auftreten?«

»Oh, es ist ganz *wunderbar*, Carson! Das Motto ist ›Wein, Weib und Gesang‹, und wir haben Domingo, Troyanos und Wixell gewinnen können ...«

»Mit Vornamen, bitte.«

»Placido Domingo ...«

»Ach so, klar ...«

»Tatjana Troyanos und Ingvar Wixell.« Sie verkniff es sich, die Namen zu buchstabieren, da ihr einfiel, wie eitel Callas war. Er konnte ja nachschlagen, wenn er wieder in sein Büro kam.

Der Klatschreporter steckte Block und Stift wieder ein. »Ein vergnüglicher Abend, nicht?«

»Kann man so sagen, ja.«
»Aber wohl nicht so vergnüglich wie Ihre sonstigen Abende.«
»Hmh ... Wie bitte, Carson?«
Das anzügliche Grinsen war wieder da. »Ich denke, Sie verstehen mich ganz gut, Herzchen.«

Durch neue Gäste war es in der Galerie zusehends lauter geworden, aber plötzlich drang der Lärm nicht mehr so richtig zu DeDe durch. Sie schluckte und zwang sich zu einer blasierten Haltung.
»Also, Carson! Manchmal treiben Sie es *zu weit!*«
»Ich denke, da haben wir beide viel gemeinsam.«
»Carson, ich verstehe überhaupt nicht ...«
»Sehen Sie ... wir sind doch beide erwachsen. Mir kann keiner vorwerfen, daß ich mich je vor einer Ausschweifung gedrückt hätte ... und ich bilde mir ein, daß ich eine verwandte Seele erkenne, wenn mir eine begegnet.«
Mein Gott, dachte DeDe, wie oft hatte er *den* Spruch schon vom Stapel gelassen?
In der Stadt wurde ständig darüber gewitzelt, daß Callas einmal ohne Erfolg das gesamte Ensemble einer Musicalbühne angemacht hatte. Nach den Frauen hatte er sich bis zu den unattraktivsten Männern hinuntergearbeitet.
»Carson ... ich plaudere ganz gern mit Ihnen, aber ich glaube, ich brauche jetzt noch was zu trinken.«
»Noch eine einzige Frage zum Fol de Rol?«
»Gern.«
»Werden Sie Ihre Abtreibung davor oder danach machen lassen?«

Fast im selben Augenblick rutschte DeDe das Glas aus der Hand und zersprang wie zur Unterstreichung dieser grauenhaften Frage in tausend Stücke. Callas fiel auf die Knie und half DeDe, die Scherben in einer Cocktailserviette aufzusammeln.

»Ach, kommen Sie! Es ist doch halb so wild, DeDe. Ich bin sicher, daß wir das hinkriegen ... falls Sie an einem Abend mal Lust haben, mit mir darüber zu sprechen.« Er steckte seine Visitenkarte hinter den Gürtel ihres Kleids und stand wieder auf.

»Ihre Freunde sind um Sie *besorgt*«, setzte er nach. »Und daran ist doch wohl nichts Schlimmes.«

DeDe schaute nicht hoch, sondern klaubte weiter schweigend die Scherben auf.

Diskretion konnte man von Binky Gruen partout nicht erwarten.

WIE MAN SEINEN HEISSHUNGER STILLT

Nach einer mörderischen Schicht bei Perry's fiel Brian um Mitternacht sofort ins Bett, doch fünf Stunden später wachte er mit einem Mordshunger wieder auf.

Er stapfte in Boxershorts in die Küche und stellte auf der Suche nach etwas Eßbarem den Kühlschrank auf den Kopf.

Ketchup. Mayonnaise. Zwei vergammelte Frankfurter Würstchen. Und ein Glas Silberzwiebeln.

Wäre er stoned gewesen, hätte er sich vielleicht an das

Zeug herangewagt. (Als er mal einen halben Maui-Wowie-Joint geraucht hatte, war als Dip für die Ritz Cracker bloß Crisco dagewesen.)

Aber nicht heute nacht.

Heute nacht – Scheiße, es war fünf Uhr morgens! – sehnte er sich nach einem Zimburger. Und nach einer großen Portion fetter Pommes und nach einem Schoko-Malz-Shake vielleicht oder einem ...

Er durchwühlte seinen Wäschesack, bis er ein Rugby-Shirt ausgrub, das den Schnüffeltest bestand, zwängte sich in Levi's und Adidas und sprintete fast auf die Barbary Lane hinaus.

Die Hyde Street lag gespenstisch ruhig da. Das uralte Laufkabel, das in seinem eisernen Kokon ruhte, wirkte störender als sonst immer. Vom Kamm des Russian Hill aus gesehen, präsentierten sich die Kaianlagen wie eine farblose Landschaft, wie eine Schwarzweißpostkarte aus den vierziger Jahren.

Selbst die Porsches, die auf der Francisco Street abgestellt waren, sahen aus, als hätte man sie ausgesetzt.

Brian kam sich vor wie in der letzten Einstellung von *Das letzte Ufer*.

Bei Zim's herrschte dagegen aufgekratzte Munterkeit. Tüchtige Kellnerinnen, Ausgebrannte, die keinen Schlaf fanden, und Partyüberhänger, die nicht genug kriegen konnten, brachten Leben in die Bude, in der es rund um die Uhr was zu essen gab.

Brians Kellnerin steckte in einer Arbeitskluft mit Country-Touch. Orange Bluse mit Trägerrock. Orange kariertes Halstuch. Auf ihrem Namensschild stand: »Candi Colma«.

»›The City of the Dead‹«, sagte Brian grinsend, als sie eine Serviette und eine Gabel auf den Tisch knallte.

»Was?«

»Du kommst aus Colma. Aus der Stadt der Friedhöfe.«

»Eigentlich aus South San Francisco. Ich wohne gleich hinter der Stadtgrenze. Aber South San Francisco hat nicht aufs Namensschild gepaßt.«

»Candi Colma hört sich sowieso hübscher an.«

»Das stimmt.« Sie schenkte ihm ein nettes Lächeln, das auf eine Vertrautheit anspielte, die es zwischen ihnen gar nicht gab. Brian schätzte sie auf Ende dreißig, aber man sah es ihr nur um die Augen an. Sie hatte eine schmale, feste Taille und aufregend lange Beine.

Die toupierten blonden Haare übersiehst du einfach, sagte er sich. Um fünf Uhr morgens kannst du nicht mehr wählerisch sein.

Nachdem sie seine Bestellung aufgenommen hatte, verfolgte er sie mit seinen Blicken durch das Lokal. Sie ging wie eine Frau, die wußte, daß sie Publikum hatte.

»War der Zimburger gut?«

»Ja, sehr gut.«

»Sonst noch einen Wunsch? Nachtisch vielleicht?«

»Was hast du denn zu bieten?«

»Steht alles auf der Karte, Süßer.«

Er klappte die Karte zu und schenkte ihr sein gekonntestes Huckleberry-Finn-Lächeln. »Wetten, nicht ... Süße?«

Sie kam ein bißchen näher, fuhr sich mit dem Bleistift über die Unterlippe, schaute sich nach allen Seiten um und flüsterte dann: »Ich kann erst um sieben.«

Brian zuckte mit den Schultern. »Mir kommt's nicht darauf an, *wann* du kannst, sondern *wie* du's kannst.«

Candis Camaro stand gleich um die Ecke beim Maritime Museum. Er war pflaumenblau, und ein Aufkleber verkündete: ICH BREMSE FÜR TIERE.

Als die Gurtwarnung nicht mehr fiepte, sah sie Brian entschuldigend an. »Ich würde mich wohler fühlen, wenn wir zu mir nach Hause fahren.«

»Nach Colma?«

Sie nickte. »Wenn es dir nichts ausmacht.«

»Gott, das ist ja ne halbe Stunde Fahrt!«

»In der Richtung ist der Verkehr gar nicht schlimm.«

»Und wie soll ich wieder nach Hause kommen?«

»Ich fahr dich. Weißt du ... ich wohne nicht allein.«

Brian schlug sich mit der Hand an die Stirn. »Ach du Scheiße.«

»Nicht doch. Es ist ein Mädchen. Mit ihr geht schon alles klar. Aber sie macht sich garantiert Sorgen, wenn ich nicht nach Hause komme.«

»Ruf sie doch an.«

Sie schüttelte den Kopf. »Tut mir leid, Brian. Wenn du's lieber vergessen willst, kann ich das verstehen.«

»Nein. Fahren wir.«

»Du mußt nicht, wenn du ...«

»Hab ich nicht gerade gesagt, daß wir fahren sollen?«

Sie steckte den Schlüssel ins Zündschloß. »Ich wohne in einem Wohnwagen. Ich hoffe, das macht dir nichts aus.«

Brian schüttelte den Kopf und starrte auf die zinngraue Oberfläche der frühmorgendlichen Bay hinaus.

Er war sich jetzt sicher.

Das hatte er alles schon einmal erlebt.

DER DARBENDE SCHNÜFFLER

Norman schlang zum Frühstück gerade ein paar kalte Frühlingsrollen hinunter, als das Telefon klingelte.

Das Geräusch erschreckte ihn. Er war es nicht gewöhnt, in dem kleinen Haus auf dem Dach angerufen zu werden.

»Hallo.«

»Mr. Williams?«

Er erkannte das penetrante Mittelwesten-Genäsel sofort. »Ich hoffe, es ist was Wichtiges.«

»Na ja, ich ... ich habe mich gerade gefragt, wie es so läuft.«

»Habe ich Ihnen nicht die Nummer meines Antwortdienstes gegeben?«

»Mr. Williams ... Ich habe dort drei Nachrichten hinterlassen in den letzten zwei ...«

»Denken Sie, Sie sind meine einzige Klientin?«

»Natürlich nicht ... aber ich sehe keinen Grund, warum Sie mir nicht ...«

»Es steht Ihnen absolut frei, jemand anderen zu engagieren, wenn Ihnen das lieber ist.« Er wußte, daß er sich das leisten konnte. Er war inzwischen viel zu wertvoll für sie.

»Ich habe höchstes Vertrauen in Ihre ...«

»Und ich habe gerade *drei* vermißte Ehemänner zu suchen ... und ein davongelaufenes Kind aus Denver und einen solchen Haufen Kerle, die ihre Frauen betrügen, daß ich gar nicht mehr weiß, wo ich ... Außerdem zahlen Sie mich nach Erfolg, falls Sie das vergessen haben sollten. Und nicht nach Stunden.«

»Ich weiß.« Ihr Ton klang beschwichtigend.

»Sie hätten die ganze Geschichte platzen lassen können mit Ihrem Anruf. Ich bin nie wirklich ungestört in dieser Keksdose hier. Es hätte sein können, daß einen halben Meter neben mir jemand sitzt und sich dann seinen Reim macht auf die ganze ...«

»Ich weiß, Mr. Williams. Es tut mir leid, daß ich ... Aber könnten Sie mir nicht wenigstens sagen, ob Sie etwas herausgefunden haben?«

Er wartete einen Augenblick, bevor er sagte: »Es läuft ganz gut.«

»Glauben Sie denn, daß ...?«

»Ich glaube, wir haben sie.«

Das haute sie um. »O Gott«, stieß sie ungläubig hervor.

»Ich muß es aber langsam angehen. Die Sache ist recht kitzlig.«

»Ja, ja, klar.«

»Hier im Westen sind die Leute mit ihrem Privatleben nämlich ganz schön pingelig.«

»Ja, natürlich.«

»Es wird wohl noch ein paar Wochen dauern. Soviel kann ich Ihnen sagen.«

»Ich hoffe, Sie können verstehen, warum ich so ...«

»Passen Sie auf ... Sehen Sie's doch mal so: Sie haben jetzt dreißig Jahre gewartet, da wird Sie doch ein Monat mehr nicht umbringen.«

»Haben Sie nicht zwei Wochen gesagt?«

»Mrs. Ramsey!«

»Schon gut. Okay. Haben Sie feststellen können, ob der Name ...«

»Ja. Fauler Zauber. Es ist ein Anagramm.«

»Anna Madrigal? Sie meinen, man muß ...?«

»Hören Sie, Gnädigste! Warum warten Sie nicht ganz einfach auf meinen Bericht, hm?«

»Ich werde Sie nicht wieder belästigen, Mr. Williams.« Sie legte auf.

Der Anruf ließ ihm den ganzen Vormittag keine Ruhe mehr. Für wen spielte er das Theater eigentlich?

Das Kind aus Denver war schon vor *Wochen* wieder aufgetaucht und hatte dem eventuell einträglichsten Auftrag seiner Karriere ein Ende bereitet. Der Großteil seiner Vermißtenkundschaft war zu raffinierteren Büros übergewechselt, und den Fall eines Ehemanns auf Abwegen hatte er zum letztenmal 1972 gehabt.

Er zog den Ramsey-Fall künstlich in die Länge, weil es sein *einziger* Fall war ... und weil er das Faktum seines Versagens nicht akzeptieren konnte.

Wenn das noch lange so ging, würde er vielleicht tatsächlich bald Nutri-Vim-Produkte verkaufen.

»Paul?«

»Ja?«

»Ich bin's, Norman.«

»Hallo, alter Junge ... die Abzüge sind noch nicht fertig. Ich ruf dich an, wenn ich sie habe, okay?«

»Ich ruf nicht deshalb an. Ich dachte ... na ja, ich dachte, du würdest vielleicht schon einen nächsten Termin festmachen wollen.«

»O nee. Dafür ist es noch zu früh. Außerdem ... Ich glaube, wir drehen diese Woche.«

»Wie ist die Bezahlung?«

»Nicht schlecht. Willst du ...?«

»Ja. Ich kann es einrichten.«

»Wie lang vorher brauchst du Bescheid?«
»Ein paar Tage.«
»Kein Problem.«
»Ich möchte das Geld im voraus, Paul.«
»Geritzt.«

TRAUMA IM WOHNWAGEN

Der Treasure Island Trailer Court entpuppte sich als ein trauriges kleines Feldlager gleich neben dem Camino Real an der Grenze zwischen Colma und South San Francisco.

Der nächstgelegene Nachbar war der Cypress Lawn Cemetery, ein Friedhof.

Als Candis Camaro vom Highway auf den Campingplatz bog, zuckte Brian beim Anblick der häßlichen kleinen Monopolyhäuschen, die sich in langen Reihen über einen Hügel in der Ferne schlängelten, zusammen.

Ganze Reihen.

Die Leute auf der Halbinsel verurteilten sich oft zu Reihen, dachte Brian. Reihenhäuser, Reihensiedlungen, Reihengräber ...

Ah, aber nicht die Leute vom Treasure Island Trailer Court. Auf dem Treasure Island Trailer Court gab es *rues*.

Französisch. Viel mehr Klasse.

Rue 1, Rue 2, Rue 3 ... Candis Zuhause war ein blaßrosa Travel-Eze-Wohnwagen, der an der Rue 8 in einem Bett aus immergrünen Sukkulenten steckte. Auf einem geschnitzten Holzschild stand: CANDI UND CHERYL.

Mehr brauchte Brian nicht zu wissen.

»Äh ... Candi. Ich muß dir mal was sagen.«

»Mhhmm?«

»Du wirst es nicht glauben, aber ... ich denke, ich kenne deine Freundin.«

»Cheryl?«

»Arbeitet sie auch im Zim's?«

Candi grinste. »In der Frühschicht. Aber das macht gar nichts, Brian. Cheryl und ich sehen uns ja kaum.«

»Ich war schon mal hier, Candi.«

Sie tätschelte seinen Oberschenkel. »Ich hab doch gesagt, daß es nichts macht, oder?«

Offensichtlich fand auch Cheryl, daß es nichts machte.

Sie schlang gerade ihre Froot Loops hinunter und sah nur mäßig überrascht drein, als Brian mit Candi hereinplatzte. »Sieh mal einer an. Was hat die Katze denn da wieder angeschleppt?«

Sie war jünger als Candi. Um einiges. Ihr Bernadette-Peters-Schmollmund löste bei Brian ein heftiges Déjà-vu-Erlebnis aus. Hätte man ihm die Wahl zwischen den beiden gelassen, hätte er sofort getauscht. »Wie klein die Welt doch ist, was?«

Sie grinste unanständig. »Eigentlich nicht. Ich würde eher sagen, daß dir der Nachschub ausgegangen ist.«

Während Candi sich zum Schlafzimmer durchkämpfte, rief sie ihrer Mitbewohnerin über die Schulter zu: »Du bist schon wieder zu spät dran, Cheryl. Ich kann mir nicht jedesmal ne Entschuldigung für dich ausdenken. Langsam wird es peinlich.«

»Ich hab bloß auf meine dämliche *Perücke* gewartet, wenn es dir recht ist!«

Schweigen.

»Hast du verstanden?«

Die Stimme, die aus dem Schlafzimmer kam, war leise und drohend. »Cheryl, komm mal kurz her.«

»Ich bin mit meinen Froot Loops noch nicht ...«

»Komm sofort her, Cheryl!«

Cheryl stieß ihren Stuhl geräuschvoll nach hinten, sah Brian an, verdrehte die Augen und ging aus dem Zimmer. Gleich darauf war gedämpftes Gezeter zu hören. Als Cheryl wieder auftauchte, trug sie eine Zim's-Uniform und Candis Haaraufbau.

»Macht das Bett nicht kaputt«, schnurrte sie, griff Brian zwischen die Beine und ging zur Tür hinaus.

»Brian?«

»Hmh?«

»Möchtest du was trinken? Eine Pepsi oder so?«

»He, du bist nicht mehr im Dienst.«

»Ich dachte bloß ... na ja, du weißt schon. Manche Leute kriegen hinterher Durst.«

»Ich brauche aber nichts.«

»War ich ...? Findest du, daß ich genauso hübsch bin wie Cheryl? Ich meine ... ich weiß, daß ich älter bin und so, aber ... würdest du sagen, daß ich für mein Alter akzeptabel aussehe?«

Er spielte mit ihrem Ohrläppchen und küßte sie auf die Nasenspitze. »Besser als akzeptabel. Sogar ohne diese furchtbare Perücke.«

Sie strahlte. »Weißt du was? Ich hab den ganzen Tag frei, der Camaro ist vollgetankt ...«

»Ich muß aber nach Hause, Candi. Ich erwarte einen Anruf.«

»Es würde gar nicht lange dauern. Ich könnte dir eine Stelle zeigen, wo Kürbisse wachsen. Die sind gerade ganz wunderschön.«

Brian schüttelte lächelnd den Kopf.

»Möchtest du, daß ich dich nach Hause fahre?«

»Es gibt doch einen Bus, nicht?«

»Ja. Wenn du damit lieber fährst. Aber es macht mir gar keine Umstände, Brian.«

Er kletterte aus dem Bett. »Ich fahr ganz gern Bus.«

»Ich würd mich freuen, wenn du mich anrufen würdest.«

»Bestimmt. Stehst du im Telefonbuch?«

Candi nickte.

»Ich ruf dich an.«

»Unter Moretti.«

»Okay.«

»Mit zwei *t*.«

»Gut. Ich klingel nächste Woche mal durch.«

Als er ging, hatte er ihr zwar seinen Nachnamen nicht gesagt, aber er hatte eine gerahmte Fotografie an der Badezimmerwand gesehen.

Cheryl beim High-School-Abschluß, in Robe und Hut.

Candi in Straßenkleidung und gerade dabei, Cheryl zu umarmen.

Darunter stand handschriftlich: »Für die beste Mom auf der ganzen großen Welt.«

SIND ES MIT DEM BABY
WIRKLICH DREI?

Wagnerianischer Nebel senkte sich über die Avenues, als DeDe im silberfarbenen Porsche ihres Ehemanns vor Carson Callas' Haus losfuhr.

Erledigt.

Beim Gedanken daran fröstelte es sie ein wenig. Dieser eklige kleine Körper. Die gelb verfärbten Fingernägel, die sich in ihr Fleisch gegraben hatten. Dieses ... Ding ... das er im Nachttisch aufbewahrte.

Ihr Geheimnis war aber immer noch eines, und DeDe bezweifelte sehr, daß der Klatschreporter eine Wiederholung verlangen würde. Als sie die Upper Montgomery Street erreichte, lag die krasse Würdelosigkeit des gesamten Geschehens bereits so weit hinter ihr wie ihre Debütantinnenzeit.

Während der Liftfahrt zum Penthouse hinauf hatte DeDe beinahe das Gefühl, nobel gehandelt zu haben. Sie hatte ein Opfer gebracht und in den sauren Apfel gebissen ... um ihre Ehe zu retten und den guten Namen der Familie Halcyon sauberzuhalten.

»Wie steht's mit den Walen?« wollte Beauchamp wissen.

»Es hat sich noch nichts bewegt«, log DeDe. »Wir streiten uns immer noch um einen Termin für die Benefizveranstaltung.«

»Ich finde ja, daß du mit Leukämie besser dran wärst.«

»Muffy macht schon in Leukämie. Das wäre nicht besonders originell.«

»Wie wär's dann mit behinderten Kindern?«

»Um Gottes willen, nein. Wir waren letzten Monat bei *mindestens* drei Tanztees zugunsten behinderter Kinder. Außerdem muß man sich mit Walen nicht fotografieren lassen.« DeDe saß auf Beauchamps Schoß und drückte ihm einen Kuß auf den Mund. »Du siehst nicht so aus, als hättest du mich sehr vermißt.«

»Ich habe gelesen.«

»Was?«

»Du sitzt darauf.«

»Oh.« Sie stützte sich auf die Armlehne des Ohrensessels, als Beauchamp *Some Kind of Hero* hochhielt.«

»James Kirkwood«, sagte er.

DeDe musterte den Schutzumschlag. »Geht es um Vietnam?«

»Ja. Irgendwie schon.«

»Beauchamp?«

»Hmh?«

»Bringst du mich ins Bett?«

»Ich hab einen anstrengenden Tag hinter mir, DeDe.«

»Bloß zum Kuscheln, okay?«

Er ließ das Buch auf den Boden plumpsen und lächelte sie an. »Okay.«

»Beauchamp?«

»Hmm?«

»Wir kommen jetzt viel besser zurecht, findest du nicht auch?«

»Womit?«

»Na ja, ich meine ... mit unserem Zusammenleben.«

»Was soll das? Spekulierst du auf die Große Verdienstmedaille für Hausfrauen?«

»Nein, wirklich, ich finde ...«

»Die Ehe ist ein Schlauch, DeDe ... für *alle*. Andere Leute kommen damit auch nicht besser zurecht als wir. Das habe ich dir schon immer gesagt.«

»Trotzdem ... Ich glaube, wir lernen immer noch dazu und ... wachsen.«

»Einverstanden. Wenn du dich damit wohler fühlst.«

»Fühlst *du* dich damit denn nicht wohler?«

»Wahrscheinlich schon.«

»Früher ... hatte ich nie das Gefühl, daß wir *reif* genug wären, um Kinder großzuziehen.«

»Ach du meine Güte!«

»Aber du mußt doch zugeben, daß wir schon einiges überstanden haben ...«

»Wie oft muß ich dir das denn noch sagen, DeDe? Ich habe nicht die Absicht ...«

»Du! *Du!* Es ist *mein* Körper! Was ist, wenn *ich* ein Kind haben will? Wie steht's denn *damit*, hm?«

Er setzte sich im Bett auf und grinste sie affektiert an. »Kein Problem. Du brauchst dir bloß einen Kerl zu suchen, der dir eines macht.«

»Du bist widerlich!«

»Erwarte aber nicht, daß ich dafür zahle. *Oder* damit lebe.«

»Mit was? Ein Kind ist doch kein Ding, Beauchamp. Es ist ein *Mensch*!«

Seine Augen bohrten sich in sie. »O Gott! Bist du schwanger?«

»Nein.«

»Na, dann halt jetzt die Klappe ... und schlaf endlich. Ich hab morgen einen langen Tag vor mir.«

WER IST DER GLÜCKLICHE?

Mary Ann verbrachte ihre Mittagspause bei Hastings, wo sie eine Krawatte aussuchte, die perfekt zu Norman paßte. Es war vielleicht kein besonders dezenter Hinweis, sagte sie sich, aber *irgendwer* mußte gegen diese geschmacklose, vollgekleckerte Klemmkrawatte etwas unternehmen.

Auf dem Rückweg zum Jackson Square fiel ihr ein großer gelber Hertz-Laster auf, der in einer Ladezone auf der Montgomery einparkte.

Der untersetzte Fahrer ging gemächlich zur Rückseite des Lasters und machte die Doppeltür auf.

Drinnen waren mindestens zwei Dutzend junger Frauen zusammengepfercht wie Rinder auf dem Transport zum Viehmarkt. Die meisten waren wie Sekretärinnen angezogen und kicherten nervös.

»Okay«, sagte der Fahrer. »Stellt euch auf die Hebebühne. Immer sechs auf einen Schlag.« Während er nach vorne zum Führerhaus ging, warteten die jungen Frauen folgsam darauf, daß er sie auf die Straße hinunterließ. Als die letzte von der hydraulischen Hebebühne gestiegen war, kam der Fahrer wieder nach hinten und verpaßte jeder einen Bauchladen aus Pappe.

Gefüllt waren die Bauchläden mit kleinen Gratispäckchen Newport Lights.

Mary Ann schauderte es. *Da* kamen sie also her! Diese bemitleidenswerten Geschöpfe, die an jeder Straßenecke standen und einem Gratiszigaretten oder Glücksmünzen aus Holz oder knallige Reklamezettel für immer neue Billigrestaurants aufdrängten.

Es gab schlimmere Jobs als ihren. Und nicht zu knapp. Sie ging schneller. Sie hatte schon eine Viertelstunde Verspätung.

Als Mary Ann in die Agentur kam, seufzte sie erleichtert auf. Mr. Halcyon war immer noch in der Besprechung mit den Leuten von Adorable.

Sie öffnete die Krawattenschachtel und besah sich ihren Kauf noch einmal. Die Krawatte war aus Seide mit kastanienbraunen und marineblauen Streifen. Konservativ, aber ... mit Biß. Genau das, was Norman fehlte.

Danach kritzelte sie lange mit einem Flair-Stift auf ihrem Notizblock herum, bis sie sich für folgendes entschied:

> hör nicht hin, wenn sie höhnen
> du seist alt und ich sei jung
> denn ich bin alt genug zur einsicht
> und jung genug zur nachsicht bist du

Nicht schlecht, wie sie fand. Außerdem waren Gedichte eine wunderbare Therapie, mit deren Hilfe sie in die besseren Zeiten an der Central High entfliehen konnte, als sie für die *Plume and Palette* allerhand angsterfüllte Verse im Stil von E.E. Cummings produziert hatte.

Doch mit *diesem* Gedicht fühlte sie sich nicht so recht wohl, denn es rührte ein bißchen zu direkt an das defensive Gefühl, das sie in ihrer Beziehung zu Norman empfand.

Beziehung? Bisher hatten sie sich bloß geküßt. Und noch dazu war es ein völlig zahmer Gutenachtkuß gewesen. Norman war wie ... ein großer Bruder? Nein ... aber auch nicht wie ein Onkel.

Mary Ann empfand für Norman das, was sie als Zwölfjährige für Gregory Peck empfunden hatte, als sie wegen *Wer die Nachtigall stört* fünfmal ins Kino gegangen war ... nur um sich diesem gänsehäutigen, trockenkehligen, rückenrieselnden Gefühl hinzugeben, das sie jedesmal überkam, wenn Atticus Finch auf der Leinwand erschien.

Aber Norman Neal Williams war kein Gregory Peck. Mary Ann zerriß das Gedicht.

Mr. Halcyon war noch in seiner Besprechung, als plötzlich Beauchamp um Mary Ann herumscharwenzelte.

»Na, ist es anstrengend heute?«

»Es geht so«, antwortete sie mit betonter Gleichgültigkeit.

»Du siehst ein bißchen ... geschafft aus.«

»Das ist wahrscheinlich mein Biorhythmus.« Mary Ann wußte nicht genau, was das heißen sollte, aber so blieb alles auf einer unpersönlichen Ebene.

»Darf ich dich heute abend zu einem Drink ausführen?«

Sie fixierte ihn mit kaltem Blick. »Ich kann dich nicht mehr ernst nehmen. Echt nicht.«

»Ich wollte nur ein bißchen nett sein.«

»Vielen herzlichen Dank. Aber heute abend bin ich schon verabredet.«

»Aha! Und wohin entführt dich der Glückliche?«

Sie spannte einen Bogen Papier in die Schreibmaschine. »Ich wüßte nicht, was dich das ...«

»Ach, komm! Ich möchte es wirklich gerne wissen.«

Sie begann zu tippen. »Das Lokal heißt Beach Chalet.«

»Ah.«

»Kennst du es?«

»Klar. Du wirst begeistert sein. Die Veterans of Foreign Wars treffen sich dort.«

Als sie zu ihm hochschaute, sah sie, wie ein höhnisches Grinsen über sein Gesicht huschte. Mit einem zackigen militärischen Gruß ging er auf den Flur hinaus. »Überfriß dich nicht an den Erdnüssen, Kleines!«

NEW YORK, NEW YORK

Den Hörer ihres Rokokotelefons ans Ohr gepreßt, schwang D'orothea ihre Zigarette – eine Sherman mit goldenem Filter – wie einen Dirigentenstab.

Sie telefonierte mal wieder mit New York.

Zum vierten Mal in zwei Tagen.

Mona rekelte sich auf der neuen Büffelleder-Chaiselongue von Billy Gaylord und verfolgte das Geschehen mit stillem Zynismus. Sie hatte es satt, mit New York zu konkurrieren.

»Ach, Bobby«, kreischte D'orothea, »das ist diesen Monat schon das dritte Mal, daß du Lina ins Toilet mitgenommen hast ... Das weiß ich ja alles, mein Schatz, aber ... Laß dir das gesagt sein, Bobby. *Einmal*, das ist noch Underground-Sightseeing, aber dreimal, das ist nur noch *krank* ... Aber es ist doch gar nicht *vergleichbar* mit dem Anvil. Das Anvil war früher was richtig Tolles. Ich meine, Rudi ist da immer hingegangen, und das sagt ja eigentlich alles! ... So was hab ich dort nie gesehen ... Ach, ganz bestimmt nicht, Bobby. Ich hab nie gesehen, daß da einer mit der Faust ... Aber das ist sowieso egal. Das Toilet ist schlicht und einfach ein *Dreckloch*. Ich hab mir dort ein wunderbares Paar Bergdorf-Goodman-Schuhe kaputtgemacht ...«

In diesem Stil ging es noch zehn Minuten weiter. Als D'orothea auflegte, lächelte sie Mona entschuldigend an. »Scheiße, da bin ich gerade noch rechtzeitig abgesprungen. Der Big Apple ist schon so wurmstichig, daß es sich mit Worten gar nicht mehr beschreiben läßt.«

»Und deswegen brauchst du jeden Abend den aktuellen Bericht von dort, oder wie?«

»Ach, doch nicht *jeden* Abend.«

»An Verderbtheit haben wir hier auch einiges zu bieten ... Und was ist eigentlich das Toilet?«

»Eine Bar.«

»Das ist klar.«

»In der *Vogue* ist ein Artikel darüber drin.«

»Und ich Dummerchen hab sie gar nicht ...«

»Heh! ... Was hast du denn, Mona?«

»Es hängt mir einfach zum Hals raus, daß ich mich dauernd mit New York beschäftigen muß. Ich meine, du bist wieder hierher gezogen, und ich finde, du ...«

»Darum geht's doch nicht, Mona. Du trauerst irgendwas nach.«

»Das stimmt nicht. Ich bin immer so.«

»Ich glaube, daß dir Michael fehlt.«

»Übertreib's nicht mit dem Analysieren.«

»Wenn wir nicht darüber reden, mein Engel, dann ...«

»Es ist nichts dahinter. Ich hab nur miese Laune. Vergiß es einfach.«

»Mir fällt auch schon bald die Decke auf den Kopf. Komm ... gehen wir spazieren.«

In der Barbary Lane kochte Brian Hawkins gerade einen Beutel tiefgefrorenen Chinamix. Als das Essen fertig war, schlang er es noch am Küchentisch hinunter und sah dabei seine Post durch.

Es war nicht viel. Ein Werbezettel für eine neue Pizzeria. Ein Rundschreiben der Chicago Urban League. Ein Umschlag in knalligem Pink mit dem Treasure Island Trailer Court als Absender.

In dem Umschlag steckte eine Briefkarte mit dem aufgedruckten Gesicht eines niedlichen kleinen Kindes, eines nymphenhaftes Wesens, das mit schmachtendem Blick aus dem Fenster eines Wohnhauses sah.

Lieber Brian,
bei Perry's hat man mir deine Adresse gegeben. Hoffentlich ist dir das auch recht. Ich wollte dir nur sagen, wie fabelhaft es mit dir war. Du bist ein richtig lieber Kerl, und ich hoffe, du rufst mich mal an. Ich kann dich nicht anrufen, weil ich kein forscher Typ bin. Ha, ha. Aber im Ernst, du bist ein richtig toller Mensch. Fühl dich nicht verpflichtet, mir auch zu schreiben.
Ich liebe dich
Candi

Das *i* in »Candi« hatte sie mit einem Smiley bekrönt.

Brian warf die Post in den Mülleimer, stellte das Geschirr in die Spüle und ging ins Schlafzimmer, um sich einen Joint zu drehen. Er hatte noch etwas Maui Wowie da. Jedenfalls genug für eine hübsche Dröhnung.

Als er auf dem gebraucht gekauften Sofa lag, ging er im Geist die unbefriedigenden kleinen Eskapaden des letzten halben Jahres durch. Mary Ann Singleton, die ihm *noch immer* keine Ruhe ließ ... Connie Bradshaw, ein richtiges Kitschmuseum ... die Tussi aus den Sutro Baths ... und jetzt ein Mutter-Tochter-Gespann!

Er lachte schallend.

Entweder war er ein Masochist oder Gott ein Sadist.

Nach einer Weile stand er auf und zog sich Levi's und ein khakifarbenes Armeehemd an. Er ging zur Tür, blieb kurz stehen und machte dann noch mal kehrt, um einen zweiten Joint zu drehen.

Dann sprang er die Treppe hinunter in den ersten Stock und klingelte bei Michael.

VOLLMOND IN SEACLIFF

Jon Fielding konnte einen Anflug von Neid nicht unterdrücken, als der Diener der Hampton-Giddes ihm einen gefüllten Pilz anbot.

Harold war eine absolute *Entdeckung*.

Tüchtig, zuvorkommend und intelligent. Mit der richtigen Mischung aus milchkaffeebrauner Haut und grauen Schläfen, um als altes Familienfaktotum durchgehen zu können ... ein überzähliger Diener, den Mutter aus dem vornehmen Neuengland rübergeschickt hatte.

»Er ist eine Perle«, sagte Jon zu Collier Lane, sobald Harold sich wieder entfernt hatte.

Collier nickte. »Schlichtweg perfekt. So eine Art schwuler Uncle Ben.«

»Ist er denn schwul?«

»Es wäre ihm zu wünschen. Er ist nämlich der Filmvorführer.«

»Schauen wir hier Filme an?«

»Ja, dort drüben. Vor dem Claes Oldenburg, der wie eine Ansammlung von Einkaufstüten aussieht. Die Leinwand kommt von der Decke herunter. Nach den Zigarren und dem Brandy lassen sie *Boys in the Sand* laufen.«

Die Hampton-Giddes hatten nirgendwo geknausert, stellte Jon fest. Braunes Wildleder an den Wänden. Das Kaminholz in einem verchromten Ständer. *Tonnenweise* Marmor und ein Beleuchtungssystem, das für eine kleinere *Aida*-Inszenierung gereicht hätte.

Der Arzt grinste seinen Rechtsanwaltsfreund an. »Jemand hat mir erzählt, daß man sogar ihren Fernseher runterdimmen kann.«

Collier grinste ebenfalls: »Die können ihr ganzes Leben runterdimmen.«

An der Dinnerparty nahmen acht Personen teil. Rick Hampton und Arch Gidde (die Hampton-Giddes), Ed Stoker und Chuck Lord (die Stoker-Lords), Bill Hill und Tony Hughes (die Hill-Hugheses) und Jon Fielding und Collier Lane.

Jon und Collier suchten Zuflucht im schwarzen Onyxbadezimmer der Hampton-Giddes.

»Mensch, Jon, geht dir dieses Gerede über neugestaltete Küchen nicht auf die Nerven?«

»Zieh dir eine Bahn rein«, sagte der Arzt. »Mit Koks geht alles besser.«

Die Hampton-Giddes hatten für ihre Gäste Kokain bereitgestellt. Aber nur im Badezimmer. Außer Sichtweite der Dienstboten. Collier schniefte eine Bahn.

»Gehen wir doch in die Sauna«, sagte er, als er sich wieder aufrichtete.

»Wir können nicht einfach abhauen, Collier.«

»Warum nicht? Ich langweile mich hier zu Tode.«

»Dann zieh dir noch eine rein.«

»Wo bleiben eigentlich die Schnittchen? Normalerweise zeigen unsere Gastgeber Anstand und laden ein oder zwei dekorative Schnittchen ein ... Mein Gott, wer ist schon scharf darauf, sich den ganzen Abend diese abgeschlafften alten Gucci-Tunten anzuschauen.«

»Ich kann jetzt nicht gehen. Vielleicht nach dem Film ...«

»Scheiß auf den Film! Wo bleibt denn da das richtige Leben? Noch dazu haben wir heute Vollmond! Kannst du dir vorstellen, was da in der Sauna ...?«

Jon kniff Collier in die Backe. »Es gibt so etwas wie gesellschaftliche Verpflichtungen, mein Junge.«

»Du bist ein Waschlappen, Fielding.«

Jon lächelte. »Dusch dich kalt ab. Das hält ne Weile an.«

»Also«, sagte William Devereux Hill III., als er Edward Paxton Stoker Jr. die gedämpfte Winterendivie reichte, »haben Tony und ich im Gesellschaftskalender für St. Louis nachgeschlagen, und sie stehen *nicht* drin. Keiner von beiden.«

»Schrecklich.«

»Und machen wir uns doch nichts vor, mein Schatz. In St. Louis ist da nicht *allzu* schwer reinzukommen!«

»Wie wäre es mit dem Achten?« fragte Archibald Anson Gidde.

Charles Hillary Lord blätterte seinen in schwarzes Leder gebundenen Hermès-Terminkalender um. »Tut mir leid. An dem Abend führt Edward Mrs. Langhurst ins Konzert aus, weil Edo de Waart dirigiert. Die Musik macht aus mir wieder mal eine grüne Witwe.«

»Was ist mit dem Mittwoch darauf?«

»Da haben wir Karten fürs Theater.«

»Ich passe.«

»Es ist schon verrückt, nicht?« seufzte Charles Hillary Lord.

»Was macht dein Schnittchen?« fragte Richard Evan Hampton und grinste Jon Philip Fielding über den Marmortisch hinweg affektiert an.

»Wer?«

»Dieses Schnittchen in Jockey-Shorts. Aus dem Endup.« »Ach so ... Ich hab ihn schon länger nicht mehr gesehen.«

»Na, er war wohl auch kaum dein Typ, nicht?«

»Hmh?«

»Ich meine, wie viele Leute kennst du denn schon, die an einem Tanzwettbewerb in Unterhosen teilnehmen?«

»*Ihn* kannte ich jedenfalls. Und ich mochte ihn, Rick.«

»Dann werde ich mich wohl entschuldigen müssen, meine Liebe.«

»Nein, ich werde mich entschuldigen.«

»Wieso?«

»Wir haben Vollmond, Mr. Hampton, und ich kann dieses ›Daughters of the American Revolution‹-Kränzchen nicht länger ertragen. Wenn Sie mich jetzt entschuldigen würden, meine Herren.« Er schob seinen Stuhl zurück, stand auf und nickte seinem Freund zu. »Ich nehme mir ein Taxi«, sagte er.

»Den Teufel wirst du tun«, sagte Collier Lane.

In ihren Brioni-Blazern rauschten sie ab in die Sauna.

NORMANS GESTÄNDNIS

Nach dem dritten Glas Weißwein im Beach Chalet machte Mary Ann das spießig-rustikale Archie-Bunker-Ambiente des Lokals kaum noch etwas aus.

»Es gefällt mir hier«, gab sie Norman gegenüber freimütig zu. »Die Kneipe ist sehr ... urwüchsig.« Zum Teufel mit Beauchamp und seiner schnoddrigen Bemerkung über die Veterans of Foreign Wars.

»Ich dachte, daß dir die Freski hier vielleicht gefallen«, sagte Norman.

»Die was ...?«

»Die Malereien an den Wänden.«

»Ach so ... ja, sie sind toll. Jugendstil, nicht?«

Norman nickte. »Der gute alte Mr. Roosevelt und seine Beschäftigungsprogramme aus dem New Deal. Wie wär's jetzt mit einem kleinen Strandspaziergang?«

Mary Ann hatte keine besondere Lust dazu. Es war kalt draußen, und sie fand die Neon-Bierreklamen und die Stammkunden in Bowlingjacken, die den Tresen umlagerten, ganz gemütlich.

Sie lächelte Norman an. »*Du* würdest gerne raus, nicht?«

»Ja.«

»Stimmt irgendwas nicht, Norman?«

»Nein. Ich möchte bloß ein bißchen spazierengehen. Okay?«

»Klar.«

Er lächelte und tippte mit dem Finger an ihre Nasenspitze.

Auf dem Strand hängte sie sich bei Norman ein, um sich an ihm zu wärmen. Bei Vollmond schimmerte das Cliff House wie ein Herrensitz aus einem der Romane von Daphne du Maurier.

Sie brach das Schweigen zuerst.

»Möchtest du reden?«

»Ich wollte, ich ... Ach, laß mal.«

»Was denn, Norman?«

»Ich wollte, ich würde besser aussehen.«

»Norman!«

»Das mit dem *Alter* wäre nicht so schlimm, wenn ... Ach, vergiß es.«

Sie blieb stehen und drehte ihn herum, so daß er ihr ins Gesicht sehen mußte. »Also ... erstens bist du *nicht* alt, Norman. Du hast es gar nicht nötig, dich dauernd dafür zu entschuldigen. Und zweitens bist du ein *sehr* starker, maskuliner und ... attraktiver Mann.«

Er reagierte, als hätte er überhaupt nicht zugehört. »Warum gehst du mit mir aus, Mary Ann?«

Sie warf die Arme in die Luft und stöhnte. »Du hörst mir nicht mal *zu*.«

»Es sind doch so viele Männer hinter dir her. Ich hab gesehen, wie Brian Hawkins dich ansieht.«

»Hör mir bloß mit dem auf!«

»Findest du Brian denn nicht hübsch?«

»Brian Hawkins hält jede Frau, die mit ihm ins Bett steigt, für eine ...« Mary Ann unterbrach sich.

»Für eine was?«

»Norman ...«

»Für eine *was*?«

»Für eine Hure.«

»Oh.«

»Norman ... ich wollte, ich könnte dir begreiflich machen, wieviel für dich spricht.«

»Überanstreng dich nicht.«

»Norman, du bist *sanft* ... und taktvoll ... und du glaubst an viele ... traditionelle Werte ... und du gibst mir nie das Gefühl, daß ich altmodisch bin.«

Er lachte traurig. »Weil ich noch altmodischer bin als du.«

»Das hab ich nicht gesagt. Und danke für das Kompliment!«

»Glaubst du, daß ich dich glücklich machen könnte, Mary Ann?«

Davor hatte sie sich die ganze Zeit gefürchtet. »Norman ... ich fühle mich immer sehr wohl, wenn ich mit dir zusammen bin.«

»Danach habe ich nicht gefragt.«

»Wir haben uns doch gerade erst kennengelernt.«

Der Spruch war so lahm, daß es ihr sofort leid tat. Sie suchte in Normans Gesicht nach Anzeichen dafür, daß sie Schaden angerichtet hatte. Er sah aus, als würde er mit irgendwas ringen. Seine Gesichtszüge waren eigenartig verzerrt.

»Ich bin kein Pillendrücker, Mary Ann.«

»Was?«

»Ich bin nicht Vertreter für Nutri-Vim. Das hab ich nur so gesagt, damit ... Ich hab es nur so gesagt.«

»Aber was ist mit dem ...?«

»Ich komm schon bald an eine schöne Stange Geld. Dann kann ich dir alles kaufen, was du dir wünschst. Ich weiß schon, daß ich dir im Moment vorkommen muß wie eine Lusche, aber ich bin ...«

»Norman«, sagte sie so schonend wie möglich, »ich möchte nicht, daß du mir etwas *kaufst*.«

Sein Gesicht hatte jeden Ausdruck verloren. Sein ganzes Elend lag in seinem Blick.

»Norman ...« Sie rückte seine neue Krawatte zurecht. »Sie steht dir ganz ausgezeichnet.«

»Ich fahr dich nach Hause.«

»Ich möchte nicht, daß du das Gefühl hast ...«

»Schon gut. Manchmal ... will ich halt einfach zuviel.«

Auf der Rückfahrt zur Barbary Lane sagte er kaum ein Wort.

WORÜBER D'OR SICH AUSSCHWEIGT

Vor dem dunklen Hang des Alta Plaza Park leuchtete die neonhelle Telefonzelle wie Protoplasma. Mona und D'orothea spazierten die Jackson Street entlang nach Westen.

Mona schüttelte sich. »Was für ein gruseliger Ort für ein Telefongespräch!«

»Hast du vor der Dunkelheit Angst?«

»Schrecklich.«

»Das hätt ich nicht gedacht.«

»Haben nicht alle Angst vor der Dunkelheit? Es ist das einzige, was uns von den Tieren unterscheidet.«

D'or grinste. »Ich nicht. Ich halte mich auch da an die Devise: ›Black is beautiful‹.«

»Bei *dir* stimmt das ja auch.«

D'or blieb stehen und griff nach Monas Händen. »Schatz ... würdest du ...?«

»Würde ich was?«

»Ach, nichts.« Sie verscheuchte den Gedanken mit einer Handbewegung und ging weiter. »Nichts Wichtiges.«

Mona runzelte die Stirn. »Ich kann das nicht ausstehen.«

»Was, mein Schatz?«

»Wenn du mit etwas nicht rausrückst, weil du dir einbildest, daß ich es nicht verkrafte.«

»Ich wollte dir damit nicht ...«

»Ich bin nicht so schrecklich empfindlich, D'or. Meinst du nicht, daß du ein bißchen *mitteilsamer* sein könntest?«

»Von mir aus.« D'or wirkte verstimmt.

»Außerdem brauche ich nicht dauernd zu hören, daß du mich liebst. Ich *weiß*, daß du mich liebst, D'or. Es ist nur so ... daß du deine ... deine Gedanken kaum mit mir teilst. Manchmal habe ich das Gefühl, als würde ich mit einer Fremden zusammenleben.«

Schweigen.

»Tut mir leid. Aber du hast gefragt, was ich auf dem Herzen habe.«

»Willst du etwa ausziehen?«

»Nein! Ich habe mir keine Wunder erwartet, D'or ... nie. Ich hatte bloß ...«

»Ist es der Sex? Du weißt doch, daß es für mich keine Rolle spielt, ob ...«

»D'or ... ich *mag* dich wirklich.«

»Aua.«

»Verflucht noch mal ... das ist schon eine ganze Menge, oder etwa nicht? Ich meine, mir ist noch nicht mal klar, ob ich überhaupt jemand fürs Bett haben möchte. Ob nun Mann *oder* Frau. Manchmal denke ich, daß es fünf wirklich gute Freunde oder Freundinnen auch tun würden.«

Sie gingen einige Zeit schweigend nebeneinander her, bis D'orothea sagte: »Und was machen wir nun?«

»Ich möchte bei dir bleiben, D'or.«

»Aber ich muß mich ändern, oder wie?«

»Davon habe ich nichts gesagt.«

»Aber, Mona ... *irgendwas* paßt dir doch nicht.«

Mona funkelte sie wütend an. »Glaubst du denn allen Ernstes, daß ich meinen Lebenszweck darin sehe, mir den Arsch breitzusitzen, während du dir bei demselben Dreckskerl, der mich rausgeschmissen hat, mal so eben hunderttausend Dollar abholst?«

»Mona ... ich könnte mit Edgar Halcyon reden ...«

»Wenn du das tust, packe ich noch am selben Tag meine Sachen.«

»Was soll ich dann tun? Was verlangst du denn von mir?«

»Ich weiß es einfach nicht ... Irgendwie komme ich mir ausgegrenzt vor. Ich kann diese alten Weiber mit ihren lila gefärbten Haaren nicht ausstehen, die in der

Handtasche chemische Keulen spazieren tragen und in einem fort mit ihren Pudeln ...«

»Daran kann ich ja wohl nichts ändern ...«

»Aber du könntest mich an deinem Leben teilnehmen lassen, D'or. Stell mich deinen Bekannten vor ... und deiner Familie. Herrgott noch mal, deine Eltern wohnen in Oakland, und ich hab sie noch *nie* zu Gesicht bekommen!«

D'orotheas Stimme war eisig, als sie sagte: »Laß bloß meine Eltern aus dem Spiel.«

»Da haben wir's!«

»Was soll *das* nun wieder heißen?«

»Das soll heißen, daß du dir vor Angst fast in die Hosen machst, weil Mommy und Daddy rausfinden könnten, daß du eine Lesbe bist!«

»Das stimmt nicht.«

»Was ist es dann?«

»Ich ... habe keinen Kontakt mehr zu meinen Eltern. Ich habe noch kein einziges Mal mit ihnen gesprochen, seit ich aus New York zurück bin. Kein einziges Mal.«

»Ach, erzähl mir doch nichts!«

»Hast du je erlebt, daß ich mit ihnen telefoniert hätte? Wann soll ich denn mit ihnen geredet haben?«

»Aber, weshalb sprichst du denn nicht mit ihnen?«

»Wann hast *du* das letztemal mit deiner Mutter gesprochen?«

»Das ist ganz was anderes. Meine Mutter wohnt in Minneapolis. Aber für dich wäre es überhaupt kein Umstand, mit deinen ...«

»Du hast doch keine *Ahnung*, was für ein Umstand es für mich wäre, Mona.«

Mona blieb stehen und stellte sich vor D'orothea hin.
»Jetzt hör mir mal zu. Mir ist schon klar, daß du um einiges ...« Sie unterbrach sich.

»Daß ich um einiges was?«

»Was weiß ich. Daß du ... mehr Lebenserfahrung hast?«

D'orothea lachte wehmütig. »Das trifft's noch nicht mal ansatzweise, mein Schatz!«

»Na, wenn schon? Hältst du mich etwa für snobistisch? Ich hab mich schon oft für Leute aus der Dritten Welt eingesetzt, das kann ich dir sagen!«

»Mein Vater arbeitet als Bäcker in der Twinkie-Keksfabrik, Mona!«

Mona unterdrückte ein Grinsen. »Das hast du dir ausgedacht.«

»Laß mich jetzt in Ruhe damit, ja?«

»Nein. Du meinst, daß ich mit älteren Schwarzen nicht umgehen kann, stimmt's? Daß ich trotz allem gar nicht anders kann, als rassistisch *und* altenfeindlich zu sein!«

Schweigen.

»Das ist doch der springende Punkt, oder?«

»Ich glaube, daß du sehr gut mit Menschen umgehen kannst. Aber hören wir jetzt auf damit. Einverstanden?«

Also hielt Mona den Mund.

Ihr liberales Bewußtsein würde ihr allerdings nicht erlauben, das Thema fallenzulassen.

Sie würde der Angelegenheit auf eigene Faust nachgehen.

Es konnte nicht *so* viele Wilsons geben in der Twinkie-Fabrik.

MICHAELS BESUCHER

Michael machte gerade das Bett, als es an der Tür klingelte. Er mußte über sich selbst lachen, als er sich beeilte. Er machte das Bett nie *seinetwegen*. Er tat es wegen anderer Leute ... oder in der Hoffnung auf andere Leute.

Das war auch der wahre Grund dafür, daß er die Toilette immer sauber hielt und im Badezimmerschränkchen stets eine frische Gästezahnbürste aufbewahrte. Man konnte nie wissen, wann man sich in der Rolle der zukünftigen Ehegattin bewähren mußte.

Beim zweiten Klingeln öffnete er die Tür. Innerlich hatte er sich bereits darauf eingestellt, Mary Ann wieder mal sein mitfühlendes Ohr zu leihen.

»Brian!«

»Ich ... störe doch nicht etwa?«

»Ehrlich gesagt räkelt sich gerade Casey Donovan in meinem Boudoir.«

»Oh, entsch...«

»Das war ein Witz, Brian. Reine Extravaganz. Was kann ich für dich tun?«

»Nichts ... Ich ... ich hab noch ne Portion Maui Wowie über. Und da hab ich gedacht, daß du vielleicht auch Lust hättest, was zu rauchen ... und ne Weile zu quatschen.«

Was für ein drolliges Wort, dachte Michael. Quatschen. Die Heteros trauerten der Hippieära immer noch nach.

Das Gras wirkte sehr rasch.

»Meine Fresse«, platzte Michael heraus. »Wie teuer ist das Zeug denn?«

»Zweihundert die Unze.«

»Ich bitte dich!«

»Ich schwör's bei Gott.«

»Meine Zähne sind ganz taub.«

»Wer braucht die schon?«

Michael lachte. »Wo du recht hast, hast du recht! Ist das Zeug von *hier*, Brian?«

»Mhmm. Aus L.A.«

»Das gute alte Lah!«

»Hmh?«

»Lah. L.A. ... kapiert?«

»Ach so ... ja.«

»L.A. ist Lah. Und S.F. ist Sif.«

»Wie wahr!«

Sie lachten. »Meine Fresse, Brian. Noch ein Zug, und ich seh den lieben Gott.«

»Zu spät. Er ist nach Lah umgezogen.«

»Der liebe Gott ist in Lah?«

»Was glaubst du, wer mir das Zeug verkauft hat?«

»Manchmal«, sagte Brian, »hab ich das Gefühl, daß es aus und vorbei ist mit der sexuellen Revolution. Weißt du, was ich meine?«

»Denk schon.«

»Ich mein ... was ist noch übrig? Verstehst du?«

»Klar.«

»Typen und Tussis, Tussis und Tussis, Typen und Typen.«

»Genau.«

»Aber jetzt ... weißt du ... das Pendel.«

»Genau ... das verfluchte Pendel.«

»Ich meine, Michael ... ich glaube ... ich glaube, die Sache ist gelaufen, Mann.«

»Welche Sache?«

»Alles.«

»Sodom und Gomorrha, hm?«

»Vielleicht nicht ganz so ... dramatisch, aber so in der Preislage. Wir werden die ... mit *wir* mein ich solche Leute wie dich und mich ... wir werden die fünfzigjährigen Libertins sein in einer Welt voller zwanzigjähriger Calvinisten.«

Michael schüttelte es. »Bei denen die Geilheit im Herzen sitzt wie bei Jimmy ... aber sonst nirgends.«

»Stimmt ... Bist du jetzt geil?«

Michaels Herz setzte aus. »Äh ...«

»Von Gras werd ich immer geil.«

»Ja ... ich weiß, was du meinst.«

»Warum ... tun wir dann nichts dagegen?«

Es war so still im Zimmer, daß Michael die Haare auf Brians Brust wachsen hören konnte.

»Findest du nicht ... daß das ... etwas kompliziert ist, Brian?«

»Warum?«

»Warum?« wiederholte Michael. »Na ja, ich ... äh ... wir beide sind nicht unbedingt vom selben Ufer, oder?«

»Na und? Es muß in dieser verdammten Stadt doch wenigstens *eine* Kneipe geben, wo es Heterotussis *und* Schwule gibt.«

»Du möchtest, daß wir ... gemeinsam auf Aufriß gehen?«

»Könnte ein Riesenspaß werden, hm?«

Michael sah ihn etwas länger an und lächelte dann träge. »Du meinst es richtig ernst, was?«

»Aber natürlich!«

»Das ist ja vielleicht abgedreht.«

»Ich wußte, daß du darauf anspringst.«

»Vielleicht«, sagte Michael, der gleich wieder zu Pan wurde, »können wir ja ein Pärchen auseinanderspannen.«

DIE DREI VON DER SAUNA

Als er das Haus der Hampton-Giddes verließ, inhalierte Jon den reinigenden Nebel, der sich von der Bay aus nach Seacliff ergossen hatte.

Collier grinste ihn an. »Ich hab ja gewußt, daß es dir früher oder später bei den Ohren rauskommt.«

»Halt die Klappe.«

»Du bist noch immer vernarrt in dieses Tolliver-Jüngelchen, was?«

»Ich bin *in gar niemand* vernarrt, Collier. Aber ich habe dieses giftige Gerede über irgendwelche Schnittchen gründlich satt. Das ist bloß die Trutschenvariante für den Chauvinismus der Mackerschweine!«

»Kann ich das an Bartlett's *Worte der Woche* schicken?«

»Warum beschränkst du dich nicht aufs Fahren, hm?«

»Fahren wir in die Sauna?«

»Da willst du doch hin, oder?«

»Ich könnte dich auch bei deinem Schnittchen absetzen.«

»Wenn du noch einmal damit anfängst, Collier ...«

»Zur Sauna also, Milord.«

Jon hüllte sich während der langen Fahrt in die Gegend um die Eighth und die Howard in Schweigen. Er litt unter seiner verfahrenen Situation. Die Spießigkeit der Hampton-Giddes erschien ihm ebensowenig erstrebenswert wie die Ziellosigkeit der Michael Tollivers.

In so einer Lage bot die Sauna den einfachsten Ausweg.

Diskret, leidenschaftslos und unverbindlich. Er konnte sich für ein, zwei Stunden austoben und danach wieder unbefleckt eintauchen in seine Existenz als Arzt.

Es blieb ihm gar keine andere Wahl.

Von Dekorateuren, Friseuren und bestimmten Polizeidienstgraden wurde in San Francisco geradezu *erwartet*, daß sie schwul waren.

Aber wer wollte schon einen schwulen Gynäkologen?

Seiner Erfahrung nach erwarteten die meisten Frauen von ihrem Gynäkologen Zurückhaltung, wenn er in ihre intimsten Regionen Einblick nahm. Sie erwarteten allerdings *nicht*, daß ihm diese Zurückhaltung leicht fiel. Im hintersten Winkel ihres Herzens glimmte eine schwache Hoffnung, daß sie dem armen Kerl gehörig den Kopf verdrehen würden.

Ja, so ein schwuler Gynäkologe hatte es schon schwer.

Im Fernsehraum der Club Baths hatte sich eine Horde Handtucharzans versammelt.

Ausnahmsweise verfolgten sie gebannt das Fernsehprogramm.

»Den Orgienraum kannst du während der Mary-Hartman-Show vergessen«, sagte Collier.

Jon grinste. Er fühlte sich zusehends wohler. »Ich habe sowieso Hunger. Wir sind ja über die gedämpfte Winterendivie nicht hinausgekommen, wie du weißt.«

Sie steckten ein paar Hot dogs in die Mikrowelle und lachten über den obligatorischen Aufkleber, der Leute mit Herzschrittmachern warnte. Ein Herzschrittmacher tauchte in den Club Baths ungefähr so häufig auf wie eine Accu-Jac-Wichsmaschine im Bohemian Club.

Hinterher trennten sie sich, und jeder suchte sein persönliches Abenteuer im Wunderland.

Jon strich eine Viertelstunde durch die Gänge und entschied sich schließlich für einen Dunkelhaarigen in einer Kabine neben den Duschen. Der Kerl lag auf seiner Liege und stützte sich auf die Ellbogen.

Er hatte sein Handtuch noch um, und seine Lampe hatte er auf hell gestellt.

Ein gutes Zeichen, dachte Jon. Wenn einer es furchtbar nötig hatte, schaltete er unweigerlich auf Schummerlicht und legte sein Handtuch ab.

Als sie fertig waren, sagte Jon: »Wenn ich gehen soll, kannst du's ruhig sagen.«

»Kein Problem«, antwortete der Dunkelhaarige.

»Es ist schön, ein bißchen dazuliegen.«

»Ja. Da draußen ist die Hölle los.«

»Wir haben Vollmond.«

»Mir sind die ruhigeren Abende lieber. Ich meine ... manchmal komme ich bloß her, um ... mich zu entspannen.«

»Ich auch.«

Der Dunkelhaarige verschränkte die Hände hinter dem Kopf und schaute zur Decke hoch. »Ich war heute abend nicht mal besonders geil.«

»Ich auch nicht. Ich rede mir immer ein, daß ich bloß wegen der Dampfsauna herkomme, aber irgendwie funktioniert es dann doch anders.«

Der Mann lachte. »*Quelle coincidence!*«

Jon setzte sich auf. »Es ist wohl besser, ich gehe ...«

»Kann ich dich zu einem Kaffee einladen?«

»Danke, aber ich bin mit einem Freund da.«

»Dein Liebhaber?«

Jon lachte. »O Gott, nein!«

»Bist du ... noch zu haben?«

»Aber ja.«

»Darf ich dir meine Telefonnummer geben?«

Jon nickte und streckte dem Dunkelhaarigen seine Hand hin. »Ich heiße Jon«, stellte er sich vor.

»Und ich heiße Beauchamp.«

CRUISING IM STUD

Für seine nächtliche Tour mit Brian setzte Michael auf das Stud. Die Bar an der Folsom Street war entsprechend megasexuell, und ihre pseudoalternative Einrichtung würde Brian wohl am wenigsten verschrecken.

Vielleicht würde sie ihn sogar an Sausalito erinnern.

»Das erinnert mich an das Trident«, sagte Brian, als sie durch die Tür kamen.

Michael grinste. »Das ist wohl die goldene Regel der Siebziger, was? Es spielt keine Rolle, was du anstellst, solang du es irgendwo machst, wo es wie in einer Scheune aussieht.«

»Mensch! Sieh mal da drüben an der Bar! Was für Titten!«

»Ja. Der rennt mindestens schon seit der High-School ins Fitneßstudio!«

»Ich rede von der Tussi, Michael!«

»Weißt du was?« sagte Michael. »Du guckst dir deine Sorte Titten an und ich mir meine!«

Die Gäste standen zwanglos um den Tresen in der Mitte, manche in Dreier- oder Vierergruppen. Sie lachten in kurzen, gekünstelten Ausbrüchen, und eine abgetakelt wirkende Band tat so, als würde Kenny Loggins »Back to Georgia« singen.

»Unser Plan sieht also so aus«, sagte Michael laut. »Wenn mir was über den Weg läuft, was für dich interessant sein könnte, treib ich es in deine Richtung.«

»Nicht *es*, Michael. *Sie*.«

»Genau. Und du machst umgekehrt das gleiche.«

»Keine Sorge.«

»Siehst du irgendwas, was dich anmacht?«

»Ja. Der Atombusen da drüben.«

»Die Frau mußt du aber erst noch von dem Kerl loseisen, mit dem sie da ist.«

»Vielleicht ist er ja schwul.«

»Das kannst du vergessen. Er ist hetero.«

»Wie willst du das denn wissen?«

»Sieh dir doch mal seinen Arsch an, Brian!«

»Haben Schwule nie einen fetten Arsch?«

»Wenn sie einen haben, dann gehen sie nicht in Bars. Das ist die *andere* goldene Regel der Siebziger.«

Die Frau, die sich neben Brian setzte, hatte ein beigefarbenes T-Shirt an, das in unaufdringlichen Kleinbuchstaben den Aufdruck »Miststück« trug.
»Seid ihr zwei Hübschen zusammen da?«
»Ja. Das heißt ... nicht direkt. Er ist schwul, und ich bin hetero.«
»Wie schön für dich.«
»So war das nicht gemeint. Michael ist ein Freund von mir.«
»Und was machst du so?«
»Du meinst mit Michael?«
»Nein. Du allein. Wie verdienst du zum Beispiel dein Geld?«
»Ich arbeite als Kellner. Im Perry's.«
»Oh. Das ist ja abgedreht.«
Ihre Bemerkung ärgerte ihn. »Wieso?«
»Na ja, ich meine ... dort geht's doch richtig ... künstlich zu, oder?«
»Mir gefällt's«, log er. Von einer möchtegernradikalen Fotze im Miststück-T-Shirt ließ er *seinen* Arbeitsplatz doch nicht runtermachen.
»Ich arbeite für Francis.«
»Für Francis, das sprechende Maultier?«
Sie verdrehte genervt die Augen. »Für Francis Ford Coppola.«

Michael stand alleine an der Bar, als Brian zu ihm zurückkam.
»Und, hattest du Erfolg?«

Brian trank einen großen Schluck Bier. »Ich bin nicht lang genug am Ball geblieben, um es rauszufinden. Die war vielleicht daneben.«

»Was heißt das denn?«

»Ach, Schwamm drüber.«

»Stell dich nicht so an. Ich will die Schweinereien hören. Steht sie auf Fesselspiele? Läßt sie sich gern erniedrigen? Mag sie Natursekt? Oder kann sie etwa nur auf Satinbettlaken?«

»Sie wollte wissen, ob ich auf ... Cockringe stehe.«

Michael kreischte beinahe los. »Du nimmst mich auf den Arm!«

»Wozu ist so ein Ding denn überhaupt gut?«

»Ein Cockring? Mensch ... wie soll ich das erklären? Es ist ein Stahlring mit ... ungefähr so nem Durchmesser ... obwohl, manchmal ist er auch aus Messing oder aus Leder ... und den ziehst du über deine ... Ausstattung.«

»Und wozu soll der Scheiß gut sein?«

»Damit steht er dir länger.«

»Oh.«

»Ist das Leben nicht voller Überraschungen?«

»Hast du einen?«

Michael lachte. »O Gott, nee.«

»Warum nicht?«

»Na ja ... das ist bloß noch was, an das man denken muß. Von meinen Sonnenbrillen hatte ich noch keine länger als eine Woche.« Plötzlich lachte er. Ihm war etwas eingefallen. »Ich kannte mal einen Kerl ... einen wie aus dem Ei gepellten Börsenmakler ... und der hatte *permanent* einen um. Aber *davon* war er schnell wieder geheilt.«

»Was ist passiert?«

»Er mußte zu einer Konferenz nach Denver fliegen, und sie haben ihn drangekriegt, als er auf dem Flughafen durch den Metalldetektor marschiert ist.«

»O Gott! Was haben sie gemacht?«

»Sie haben seinen Koffer aufgemacht und seine schwarzen Lederchaps gefunden!«

Brian pfiff durch die Zähne und schüttelte den Kopf.

»Es ist noch nicht zu spät für einen Kaffee im Pam-Pam's.«

»Die Verabredung gilt, Mann!«

»I AM WOMAN, HEAR ME ROAR ...«

Kurz nach sieben stolperte Beauchamp aus dem Bett und ins Badezimmer.

DeDe drehte sich auf die andere Seite, atmete gleichmäßig weiter und gab vor zu schlafen.

Diesmal wollte sie seine Entschuldigung gar nicht erst hören. Seine vielen Entschuldigungen hatten sie taub gemacht, und die Anstrengung, ihm immer wieder zu glauben, kostete sie viel zuviel Kraft.

Er war um vier Uhr früh nach Hause gekommen. Basta.

Es gab vielleicht keine andere *Frau*, aber es gab mit Sicherheit andere *Frauen*.

Ihre Reaktion darauf mußte durchschlagend, wohlüberlegt und frauentypisch sein. Sie versuchte, sich vorzustellen, wie Helen Reddy sich in so einer Situation verhalten hätte.

Das Telefon riß sie dann um Viertel nach neun aus dem Schlaf.

»Hallo.«

»Schläfst du noch, mein Engel?«

»Nicht ganz.«

»Du klingst deprimiert.«

»Wirklich?«

»Sieh mal ... Wenn es wegen dieser bewußten Sache da ist ... Ein einfacher kleiner Eingriff, und schon bist du wieder ...«

»Binky, ich ...«

»Das ist heute nicht mehr so wie früher, wo man es noch mit rostigen Kleiderbügeln gemacht hat.«

»Es *reicht*, Binky!«

Schweigen.

»Binky ... es tut mir leid. Okay?«

»Aber ja.«

»Ich ... habe schlecht geschlafen.«

»Klar doch. Paß auf ... Ich hab was Tolles auf Lager. Willst du's hören?«

»Ich bin ganz Ohr.«

»Jimmy Carter ist ein Kennedy!«

»Äh ... kannst du das noch mal sagen?«

»Ist das nicht das *Schärfste*, was dir seit *Monaten* zu Ohren gekommen ist?«

»Wohl eher das Unappetitlichste.«

»Aber, aber ... Ich erzähle dir doch nur, was gestern abend bei den Stonecyphers *das* Thema war. Anscheinend hat man Schweigegeld gezahlt, damit auch sichergestellt war, daß ...«

»Was soll *das* denn wieder heißen?«

»Miss Lillian war mal Joe Kennedys Sekretärin.«

»Wann?«

»Ach, sei keine Spielverderberin, mein Engel. Ich finde die Geschichte einfach himmlisch.«

»Himmlisch, ja.«

«Na, sie erklärt immerhin das Gebiß, oder nicht?«

Als DeDe endlich vom Telefon loskam, ging sie schaudernd ins Bad.

Nach einem halbstündigen Gespräch mit Binky fühlte man sich, als hätte man einen ganzen Auswahlband mit Walt Whitman in einem Rutsch in sich hineingefressen.

DeDe ging gar nicht erst in die Küche, sondern schlüpfte hastig in einen Kaschmirrollkragenpullover und Levi's und warf sich nachträglich noch ihre Anne-Klein-Wildlederjacke über die Schultern.

Sie wollte spazieren gehen. Und nachdenken.

Wie gewohnt ging sie zu den Filbert Steps, deren Pfefferkuchenhäuser und steil auf und ab führende Sackgassen eine Kulisse für ihren Kummer abgaben, wie Walt Disney sie nicht besser hätte liefern können.

An der Napier Lane setzte sie sich auf den Plankenweg und beobachtete die Katzen aus dem Viertel, die in der Sonne herumspazierten.

Es war einmal eine Katze, die in der Sonne einschlief und träumte, sie wäre eine Frau, die in der Sonne schlief. Als sie aufwachte, konnte sie sich nicht mehr erinnern, ob sie eine Katze war oder eine Frau.

Wo hatte sie das bloß gehört?

Egal. Sie fühlte sich weder wie eine Katze *noch* wie eine Frau.

Ihr ganzes Leben lang hatte sie getan, was man ihr aufgetragen hatte. Aus der wohlwollenden Alleinherrschaft von Edgar Halcyon hatte sie sich ohne die geringste Verzögerung in die prinzipienlose Tyrannei von Beauchamp Day begeben.

Ihr Ehemann bestimmte mit der gleichen Entschiedenheit über sie, wie ihr Vater es getan hatte. Er manipulierte sie mit Schuldgefühlen, Liebesversprechen und ihrer Angst vor Zurückweisung. Noch *nie* hatte sie etwas für sich selbst getan.

»Dr. Fielding?«
»Ja?«
»Entschuldigen Sie, daß ich Sie zu Hause störe.«
»Das macht doch nichts. Äh ... mit wem spreche ich, bitte?«
»Mit DeDe Day.«
»Oh. Wie geht es Ihnen?«
»Ich ... ich habe mich entschieden.«
»Schön.«
»Ich will das Kind bekommen, Dr. Fielding.«

DER DOKTOR STEHT HOCH IM KURS

Beauchamp beschloß, sein Mittagessen bei Wilkes Bashford zu heben.

In einem Ambiente aus Korbmöbeln, Acrylglas und gekalkten Wänden schüttete er drei Negronis in sich hinein und probierte gleichzeitig ein Paar Walter-Newberger-Schuhe für zweihundertfünfundzwanzig Dollar an.

Walter Newberger bediente ihn höchstpersönlich.

»Und, was haben Sie für ein Gefühl?« wollte der Designer wissen.

»Einfach himmlisch«, antwortete Beauchamp. »*Exakt* die richtige Menge Campari.«

»Ich meinte die *Schuhe*, Beauchamp. Sie *können* doch wohl aufstehen, oder?«

Beauchamp grinste spitzbübisch. »Nur, wenn es unbedingt sein muß ... Wo haben Sie Ihr Telefon stehen?«

»Ein Apparat steht im Spiegelkabinett.«

Beauchamp wankte ins Spiegelkabinett und wählte die Nummer von Jons Praxis in der Sutter Street 450.

»Hallo, Blondie.«

»Guten Tag.«

»Ich bin gerade bei dir um die Ecke, du geiles Luder. Warum nehmen wir uns nicht ein Zimmer im Mark Twain und schieben einen Quickie?«

»Ich bin im Moment leider beschäftigt. Aber wenn Sie etwas später noch einmal anrufen könnten, wird Ihnen meine Sprechstundenhilfe sicher ...«

»Ach, ich verstehe!«

»Sehr schön.«

»Hast du eine Patientin da?«

»Das trifft zu.«

»Ist sie hübsch?«

»Es tut mir leid ... ich kann darüber keine ...«

»Aaach ... stell dich nicht so an! Sag mir doch schon, ob sie hübsch ist.«

»Ich muß jetzt leider aufhören.«

»Hübscher als ich *kann* sie doch gar nicht sein, oder?«

Der Doktor legte auf.

Beauchamp lehnte sich laut lachend gegen den Stoffkaktus im Spiegelkabinett. Dann bummelte er zurück an die Bar, wo der Schuhdesigner ihn erwartete.

»Setzen Sie sie auf die Rechnung«, sagte Beauchamp.

Der Alte war offenbar immer noch beim Mittagessen in der Villa Taverna.

Beauchamp schlenderte in die Vorstandssuite und stellte ein paar Überlegungen an.

Der Raum war gar nicht schlecht. Klare Linien und eine ganz passable Beleuchtung. Wenn erst mal diese *grauenhaften* Jagdszenen und die abgenutzten Barcelona-Sessel draußen waren, konnte Tony Hail wahrscheinlich im Handumdrehen etwas ganz Tolles hinzaubern ... mit Körben und ein paar Birkenfeigen und vielleicht mit Straußeneiern auf dem Regal hinter dem ...

»Suchst du etwas?«

Es war Mary Ann, die das Revier des Alten entschlossen verteidigte.

»Nein«, war seine schlichte Antwort.

»Mr. Halcyon wird erst um zwei zurück sein.«

Beauchamp zuckte mit den Schultern. »Kein Problem.«

Sie blieb eisern an der Tür stehen, bis er an ihr vorbeigegangen war und sich auf den Weg in sein Büro am anderen Ende des Flurs machte.

An diesem Abend gab Mary Ann einem Drang nach, der sie schon die ganze Woche plagte.

Sie erzählte Michael von Norman ... und von dem verkorksten Abend im Beach Chalet.

Michael tat alles mit einem Schulterzucken ab. »Was

soll da schon groß dran sein? Du bist sexy. Und du bist eine Herzensbrecherin. Aber das ist nicht *deine* Schuld.«

»Es geht mir doch gar nicht *darum*, Mouse. Ich werde einfach das Gefühl nicht los, daß er ... irgendwas vorhat.«

»Wo viel Rauch ist, ist nicht automatisch viel Feuer.«

»Was?«

»Er versucht, dir zu imponieren. Hast du denn seither noch mal mit ihm geredet?«

»Ein, zwei Mal. Aber nur belangloses Zeug. Er hat mir bei Swensen's ein Eis spendiert. Weißt du, er hat so was ... wie soll ich sagen ... Verzweifeltes an sich. Es kommt mir vor, als würde er bloß noch den richtigen Moment abpassen ... um mir dann irgendwas zu beweisen.«

»Sieh mal ... Wenn du vierundvierzig wärst und mit deinem Vitaminkoffer von Tür zu Tür laufen ...«

»Aber das *tut* er doch gar nicht. Da bin ich mir völlig sicher. Er hat mir *selbst* erzählt, daß das gar nicht stimmt ... und ich glaube ihm das.«

»Aber er schleppt seinen dämlichen Nutri-Vim-Koffer doch wirklich oft genug in der Gegend rum.«

»Er hält die Leute zum *Narren*, Michael. Ich weiß nicht, warum, aber er tut's.«

Michael setzte ein teuflisches Grinsen auf. »Es gibt einen Weg, das herausfinden.«

»Und wie?«

»Ich weiß, wo Mrs. Madrigal die Zweitschlüssel aufbewahrt.«

»Ach, Mouse ... nein, schlag dir das aus dem Kopf. So was könnte ich nicht.«

»Er ist heute abend nicht da. Ich hab ihn vorhin weggehen sehen.«

»Nein, Mouse!«
»Okay, okay. Wie wär's dann mit Kino?«
»Mouse ...?«
»Hmh?«
»Findest du wirklich, daß ich sexy bin?«

»O DU FRÖHLICHE ...«

Nicht das Wetter, sondern die Stadt selbst machte Mary Ann klar, daß es nun doch Winter geworden war.

Auf dem Dach des Emporium-Kaufhauses drehten sich fröhlich die Riesenräder. In den Schaufenstern der chinesischen Wäschereien wuchsen Aluminiumbäumchen. Und Mitte Dezember klebte an einem strahlend sonnigen Morgen ein Zettel an ihrer Tür.

Mary Ann,
wenn du noch keine anderen Pläne hast, dann komm doch bitte am Heiligen Abend nach unten und trink mit mir und dem Rest deiner Barbary-Lane-Familie ein Schlückchen Eierflip.
                                                  Herzlich
                                                  A. M.
P.S.: Ich könnte bei den Vorbereitungen etwas Unterstützung gebrauchen.

Diese Nachricht – und der Joint auf dem Zettel – gab ihr enormen Auftrieb. Es war schön, sich wieder als Teil einer Gemeinschaft zu fühlen, obwohl sie die übrigen

Hausbewohner eigentlich kaum als Mitglieder einer »Familie« sah.

Aber warum sollte man Mrs. Madrigal diese Wunschvorstellung nicht lassen?

Die Weihnachtsparty ließ Mary Ann nicht mehr los.

»... und wenn wir die Lichter auf dem Baum eingeschaltet haben, könnten wir vielleicht ein paar Weihnachtslieder singen ... Oder wir machen einen kleinen *Sketch*! Ein Sketch wäre *supertoll*, Mouse!«

Michael blieb ungerührt. »Großartig. Du darfst Judy Garland sein, und ich mache einen auf Mickey Rooney.«

»Mouse!«

»Also gut. *Du* bist Mickey Rooney, und *ich* bin Judy Garland.«

»Du kannst dich wohl gar nicht dafür begeistern, was?«

»*Du* dafür um so mehr. Du läufst jetzt schon seit drei Tagen rum wie ein aufgescheuchtes Huhn und wirbelst alles durcheinander.«

»*Magst* du Weihnachten denn nicht?«

Er zuckte mit den Schultern. »Darum geht es nicht. Weihnachten mag *mich* nicht.«

»Na ja ... mir ist schon klar, daß es zu einer Kommerzgeschichte geworden ist, aber das ist noch lange ...«

»Ach, *das* stört mich doch gar nicht. Auf die geschmacklosen Lichter und das Gewusel und die Plastikrentiere fahre ich sogar ab. Was mich nervt ... ist das Sentimentale daran.«

»Das Sentimentale?«

»Es ist eine Verschwörung. Es ist eine Verschwörung gegen die Singles, damit die sich einsam fühlen.«

»Mouse ... ich bin *auch* ein Single, und ich ...«

»Na und? Sieh dich doch mal an ... Du legst dich mächtig ins Zeug, damit du auch ja irgendwo unterkommst.« Er fuchtelte mit den Armen in der Luft herum. »Wenn du schon so abfährst auf Weihnachten, wo ist dann eigentlich dein Baum? Oder dein Kranz ... oder dein Mistelzweig?«

»Vielleicht hole ich mir ja noch einen Baum«, verteidigte sie sich schwach.

»Das laß mal lieber bleiben. Es ist völlig sinnlos, daß du eine Expedition zur Polk Street machst und dir so ein jämmerliches Winzbäumchen kaufst, damit du dir zu Hause was auf den Tisch stellen kannst. Hinterher gibst du noch mal zwei Tageslöhne für Glitzerkram aus, wie er dir in Cleveland immer so gut gefallen hat, und am Ende sitzt du einsam und alleine im Dunkeln und läßt dich von deinem Bäumchen anblinkern.«

»Ich habe Freunde, Mouse. Und *du* hast auch Freunde.«

»Freunde gehen wieder nach Hause. Aber es gibt nichts Schrecklicheres, als ausgerechnet am Weihnachtsabend allein ins Bett zu gehen ... denn wenn du aufwachst, ist es eben nicht so wie in der Kodak-Werbung, wo die kleinen Kinder in Häschenpantoffeln herumlaufen und ... Es ist schlicht und einfach so wie an jedem anderen langweiligen Tag des Jahres!«

Sie rückte auf dem Sofa näher an ihn heran. »Könntest du nicht Jon zu unserem Fest einladen?«

»Was soll das? ... Hör bloß auf damit!«

»Ich glaube, daß er dich sehr gern hatte, Mouse.«

»Nur daß ich ihn seither nicht mehr gesehen habe ...«

»Und wenn *ich* ihn anrufe?«

»Hör endlich auf!«

»Okay, ich werde *nie wieder* was sagen!«

Er griff nach ihrer Hand. »Entschuldige. Es ist nur ... Mir gehen diese Wir-Leute so auf die Nerven.«

»Welche Leute?«

»Die Wir-Leute. Sie sagen nie ›ich‹. Sie sagen: ›Nach Weihnachten sind wir auf Hawaii.‹ Oder: ›Wir müssen den Hund mal wieder impfen lassen.‹ Sie suhlen sich in der ersten Person Plural, weil sie noch genau wissen, wie schrecklich es in der ersten Person Singular war.«

Mary Ann stand auf und zerrte an seiner Hand. »Komm mit, Ebenezer Scrooge.«

»Wohin?«

»Wir gehen auf den Christbaummarkt. Und wir kaufen *zwei* Bäume.«

»Mary Ann ...«

»Komm schon. Beweg jetzt deinen hübschen Po, sonst werd ich nicht mehr froh.« Sie kicherte, weil ihr solche Anzüglichkeiten sonst nie einfielen. »Da siehst du mal, wofür Weihnachten alles gut ist.«

Michael konnte sich ein Lächeln nicht verbeißen. »We are *not* amused!«

LICHT INS DUNKEL

Nachdem Mona wochenlang mit sich gerungen hatte, machte sie sich an die Ausführung ihres geheimen Plans, D'orothea wieder mit ihren Eltern zusammenzubringen.

Ihre Ausgangsbasis war sehr schmal.

Sie brachte in Erfahrung, daß die Twinkies von der Continental Baking Company hergestellt wurden und daß diese in der Bay Area zwei Niederlassungen hatte. Die eine war die Wonder Bread Bakery in Oakland. Die andere hatte die Adresse Bryant Street.

»Wir freuen uns über Ihren Anruf bei Hostess Cakes.«

»Ich ... Stellen Sie auch Twinkies her?«

»Ja. Außerdem Ho Hos, Ding Dongs, Crumb Cakes ...«

»Danke, danke. Arbeitet bei Ihnen ein Mr. Wilson?«

»Welchen brauchen Sie denn?«

»Äh ... ich weiß nicht recht.« Sie hätte beinahe »den schwarzen« gesagt, aber das kam ihr irgendwie rassistisch vor.

»Donald K. Wilson arbeitet als Packer bei uns ... und dann haben wir noch einen Leroy N. Wilson. Der ist Bäcker.«

»Ich glaube, das ist der richtige.«

»Leroy?«

»Ja ... Könnten Sie mich bitte mit ihm verbinden?«

»Tut mir leid. Die Bäcker arbeiten in der Nachtschicht. Von elf bis sieben.«

»Können Sie mir dann seine Privatnummer geben?«

»Tut mir leid. Es ist uns untersagt, solche Informationen weiterzugeben.«

Herrgott noch mal, dachte sie. Was ist das denn hier? Ein Atomkraftwerk oder eine ordinäre Keksfabrik? »Wenn ich vorbeikommen würde ... heute nacht, meine ich ... könnte ich dann kurz mit ihm sprechen?«

»Warum nicht? Vielleicht, wenn er Pause hat?«

»Ginge es auch gegen Mitternacht?«

»Ich denke schon.«

»Sind Sie immer noch an der Bryant Street?«

»Mhmm. Es ist ein großer brauner Ziegelbau Ecke Fifteenth.«

»Vielen Dank.«

»Soll ich ihm vielleicht etwas bestellen?«

»Nein ... Trotzdem danke schön.«

D'orothea kam um acht nach Hause. Nach zehn Stunden im Blitzlichtgewitter war sie völlig geschafft.

»Wenn ich bis in alle Ewigkeit keinen Rice-a-Roni mehr sehe, dann isses mir immer noch zu früh!«

Mona lachte und reichte ihr ein Glas Dubonnet. »Rat mal, was es zu essen gibt?«

»Ich bring dich um!«

»Immer mit der Ruhe ... Es gibt Schweinekoteletts mit Okra!«

»Das ist nicht wahr!«

Mona nickte lächelnd. »Das hat deine Mutter doch wahrscheinlich auch immer gekocht.«

»Das ist eine Beleidigung für jede Mutter, wenn man so was über sie sagt!«

»Na gut ... dann eben deine Vorfahrinnen.«

»Hast du mal wieder *Roots* gelesen?«

»Ich *steh* auf schwarze Küche, D'or!«

D'or schaute sie finster an. »Würdest du auf *mich* auch noch stehen, wenn ich nicht schwarz wäre?«

»D'or! Was redest du denn da!«

D'or sah Mona einige Zeit an. Dann beendete sie die Diskussion mit einem Lächeln und sagte augenzwinkernd: »Ich bin so was von alle. Schmeiß endlich die Koteletts auf den Tisch, Alte.«

Nach dem Essen legten sie sich vor den Kamin und schauten Farbdias von D'orothea in Adorable-Strumpfhosen an.

Das war wohl der Augenblick, um es ihr zu sagen.

»D'or ... Michael hat mich gefragt, ob ich heute mit ihm in die Spätvorstellung im Lumière gehe.«

»Das ist doch schön.«

»Es macht dir nichts aus, wenn ich ...?«

»Du brauchst doch mich nicht um Erlaubnis zu fragen, wenn du ins Kino gehen willst.«

»Na ja, normalerweise hätt ich dich gern dabei ...«

D'orothea tätschelte ihre Hand. »In zehn Minuten bin ich sowieso in der Falle, Schatz. Geh du mal und amüsier dich, okay?«

Kurz nach Mitternacht raste Monas Herz dermaßen, daß die Twinkie-Fabrik genausogut das Haus Usher hätte sein können.

Der Warteraum erinnerte sie an die Lobby eines alten Hotels im Tenderloin District.

Sie drückte auf eine Klingel am Empfangstresen. Ein paar Minuten später fragte sie ein Mann, der augenscheinlich Bäcker war, ob er ihr behilflich sein könnte.

»Kennen Sie Leroy Wilson?« wollte Mona wissen.

»Klar ... Wollen Sie mit ihm reden?«

»Das wäre nett.«

Der Mann verschwand wieder nach hinten, und es dauerte noch einmal zehn Minuten, bis Leroy Wilson einer völlig verblüfften Mona Ramsey gegenübertrat.

Der Bäcker war mit einer feinen Schicht Puderzucker überzogen.

Und seine Haut war genauso weiß wie der Zucker.

ANNA ZEIGT NERVEN

Das Pärchen stapfte auf einem schmalen, unbefestigten Weg, den andere Ausflügler bereits matschig getrampelt hatten, mühsam den dunklen Hang hoch.

»Wie spät ist es?« fragte er.

Sie schaute auf ihre Uhr. Eine Timex für Männer. »Kurz vor Mitternacht.«

Es war nicht der Nebel, der dem Mann kalte Schauer über den Rücken jagte, als sie sich durch den Eukalyptuswald arbeiteten. Seine Begleiterin machte einen ganz gelassenen Eindruck.

»Für eine Frau bist du ganz schön draufgängerisch, Anna.«

»Was ist los? Kannst du nicht mehr? Hast du vergessen, daß diese kleine Spritztour deine Idee war?«

»Ich weiß gar nicht, was da in mich gefahren ist.«

Sie stand schweigend da. Er blickte zu ihr hinunter und streifte ihr eine Haarsträhne aus dem Gesicht.

»Doch, ich weiß es, Anna. Ich weiß es.«

Auf dem Gipfel des Mount Davidson verschnauften sie unter dem riesigen Betonkreuz.

Edgar zeigte mit ausgestrecktem Arm über die Stadt, die sich zu ihren Füßen ausbreitete.

»Mein ganzes Leben lang ... mein ganzes beschissenes Leben lang existiert das hier schon, und ich war noch nie hier oben.«

»Tu doch so, als hättest du dir's aufgespart.«

Er griff nach ihrer Hand und zog sie näher an sich ran. »Und es hat sich gelohnt, das kann ich dir sagen.«

Schweigen.

»Anna?«

»Edgar, wir sind doch wohl nicht zum Turteln hier heraufgeklettert, oder?«

Edgar setzte sich auf den Sockel des Kreuzes. »Ich ... nein.«

Sie setzte sich neben ihn. »Was ist denn?«

»Ich weiß nicht recht. Ich bin heute angerufen worden.«

»Von wem?«

»Von einem Mann, der sich mit mir über Madrigale unterhalten möchte.«

»Was?«

»Ja, das hat er gesagt. Und das war eigentlich auch schon alles. ›Ich bin ein Freund, und ich möchte mich mit Ihnen über Madrigale unterhalten.‹ Er war aufreizend wortkarg bei der ganzen Sache.«

»Glaubst du, daß er ...«

»Was sonst? Wahrscheinlich will er Geld.«

»Erpressung?«

Edgar gluckste. »Komisch, nicht? Vor einem halben Jahr hätte mich so etwas noch völlig arg aus der Fassung gebracht.«

»Aber woher sollte er davon wissen?«

»Wer weiß? Und wen *kümmert* das schon?«

»*Dich* doch anscheinend. Du hast mich gerade den Kalvarienberg hochgetrieben, um es mir zu erzählen.«

»Nein, das war nicht der Grund.«

»Wirst du dich mit ihm treffen?«

»Ja, aber nur kurz. Sobald ich mir sein Gesicht eingeprägt habe, kriegt er einen Tritt in den Arsch und fliegt die Treppe runter.«

»Hältst du das für klug?«

»Was soll er schon tun? Ich sterbe sowieso bald. Meine Güte, ich hätte nie gedacht, daß das eines Tages nützlich werden könnte!«

Anna hob einen Zweig auf und ritzte einen Kreis in die feuchte Erde. »Wir dürfen nicht nur an uns denken, Edgar.«

»Du meinst Frannie?«

Anna nickte.

»Frannie läßt er sicher aus dem Spiel. Wenn er erst mal mitbekommen hat, wie wenig ich mir aus der Sache mache.«

»Man kann nie wissen.«

»Das stimmt ... Aber es bringt mich auch nicht um den Schlaf.«

»Bist du denn sicher, daß es ... um eine Erpressung geht?«

»Absolut.«

Anna stand auf. Sie ging auf die Lichter der Stadt zu. »Hat er seinen Namen gesagt?«

»Er sagte nur Williams. Mr. Williams.«

»Wann sollst du dich mit ihm treffen?«

»Am Nachmittag vor Heiligabend.« Grinsend fügte er hinzu: »Ganz schön bizarr, nicht?«

Anna erwiderte sein Lächeln nicht. »Ich möchte deiner Familie nicht weh tun, Edgar. Und dir auch nicht.«

»Mir? Anna, du hast mir noch keine *Sekunde* lang...«

»Trotzdem *könnte* es passieren, Edgar. Ich könnte dir großen Kummer machen.«

»Quatsch!«

»Deine Familie braucht dich jetzt, Edgar. Es ist nicht gerecht und auch nicht fair, wenn ich ...«

»Was ist denn bloß in dich gefahren? Eigentlich hätte *ich* allen Grund, nervös zu sein! Ich habe dich hier raufgebracht, weil ich dich bitten wollte, mit mir wegzugehen!«

Anna wirbelte herum und sah ihn an. »Was?«

»Ich möchte, daß du mit mir weggehst.«

»Aber, wir ... Wohin?«

»Wohin du willst. Wir könnten eine Kreuzfahrt nach Mexiko machen. Es wäre kein Problem, sie als Geschäftsreise zu tarnen. Ich bitte dich, Anna! Man kann mir bereits ansehen, wieviel Zeit mir noch bleibt!«

Sie hatte Tränen in den Augen. »Ich kann dir nur ansehen ... daß du ein wunderbarer Mann bist.«

»Heißt das ja?«

»Du kannst Frannie das nicht antun.«

»Würdest du das meine Sorge sein lassen!«

»Ich möchte nicht ...« Es schnürte ihr die Stimme ab. »Ich möchte nicht, daß du in diese Geschichte hineingezogen wirst, Edgar.«

»Mensch, ich stecke doch schon *mitten* drin!«

»Es ist noch nicht zu spät. Du kannst Mr. Williams sagen ... du kannst ihm sagen ... Ach, ich weiß nicht ... Streite es einfach ab. Er kann unmöglich Beweise haben. Und wenn wir uns nie wiedersehen ...«

Er packte sie an den Schultern und schaute ihr in die Augen. »Das geht jetzt aber zu weit, Gnädigste.«

»Wem sagst du das!« Sie fing an zu schluchzen.

»Anna, bitte nicht ...«

»Ich hab dich belogen, Edgar. Ich liebe dich mit jeder Faser meines Herzens, aber ich hab dich belogen!«

»Was redest du denn da?«

Anna hatte sich wieder etwas gefangen und wandte sich von ihm ab. »Es ist schlimmer, als du glaubst«, sagte sie.

DIE FRAU DES BÄCKERS

Mona war einen Augenblick sprachlos, als sie um Mitternacht diesem Fremden in der Twinkie-Fabrik gegenüberstand.

Diesem *weißen* Fremden.

»Ja, Ma'am?«, sagte er freundlich. »Was kann ich für Sie tun?«

»Ich ... Entschuldigen Sie bitte, aber ... ich glaube, ich muß doch den anderen Mr. Wilson sprechen.«

»Don? Den Packer? Ich kann ihn holen, wenn Sie solange ...«

»Nein. Warten Sie bitte ... Haben Sie eine Tochter, die Dorothy heißt?«

Leroy Wilsons Gesicht wurde noch weißer, als es ohnehin schon war. »O mein Gott!«

»Mr. Wilson, ich ...«

»Sind Sie vom Roten Kreuz oder so? Ist ihr was passiert?«

»Aber nein! Es geht ihr gut. Glauben Sie mir! Ich habe sie heute abend erst gesehen.«

»Sie ist in San Francisco?«

»Ja.«

Die Erleichterung auf seinem Gesicht wurde von Bitterkeit verdrängt. »Ich hätte auch nicht erwartet, daß wir was von ihr hören.«

»Sie wohnt jetzt hier, Mr. Wilson.«

»Und wer sind Sie?«

»Entschuldigung ... Mona Ramsey. Ich wohne mit Ihrer Tochter zusammen.«

»Was wollen Sie von mir?«

»Ich wollte Sie ... Möchten Sie Dorothy nicht wiedersehen, Mr. Wilson?«

Er schnaubte verächtlich. »Was *wir* möchten, spielt ja wohl keine große Rolle, oder?«

»Ich glaube ... Ich glaube, Dorothy würde sich freuen, wenn ...«

»Dorothy *verleugnet* mich und ihre Mutter.«

Das war es also, dachte Mona. Die weltläufige Miss D'orothea Wilson war das Produkt einer in der Unterschicht angesiedelten Mischehe. Und das ging ihr ganz furchtbar gegen den Strich.

Unter anderem erklärte dieser Umstand auch D'orotheas halb europide Züge und ihre heftige Abneigung gegen jede Beschäftigung mit ihrem afrikanischen Erbe.

Kurz gesagt war sie wie die Oreo-Cookies – außen schwarz und innen weiß.

Leroy Wilson lud Mona auf eine Tasse Kaffee in die Cafeteria im zweiten Stock der Fabrik ein. Man merkte ihm an, daß ihn das Verhalten seiner Tochter verletzt hatte, und das war wohl auch der Grund, warum er fast die ganze Zeit seinen Besuch reden ließ.

»Mr. Wilson, ich weiß nicht, warum Dorothy sich entschieden hat ... den Kontakt zu Ihnen und Mrs. Wilson abzubrechen ... aber ich glaube schon, daß sie inzwischen anders denkt. Sie möchte in San Francisco leben, und ich bin überzeugt, daß das auch heißt ...«

»Ich kann mich noch nicht mal daran erinnern, wann Dorothy uns das letzte Mal geschrieben hat.«

»Das geht total schnell, daß man in New York seine alten Kontakte verliert, und es geht noch schneller, wenn man als Model arbeitet und ...«

»Kommen Sie zur Sache.«

Mona stellte ihren Pappbecher ab und schaute ihm in die Augen.

»Ich möchte, daß Sie und Ihre Frau diese Woche zum Abendessen zu uns kommen.«

Er blinzelte und sah sie mit offenem Mund an.

»Wir wären nur zu viert.«

»Weiß Dorothy davon?«

»Na ja, äh ... Nein.«

»Dann ist es wohl besser, wenn Sie jetzt wieder nach Hause gehen.«

»Mr. Wilson, ich bitte Sie ...«

»Was haben *Sie* eigentlich davon?«

»Dorothy ist meine *Freundin*.«

»Da steckt doch noch mehr dahinter.«

»Mein Gott, ich finde es einfach so *schade*!«

Er sah sie mit ernstem Blick an, doch Mona spürte, daß so etwas wie Intuition am Werk war. »Reden Sie denn noch mit Ihrem Daddy?«

»Mr. Wilson ...«

»Reden Sie noch mit ihm?«

»Ich ... habe ihn nie gekannt.«

»Ist er gestorben?«

»Das weiß ich nicht. Er hat meine Mutter verlassen, als ich noch ganz klein war.«

»Oh.«

»Nur zu. Machen Sie sich über meine Motive her, wenn Ihnen danach ist. Ich wollte nur ...«

»Okay. Wann?«

»Was wann?«

»Wann sollen wir kommen?«

»Oh, ich bin ja so ...« Sie schlang ihm die Arme um den Hals und drückte ihn an sich, doch dann wurde es ihr peinlich, und sie ließ ihn los. »Wäre Ihnen Heiligabend recht?«

»Ja«, antwortete Leroy Wilson. »Ich denke schon.«

ALTE FLAMMEN

Weihnachten. Manchmal passiert es, manchmal nicht.

Dieses Jahr, dachte Brian, während er eine Flasche Gatorade leertrank, wird es nicht passieren.

Nicht mal, wenn es in der Barbary Lane schneit. Nicht mal, wenn du zu viel Eierflip trinkst. Nicht mal, wenn Donny und Marie und Sonny und Cher und der ganze Mormonenchor mit einem Haufen Geschenken bei dir vor der Tür stehen und dir ein Weihnachtsständchen bringen ... Nicht mal dann wird es passieren.

Soweit es ihn betraf, würde Mrs. Madrigals Party nicht anders sein als jede andere Party auch.

»Cheryl?«

»Ja.«

»Hier ist Brian.«

»Äh ... Welcher Brian?«

»Brian Hawkins. Der von Perry's.« Der Brian, der deine Mutter genagelt hat, du Trampel!

»Oh ... Hallo!«

»Wie geht's denn so?«

»Ach ... ganz gut.«

»Wohnst du immer noch da draußen?«

»Ja ... *Ich* schon.«

»Prima.«

»Candi ist ausgezogen. Sie arbeitet jetzt in Redwood City. Im Waterbed Wonderland.«

»Toll.«

»Sie hat jetzt einen Macker. Was ganz Berühmtes. Larry Larson.«

»Kenn ich nicht.«

»Kennst du doch ... Kanal 36.«

»Keine Ahnung.«

»Der Zauberkönig des Wasserbetts.«

»Aha.«

»›Mit uns fängt der Spaß im Bett erst richtig an!‹?«

»Jetzt ist der Groschen gefallen.«

»Larry läßt sie vielleicht bald in einem Werbespot auftreten.«

»Na ... dann ist jetzt wohl die große Karriere angesagt. Aber ich wollte dich eigentlich was fragen, Cheryl ... Hast du Lust auf eine Weihnachtsparty?«

»Wann?«

»An Heiligabend.«

»Oh ... ich würde *liebend gern* mitkommen, aber Larry hat uns zum Truthahnessen mit allem Drum und Dran in Rickey's Hyatt House eingeladen.«

»Oh.«

»Ich könnte aber mit Larry reden. Vielleicht macht es ihm nichts aus, wenn du mitkommst.«

»Ist schon okay.«

»Es tut mir schrecklich leid, daß du ausgerechnet am Heiligen Abend allein ...«

»Allein sein werde ich sicher nicht, Cheryl.«

»Ich würde ja sonst versuchen, mich freizumachen, aber Larry hat für hinterher auch schon Mateus reservieren lassen.«

»Der gute Larry denkt wirklich an alles.«

»Ja. Er ist total nett.«

»Na, dann wünsch ich dir, daß du auch so einen findest ... so ein spießiges reiches Arschloch, das alles für dich bezahlt ... den Mateus und ... die protzigen Möbel und ... die Speichenfelgen und ...«

»Du bist immer noch der gleiche Drecksack wie früher, weißt du das?«

»Und du bist immer noch so emanzipiert wie ein Hamster.«

»Ich habe *nie* behauptet, daß ich emanzipiert bin!«

»Es würde sowieso keiner glauben!«

»Weißt du, daß du mir furchtbar leid tust?«

»Mir geht's mit dir nicht anders.«

»Du kannst Frauen nicht ausstehen, was?«

»Hältst du dich etwa für eine Frau?«

Sie knallte den Hörer auf.

»Connie?«

»Bleib mal dran. Ich muß die Musik leiser stellen.« Die Ray Conniff Singers schlachteten im Hintergrund gerade den »Little Drummer Boy«.

»Hallo«, sagte sie, als sie zurück war. »Wer ist dran?«

»Dein Geburtstagsgeschenk.«
»Byron?«
»Brian.«
»Oh ... Entschuldige. Wir haben uns ja lange nicht gesehen?«
»Ja. Weißt du ... vielleicht wird es ja eine stinklangweilige Sache, aber ich bin zu der Weihnachtsparty eingeladen, die meine Vermieterin gibt, und ... na ja, deshalb ruf ich an.«
Schweigen.
»Was sagst du dazu?«
»War das eine Einladung, Brian?« »Ja.«
»Aha. Für wann?«
»Äh ... für den Vierundzwanzigsten.«
»Bleibst du mal eben dran?« Sie legte kurz den Hörer zur Seite. »Geht klar«, sagte sie schließlich. »Der Vierundzwanzigste paßt.«

AM SCHEIDEWEG

Bei Perry's war es an diesem Tag mittags noch voller als sonst. Beauchamp drängelte sich bis ans hintere Ende der Bar durch und nickte dem Empfangschef im blauen Blazer zu.

»Ich bin mit einem Freund verabredet«, erklärte er.

Jon erwartete ihn an einem Tisch in dem kleinen rückwärtigen Hof.

»Entschuldige«, sagte Beauchamp. »Ich hatte mal wieder mit den Strumpfhosen zu tun.«

Der Gynäkologe lächelte. »Du versuchst also immer noch, mir mein Geschäft zu verderben, hm?«

»Das ist ja lustig. Von der Seite habe ich das noch gar nie betrachtet.«

»Ich habe dir einen Bullshot bestellt.«

»Wunderbar.«

»Ich kann aber nicht lange bleiben, Beauchamp.«

»Kein Problem. Ich muß auch bald weg.«

»Ich finde das hier sowieso keine gute Idee.«

Beauchamp runzelte die Stirn. »Aber es spricht doch wirklich nichts dagegen, wenn sich zwei Männer ...«

»Spricht eine Ehefrau für dich *nicht* dagegen?«

»Fang nicht schon wieder damit an!«

»Das hatte ich auch nicht vor.«

»Und überhaupt ... Warum solltest *du* dir Gedanken machen, wenn ich es nicht mal tue? DeDe hat doch keine Ahnung, wer du bist. Du könntest *sonstwer* sein. Du könntest ein Freund aus dem Club sein.«

»Darum geht es auch nicht.«

»Und worum geht es *dann* ...?«

»Kann ich jetzt Ihre Bestellung aufnehmen?« Die Bullshots waren da, und mit ihnen ein Kellner, dessen grüne Augen und braune Locken beide Männer vorübergehend von der aktuellen Krise ablenkten.

Beauchamp wurde rot und nahm das Erstbeste, das er auf der Karte sah. »Ja. Einmal Schäferpastete.«

»Für mich auch«, ergänzte Jon.

Der Kellner ging ohne ein weiteres Wort.

»So ein Affe«, beschwerte sich Beauchamp.

Jon zuckte mit den Schultern. »Aber hübsch.«

»*Darauf* achtest du wohl immer, was?«

»Du etwa nicht?«

»Nicht, wenn ich mit jemand zusammen bin, der mir etwas bedeutet!«

Jon schaute in sein Glas. »Ich glaube, du erwartest zuviel von mir, Beauchamp.«

Schweigen.

»Ich denke, wir sollten es ... dabei belassen.«

»Und das war's dann? Einfach so?«

»Das war's nicht ›einfach so‹, und das weißt du auch. Das hat sich schon seit längerer Zeit angebahnt.«

»Es ist wegen DeDe, nicht?«

»Nein. Jedenfalls nicht nur.«

»Weswegen *dann*?«

»Ich bin mir nicht ganz sicher.«

»Das glaube ich dir nicht.«

»Beauchamp ... Ich glaube, ich *vertraue* dir nicht.«

»Ach du meine Güte!«

»Ich weiß, daß DeDe dir *nicht* vertrauen kann. Warum sollte *ich* es dann tun?«

»Das ist doch nicht das gleiche.«

»Und *ob* es das gleiche ist. Sie leidet genauso wie du und ich.«

»Kannst du mir mal sagen, was der ganze Zirkus wegen DeDe soll? Was hat DeDe mit unserer ...«

»Sie ist schwanger, Beauchamp.«

Schweigen.

»Sie ist meine Patientin.«

»Hurerei, verdammte.«

»Ich dachte, die wäre dein Privileg?«

»O Gott.«

»Stimmt, warum sollte man ihn nicht auch in Betracht ziehen?«

»Wie kannst du *darüber* bloß Späße machen, Jon?«

»Es sind nicht *meine* Späße, Beauchamp. Es sind deine. Und ich werde dabei nicht mitmachen.«

Das Essen kam. Sie sagten beide kein Wort, bis der Kellner wieder weg war.

»Ich möchte mich aber weiter mit dir treffen, Jon.«
»Das ist typisch.«
»Im Club gibt's Heiligabend eine Party.«
»Heiligabend habe ich schon etwas vor.« Jon schob seinen Stuhl zurück, stand auf und legte einen Zehn-Dollar-Schein auf den Tisch. »Ich habe keinen Hunger. Betrachte dich als eingeladen.«

Beauchamp hielt ihn am Handgelenk fest. »Verdammt, warte doch mal! Hast du DeDe was von uns erzählt?«

»Laß mich los.«
»Ich will es wissen!«

Jon riß sich los und rückte seine Krawatte zurecht. »Sie ist sehr lieb«, sagte er. »Sie hätte einen Besseren verdient als ausgerechnet dich.«

MIT EINEM FUSS ÜBER DEM ABGRUND

Die Krämpfe hatten wieder eingesetzt.

Edgar stand vom Schreibtisch auf und streckte langsam seine Arme nach vorne. Er bog sie vom Körper weg wie ein erschöpfter Fahnenschwinger.

Er wiederholte die Übung vier- oder fünfmal, bis ihm klar wurde, daß sie nicht funktionierte. Dann stellte er sich vor den Spiegel im Waschraum seines Büros. Sein Gesicht war wachsweiß.

Chronische Pyelonephritis. Eine gleichzeitige Entzündung von Nieren und Nierenbecken. Die Giftstoffe in seinem Körper wurden nicht abgebaut, bis dann eines Tages ... eine akute Perikarditis sein Herz zum Stillstand bringen würde.

Hochtrabende Fachausdrücke für kaputte Nieren.

Mary Ann meldete sich über die Gegensprechanlage. »Mildred hat aus der Produktion angerufen. Sie möchte mit Ihnen über den Botenjungen sprechen.«

»Um Gottes willen! Können Sie mir die alte Krähe nicht solange vom Hals halten, bis ...«

»Tut mir leid, Mr. Halcyon. Sie war ganz außer sich, und ich wußte nicht, was ich ...«

»Hat er ihr wieder den Vogel gezeigt?«

Mary Ann kicherte. »Sie werden es nicht glauben, wenn ich es Ihnen erzähle.«

»Spannen Sie mich nicht auf die Folter.«

»Sie hat ihn am Kopierer erwischt. Er hat seine ... Männlichkeit kopiert.«

»Was!«

»Mildred ist heute früher dagewesen als normal, und da hat sie ihn erwischt, wie er gerade auf dem Kopierer gesessen hat ... mit runtergelassenen Hosen.«

Edgar mußte lachen. Er lachte so heftig, daß er einen Hustenanfall bekam.

»Fehlt Ihnen was, Mr. Halcyon?«

»Das ist die lustigste ... aberwitzigste Geschichte, die ich ... Was wollte er denn mit den Kopien?«

Jetzt prustete Mary Ann los. »Er hat ... er hat das

schon seit *Wochen* gemacht, Mr. Halcyon.« Sie machte eine Pause, um sich wieder zu fassen. »In der Produktion hat man ihn nur noch den Kopierblitzer genannt, aber niemand hat gewußt, wer es war. Mildred hat ...« Sie kicherte los und verlor erneut die Fassung.

»Was war mit Mildred?« Du meine Güte, dachte er. Träume ich, oder tratsche ich tatsächlich mit meiner Sekretärin?

»Mildred hat die ganze Zeit gedacht, daß es jemand aus dem Entwurf ...«

»Mhmm. Lauter Perverse.«

»Jedenfalls ... hat er immer eine Unmenge Kopien gemacht und sie dann jeden Morgen in die Schreibtische der Sekretärinnen gelegt ... Bis Mildred dahintergekommen ist.«

»Na, damit ist er im ganzen Haus sicher der einzige, der sich bei seiner Werbung an die Realität hält!«

»Na ja, nicht ganz.«

Edgar begann erneut zu lachen. »O Gott! Sagen Sie bloß, er ...«

»Ja, Sir. Er hat mit dem Vergrößerer gearbeitet.«

Frannie rief nach der Mittagspause an. Sie klang gereizt.

»Edgar, ich möchte, daß du gegen diese Leute bei Macy's etwas unternimmst.«

»Was ist es denn diesmal?«

»Noch *nie*, Edgar ... noch *nie* in meinem ganzen Leben ... bin ich so *gedemütigt* worden ...«

»Frannie ...«

»Ich bin heute vormittag zu Loehmann's gefahren, draußen in Westlake ...«

»Hast du nicht gerade von Macy's gesprochen?«

»Laß mich zu Ende erzählen. Ich bin zu Loehmann's gefahren, weil ich für Helen zu Weihnachten etwas Hübsches kaufen wollte, und Loehmann's führt ganz *entzückende* Designerstücke von Anne Klein, Beene Bag, Blassport ...«

»Frannie.«

»Die Erklärung ist *notwendig*, Edgar! Bei Loehmann's gibt es also diese reizenden Kleider. Nur muß man wissen, daß vor dem Verkauf immer alle Markenschilder rausgetrennt werden, weil es die Überschußproduktion ist, die man dort *praktisch umsonst* kaufen kann ... Und weil ich Helen zwar toll, aber auch nicht *zu* toll finde, kam mir die Idee, ihr diesen exquisiten Calvin-Klein-Kapuzenpullover aus Kaschmir zu schenken. Er hatte zwar kein Markenschild mehr, aber ich konnte *trotzdem* sehen, daß er von Calvin Klein ist, weil er das GJG drin hat.«

Edgar kapitulierte und ließ es über sich ergehen. »Was ist das GJG?« fragte er höflich.

»Das ist der *Code*. Aber es ist natürlich ziemlich schäbig, seiner besten Freundin einen Pullover ohne Markenschild zu schenken, und deshalb habe ich bei Loehmann's gefragt, ob sie überzählige Schilder dahaben. Man hat mir gesagt, daß sie alle schon beim Hersteller rausgetrennt werden, so daß ...«

»Macy's, Frannie!«

»Dazu komme ich ja gerade. Ich bin also zu Macy's gegangen ... das heißt, nicht eigentlich zu Macy's, sondern in diesen neuen Laden am Union Square, der einfach Shop heißt, und dort habe ich mir ein paar Calvin-Klein-Pullover rausgesucht ... Im Umkleideraum habe ich dann bemerkt, daß eines der Markenschilder so lose war, daß es fast schon *runterfiel*, und deshalb habe ich dann meine Nagelschere rausgeholt und ...«

»Ach du lieber Gott!«

»Tu nicht so frömmlerisch, Edgar! Die haben hunderte davon, und ich wollte doch nur ... Als dann diese Verkäuferin reingeplatzt kam, so eine schreckliche kleine Südamerikanerin, hätte man denken können, ich wäre eine *Diebin* oder so was!«

Gleich nachdem Frannie aufgelegt hatte, hing Edgar schon wieder am Telefon.

»Anna?«

»Hallo.«

»Ich muß dich sehen, Anna.«

»Edgar ... ich glaube nicht, daß ...«

»Keine Widerrede. Ich möchte dir etwas zeigen.«

»Was?«

»Das wirst du schon sehen. Ich hole dich morgen nach dem Frühstück ab.«

»Was ist mit Mr. Williams?«

»Der kommt erst gegen sechs. Und bis dahin sind wir längst zurück.«

HAUSFRIEDENSBRUCH

Einen Tag vor Heiligabend rief Michael Mona in Pacific Heights an.

»Na, Babycakes!«

»Mouse!«

»Hör auf, mich Mouse zu nennen! Ich dachte, du wolltest eine Lesbe werden und keine Einsiedlerin! Kannst du mir mal sagen, wo du die ganze Zeit gesteckt hast?«

»Mouse ... es tut mir leid ... Aber ich mußte mich an so viel Neues gewöhnen ...«

»*Das* kann ich mir vorstellen. Es ist ja auch schrecklich anstrengend, einen auf elegant zu machen. Ich hab das ja mal selbst für drei Tage in Laguna Beach ausprobiert ... und ich wäre fast an einer Überdosis Kaftane eingegangen.«

Mona mußte lachen. »Du hast mir gefehlt, Mouse. Du hast mir wirklich gefehlt.«

»Dann beweis es doch und komm zu Mrs. Madrigals Fete.«

»Wann?«

»Morgen abend.«

»Da kann ich nicht. O Gott ... an morgen abend will ich noch nicht mal *denken*.«

»Warum?«

»D'ors Eltern kommen zum Essen.«

»Meine Fresse ... so richtig mit Schwiegereltern und so! D'or muß der totale *Knüller* sein!

»Sie weiß noch nicht mal was davon.«

»Sie ...? Was hast du denn da wieder ausgeheckt, Babycakes?«

»Ach, das ist eine lange Geschichte. Es genügt ja wohl, wenn ich sage, daß ich fast durchdrehe.«

»Mrs. Madrigal wird enttäuscht sein.«

»Ich weiß. Und es tut mir auch leid.«

»Vielleicht rufst du sie ja noch an oder so. Ich glaube, sie bildet sich ein, daß du ... sauer bist auf sie.«

»Wie kommt sie denn auf ...?«

»Du hast dich schon seit Wochen nicht bei ihr gemeldet, Mona.«
»Danke für die Schuldgefühle.«
»Es geht doch nicht um Schuldgefühle. Sie hat mich gebeten, dich anzurufen. Du fehlst ihr nämlich.«
Schweigen.
»Ich werde ihr das mit eurer Esseneinladung erklären. Dafür hat sie sicher Verständnis. Aber du rufst sie an, okay?«
»Okay.« Ihre Stimme klang ungewöhnlich kraftlos.
»Fühlst du dich denn auch wohl, Babycakes?«
»Mouse ... ich glaube, D'or hat Drogenprobleme.«
Michael mußte schallend lachen.
»Ich mache keine Späße, Mouse!«
»Was ist denn los? Klaut sie dir etwa deine Quaaludes?«
»Nur zu deiner Information, du Klugscheißer, gestern abend habe ich in ihrer Kommode völlig *unidentifizierbare* Tabletten gefunden, und sie hat ganz merkwürdig reagiert, als ich sie darauf angesprochen habe.«
»Hat sie sich denn sonst schon mal merkwürdig aufgeführt?«
»Nein. Eigentlich nicht.«
»Na, dann entspann dich doch.«
»Das geht nicht. Meine letzte Quaalude brauche ich für morgen.«

Zur gleichen Zeit versuchte Mary Ann zu entscheiden, was sie mit Norman anfangen sollte.
Schon seit Tagen hatte sie ihn nicht mehr zu fassen bekommen. Tagsüber ließ er sich in der Barbary Lane nicht blicken, und er kehrte oft erst um drei oder vier

Uhr morgens in sein Häuschen auf dem Dach zurück; Mary Ann konnte dann seine schweren Schritte auf der Treppe hören.

Sie nahm an, daß er ziemlich heftig trank, und der Gedanke, daß *sie* vielleicht der Grund dafür war, setzte ihr einigermaßen zu.

Mrs. Madrigal hatte ihm wegen der Party schon zweimal eine Nachricht an die Tür geklebt, doch er hatte nicht darauf reagiert. Offenbar war er von etwas besessen, das ihn zu einem unzugänglichen und leicht manischen Menschen machte, angetrieben von der unstillbaren Sehnsucht nach einem heiligen Gral, den außer ihm niemand sehen konnte.

Es *mußte* etwas geschehen.

In der Eingangsdiele des Hauses war es dunkel, als Mary Ann die Tür unter der Treppe öffnete, durch die man in den Keller gelangte. Während sie auf der Suche nach dem Lichtschalter in der Dunkelheit herumtastete, horchte sie angestrengt auf eventuelle Geräusche von der Treppe über ihr. Sie würde *sterben*, wenn sie bei dem, was sie tat, von jemand ertappt würde.

Das mit Spinnweben überzogene Schlüsselbrett hing direkt unter dem Sicherungskasten. Sie mußte ein bißchen suchen, bis sie den Schlüssel mit dem Anhänger »Dachhaus« fand. So leise wie irgend möglich schloß sie dann die Kellertür hinter sich und schlich die drei Treppen zu der orange gestrichenen Tür hinauf.

Obwohl sie *genau* wußte, daß Norman nicht da war, klopfte sie zweimal an die Tür. Das Geräusch hallte durch das Treppenhaus. Sie erstarrte. Ob es jemand gehört hatte?

Es war völlig ruhig im Haus.

Mary Ann ließ den Schlüssel ins Schloß gleiten. Das Schloß ging ziemlich hart. Sie werkelte mit dem Schlüssel herum, bis die Tür aufsprang und die Dunkelheit des kleinen Häuschens sie umhüllte.

Binnen kürzester Zeit hatte sie den Nutri-Vim-Koffer gefunden.

IM HEILIGEN HAIN

Der Förster, der ihnen Einlaß gewährte, würdigte Anna, die es sich auf dem Vordersitz von Edgars Mercedes bequem gemacht hatte, keines Blickes.

Sie zwinkerte dem wie versteinert dastehenden Wächter zu, als sie an ihm vorbeifuhren.

»Ich hoffe, er hält mich für eine Hure.«

»Das wäre sicher keine Premiere.«

Anna zwickte ihn ins Knie. »Für ihn oder für dich, mein Herr?«

In dieser Frage verstand er keinen Spaß. »Du bist die erste und einzige Frau, die ich jemals hierhin mitgenommen habe, Anna.«

Sie stellten den Wagen auf einem Parkplatz gleich neben der Einfahrt ab und machten sich zu Fuß auf ihre Odyssee.

»Es ist vollbracht«, sagte Anna, als sie zwischen den hoch aufragenden Redwoodbäumen dahinspazierten. »Anna Madrigal im Bohemian Grove.«

»Für mich gehörst du hier unbedingt hin.«

»Trotzdem ... danke.«

»Ich wollte, ich wäre schon vor zwanzig Jahren auf die Idee gekommen.«

»Vor zwölf.«

Edgar grinste. »Vor zwölf«, wiederholte er.

Anna hakte sich lächelnd bei ihm unter und schüttelte voller Verwunderung den Kopf.

Edgar schlüpfte ganz unvermittelt in die Rolle von White Rabbit. Seine Alice blinzelte ihn mit ihren großen blauen Augen an, als er ihr die Bühne im Wald zeigte.

»Du bist hier *aufgetreten*?«

»Bei meinem Auftritt als Walküre mußte die Aufführung sogar unterbrochen werden.«

»Du im *Fummel*, Edgar?«

»Ach, was ... die Griechen haben es ja auch gemacht.«

»Die Griechen haben vieles gemacht.«

Er lächelte. »Rutsch mir den Buckel runter.«

»Das war bei den Griechen auch ein beliebter Zeitvertreib.«

Edgar gab ihr einen Klaps auf den Po und jagte sie die River Road hinauf, ohne sich um den Druck zu kümmern, der ihm die Brust einschnürte.

Die einzelnen Lager, an denen sie vorüberkamen, hießen ähnlich wie die Hochzeitssuiten im Madonna: Pink Onion, Toyland, Isle of Aves, Monastery, Last Chance ...

Edgars Lager hieß Hillbillies.

Ein zweistöckiges Landhaus, das sich zu einem Hof mit einer Grillstelle öffnete, beherrschte diese Enklave. Edgar schloß die Tür auf und führte Anna in den ersten Stock, wo ein Sofa und ein Natursteinkamin auf sie warteten.

Anna lächelte verschmitzt. »Jetzt wird mir alles klar!«
Edgar grinste wie ein Satyr.

»Schau nicht so selbstgefällig drein, Edgar Halcyon. Mit deiner Dekadenz kann ich es noch jeden Tag aufnehmen!«

Sie faßte in die Tasche ihrer dicken blauen Matrosenjacke und zauberte ein zierliches Zigarettenetui aus Schildpatt hervor, dem sie einen Joint entnahm.

»Anna ...«

»Hier. Das Zeug befreit dich von allen Beschwerden.«

Er zog eine Augenbraue hoch. »Bist du da so sicher?«

»Entschuldige. Ich ... Verdammt, sonst kann ich mit Worten immer *so gut* umgehen.«

Er verzieh ihr mit einem Lächeln. Sie hielt ihm den Joint weiter hin.

»Anna ... kannst du dich nicht einfach mit dem letzten Vertreter seiner Art begnügen?«

Sie tippte sich mit dem Joint gegen die Unterlippe, bevor sie ihn in das Etui zurückschob. »Das ist eine wunderbare Idee«, antwortete sie sanft.

In eine Indianerdecke gehüllt, saßen sie vor dem Kaminfeuer.

»Wenn wir noch in der guten alten Zeit leben würden, könnten wir jetzt zusammen in die Wildnis fliehen.«

Sie strich mit den Fingern seine weiße Mähne zurecht. »Sind wir nicht schon in einer Wildnis?«

»Dann ... in eine noch wildere Wildnis.«

»Das wäre schön.«

»Wir müssen nicht zurück, Anna.«

»Müssen wir doch.«

Er drehte sich von ihr weg und schaute in die Flammen. »Hättest du es mir gesagt, wenn Mr. Williams nicht aufgetaucht wäre?«

»Nein.«

»Warum nicht?«

»Es war ... nicht nötig.«

»Ich finde dich immer noch schön, Anna.«

»Danke.«

»Was soll ich ihm heute abend sagen?«

Anna zuckte mit den Schultern. »Sag ihm ... daß seine Miete fällig ist.«

Edgar umarmte sie lachend. »Ich möchte noch was wissen.«

»Und zwar?«

»Warum hast du mich nicht zu deiner Party eingeladen?«

»Aber, woher ...?«

»Ich habe Mary Ann davon reden hören.«

Sie lächelte ihn staunend an. »Du bist so lieb.«

»Das war keine Antwort auf meine Frage.«

»Wäre dir acht recht?«

Er nickte. »Dann komme ich gleich, wenn ich mit Mr. Williams fertig bin.«

L'ART POUR L'ART

Die Erinnerungsbilder, die Mary Ann an diesem Vormittag durch den Kopf gingen, verschmolzen zu einem höllischen Wirrwarr. Getrieben von der Schreckensvorstellung, sie könnte Norman im Treppenhaus begegnen, stahl sie sich aus dem Haus und rannte die Barbary Lane hinunter zur Leavenworth Street. Dort hielt sie das erste Taxi an, das sie kriegen konnte.

»Wohin?«

»Äh ... Was wär denn ein gutes Museum?«

»Das Legion of Honor?«

»Ist das da draußen hinter der Brücke.«

»Genau. Ne Menge hübsche Sachen von Rodin.«

»Okay.« Das paßte wunderbar. Sie *lechzte* jetzt nach Kunst ... und nach Schönheit ... und nach allem Hehren, das ihr über den schlimmsten Heiligen Abend ihres Lebens hinweghelfen könnte.

Mary Ann spazierte fast eine Stunde lang durch das Museum und trat dann wieder hinaus ins wohltuende Sonnenlicht des kolonnadenumsäumten Hofes. Sie setzte sich auf den Sockel zu Füßen des *Denkers*, bis sie die sonderbare Ironie dieser Szene bemerkte und sich ins Café Chanticleer im Inneren des Museums zurückzog.

Nach drei Tassen Kaffee kam sie zu einem Entschluß.

Nahe dem Eingang fand sie im Erdgeschoß eine Telefonzelle. Sie zerrte Normans Nutri-Vim-Visitenkarte aus ihrer Handtasche und wählte die Nummer, die mit Bleistift auf die Rückseite gekritzelt war.

»Ja?«

»Norman?«

»Ja?«

»Ich bin's, Mary Ann.«

»Hallo.« Er hörte sich betrunken an, *sehr* betrunken.

»Ich habe ... ein Problem. Und ich hatte gehofft, daß wir beide uns gleich treffen könnten.«

Nach einer Pause sagte er: »Klar.« Trotz der Fakten,

die sie inzwischen kannte, fand sie es abscheulich, wie sie seine Gefühle ausnützte.

»Ich bin hier draußen im Palace of the Legion of Honor.«

»Kein Problem. In einer halben Stunde bin ich da, okay?«

»Okay. Norman?«

»Hmh?«

»Fahr vorsichtig, hörst du?«

Sie stellte sich auf dem Parkplatz neben eine Statue mit dem Titel *Das Schattenreich* und wartete auf ihn. Norman hievte sich mit übertriebener Würde aus dem Falcon. Er hatte schwer einen sitzen.

»Na, wie gehs so?«

»Ganz gut, ganz gut.« Warum *sagte* sie so was? Warum war sie freundlich zu ihm?

»Willss du ins Museum?«

»Nein danke. Ich war schon den ganzen Vormittag drin.«

»Oh.«

»Könnten wir nicht ein bißchen rumlaufen?«

Norman zuckte mit den Schultern. »Wo?«

»Dort drüben?« Mary Ann deutete über die Straße auf so was wie einen Golfplatz, der von einem Netz aus Fußwegen durchzogen war. Sie wollte keine Leute um sich haben.

Norman bot ihr mit der Galanterie eines Besoffenen seinen Arm an. Überhaupt war alles, was er tat, wie ein scheußlicher Abklatsch dessen, was sie früher an ihm bewundert hatte. Als sie sich bei ihm einhakte, unterdrückte sie ein Schaudern. Wenn es schon sonst zu nichts gut war, dann würde es wenigstens verhindern, daß er lang hinschlug.

Sie überquerten die Straße und gingen einen abschüssigen Weg am Rand des Golfplatzes entlang. Der Nebel wälzte sich auf die Stadt zu und verwischte die Umrisse der Monterey-Zypressen auf einer Anhöhe weiter vorne. Hinter diesen Bäumen lag irgendwo der Ozean.

Mary Ann ließ Normans Arm los. »Ich wollte unter vier Augen mit dir sprechen, Norman.«

»Ja?« Er lächelte sie an. Offenbar schöpfte er neue Hoffnung. »Ich weiß über die Bilder Bescheid.«

Er blieb wie angewurzelt stehen und schaute sie konsterniert an. »Hmhh?«

»Ich habe die Bilder gesehen, Norman.«

»Welche Bilder?« *Natürlich* würde er es ihr nicht leichtmachen.

»Du weißt, wovon ich rede.«

Er schob die Unterlippe vor wie ein schmollendes Kind und ging weiter. Schneller als vorher. »Ich habe *keine Ahnung*, wovon du redest!«

»›Wonnige Wickelkinder‹? ›Pralle Püppis‹?«

»Du mußt verrückt ...«

»Ich weiß über dich und Lexy Bescheid, Norman!«

RAT MAL, WER ZUM ESSEN KOMMT?

Mona stand neben dem für vier Personen gedeckten Tisch und summte zur Beruhigung im Eilverfahren ihr Mantra.

D'orotheas Eltern würden in zehn Minuten kommen.
Und D'orothea war noch immer ahnungslos.

»Ganz im Ernst, Mona. Ich hasse Überraschungen. Wenn du diese langweiligen Macholesben aus Petaluma eingeladen hast, kannst du meinen Teller gleich wieder wegräumen. Wie man Eichhörnchen das Fell abzieht, weiß ich selber!«

Mona sah D'orothea nicht an. »Unsere Gäste werden dir gefallen. Das versprech ich dir, D'or.«

Scheiße, dachte sie. Und wenn sie ihr *nicht* gefallen? Und wenn sie die Entfremdung noch stärker spürt als je zuvor? Und wenn die merkwürdige gemischtrassige Kleinbürgerehe der Wilsons bei ihrer Tochter unsägliche psychische Narben hinterlassen hatte?

»Und noch was, Mona... *Sobald* einer deiner Secondhand-Gurus anfängt, über das Dritte Auge oder über irgendwelchen astrologischen Firlefanz zu schwadronieren...«

»Ich geb dir eine halbe Quaalude ab, okay?«

»Nicht mal mit *Drogen* kannst du mich gefügig machen, Mona.«

Mona drehte sich weg und rückte eine Gabel zurecht. »Dann vergiß es halt.«

»Entschuldige. Das war unfair.«

»Wirst du wenigstens *versuchen*, dich wie ein zivilisiertes Wesen zu benehmen, D'or?«

»Aber sicher. Was soll's.«

»Ich wünsch mir, daß es... na ja, ich wünsch mir, daß es nett wird.«

»Ich weiß. Und ich werde mir Mühe geben.«

Die nächste Viertelstunde war das Schlimmste, was Mona je durchgemacht hatte.

Sie huschte im ganzen Haus herum und tat so, als wäre sie mit den Vorbereitungen beschäftigt, weil sie *wußte*, daß ihr die Angst anzusehen sein würde, sobald sie auch nur einen Augenblick stillhielt.

Die Wilsons waren unpünktlich.

D'orothea war oben im Schlafzimmer und schminkte sich.

Mona ließ ihr Mantra fahren und sagte ein Kindergebet auf. Sie war gerade mit der Hälfte durch, als es klingelte. Es gab jetzt keinen Ausweg mehr. Keine Ausreden. Keinen Aufschub.

Als sie die Haustür aufmachte, erschien D'or gerade auf dem Treppenabsatz.

»Es tut mir leid, daß wir zu spät kommen«, sagte Leroy Wilson ruhig. »Darf ich vorstellen, das ist Mrs. ...«

Sein Blick glitt die Treppe hoch, und auf einmal bekam er ganz große und glasige Augen. »Dorothy? Um Himmels willen! Dorothy, was ist bloß mit dir ...?«

D'orothea war auf dem Treppenabsatz zur Salzsäule erstarrt. »Mona ... Mein Gott, Mona, was hast du da bloß ...?« Sie brach in Tränen aus, fuhr herum und stürmte wie eine Irre die Treppe hoch.

Mona war am Boden zerstört und stand sprachlos vor Leroy Wilson und der kleinen, rundlichen Frau, die so spät ins Haus gekommen war, daß sie das bizarre Geschehen gar nicht mitbekommen hatte.

Vor Leroy Wilson und der kleinen, rundlichen und *weißen* Frau.

Während die Wilsons unten ratlos herumstanden, lag D'or oben in Monas Armen und heulte Rotz und Wasser.

»Ich schwör's dir, Mona ... Ich schwöre bei Gott ... Ich wollte dich nie anlügen. Ich wollte arbeiten ... Ich wollte bloß arbeiten. Als ich vor fünf Jahren nach New York kam, wollte mich niemand buchen. Rein gar niemand! Dann hatte ich paar Aufträge, wo wir dunkel geschminkt wurden ... so was mit arabischen Haremsdamen ... und wie aus heiterem Himmel haben die Leute plötzlich nach dem dunkelhäutigen Girl gefragt, das solchen Sex-Appeal hatte ... Ich hab es nie drauf *angelegt*. Es hat sich einfach so ...«

»Aber D'or, ich verstehe nicht, warum ...«

»Ich bin eine Betrügerin, Mona!« Ihr Schluchzen wurde lauter. »Ich bin bloß ... ein weißes Mädchen aus Oakland!«

»Aber D'or ... deine Haut ...?«

»Das machen die Tabletten. Die, die du in meiner Kommode gefunden hast. Sie sind gegen Vitiligo.«

»Und was ...?«

»Das ist eine Krankheit, durch die man am ganzen Körper weiße Flecken bekommt. Wenn man diese Scheckhaut hat, nimmt man Tabletten, damit die Pigmente nachdunkeln. Wenn du weiß bist und zwei Monate lang die Tabletten nimmst, dann ... Hast du nie *Black Like Me* gelesen?«

»Doch, aber das ist schon lange her.«

»Na ja, ich hab's genauso gemacht, wie es in dem Buch steht. In New Orleans habe ich einen Hautarzt gefunden, der mir die Tabletten zusammen mit UV-Bestrahlungen verschrieben hat, dann hab ich mich für drei Monate rar gemacht und bin hinterher in New York als schwarzes Model wieder aufgetaucht. Ich habe *Geld* verdient, Mona ... mehr Geld, als ich in meinem ganzen Leben zu Gesicht bekommen hatte. Natürlich habe ich den Kontakt zu meinen Eltern abgebrochen, aber ich wollte nie ...«

»Aber nutzt sich das denn nicht ab?«

»Natürlich. Es ist eine permanente Belastung. Nach ein paar Monaten mußte ich immer wieder mal verschwinden und neue UV-Bestrahlungen bekommen ... und natürlich habe ich dauernd diese Tabletten geschluckt ... bis ich die ganze Heuchelei nicht mehr länger ertragen konnte und mich entschieden habe ...«

»... nach San Francisco umzuziehen und weiß zu werden.«

D'or nickte und wischte sich die Tränen aus dem Gesicht. »Natürlich hab ich gedacht, daß ich mich bei dir verkriechen könnte, bis ich mich wieder ... zurückverwandelt habe ... und ich hatte immer vor, meine Eltern wiederzusehen, aber nicht schon vor ...«

»Warum hast du mir nichts davon *gesagt*, D'or?«

»Ich hab es doch *versucht*. Mein Gott, wie oft hab ich es versucht. Aber jedesmal, wenn ich kurz davor war, hast du mir im Handumdrehen was aus deinem Kochbuch für Schwarze aufgetischt oder angefangen, mir Vorträge über mein kostbares afrikanisches Erbe zu halten ... und da bin ich mir dann immer so schrecklich verlogen vorgekommen. Ich wollte nicht, daß du dich ... meinetwegen schämst.«

Mona lächelte. »Sehe ich so aus, als würde ich mich schämen?«

»Aber meine Haare sind echt, Mona. Ich habe eine Naturkrause.«

»Kannst du dir vorstellen, an was ich gedacht habe, D'or?«

D'or schüttelte den Kopf.

»Ich habe gedacht, daß du sterben mußt. Und ich bin halb verrückt geworden deswegen. Ich habe gedacht, du nimmst die Tabletten, weil du sterben mußt.«

»Woran denn?«

»Woran wohl? An Sichelzellenanämie.«

DIE KONFRONTATION

Norman lief jetzt beinahe und wankte auf die Zypressen am Rande der Anhöhe zu, ohne auf seine Umgebung zu achten.

»Halt blos die Kllappe, hörs du? Halt blos die Kllappe!«

»Ich werde *nicht* die Klappe halten, Norman! Ich werde nicht untätig zusehen, wie du dieses Kind auf so entsetzliche und *widerwärtige* Weise ...«

»Das geht dich überhaupt nix an!«

»Ich habe die Magazine in deinem Koffer gesehen, Norman!«

»Was hatts du in meim Koffer zu suchen?«

»Du bist krank, Norman. Du bist ...« Ihr Atem ging fast genauso schwer wie seiner. Sie zerrte ihn am Arm. »Bleib endlich *stehen*!«

Er gehorchte und blieb an der höchsten Stelle der Anhöhe ruckartig stehen. Weil er ziemlich schwankte und sein Gleichgewicht wiedergewinnen wollte, streckte er die Arme nach seiner Begleiterin aus. Mary Ann hielt den Atem an; allerdings nicht wegen Norman, sondern wegen des gähnenden Abgrunds, den sie durch die Nebelschwaden sah.

»Norman ... *komm zurück!*«

»Wa...?«

»Wir sind auf einer Klippe! Komm zurück! Bitte!«

Er sah sie verständnislos an und torkelte dann ein paar Schritte auf sie zu. Sie packte ihn am Arm und hakte ihren anderen Arm um einen Baum.

Norman war ungehalten. »Aber ich hab doch kaum wass damit su tun.«

»Norman, wenn du nicht ...«

»Diese dämlichen Bilder sind noch gahr nichs! Da hab ich viel *größere* Dinger laufen wie das!«

»Norman ...« Sie redete etwas sanfter mit ihm und führte ihn vom Abgrund weg. »Mit dem, was du tust ... verstößt du zum Beispiel auch gegen das Gesetz.«

»Ha! Ja glaubs du denn, das weis ich nich?«

»Wie *konntest* du bloß, Norman? Du warst immer so lieb zu Lexy.«

»Na und?«

»Ich laß das nicht zu, Norman. Ich werde die Eltern von dem armen Kind anrufen.«

»Denkst du, die wissen nicht *Bescheid*?«

Mary Ann sagte mit zusammengebissenen Zähnen: »Großer Gott!«

»Was glaubs du denn, von was sie ihre Miete zahlen, hm? Lexy ist ein *Star*, verflucht noch mal! Sie ist ein kleiner Super ... Herrgott, ich bin doch bloß ... ihr Agent!«

»Aber du hast bei den Bildern mitgemacht!«

Er nickte mit einem Anflug von Stolz.

»Und bei ein paar Filmen.«
»Auch das noch!«
»Was soll ich machen? Sie läßt ja keinen andern an sich ran.«
»Norman!«
»Du hältst mich für ein Arschloch, was? Du hältst mich für eins von diesen Arschlöchern, die mit Kinderpornos Geschäfte machen!«
»Norman, bleib stehen ...«
»Na, dann paß mal auf, Miss Etepetete! Ich bin Privatdetektiv, un ich steh grad vor der Auflösung vom größten Fall in meiner Karriere!«
»Norman, geh endlich von dort ...«
Sie konnte nicht hinsehen.

Als Mary Ann sich wieder umdrehte, schlurfte Norman über den Weg, der am Rand der Klippe entlanglief. Zu ihrer Erleichterung war er an der steilsten Stelle vorbei und bewegte sich jetzt auf einem Terrain, das etwas weniger gefährlich aussah.
»Norman, komm zurück!«
»Sieh doch zu, wie du ohne mich nach Hause kommst!« blaffte er über die Schulter nach hinten.
Dann verlor er plötzlich den Halt unter den Füßen, rutschte vom Weg ab und fiel mitten in das lockere Geröll und den Sand, die den Hang zum Meer hinunter bedeckten.
Zu Tode erschrocken lief Mary Ann zu ihm hin. Er lag platt auf dem Rücken und ruderte mit Armen und Beinen wie ein umgedrehter Kakerlak. Ein paar Meter weiter unten erwartete ihn die nächste Klippe. Er winselte kläglich.

»Bitte ... hillf mir doch, bitte ...«

Mary Ann warf sich auf die Erde und streckte ihren Arm so weit den Hang hinunter, wie es nur ging. »Nicht bewegen, Norman. Bleib ganz ruhig liegen, okay?«

Er hörte nicht auf sie. Mit allen vieren schlug er wild um sich, bis der Boden unter ihm wie flüssige Lava zu rutschen anfing. Mary Ann versuchte verzweifelt, ihn am Arm zu packen, aber sie griff ins Leere.

Seine Rutschpartie zur Klippe ging langsam, aber stetig vor sich. Ein grausiger Anblick.

Das einzige, was von ihm übrigblieb, war seine Klemmkrawatte, die schlaff in Mary Anns Hand hing.

Während sie durch den wallenden Nebel zum Museum zurücklief, hallten Normans Schreie in ihrem Kopf nach.

In der Telefonzelle zählte sie ihr Geld nach. Siebenunddreißig Cents. Sie hatte sich darauf verlassen, daß sie mit Norman nach Hause fahren würde.

Sie wählte 673-MUNI.

»Muni«, sagte ein Mann am anderen Ende der Leitung.

»Bitte ... wie komme ich vom Legion of Honor in die Barbary Lane?«

»In die Barbary Lane? Moment. Okay ... Sie gehen runter an die Ecke Clement und Thirtyfourth, nehmen dort den 2er Bus in Richtung Clement bis zur Ecke Post und Powell, und dort steigen Sie um in die 60er Cable Car in Richtung Hyde.«

»Den 2er in Richtung Clement?«

»Ja.«

»Danke schön.«

»Gern geschehen. Fröhliche Weihnachten auch!«

»Ja, fröhliche Weihnachten«, sagte sie.

DIE PARTY

»Wo ist Mary Ann?« fragte Connie Bradshaw, die unter Mrs. Madrigals Türbogen mit den roten Troddeln stand. »Hast du nicht gesagt, daß sie auch kommt?«

Brian nahm sich einen Joint von einem Wedgwood-Teller. »Sie ist da. Jedenfalls hab ich sie oben gesehen.«

»Ogottogott, ich hab sie ewig nicht mehr gesehen!«

»Ihr seid gute Freundinnen, hm?«

»Ach, die allerbesten! Ich meine ... in letzter Zeit hatten wir nicht so viel Kontakt, aber ... Na ja, du weißt ja, wie's in dieser Stadt geht.«

»Klar.«

»Äh ... Ich glaube, da möchte sich jemand mit dir unterhalten, Brian.«

»Oh ... Hallo, Michael.«

»Hallo. Hast du zufällig unser aufgescheuchtes Huhn gesehen?«

»Wen?«

»Mary Ann.«

Brian zog an seinem Joint und gab ihn an Connie weiter. »Über die haben wir grade geredet. Was ist mit ihr? Ich dachte, sie hat die Orgie hier organisiert?«

»Hat sie auch. Wahrscheinlich macht sie sich gerade hübsch oder so. Heh, warte mal. Ich hab was für dich.« Michael verschwand in der Küche und kam mit einem kleinen, in Silberfolie eingeschlagenen Päckchen zurück.

Brian wurde rot. »Was soll das denn, Mann ... Wir haben doch gesagt: Keine Geschenke.«

»Ich weiß«, sagte Michael. »Es ist auch kein Weihnachtsgeschenk. Ich bin bloß nicht dazu gekommen, es dir früher zu geben.«

»Wie niedlich«, warf Connie ein.

Brian warf ihr einen Blick zu und wandte sich wieder an Michael. Der sah noch spitzbübischer drein als sonst. »Sag mal, Michael, das ist doch nicht etwa ...?«

»Mach's doch auf«, quietschte Connie. »Ich bin ja so aufgeregt!«

Brian schaute Michael direkt in die Augen. »Soll ich?« fragte er lächelnd.

»Warum nicht? Je früher du das Ding auspackst, desto früher kommt es zum Einsatz.«

»Genau!« meinte Connie.

Brian riß das Päckchen auf. Er war nicht überrascht, als zwischen dem Seidenpapier der schwere Messingring sichtbar wurde. »Der ist aber hübsch, Michael. Ausgesprochen kleidsam.«

»Bist du sicher? Ich kann ihn auch umtauschen, wenn er dir ...«

»Nein. Ich finde ihn ... richtig toll.«

Ohne eine Miene zu verziehen, sagte Michael: »Ich hoffe, die Größe stimmt.«

»Was ist es?« drängelte Connie.

Brian hielt den Ring hoch, damit sie ihn sich ansehen konnte. »Ist er nicht hübsch?«

»*Super*. Und wofür ist das Ding gut?«

Brian warf Michael einen raschen Seitenblick zu. »Es ist ... ein Weihnachtsschmuck«, sagte er in anerkennendem Ton. »Man hängt es sich auf den Baum.«

Michael holte in der Küche ein Tablett voll Brownies ab. »Ist da was drin?« fragte er.

Mrs. Madrigal lächelte nur.
»Hab ich's mir doch gedacht«, sagte Michael.
»Ist Mary Ann schon runtergekommen?«
»Nein.«
»Ich verstehe nicht, was sie so lange ...«
»Ich kann mal nachsehen, wenn Sie möchten.«
»Nein danke, mein Lieber ... ich brauche dich hier unten.«
»Erwarten Sie noch mehr Gäste?«
Sie schaute auf die Uhr. »Einer fehlt noch«, sagte sie geistesabwesend, »aber ich bin mir nicht sicher ... Es war keine feste Zusage, mein Lieber.«
»Ist denn ... alles in Ordnung, Mrs. Madrigal?«
Sie lächelte und gab ihm einen Kuß auf die Wange. »Ich bin doch mit meiner Familie zusammen, oder nicht?«

Als Michael wieder ins Wohnzimmer kam, fielen ihm fast die Brownies aus der Hand.
»Mona!«
»In Fleisch und Blut.«
»Das ist ja scharf! Wo hast du D'orothea gelassen?«
»Die feiert mit ihren Eltern in Oakland weiße Weihnachten.«
»*Schneit* es in Oakland?«
»Weißt du, das ist eine lange Geschichte, Mouse.«
Michael stellte das Tablett ab und schloß sie in die Arme. »Du hast mir schrecklich gefehlt!«
»Du mir auch.«
»Du hast dich kein bißchen verändert.«
»Ja«, sagte sie grinsend. »Ich bin immer noch die gute alte Mona ... die es mit jeder Perversität aufnimmt.«

»SAG BEIM ABSCHIED ...«

Als Mary Ann endlich kam, entschuldigte sie sich gleich bei Mrs. Madrigal.

»Ich hoffe, ich habe Ihnen keine Umstände gemacht. Ich ... na ja, wahrscheinlich habe ich über dem vielen Geschenkekaufen einfach das Gefühl für die Zeit verloren.«

»Mach dir keine Gedanken, meine Liebe. Es war überhaupt kein Problem, und Michael ist der perfekte ... Du hast nicht zufällig Mr. Williams gesehen, meine Liebe? Wenn er da ist, sollten wir ihn zu uns ...«

»Nein. Nein, ich habe ihn nicht gesehen. Seit gestern oder vorgestern nicht mehr.«

»Wie schade.«

»Er war häufig weg in letzter Zeit. Und er hat einen ganz veränderten Eindruck gemacht ... auf mich jedenfalls.«

»Ja, auf mich auch.«

»Ich finde es schön, daß ich meine Freundin Connie wieder mal sehe.«

»Ich weiß. Wie *klein* die Welt doch ist, nicht? Mona hat es schließlich auch noch geschafft, und ... Meine besten Wünsche für euch alle!« Sie küßte Mary Ann ein bißchen zu heftig auf die Wange und lief dann an ihr vorbei aus dem Zimmer.

Mary Ann kam es so vor, als würde sie weinen.

Mona machte sich eine Viertelstunde später auf die Suche nach der Vermieterin. Sie entdeckte Mrs. Madrigal auf der Treppe, über die man zur Barbary Lane hochstieg.

»Erwarten Sie noch jemand?« fragte Mona, als sie sich neben sie setzte.

»Nein, meine Liebe. Jetzt nicht mehr.«

»Jemand, den ich kenne?«

»Ich wollte, du hättest ihn kennenlernen können.«

»Hättest?«

»Ich wollte sagen ... Es ist so schwer zu erklären, meine Liebe.«

»Es tut mir leid, daß ich mich so lange nicht gemeldet habe.«

Mrs. Madrigal wandte sich zu ihr um. Sie hatte Tränen in den Augen. »Oh, es ist so schön, daß du das gesagt hast!« brach es aus ihr heraus. Sie lehnte sich einen Augenblick an Monas Schulter, doch schon bald setzte sie sich wieder aufrecht hin und hatte ihre Fassung zurückgewonnen.

»Wenn Sie mich ertragen können«, sagte Mona, »würde ich gerne wieder hier einziehen.«

»Dich *ertragen*? Du dummes Kind! Du hast mir mehr gefehlt, als du dir vorstellen kannst!«

Mona lächelte. »Danke ... und fröhliche Weihnachten.«

»Fröhliche Weihnachten, meine Liebe.«

»Warum kommen Sie nicht wieder rein? Es ist *kalt* hier draußen!«

»Ja. Ich komme gleich. Geh du nur vor.«

»Kann Ihr Freund denn nicht einfach ins Haus kommen?«

»Er wird nicht mehr kommen, meine Liebe. Er hat sich schon von uns verabschiedet.«

Sein Abschied fand auf Halcyon Hill statt.

Dr. Jack Kincaid verabreichte seiner Frau eine Beruhigungsspritze, während seine Tochter und sein Schwiegersohn ihm adieu sagten.

Er lag ausgestreckt im Bett. Seine Haut war so blaß, daß man sie für durchsichtig halten konnte.

»Daddy?«

»Bist du das, DeDe?«

»Ja, ich und Beauchamp.«

»Oh.«

»Wir haben eine Überraschung für dich, Daddy.«

Beauchamp warf seiner Frau einen besorgten Blick zu. DeDe funkelte ihn an, wandte sich dann ab und kniete neben dem Bett ihres Vaters nieder.

»Daddy ... Wir werden dich zum Großvater machen.«

Schweigen.

»Hast du verstanden, Daddy.«

Edgar lächelte. »Ich hab es gehört.«

»Freust du dich denn nicht?«

Kraftlos hob er die Hand. »Kannst du es mir ... zeigen?«

»Sie ist noch so klein.« DeDe stand auf, nahm seine Hand und drückte sie sanft gegen ihren Bauch. »Ich glaube nicht, daß man schon was ...«

»Doch, doch. Ich kann sie spüren. Du glaubst, daß es ein Mädchen wird, hm?«

»Ja.«

»Ich auch. Hast du schon einen Namen ausgesucht?«

»Nein, noch nicht.«

»Kannst du sie nicht Anna nennen?«

»Anna?«

»Ich habe den Namen ... immer sehr gemocht.«

Er lächelte noch einmal und drückte seine Hand gegen das warme neue Leben. »Hallo, Anna«, sagte er. »Wie geht's dir, altes Haus?«

DAS GOLDEN GATE

Dick vermummt machten sich Mary Ann und Michael am Neujahrstag auf den Weg über die Brücke.

»Das hab ich noch nie gemacht«, gestand sie ihm.

»Das ist ja nicht zu glauben«, sagte er grinsend. »Es gibt etwas, was *du* noch nicht gemacht hast?«

»Laß das, Michael!«

Er gab ihr einen Stups. »Du hattest gut zu tun dieses Jahr, was, Lucrezia?«

»Hör zu, Michael! Wenn wir allein sind, kannst du deine Witze machen, aber wir müssen sehr aufpassen, daß ...«

»Glaubst du, ich weiß nicht, worauf man als Komplize zu achten hat?«

»Ich bin immer noch völlig durch den Wind wegen der ganzen Geschichte!«

Michael lehnte sich an die Brüstung. »Zeig mir, wo es passiert ist.«

Sie sah etwas verstimmt drein und wies dann mit einer Kopfbewegung auf die Klippen. »Dort drüben. Siehst du die Boje dort? Gleich dahinter.«

Er zeigte auf die Boje. »*Die* dort?«

»Zeig doch nicht *hin*, Michael!«

»Warum nicht?«

»Am Ende sieht dich noch jemand.«

»Ach, komm! Man hat noch nicht mal die Leiche gefunden.«

»Um so *schlimmer*. Sie könnte jeden Moment auftauchen.«

»Und dann?«

»Na ja, es könnte doch sein, daß die Polizei dann denkt, daß ... jemand nachgeholfen hat. Und es ist möglich, daß sich irgendein Zeuge meldet, der mich als die Person identifizieren kann, die mit ihm am Museum war. Und ... es gibt *so viele* Dinge, die auf mich hindeuten könnten ...«

»Ich verstehe immer noch nicht, warum du den Unfall nicht einfach gemeldet hast. Es *war* doch ein Unfall, oder etwa nicht?«

»Ja doch!«

Er grinste. »Man wird ja noch fragen dürfen.«

»Michael ... wenn ich dir jetzt etwas sage, schwörst du dann auf einen Stapel Bibeln, daß du es *nie* jemand erzählen wirst?«

»Denkst du, ich würde dich hintergehen? Ich hab doch *mitgekriegt*, wie du mit deinen Feinden umspringst.«

»Vergiß es.«

»Nein, ich bitte dich! Ich versprech's dir! Komm schon, verrat es mir.«

Sie musterte ihn streng, bevor sie sagte: »Norman war noch *was anderes* als nur so ein Porno-Heini, Michael.«

»Hmh?«

»Er war Privatdetektiv.«

»Donnerwetter! Woher weißt du das?«

»Er hat es mir gesagt. Kurz bevor er abgestürzt ist.

Und er hat mir auch gesagt, daß er an einem großen Fall gearbeitet hat, durch den er zu einer Menge Geld kommen wollte. Da hab ich mich natürlich gefragt, warum er überhaupt in die Barbary Lane eingezogen ist und warum er mir ... bestimmte Fragen gestellt hat.«

»Toll! Erzähl weiter!«

»Als ich nach dem ... du weißt schon ... in unser Haus zurückgekommen bin ... habe ich mir wieder den Zweitschlüssel aus dem Keller geholt und sein Zimmer noch mal auf den Kopf gestellt. Und diesmal hab ich nicht bei den Kinderpornos aufgehört!«

Michael pfiff durch die Zähne. »Nancy Drew kann von dir noch eine Menge lernen!«

»Er hatte eine dicke Akte, Michael. Und was glaubst du, über wen er Nachforschungen angestellt hat?«

»Über wen?«

»Über Mrs. Madrigal!«

»Was!«

»Ich konnte es auch kaum glauben.«

»Und was hat in der Akte *dringestanden*?«

»Keine Ahnung.«

»Jetzt halt aber mal die *Luft* an!«

»Ich hab sie verbrannt, Michael. Ich hab sie in mein Zimmer mitgenommen und sie in einem Abfalleimer verbrannt. Was glaubst du, warum ich so spät zur Party gekommen bin?«

Auf dem Cypress Lawn Cemetery im Süden der Halbinsel stieg eine Frau mit einem orientalisch gemusterten Turban aus einem zerbeulten Auto und stapfte bis zu einem frischen Grab den Hang hinauf.

Sie blieb einen Moment davor stehen und summte

eine Melodie vor sich hin, bevor sie ein Zigarettenetui aus Schildpatt zückte, einen Joint herausnahm und ihn sachte auf das Grab legte.

»Viel Spaß«, sagte sie lächelnd. »Es ist kolumbianisches Gras.«

Ende des ersten Buches

GUTSCHEIN NR. 1

Die Stadtgeschichten von Armistead Maupin sind auf 6 Bände angelegt, die 1993 in zweimonatlichem Abstand erscheinen sollen. Band 1 bis 5 enthalten jeweils einen solchen Gutschein.

Wenn Sie uns fünf Gutscheine einschicken, senden wir Ihnen den letzten, den sechsten Band des Maupin-Sextetts gratis. Dieses Angebot gilt nur für Deutschland und bis 31.12.1994.

Bitte (einmal) ausfüllen und einsenden an den Zweitausendeins Versand, D-60381 Frankfurt am Main, Postfach; Telefon 0 69-4 20 80 00, Fax 0 69-41 50 03.

☐ Hiermit schicke ich Ihnen insgesamt 5 Gutscheine aus der Serie der Stadtgeschichten von Armistead Maupin, Band 1 bis 5.

Bitte senden Sie dafür den 6. Band gratis an meine Adresse in Deutschland:

An Frau/Herrn
_____
Name, Vorname
_____
Straße, Nummer
_____
Postleitzahl, Ort
_____
Telefon, falls Rückfragen
_____
Unterschrift

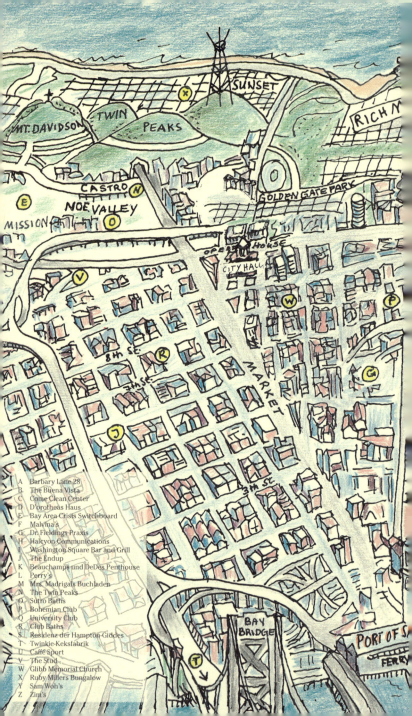